Ruth Edelmann-Amrhein

# THEODORA UND DER TOD DES RICHTERS

Krimi



Oertel+Spörer

*Für meinen Mann*
*Werner Amrhein*

# 1948

Erschöpft ließ sie sich in die Kissen sinken. Die nassen Haare klebten an ihrer Stirn und sie lechzte nach einem kühlen Schluck Wasser. Neun Monate hatte der Wurm in ihr gewohnt, hatte ihre Figur ruiniert, ihre Taille zur Geschichte werden lassen. Dieses Geschöpf, empfangen nach einer gewalttätigen Nacht, hatte es ihr unmöglich gemacht, weiterhin auf dem Rücken ihrer geliebten Pferde durch den Forst zu reiten. Seit Monaten vermisste sie den Geruch des feuchten Waldbodens nach einem lang ersehnten Regen. Wenn sich die Erde vollsog wie ein dürstender Schwamm. Sie liebte den Wald und all seine Geheimnisse, das Sonnenlicht zwischen den Zweigen, die geheimnisvollen Schatten. Sie seufzte bei dem Gedanken an den unverwechselbaren Geruch, wenn im Herbst die Pilze aus dem Unterholz sprossen. Das alles würde sie jetzt bald wieder erleben. Jetzt, wo das Balg endlich da war. Die Hebamme hatte das schreiende Bündel hinausgetragen. Zwölf Stunden hatte es ihr das Dasein zur Hölle gemacht. Zwölf Stunden, in denen sich der Schmerz bis zur Besinnungslosigkeit gesteigert hatte. Nun hörte sie es aus der Ferne schreien. Niemals würde sie es lieben können. Ebenso wenig wie sie seinen Vater jemals lieben würde. Wie hatte es passieren können, dass sie sich diesem Mann an den Hals geworfen hatte. Diese Frage hatte sie sich in den vergangenen Monaten immer und immer wieder gestellt. War es sein Geld gewesen, das sie so beeindruckt hatte? Er besaß ein großes Sägewerk auf der *Schwäbischen Alb* in der Nähe des Haupt- und Landgestüts Marbach. Dort, im Gestüt, hatten sie sich kennengelernt. Sie war auf der Suche nach einem Reitpferd. Er war auf der Suche nach einem Schwarzwälder Kaltblut, einem Arbeitspferd für die Waldarbeit gewesen. Sie hatte ihm ein paar Tipps gegeben, so waren sie miteinander ins Gespräch gekommen. Sie kannte sich aus in der Pferdezucht, war leidenschaftliche Reiterin. Er war ein leidenschaftlicher Jäger. Sie hatten sich lange unterhalten, schon am ersten Abend. Über die Pferde und über die Jagd. So hatte alles angefangen. Er hatte sie umworben, ihr eines dieser wunderbaren Trakehner Pferde in Aussicht gestellt, und sie, sie hatte sich an ihn verkauft. Damals war ihr noch nicht klar gewesen, dass es ihm bei der Jagd nur um eines gegangen war. Um das Töten! Schon bald nachdem sie geheiratet hatten, hatte er ihr sein wahres Gesicht offenbart. Nun hatte sie ihm ein Kind geboren. Seine Tochter. Nun würde sie gehen. Zurück zu ihren Eltern. Die Pferde würde sie mitnehmen. Er hatte seine Jagd. Seine Trophäen und jetzt auch seine Tochter …

## FÜNFUNDSECHZIG JAHRE SPÄTER

*Ein monotones Geräusch drang langsam in ihr Unterbewusstsein. Ein leises Brummen und Summen, dem schon bald ein helles Gluckern folgen würde. Sie hielt die Augen geschlossen. Sie brauchte keine Uhr, um zu wissen, dass es fünf Uhr in der Frühe war. Langsam setzte sich die Heizung in Gang. Vor halb acht würde es draußen nicht hell werden, nicht im November. Sie fror. Wie damals, als sie über die schneebedeckte Wiese zurück in ihr Zimmer geschlichen war und sich unter ihrem Deckbett verborgen gehalten hatte. Länger als sechzig Jahre war das her. Fast war es ihr gelungen, den Schleier des*

*Vergessens endlich darüber auszubreiten. Doch dann war sie ihm begegnet und alles war wieder da. Er hatte sie angesehen mit seinen eisblauen Augen. Den Augen eines Huskys. Diese Augen hatte sie nie vergessen. Doch damals, im Gerichtssaal, vor mehr als vierzig Jahren, damals hatten diese Augen nicht sie im Visier gehabt. Zum Glück nicht. Diese Augen hatten in einem anderen den Täter gesehen und dafür gesorgt, dass dieser hinter Gitter gekommen war. Sein Irrtum war ihre Rettung gewesen. Und der Tod des Unschuldigen. Und nun? Er hatte sie erkannt, dessen war sie sich sicher. Sie drehte sich um, fand keine Ruhe mehr. Langsam wurde es warm in dem Raum. Sie stand auf und schlüpfte in ihre Hausschuhe. Trat ans Fenster und blickte hinaus in die Dunkelheit. Sie hatte gemordet. Damals. Und heute. Das Damals hatte sie verdrängt. Nie hatte sie sich auch nur im Geringsten schuldig gefühlt. Im Gegenteil. Sie hatte den Menschen getötet, der sie gequält hatte. Nach seinem Tod hatte sie sich unendlich stark gefühlt. Befreit, von den Schatten der Vergangenheit, die allmählich zu verblassen begannen. Durch seinen Tod hatte sie auch ihren inneren Peiniger zu Fall gebracht. Hätte sie es damals nicht getan, wer weiß, ob sie überlebt hätte. Als er sie das erste Mal mit der Peitsche geschlagen hatte, waren die Narben auf ihrem Rücken aufgeplatzt. Narben, die sie Jahre zuvor nach Schlägen davongetragen hatte, die nie verheilt waren. Verletzungen, die in ihrer Seele brannten. Damals hatte sie richtig gehandelt. Und das Heute zwang sie dazu, es wieder zu tun. Sie musste verhindern, dass sie jetzt, ein ganzes Leben später, dafür zu Rechenschaft gezogen wurde. Den ersten Schritt hatte sie bereits getan. Es war nur eine Frage der Zeit, bis zu seinem letzten Atemzug. Auch für den anderen hatte sie eine Lösung gefunden. Sie wusste, wie sie es anstellen würde. Der geeignete Moment würde kommen, dessen war sie sich sicher.*

# EINS – SONNTAG

Wo die nur alle wieder bleiben«, sagte Schwester Sandra und knallte die Kaffeetassen auf den Teewagen.

»Jeden Sonntag ist es das gleiche«, maulte sie weiter und schob den Wagen aus der Küche.

»Was heißt hier jeden Sonntag, es ist jeden Tag das gleiche«, antwortete Schwester Inge gelassen und schnitt in aller Ruhe gleichmäßige Stücke von einem Hefezopf, die sie anschließend auf den Tellern platzierte. Der Duft von frischem Kaffee und Kamillentee lag in der Luft.

»Hast du die Kerzen in die Teelichter gegeben?«, fragte sie Sandra, die lustlos die Tassen auf den Tischen verteilte. Der erste Advent war zwar erst in einer Woche, doch sie hatten bereits jetzt einige Tannenzweige in Vasen drapiert und diese mit kleinen Strohengeln geschmückt.

»Ja, klar doch«, antwortete Sandra gereizt und fuhr fort, nun die lieblos zusammengefalteten Papierservietten neben die jeweiligen Kuchenteller zu legen.

»Frau Maier braucht eine Schnabeltasse«, erinnerte sie Inge, doch Sandra hörte sie nicht. Sie hatte bereits wieder den Knopf in ihrem Ohr, aus dem Heavy Metall dröhnte. Inge schüttelte den Kopf. Dieses junge Ding. Was hatte sie sich dabei gedacht, als sie sich für diese Ausbildung entschieden hatte. Sandra war ganz und gar empathielos, ungeduldig mit den alten Leuten, unfreundlich und – was noch schlimmer war – unzuverlässig. Wie oft schon hatte sie Medikamente verwechselt, oder gar vergessen, sie den alten Herrschaften zu verabreichen. Zum Glück hatte Inge Schwester Sandra von Anfang an im Auge gehabt und dadurch bisher Schlimmeres verhindern können. Gegenüber

Sandra war der junge Türke, der seit einigen Wochen hier nach einer Bewährungsstrafe seinen sozialen Dienst leistete, ein wahrer Lichtblick. Er war ein kräftiger Junge, der nach anfänglichen Schwierigkeiten, die vor allem seinem schlechten Deutsch geschuldet waren, schnell seine Scheu verloren hatte und inzwischen eine wirkliche Bereicherung im Stift Himmelruh darstellte. Nicht nur der alte Wichrowsky hatte einen Narren an ihm gefressen, auch Oberstudienrätin Kraushaar hatte ihn schnell in ihr Herz geschlossen und jede Gelegenheit genutzt, mit ihm an seiner Sprache zu feilen. Zunächst hatten sie alle gelacht, als er sich mit seinem Namen vorgestellt hatte. Murat Kächele. Inge erinnerte sich noch gut an das Gelächter der alten Leute. Murat war der Sohn eines Schwaben und einer türkischen Mutter, die den Fehler gemacht hatte, nach dem frühen Tod ihres Mannes mit Murat überwiegend in ihrer Muttersprache zu reden. Murat hatte vor einigen Monaten eine alte Frau in ihrer Wohnung überfallen und niedergeschlagen. Er hatte sich selbst gestellt, was sich strafmildernd ausgewirkt hatte, doch um die Sozialstunden war er nicht herumgekommen. Umso verwunderlicher war es, dass er gerade zu der alten Oberstudienrätin, die allgemein als Zicke galt, eine solche Zuneigung entwickelt hatte. Heute hatte er frei, was schade war, viel lieber hätte sie den Nachmittag mit ihm gestaltet als mit Sandra, dieser Kratzbürste.

»Könne Sie ned besser aufpassen?«, riss die brüchige Stimme Frau Gottliebs Inge aus ihren Gedanken.

»Sie sollen halt Ihre Füß auch auf dem Brett stehen lassen, wenn ich Sie mit dem Rollstuhl durch die Pampa schieb!«, giftete Sandra zurück. Inge schüttelte den Kopf. Gewiss war es schwer, mit all den Marotten der Heimbewohner umzugehen, doch keiner wusste, wie er selbst einmal im Alter werden würde.

»Des wär dem Murat ned passiert!«, konterte Frau Gottlieb. »Der passt besser auf, und noch was«, fuhr sie unbeirrt fort »ich will heut beim Herrn Wichrowsky sitzen.«

»A Altersheim isch koi Wunschkonzert. Sie hocket da, wo sie immer hocket. Neben dem Herrn Wichrowsky hockt die Frau Klösterle, des wissed Sie ganz genau.«

Frau Gottlieb nahm ihre Füße vom Brett und stampfte wütend auf. »Ich will aber neben dem Herrn Wichrowsky hocka!«

»Ach lecked Sie mich doch am Socka!«, schnaubte Sandra und ließ Frau Gottliebs Rollstuhl mitten im Raum stehen.

»Was soll ich macha?«, schrie Frau Gottlieb. Doch Sandra hob die Hand und zeigte ihr nur den Stinkefinger.

»Habed Sie was an der Hand? Habed Sie sich verletzt?«, wollte Frau Gottlieb wissen, doch in dem Moment kam Frau Balthasar den Flur entlang. Wie immer, wenn sie konsterniert war, hatte sie beide Augenbrauen so weit nach oben gezogen, dass sie beinahe unter ihrem akkurat geschnitten grauen Pony verschwanden. Offensichtlich hatte sie die letzten Worte noch mitbekommen.

»Warten Sie, Frau Gottlieb«, sagte sie betont rücksichtsvoll, »ich nehme Sie mit an den Tisch.« Sie schob Frau Gottlieb an ihren gewohnten Platz, wand sich, ohne diese eines weiteren Blickes zu würdigen, ab, und ließ sich ihrerseits an ihrem Platz nieder. Inzwischen hatte sich der Saal gefüllt. Inge hatte das Licht gedimmt und die CD mit den Weihnachtsliedern in den CD-Player gelegt. Sie freute sich auf einen gemütlichen Nachmittag mit den alten Menschen, die ihr, bis auf wenige Ausnahmen, am Herzen lagen. Während es draußen stürmte, und Regen gegen die großen Scheiben des Speisesaals prasselten, verströmten die frischen Tannenzweige einen vorweihnachtlichen Duft. Wo nur Herr Wichrowsky blieb? Er hatte das Mittagessen vorzeitig verlassen. Es ginge ihm gut, hatte er gemeint, er wolle sich lediglich etwas früher hinlegen, um am Nachmittag frisch und ausgeruht zu sein. Dabei hatte er einen liebevollen Blick auf Frau Klösterle, den Neuzugang aus Zimmer Herbstzeitlose geworfen, die ihm am Tisch gegenübersaß.

»Wo bleibt denn der Herr Wichrowsky?«, klang es weinerlich von Frau Gottlieb.

Frau Balthasar räusperte sich herzhaft, zog die Augenbrauen noch weiter unter ihren Pony zurück und hob an, etwas zu sagen, doch ein anderer kam ihr zuvor:

»Habt Ihr denn alle ned gemerkt, dass die Klösterle au ned da ist? Ja was werded die jetzt wohl machen, ha? Ein Schäferstündle werded die abhalten, nix andres!«

Frau Gottlieb ließ klirrend die Kuchengabel fallen, dann wurde es still im Raum. Erst jetzt bemerkten es alle. Auch der Stuhl von Frau Klösterle war leer.

»Herr Klein!«, Schwester Inge sprang von ihrem Stuhl auf. »Was erlauben Sie sich!«

Dieser giftige alte Mann, der seit ein paar Wochen die ganze Station mit seinen Boshaftigkeiten aufmischte, hatte es gerade nötig, eine solche Äußerung zu tun. Keine der Schwestern mochte sich um ihn kümmern. Ständig prahlte er mit seiner Manneskraft, die sich offensichtlich nur noch in seinem Kopf abspielte, was ihn nicht davon abhielt, wann immer er die Möglichkeit dazu sah, den Schwestern an den Hintern zu fassen.

»Sie alter Luschtmolch«, ertönte da die Stimme Frau Gottliebs. »Der Herr Wichrowsky ist ein Tschentlemän. Der isch ned so ein alter Dackel wie Sie, der dene arme Schwestern dauernd uff den Hintern klopft.«

»Was haben die gsagt?«, fragte eine andere Dame, deren Hörgerät seit einigen Tagen beim Akustiker zur Reparatur lag.

»Nix«, schrie ihr Inge ins Ohr, »nur die Wahrheit!«

Sie griff zur Kaffeekanne, um den Herrschaften einzuschenken, als aus dem Zimmer von Herrn Wichrowsky ein spitzer Schrei erklang. Gleich darauf erschien Frau Klösterle auf dem Flur.

»Tot«, sagte sie tonlos. »Kommen Sie schnell! Ich glaube, der Rudolf ist tot!«

Haben Sie keinen Hunger?«

Theodora hielt die Augen geschlossen. Sich *Totstellen* schien ihr der einzige Ausweg zu sein, einer Unterhaltung mit der Frau, die kauend neben ihr saß, zu entgehen. Als sie vor einer Stunde in Nürnberg in diesen verdammten Zug eingestiegen war, hatte sich dieser wandelnde Futtertrog neben ihr niedergelassen. Sie hatte einen Korb zwischen sich und Theodora auf die Sitzbank gestellt und sofort damit begonnen, an ihr leibliches Wohl zu denken. Theodora hatte die Augen zugemacht, um einem Gespräch mit ihr aus dem Weg zu gehen. Zunächst hatte der Verschluss einer Dose geknallt, kurz darauf rann das Getränk, was auch immer es sein mochte, ihrer Sitznachbarin geräuschvoll durch die Kehle. Diesen Vorgang begleitete diese mit wohligem Grunzen und schloss ihn mit einem kleinen, aber unüberhörbaren Rülpser, ab. Einen Herzschlag später begann sie in ihrem Korb zu kramen und beförderte – dem Geruch nach – ein mit Leberwurst bestrichenes Brot zutage. Bereits jetzt formierten sich Fluchtgedanken in Theodoras Kopf, doch zunächst stellte sie sich weiterhin schlafend. Irgendwann einmal musste jeder Mensch satt sein, vielleicht sogar ihre Sitznachbarin.

Dabei hatte sich die Rückfahrt von der Ostsee zunächst so gut angelassen. Bis Rostock hatte sie vollkommen alleine im Abteil gesessen und es genossen, in aller Ruhe die vergangenen vier Wochen vor ihrem inneren Auge Revue passieren zu lassen. So vieles war geschehen, in dieser Zeit, so vieles, was sie noch nicht einsortieren konnte. Nach der Sache mit Gabriele Engel hatte nicht nur Kriminaloberrat Rüdiger Hummel darauf gedrängt, dass sie eine Auszeit nahm, auch der Polizeipsychologe hatte es für unerlässlich gehalten und so hatte sie sich kurz entschlossen für einen Aufenthalt an der Ostsee entschieden. Möglichst weit weg von allem, was zu ihrem Leben und ihrem Alltag gehörte. Ganz vorn rangierte in dieser Liste ihr Vater. Das Problem seiner weiteren Behandlung und der damit verbundenen Unterbringung in einem Heim war nur aufgeschoben. Dieses »Projekt« würde sie als Erstes angehen müssen. Wie sich das Verhältnis zu ihrem Kollegen Eisele entwickeln würde, musste die Zukunft zeigen. Immerhin hatte er versucht, ihr das Leben zu retten.

»Hallo, geht's Ihnen nicht gut?«, jemand zupfte an Theodoras Ärmel. »Haben Sie denn gar keinen Hunger? Ich hätte da noch ein Käsebrötchen, das können Sie gerne haben!«

Theodora seufzte und öffnete die Augen. Die Frau biss gerade in ein frisch geschältes, hart gekochtes Ei, was den unangenehmen Geruch erklärte, den Theodora seit einigen Sekunden wahrgenommen hatte. Sie blickte in ein rundes Gesicht und in neugierige Augen, auf einen vollen Mund, in dessen Winkeln gelbe trockene Krümel hingen. Automatisch rückte Theodora ein Stück von ihr ab. Wenn sie jetzt noch ein Wort sagen würde, dann …

»Ach da sind Sie ja wieder. Sie haben also doch geschlafen?«

Sie hatte es gewusst! Es hatte gar nicht anders sein können! Eine Salve gelber Krümel landete auf Theodoras schwarzem Rollkragenpullover.

»Ja, ich habe tatsächlich geschlafen«, log Theodora, »und jetzt werden Sie verstehen, dass ich mir ein wenig die Füße vertrete.« Sie schälte sich aus dem Sitz, wuchtete ihren Koffer von der Ablage und verabschiedete sich. Die verbleibenden knapp zwei Stunden Fahrzeit würde sie überall verbringen, zur Not auf der Toilette. Keinesfalls wollte sie auch nur noch eine Sekunde länger neben dieser mampfenden Matrone sitzen. Theodoras Knie zitterten. Wie spät war es eigentlich? Sie blickte auf die Uhr und erschrak. Tatsächlich hatte sie seit dem Frühstück um halb fünf in der Frühe nichts mehr zu sich genommen. Vor 22 Uhr würde sie nicht in ihrer Wohnung sein und dort wurde sie lediglich von einem leeren Kühlschrank erwartet werden. Was also lag näher, als das Bordbistro aufzusuchen. Eine heiße Tasse Tee und ein warmes Gericht würden ihr jetzt guttun.

Außer einem jungen Paar, das sich ganz nach hinten im Wagen verdrückt hatte, war das Bistro leer. Theodora suchte sich einen Platz in der Nähe der Theke, behielt ihren Koffer im Auge und holte sich dann eine Kürbiscremesuppe mit Brot. Sie setzte sich und schaute gedankenverloren aus dem Fenster, während sie die lauwarme Suppe löffelte, die – mehr Brei als Suppe – etwas mehr Würze vertragen hätte. Lautlos glitt der Zug über die Schienen. Still war es auch im Bordbistro. Das junge Paar hatte eng umschlungen die Köpfe zusammengesteckt und beschäftigte sich mit einem Smartphone. Theodora legte den Löffel zurück in den Teller und schluckte den letzten Bissen des viel zu trockenen Brotes hinunter. Sie schaute aus dem Fenster. Bis vor wenigen Minuten noch war die Landschaft an ihr vorbeigeflogen, nun war die Dunkelheit hereingebrochen. Sie nahm das Teeglas von dem kleinen altmodischen Teller mit dem runden Untersetzer aus Papier. Unglaublich, dass in einem modernen Zug noch immer dieses altbackene Geschirr verwendet wurde. Oder war das inzwischen wieder modern? Der Tee war noch immer sehr heiß. Vorsichtig trank sie in kleinen Schlucken. Interessiert hielt sie dabei den Blick auf das Fenster ihr gegenüber gerichtet. In der Scheibe spiegelte sich eine Frau in schwarzem Rollkragenpullover. Um den Hals geschlungen hatte sie einen grünen flauschigen Schal, die roten Locken fielen ihr locker über die Schultern. In den Ohren trug sie große silberne Scheiben, in deren Mitte ein tiefvioletter Amethyst thronte. Theodora stellte das inzwischen leere Glas zurück auf den Unterteller und schloss die Augen. Sie dachte zurück an den Moment, der ihr ganzes bisheriges Leben veränderte. Es war in der ersten Woche ihres Aufenthaltes gewesen. Schon vor dem Frühstück hatte sie sich aufgemacht, um die Gegend rund um das Hotel zu erkunden. Der kühle Seewind trug einen süßlichen Duft nach Weihrauch und Patschuli zu ihr herüber. Sie war diesem Duft gefolgt und nahm bereits nach wenigen Schritten in der Ferne einen bunten Jahrmarktswagen wahr. Auf einem Ständer wehten bunte Tücher im Wind.

»Darf es noch etwas sein?«

Die Stimme des Servicemitarbeiters riss Theodora aus ihren Gedanken.

»Nein, vielen Dank«, erwiderte sie, doch der junge Mann hatte sich bereits abgewandt. Beim Gedanken an die mampfende Matrone entschied sich Theodora, den Rest der Fahrt einfach im Bistro sitzen zu bleiben. Noch immer waren das junge Paar, das zwischendurch leise gekichert hatte, und sie, die einzigen Gäste im Bistro. Erneut betrachtete sie ihr Spiegelbild im Fenster des durch die Dunkelheit gleitenden Zuges. Sie sah eine Frau, die sich in einer weichen Bewegung eine Strähne aus dem Gesicht strich. Aus einem Gesicht, das bis vor wenigen Wochen noch kantig gewesen war. Nun war es voller geworden. Sie lächelte. Nie hätte sie damit gerechnet, dass ausgerechnet ihr so etwas passieren würde, doch es war geschehen. Sie hatte sich verliebt. Theodora lehnte sich im Sitz zurück. Das Schaukeln des Zuges versetzte sie in einen meditativen Zustand. Mechanisch griff sie zu ihrem Ohr, fühlte das kühle Metall. Damit hatte alles begonnen, mit diesen Ohrringen.

»Nimm sie! Sie stehen dir ganz ausgezeichnet«, hatte sie eine Stimme hinter sich vernommen, als sie sich am Stand des Inders in einem Handspiegel betrachtete. Sie hatte sich umgedreht und in ein paar eisblaue Augen geblickt. Diese Augen, um die sich kleine, wettergegerbte Lachfalten abzeichneten, waren voller Wärme gewesen.

»Also ich würde da nicht lang zögern. Wirklich, nimm sie, sie haben nur auf dich gewartet«, war er fortgefahren und es hatte sie nicht im Geringsten gestört, dass er sie vertraulich geduzt hatte. Spontan drückte sie dem Händler 80 Euro in die Hand und behielt die Ohrringe gleich an.

»Der Amethyst ist ein ganz besonderer Heilstein«, hatte er begonnen zu erklären und ihr damit ein Lachen entlockt. »Warum lachst du?«, hatte er irritiert gefragt, um gleich darauf fortzufahren: »Der Amethyst vertreibt die schlechten Gedanken«, weiter war er nicht gekommen.

»Der Name des Edelsteins ist aus dem Griechischen abgeleitet«, war sie ihm ins Wort gefallen. »Amethyst bedeutet, dem Rausch entgegenwirkend.«

Nun war er es, der lachte. »Du willst also damit andeuten, dass sich die Wirkung von Alkohol für die Träger eines Amethysten reduziert?«, die kleinen Fältchen um seine Augen wurden tiefer und Theodora überkam ein Gefühl in der Magengrube, das sie seit ihrem sechzehnten Lebensjahr nicht mehr gespürt hatte.

»Genauso ist es«, hatte sie ihm zugestimmt. »Außerdem wird dem Amethyst eine vielseitige Heilwirkung nachgesagt.

Ich bin eine große Anhängerin der Schriften Hildegard von Bingens, falls du weißt, wen ich meine?«

»Oh ja, ich weiß, wer Hildegard von Bingen war. Aber du weißt auch, dass es keine Zufälle gibt?«, hatte er mit ruhiger Stimme gesagt und die Lachfältchen um seine Augen hatten sich geglättet. »Gleich hinter dem Hotel ist eine kleine griechische Taverne, das Poseidon. Sagen wir um halb acht?«

Sie hatte nur genickt und die Schmetterlinge in ihrem Inneren still gebeten, sie nicht zu verraten. Theodora Klein in einem solchen Zustand war etwas, was nicht sein durfte. Dennoch war dies der Anfang von vier wunderbar erfüllten Wochen gewesen, denn ab diesem Abend war ihr Amadeus nicht mehr von der Seite gewichen, bis zum Ende ihres Aufenthaltes.

In ihrer letzten Nacht hatte sie sich aus dem Bett geschlichen. Immer wieder hatte sie Amadeus Atemzügen gelauscht, doch er hatte tief und fest geschlafen, fast wie ein Kind. Sie hatte sich ein Blatt Papier genommen und begonnen zu schreiben. Zunächst musste sie den Stift immer wieder absetzen, zu viel wollte aus ihr heraus, zu vieles, was sie zuerst für sich selbst ordnen und sortieren musste, doch dann, als der Morgen dämmerte, hatte sie es zu Papier gebracht. Alles, was sie bewegte. Amadeus hatte die Kälte in ihren Inneren verscheucht. Was niemand je gelungen war, hatte er geschafft. Durch seine Liebe war es ihr endlich gelungen, sich selbst anzunehmen, ja sogar sich selbst zu mögen. Dafür dankte sie ihm. Sie schrieb ihm, wie sehr sie sich auf die Zukunft freute, vielleicht sogar auf eine gemeinsame Zukunft mit ihm. Sie schloss mit den Worten *in Liebe Theodora* und schüttelte dabei lächelnd mit dem Kopf. So ganz geheuer war ihr die neue Theodora doch noch nicht, doch sie gefiel ihr. Dann hatte sie den Brief zusammengefaltet und ihn heimlich in die Seitentasche des Anoraks gesteckt, der am

Garderobenhaken hing. Sie hoffte, Amadeus würde ihn erst finden, wenn sie im Zug säße.

Ein Geräusch riss Theodora aus ihren Gedanken. Es war der Ton, den ihr Handy verursachte, wenn sie eine WhatsApp erhielt. Ihr Herzschlag beschleunigte sich. Sie warf einen letzten Blick auf ihr Spiegelbild, bevor sie in ihre Umhängetasche griff und nach ihrem Handy fischte. Ein lila Punkt hüpfte über die Oberfläche. Tatsächlich. Eine WhatsApp-Nachricht. Das konnte nur Amadeus sein. Sicher hatte er soeben den Brief entdeckt. Voller Freude öffnete sie das Dialogfeld und las:

»Hallo Theo, wann kommst du an? Muss dringend mit dir reden. Bitte melde dich. Komm einfach hoch. Habe gekocht. Gruß Aylin.«

Enttäuscht ließ Theodora die Hände in den Schoß sinken. Wie schade. Nur Aylin. Was sie wohl wieder mit ihr bequatschen wollte? Ganz sicher hatte Murat wieder irgendetwas ausgefressen. Sie seufzte. Noch einmal versuchte sie, sich zurück zu träumen, in die Zeit, die sie mit Amadeus, dem Klangschalentherapeuten, verbracht hatte. Zu den Abenden, an denen sie ihm die Tarotkarten gelegt hatte, und an die Nacht, in der sie, nach dem Genuss eines starken Joints, in seinem Bett gelandet war. Dies war die erste, aber nicht die letzte Nacht gewesen. Sie, die enthaltsame Kriminalkommissarin Theodora Klein, hatte vollkommen den Verstand verloren.

»Haben Sie wirklich keinen Wunsch mehr? Ich würde sonst schließen?«, der Kellner des Bordbistros sah sie erneut fragend an. Theodora schüttelte stumm mit dem Kopf. Ob sie wollte oder nicht, sie musste zurück an ihren Platz im Abteil. Schon von Weitem hörte sie die Matrone schnarchen. Offenbar hielt sie einen Verdauungsschlaf.

Noch zwei Stunden Fahrzeit und die Realität hatte sie endgültig wieder.

Wie oft mussten Sie diese Kerze in diesem Jahr schon anzünden?« Dr. Schnabel warf seinen Mantel und seine Aktenmappe auf einen Stuhl. Wie immer, wenn ein Bewohner verstorben war, hatte Inge die Totenkerze auf dem Sideboard angezündet, die nun still in einem Windlichtglas vor sich hin flackerte. Sie und Dr. Schnabel waren inzwischen ein eingespieltes Team, wenn es darum ging, einen Totenschein auszustellen.

»Das wissen Sie doch, Dr. Schnabel. Herr Wichrowsky ist der zwölfte Tote in diesem Jahr. Jeden Monat haben wir einen Menschen hier verloren. Ich räum die Kerze gar nicht erst weg, ich leg sie inzwischen nur noch oben in die Schublade, damit sie jeder gleich findet, für den Fall, dass ich vielleicht ausnahmsweise mal gerade keinen Dienst haben sollte, wenn jemand stirbt.«

»Das klingt bitter, liebe Inge, aber es ist ein schönes Ritual …«

»Das klingt nicht nur bitter, das ist bitter! Und das ist nicht der einzige Wermutstropfen. Sie wissen so gut wie ich, dass wir hier im Heim chronisch unterbesetzt sind. Und mit Sandra – na ja, Sie wissen ja – der einzige Lichtblick in meinem Team ist, sie werden es nicht glauben, Murat, der junge Türke. Der hat das Herz am rechten Fleck, leider weiß er das bis jetzt selbst noch nicht. Ich musste Sandra heute Nachmittag nach Hause schicken. Stellen Sie sich vor, sie ist fast durchgedreht, als wir den toten Herrn Wichrowsky gefunden haben. Er war wohl der erste Tote, den sie gesehen hat. Aber er wird ganz sicher nicht der letzte bleiben. Wenn sie tatsächlich in diesem Beruf bleiben will, für den sie sich meiner Meinung nach überhaupt nicht eignet, dann …«

»Inge …«, unterbrach Dr. Schnabel ihren Redefluss und blickte demonstrativ auf seine Armbanduhr. »Meinen Sie, wir könnten uns jetzt ein bisschen beeilen? Die Sportsendungen heute … ich meine … die Ergebnisse der Fußballspiele vom Wochenende …«

»Ja, ja, wir gehen schon. Kommen Sie.«

»Herr Doktor!«, erklang es in dem Moment schrill aus einem Zimmer am Ende des Korridors.

»Frau Balthasar! Ich glaube, wir müssen vorher noch einen Umweg über *Zimmer Heckenrose* machen«, flüsterte Schwester Inge und verdrehte die Augen. Dr. Schnabel folgte ihr widerwillig.

»Herr Doktor«, klang es weinerlich aus dem Zimmer, dessen Tür nur angelehnt war. Dr. Schnabel klopfte und trat ein, Inge folgte ihm.

»Mein Herz! Es rast so! Herr Doktor, die Aufregung …«, Frau Balthasar hing in ihrem Ohrensessel wie ein schlaffer Pflanzenstängel, die Hände hielt sie auf ihr Herz gepresst.

»Bitte geben Sie mir etwas zur Beruhigung, ich kann keine Aufregungen mehr ertragen in meinem Alter«, schluchzte sie. »Der arme Mann, er war eine solche Bereicherung, hier, unter all den, na ja, Sie wissen schon.«

Weiter kam sie nicht. Dr. Schnabel hatte bereits seine Tasche abgestellt und eine Spritze hervorgezogen. Eine Leiche reichte am Sonntag um diese Uhrzeit. Immerhin war der alte Wichrowsky schon der zweite Tote in diesem Monat, der so kurz vor der Sportschau verstorben war, als ob es nicht auch noch andere Wochentage oder Tageszeiten zum Sterben gab. Beim Anblick der Spritze erschrak die alte Dame. Mit einem Ruck setzte sie sich gerade.

»Nein, du lieber Himmel, keine Spritze, damit machen Sie alles nur noch schlimmer. Ich verliere schon beim Anblick von diesen Dingern das Bewusstsein.«

Neugierig starrte sie in den geöffneten Koffer. »Haben Sie denn keine Tabletten dabei für solche Fälle?«, fuhr sie fort und zeigte auf eine Tablettenschachtel. Dr. Schnabel öffnete einen Moment den Mund, um ihn sofort darauf wieder zu schließen. Er hatte absolut keinen Nerv, sich mit dieser alten Schachtel auf eine Diskussion einzulassen. In Anbetracht der fortgeschrittenen Zeit und dieser besonderen Umstände griff Dr. Schnabel gerne in seinen Arztkoffer und reichte Frau Balthasar ein Päckchen mit Tabletten.

»Nur eine heute Abend, und wenn es gar nicht anders geht, noch eine in der Nacht«, ermahnte er.

»Sie sind gut! Mehr als zwei Tabletten sind da sowieso nicht mehr drin«, bäffte ihm Frau Balthasar entrüstet nach.

»Jetzt isses aber gut«, schnaubte Inge und zog die Tür von *Zimmer Heckenrose* hinter sich ins Schloss.

Dr. Schnabel war bereits vorausgeeilt, jedoch vor dem Zimmer von Herrn Wichrowsky stehen geblieben. Behutsam, als könne sie noch jemanden erschrecken, öffnete Inge die Tür. Sie betrachtete den Verstorbenen, dessen Präsenz selbst im Tod noch immer gewaltig war, mit Respekt. Tatsächlich war Herr Wichrowsky ein besonderer Mensch gewesen. Höflich, klug und belesen, weit gereist, und auf eine gewisse Weise geheimnisumwittert. Eine Familie schien er nicht zu haben. Außer einem angeblichen Freund gab es niemanden in seinem Leben. Erst jetzt, am Ende seines Daseins, Frau Klösterle.

Friedlich lag er auf seinem Bett, ganz so, als ob er schliefe. Noch immer trug er das blau-weiß gestreifte Hemd und die rote Fliege mit Paisleymuster, die er bereits zum Mittagessen getragen hatte, dazu eine grüne Strickjacke und graue Flanellhosen. Seine mit Lammfell gefütterten Hausschuhe hatte er ordentlich auf seinem Bettvorleger abgestellt.

»Dann wollen wir mal«, sagte Dr. Schnabel und öffnete seinen Arztkoffer.

Vierzig Minuten später hatten Dr. Schnabel und Schwester Inge im Schwesternzimmer Platz genommen.

»Also, wie zu vermuten war«, Dr. Schnabel schraubte den Deckel seines Federhalters ab. »Der Mann ist an einer natürlichen Todesursache gestorben. Zum einen war er Diabetiker, zum anderen hat er bereits zwei Herzinfarkte überstanden. Ich gehe davon aus, dass er einen dritten, stummen Infarkt hatte. Dafür spricht auch die Tatsache, dass er am Nachmittag über leichte Übelkeit geklagt hat. Sie sagten doch so etwas?«

»Ja, ja, so was in der Art. Jedenfalls hat er sich früher als sonst hingelegt«, pflichtete Inge ihm rasch bei.

»Und seine Insulinspritze? Hat er die bekommen?«

»Ja, ganz sicher. Ich selbst habe die Medikamente bereitgestellt. Sandra hat sie dann verabreicht. Sie hat nichts Ungewöhnliches berichtet.«

»Na, dann hat ja alles seine Richtigkeit«, stellte Dr. Schnabel zufrieden fest und setzte seine Unterschrift auf den Totenschein. »Sie können jetzt den Bestatter informieren.«

»Das werde ich unverzüglich tun«, sagte Schwester Inge, während sie Dr. Schnabel, der nun noch rechtzeitig zu seinen Fußballergebnissen zu Hause sein würde, zur Tür begleitete.

Das vergilbte Blatt Papier, das der Luftzug unter das Bett des Verstorbenen geweht hatte, hatten sie beide übersehen.

Der Zug fuhr pünktlich um 22 Uhr auf dem, was vom Stuttgarter Hauptbahnhof übrig geblieben war, ein. Lustlos zog Theodora ihren Koffer hinter sich her zum Ausgang. Die jungen Leute, die vorhin noch so ruhig im Bordbistro gesessen hatten, drängelten sich an ihr vorbei und rempelten sie mit ihrem Rucksack an. Kopfschüttelnd ließ sie ihnen den Vortritt. Die heutige Jugend eben, kein Benehmen, ging es ihr durch den Sinn. Auch sie wollte nach dieser langen, ermüdenden Reise endlich zu Hause ankommen. Zunächst musste sie jedoch erst einmal einen endlosen Weg innerhalb des Bahnhofsgeländes zurücklegen. Wieder einmal fragte sie sich, wie es alten oder gehbehinderten Menschen gelang, solche unzumutbaren Entfernungen zu bewältigen. Die feuchte schwere Novemberluft kroch unaufhaltsam in ihre dicke lila Filzjacke. Kein Vergleich zu der guten, reinen Luft, mit der sie in den vergangenen Wochen ihre Lungen verwöhnen durfte. Der Mief der Großstadt hatte sie wieder. Endlich hatte sie den Ausgang erreicht. Von Weitem sah sie ein einsames Taxi am Taxistand. Der Fahrer ging vor dem Fahrzeug auf und ab und rauchte. Dann sah sie ihn winken. Er schnippte seine Zigarette auf den Boden, wo sie in einer Pfütze verglühte. Theodora beschleunigte ihre Schritte. Zu spät. Ein elegant gekleideter junger Mann kam angerannt und sprang sportlich in den Wagen, der Fahrer gab Gas. Theodora blieb nur der Blick auf die Rücklichter des Taxis. *So ein Mist,* zischte sie, *doch die Hoffnung stirbt zuletzt, es wird doch wohl noch ein zweites Taxi geben in dieser verdammten Stadt …*

Stimmt so«, sagte Theodora und drückte der jungen Frau zwei Scheine in die Hand. Tatsächlich war schon bald ein anderes Taxi erschienen und hatte sie sicher und schnell zu ihrer Wohnung in den Artusweg gebracht. Die junge Frau stieg aus und reichte ihr das Gepäck aus dem Kofferraum. Sie wünschte Theodora noch einen schönen Abend und fuhr davon. Theodora blieb einen Moment vor dem Haus stehen und blickte hinauf in den dritten Stock. Dort oben war noch

Licht. Es war kurz vor 23 Uhr und sie wusste, Aylin wartete auf sie. Die Gartentür ließ ihr vertrautes Quietschen hören, als Theodora sie öffnete. Sie zog den Haustürschlüssel aus ihrer Manteltasche und schloss sachte auf. Der alte Vermieter, der im Erdgeschoss wohnte, hatte neuerdings einen leichten Schlaf. Seit der Geschichte mit Gabriele Engel war er zudem überaus misstrauisch und neugierig geworden. Ihm wollte sie auf keinen Fall begegnen. So leise wie möglich schlich sie auf Zehenspitzen nach oben in ihre Wohnung. Im Treppenhaus roch es vertraut nach Aylins türkischen Gewürzen und Theodora ahnte, was sie gekocht haben könnte. Sie stellte ihren Koffer ab und schloss die Wohnungstür auf. Abgestandene Luft schlug ihr entgegen. Sie verschloss die Tür hinter sich, zog ihre Jacke aus und warf sie auf den Garderobenständer. Dann knipste sie den Lichtschalter an und sah sich in ihrer Wohnung um. Alles sah genauso aus, wie sie es bei ihrer Abreise verlassen hatte, nur die Post lag, von Aylin fein säuberlich sortiert, auf dem afrikanischen Holztisch, dem Herzstück ihrer Wohnung. Theodora ging durch den Raum und öffnete das Fenster. Dabei fiel ihr Blick in die leere Ecke, in der früher Mephistos Käfig gestanden hatte. Wie hatte sie diese Ratte geliebt. Niemals würde sie für Ramses, die Schildkröte, die sie von Eisele geschenkt bekommen hatte, dieselbe Wärme empfinden können. Dieses harte Etwas, das seinen dürren Kopf sofort erschrocken einzog und unter seinem Panzer versteckte, wenn sie sich ihm nur näherte, war so ganz und gar kein Wesen nach ihrem Geschmack. Die kratzigen Geräusche, die die langen Krallen verursachten, wenn das Tier auf der Jagd nach einem Salatblatt über den gefliesten Küchenboden kroch, bescherten ihr ähnliches Unwohlsein, als wenn jemand Styropor zerriss. Sie mochte das Reptil nicht, weshalb sie es meist in ihrem Büro in der Dienststelle ließ. Eiseles Tierhaarallergie spielte bei einer Schildkröte keine Rolle, was auch der Grund war, dass er ihr ausgerechnet Ramses geschenkt hatte. Sie begann zu frösteln, schloss das Fenster und öffnete stattdessen den Kühlschrank. Wie zu befürchten war, gähnte sie Leere an. Einzig eine Bierdose lag unten im Gemüsefach. Noch nicht einmal an eine Flasche ihres geliebten Lembergers hatte sie gedacht. Ihr Magen knurrte. Sie zog ihr Handy aus der Tasche und starrte auf das Display, in der Hoffnung, einen kleinen lila Punkt blinken zu sehen. Doch da war kein Punkt. Amadeus hatte ihr nicht geschrieben. Es half nichts, sie musste nach oben. Aylin wartete auf sie.

Kriminalassistent Georg Eisele nahm sich die Goldrandbrille von der Nase und legte sie auf einen Stapel Zeitschriften, die vor ihm auf dem Wohnzimmertisch lagen. Er saß im Halbdunkeln, unfähig, irgendetwas zu unternehmen. Er hatte Hunger. Er hatte Durst. Er fühlte sich allein. Chantal war nicht mehr da. Sie hatte den Roten Flamingo verlassen, um auf der Schwäbischen Alb auf dem Hof ihrer Eltern auszuhelfen. Ihre Mutter hatte ein künstliches Hüftgelenk bekommen und ihr Vater war bereits in einem Alter, in dem er schon länger darüber nachdachte, seinen Hof zu verkaufen. Abends und am Wochenende half sie zudem als Bedienung in einem Gasthaus aus. Eisele stand auf und ging zum Lichtschalter. Es hatte keinen Sinn, länger in der Dunkelheit zu sitzen und vergangenen Zeiten nachzutrauern. Chantal hatte die besten Kutteln gemacht, die er je gegessen hatte. Aber die Kutteln waren nicht das Einzige, was er vermisste. Außer Chantal hatte er keine Freunde, das war das eigentliche Drama. Er saß noch immer am Rosenbergplatz in der elterlichen Wohnung bei Mama und das, obwohl er sich geschworen hatte, sich endlich auf eigene Beine zu stellen mit seinen inzwischen 38 Lenzen. Er nahm wieder in dem Sessel Platz und blickte fassungslos auf die unzähligen Kleiderbügel, die seine Mutter entlang des Schranks gehängt hatte, und an deren Ende die absurdesten Stofffetzen baumelten. Es schien aussichtslos, zwar hatte sie sich nach dem Sturz während des Überfalls vor einigen Monaten von ihren Straußenfederpantoffeln verabschiedet, zu mehr Zugeständnissen war sie jedoch nicht fähig gewesen, erst recht nicht, nachdem sie eine für seine Meinung recht fragwürdige Eroberung gemacht hatte. Bei einem Konzert der Stuttgarter Philharmoniker in der Liederhalle war sie in der Pause im Foyer von einem Herrn angerempelt worden, der sie unverzüglich als Wiedergutmachung zu einem Glas Sekt eingeladen hatte. Eisele misstraute dem ältlichen Gigolo sofort, doch seine Mutter schwebte seitdem auf Wolke sieben. Wo sie nur wieder blieb. Eisele blickte auf seine Armbanduhr, stand auf und ging in die Küche. Tatsächlich herrschte im Kühlschrank die befürchtete Leere. In der Vorratskammer fand sich noch eine Dose Ravioli. Das Mindesthaltbarkeitsdatum war seit zwei Monaten abgelaufen, doch es hieß ja schließlich Mindesthaltbarkeitsdatum, also, warum sollte man da gleich eine Botulinum-Vergiftung befürchten. Wagemutig öffnete Eisele die Dose und schüttete den Inhalt in eine Keramikschüssel. Diese wiederum stellte er in den Mikrowellenherd. Zehn Minuten bei 800 Watt mussten reichen. Eisele schloss die Klappe des Gerätes und drückte den Startknopf. Dann ging er hinüber ins Badezimmer, um sich die Hände zu waschen, wie er es seit seiner Kindheit vor dem Essen zu tun pflegte. Er senkte den Kopf, während er die Flüssigseife zwischen seine Finger gleiten ließ. Diesen Anblick seines lichten Haars, andere nannten es bereits

Glatze, konnte er jetzt nicht auch noch ertragen. Schon öfter hatte er darüber nachgedacht, sich ein Haartonikum zu kaufen und in die Kopfhaut einzumassieren in der Hoffnung, dadurch wenigstens noch ein paar Büschelchen hervorzubringen. Er griff zum Handtuch und trocknete sich ab. Als er sich umdrehte, fiel sein Blick auf einen Katalog, der auf der Waschmaschine lag. Eisele stockte der Atem. Das konnte nicht sein! Mutter! Er griff nach dem Katalog und ließ sich auf dem Rand der Badewanne nieder. Auf Seite 98 wurden diverse Liebesspielzeuge von lebensecht bis gefühlsecht in verschiedenen Farben und Größen für die selbstbewusste Frau sowie eine Venusmuschel für den liebebedürftigen Herren angeboten. Eisele war entsetzt. Angewidert warf er den Katalog zurück auf die Waschmaschine. Irgendetwas knallte. Er rannte in die Küche. Im Mikrowellenherd hatte es eine Explosion gegeben. Die Ravioli hingen überall, nur nicht mehr in der Schüssel. 800 Watt bei zehn Minuten waren wohl doch etwas zu viel gewesen. Eisele kratzte die wenigen essbaren Nudeln zusammen und ging mit dem Teller zurück ins Wohnzimmer. Morgen würde Theodora Klein ins Büro zurückkommen. Er hatte Bauchweh bei dem Gedanken an sie. Ihr Verhältnis hatte sich zwar in letzter Zeit etwas gebessert, erst recht, nachdem er ihr wenigstens beinahe das Leben gerettet hatte, doch er traute dem Frieden nicht. Schließlich war er Kriminalbeamter. Er nahm die Fernbedienung und schaltete das Erste ein. Florian Silbereisen sang gerade *Versuch's noch mal mit mir*, als er sich an den heißen Ravioli den Mund verbrannte. Wütend knallte er den Teller auf den Tisch und machte den Fernseher aus. Er musste raus hier. So schnell wie möglich. Weshalb sollte er eigentlich nicht in den Roten Flamingo? Nur weil Chantal nicht mehr da war? Bei Rosi am Tresen gab es immer ein frisch gezapftes Pils für ihn und mit ihr würde er jetzt reden.

Über Mutter! Er griff den Prospekt, steckte ihn in die Seitentasche seiner Jacke und verließ fluchtartig die Wohnung. Es war schon nach zehn und seine Mutter war noch immer nicht da!

»Wie schön, dass du wieder da bist, komm rein!«

Aylin Kächeles Augen strahlten, als sie Theodora die Tür öffnete. Unaufgefordert zog Theodora ihre Schuhe aus und ging auf Strümpfen hinter Aylin ins Wohnzimmer.

»Hm, das riecht aber gut«, Theodora dachte an die Ebbe in ihrem Kühlschrank und freute sich auf das schmackhafte Essen, das sie bei Aylin erwartete. Mit einer Handbewegung wies ihr Aylin den Platz auf dem Sofa, den sie immer einnahm, wenn sie die Türkin besuchte.

»Ich habe uns eine Linsensuppe gekocht.« Aylin lachte. »Was magst du trinken?« Bevor Theodora antworten konnte, fuhr sie fort: »Ich dachte mir, da es heute so kalt ist und auch schon spät am Abend, mach ich uns heute mal etwas, was du bei mir noch nie bekommen hast.«

»Was soll das sein?«

»Ich mach uns einen Salep«, hörte sie Aylin aus der Küche rufen.

»Einen was? Einen Salep? Das habe ich ja noch nie gehört«, Theodora griff in ihre Jackentasche, holte ihr Handy hervor und legte es neben sich auf das Sofa. Ungeduldig fixierte sie das Display. »Also, was ist das, ein Salep?«, hakte sie nach.

»Das ist ein typisch türkisches Wintergetränk«, Aylin war zurück aus der Küche und stellte zwei Gläser auf den Tisch, in denen weiße, schaumige Flüssigkeit dampfte.

»Das sieht ja aus wie Latte macchiato.«

»Nur ganz knapp daneben. Mit der Milch hast du recht, aber probiere mal, da ist getrocknetes Orchideenpulver und Zimt drin. Das Rezept stammt ursprünglich aus der osmanischen Palastküche. Da wirst du später gut schlafen und träumen, du wärst im Himmel. Lass es dir schmecken!«

»Na, na, das Gesöff hat doch hoffentlich keine aphrodisierende Wirkung?«, Theodora grinste, während sie sich den Milchschaum von der Oberlippe leckte. Sie griff erneut zum Handy und starrte auf das Display.

»Ich glaube, da musst du dir keine Sorgen machen, so viel Zimt ist dann auch wieder nicht drin! Aber sag mal, warum siehst du denn dauernd auf das Handy? Erwartest du eine Nachricht? Du kannst doch auf *LAUT* stellen, dann hörst du, wenn du eine Nachricht bekommst.«

»Was du nicht sagst.« Theodora seufzte. »Du hast ja recht, aber ich bin so, ich bin so …«

»Was bist du so?«

»Ach nichts, ich weiß auch nicht, ich bin …«

»Jetzt aber raus mit der Sprache. Wenn ich dich so ansehe …«

»Was ist, wenn du mich so ansiehst?«

»Wir haben ja heute Abend eine merkwürdige Art uns zu unterhalten, ehrlich. Also, wenn ich dich so ansehe, du siehst so anders aus. Fast so, als wärst du verliebt.«

Theodora schwieg.

»Jetzt sag schon. Bist du etwa verliebt?«

»Ja!«

»Was? Tatsächlich? Du bist verliebt? Das kann ich mir bei dir gar nicht vorstellen. Entschuldige«, verhaspelte sich Aylin aufgeregt. »Aber das ist ja wunderbar! Das musst du mir erzählen.«

Theodora schluckte trocken. Sie konnte es Aylin nicht

verdenken, schließlich hatte sie seit Jahren keinen Hehl daraus gemacht, dass ihr an einem Mannsbild nichts lag.

»Also, sein Name ist Amadeus und er ist Klangschalentherapeut ...«, weiter kam Theodora nicht. Im Flur begann es zu poltern. Die Wohnungstür schlug zu. Elvis rannte unter dem Tisch hervor und begann zu bellen. Murat war nach Hause gekommen.

»Für heute hast du noch mal Glück gehabt. Aber du musst es mir unbedingt erzählen! Alles!«, flüsterte Aylin verschwörerisch, dann sprang sie auf und lief in den Flur, um ihren Sohn zu begrüßen. Nach einem kurzen Wortwechsel kam Murat ins Zimmer und setzte sich aufs Sofa.

»Wie geht es dir?«, brach Theodora das Schweigen.

»Gut«, antwortete Murat und starrte auf seine Füße.

»Magst du Theodora nicht erzählen, wie gut es dir in der Einrichtung gefällt, in der du gerade arbeitest?«

Aylin lächelte voller Stolz.

Murat zuckte mit den Schultern.

»Lass ihn doch«, beschwichtigte Theodora, »wenn er nicht will, kannst du ihn nicht dazu zwingen.«

Irgendwo begann etwas zu vibrieren. Murat vergrub seine Hand in der Tasche seiner Jeans und zog ein Handy hervor. »Hallo«, sagte er nur, dann weiteten sich seine Augen. Immer wieder schüttelte er mit dem Kopf, dann brüllte er »Fuck«, sprang auf und rannte nach draußen. Im Flur kickte er gegen den Schirmständer, der krachend umflog. Elvis, der Mops, rannte ins Wohnzimmer und verkroch sich unter dem Sofa.

»Fuck«, brüllte Murat noch einmal im Flur, dann fiel seine Zimmertür zu. Im selben Moment begann Heavy Metall aus seinem Zimmer zu dröhnen. Aylin hämmerte gegen Murats Zimmertür, doch er hatte sich eingeschlossen.

»Aylin, es tut mir leid, aber ich muss jetzt gehen, es ist schon spät.«

»Aber, aber, du hast doch noch gar nichts gegessen«, stammelte Aylin verwirrt und verzweifelt.

»Schon gut, die Milch hat mir gereicht, vielen Dank.«

Theodora schlüpfte in ihre Schuhe und eilte die Treppe hinab. Anscheinend war die Entwicklung, die Murat genommen hatte, weniger positiv, als Aylin es in den vergangenen Wochen geschildert hatte. Der Auftritt von heute Abend ließ nichts Gutes ahnen. Das Wabern der Bässe aus Murats Zimmer war bis ins Treppenhaus zu hören. Theodora schloss die Tür auf. Sie sah es sofort! Der Anrufbeantworter im Wohnzimmer blinkte. Mit zittrigen Händen drückte sie den Knopf. Das Herz schlug ihr bis zum Hals, als sie Amadeus geliebte Stimme hörte.

»Hallo mein wilder, roter Teufel, ich vermisse dich. Heute in einer Woche werde ich bei dir sein, gute Nacht und träume schön.«

Irritiert ging Theodora ins Badezimmer. Während sie ihre Zähne putzte, betrachtete sie ihr Spiegelbild. Gewiss, sie hatte rote Locken, doch mein wilder roter Teufel hatte Amadeus sie nie genannt.

»Wer weiß, was der heute Abend geraucht hat«, murmelte sie, während sie das Licht löschte. *Verdammt, ich habe Ramses bei Aylin vergessen*, war das Letzte, an was sie dachte, bevor ihr die Augen zufielen.

Erschöpft betrat Eisele gegen 22.25 Uhr den Roten Flamingo. Seine Brille beschlug sofort, was seine schlechte Laune noch verstärkte. Den ganzen Weg über, den er zu Fuß und ohne Schirm zurückgelegt hatte, hatte es stark genieselt. Wie konnte er auch nur so blöd sein. Die erstaunlich vielen

Menschen, die bei diesem Wetter noch unterwegs waren, hatten ihn irritiert und ihm seine Einsamkeit wieder einmal deutlich gemacht. Kaum einer war allein unterwegs gewesen.

Er lugte über den Rand seiner Brille und sah, dass die Bar bis auf einen Platz belegt war. Er wollte schon wieder gehen, als er Rosi seinen Namen rufen hörte.

»Georg, alter Junge, stattest du dem Roten Flamingo auch mal wieder einen Besuch ab? Na komm, dieser Hocker hat genau auf deinen Hintern gewartet.«

Rosi lachte ihr heiseres Lachen, und balancierte wie immer eine Zigarette im Mundwinkel. Noch immer halb blind tapste Georg in Richtung Tresen und kletterte umständlich auf den Barhocker.

»Ein schlankes Blondes, wie immer«, krächzte Uschi und reichte Eisele unaufgefordert das Bier. Eine dralle Brünette auf dem Hocker neben ihm musterte ihn aufdringlich. Er hatte sie hier noch nie gesehen und ihre Nähe war ihm unangenehm.

»Wie laankweilig, schalank und balond, wo du doch so was wie mich haben kannst«, raunte die Brünette in erstaunlich tiefer Stimmlage und rückte ein Stück näher an Eisele heran. Sie schlug ihre endlos langen Beine übereinander, die in schwindelerregend hohen roten Lackstiefeln steckten. Eisele schnürte es die Kehle zu. Es waren dieselben Stiefel, die Chantal immer getragen hatte. Sollten es etwa ihre Stiefel sein, die diese Person trug? Bis eben hatte er noch gefroren, nun wurde ihm erstaunlich warm.

»Wie kommt die dazu …?«, stammelte er und starrte auf das erotische Schuhwerk.

»Olga, Kundschaft«, zischte Uschi und blickte die Brünette scharf an.

»Ich habe verstanden«, maulte diese und schwang sich vom Hocker.

»Schätzchen, machste mir einen Whiskey, doppelt ohne Eis«, dröhnte es neben Eisele und eh er sich versah, hatte ein Herr mittleren Alters in stahlgrauem Seidenanzug neben ihm Platz genommen.

»Wat machstn du fürn Jesicht, Junge?«, fragte er und schlug Eisele auf die Schulter. »Uschi, gib dem Jungen ooch eenen, so wie der kiekt, kann der eenen jebrauchen.«

Uschi warf Eisele einen sorgenvollen Blick zu. »Der ist heute so neben der Spur, da kommts auf einen Whiskey auch nicht mehr an«, murmelte sie und füllte das Glas.

»Prost«, sagte der Seidenanzug und stieß mit Eisele an.

»Prost«, antwortete dieser, wie bereits betäubt. Das letzte Mal, als er Whiskey getrunken hatte, war ihm das gar nicht bekommen. Es war bei der Weihnachtsfeier hier im Roten Flamingo gewesen. Auch an diesem Abend war er aus der heimischen Wohnung geflohen, nachdem Mutter zum wiederholten Mal die Platte mit dem Tölzer Knabenchor abgenudelt hatte. *Es hat sich eröffnet das himmlische Tor,* hatte sie lauthals mitgekräht, da war er einfach gegangen. Damals war Chantal noch da gewesen, seine Chantal. Sie hatte ihn mit nach hinten genommen in die Küche des Roten Flamingo und er hatte nicht schlecht gestaunt, dass da ein Weihnachtsbaum gestanden hatte. Keiner aus Plastik, ein echter, mit richtigen Nadeln und Harz daran.

»Prost«, sagte der stahlgraue Seidenanzug, der die ganze Zeit über auf Eisele eingeredet hatte. Er konnte ja nicht ahnen, wo sich Eisele gerade befand.

»Prost«, erwiderte Eisele und nahm erneut einen Schluck. War das noch sein erstes Glas? Mit einem Mal war ihm so heiß. Umständlich kletterte er vom Hocker herunter und zog seine Lederjacke aus. Dabei fiel ihm der Prospekt aus der Tasche. »Sach mal«, polterte sein Nachbar, als er ihn aufhob, »wat hastn du da?«

Er nahm Georg den Prospekt aus der Hand und legte ihn vor sich auf den Tresen. Uschi warf einen verärgerten Blick auf die beiden.

»Das is der Kallalog meiner Mutter«, sagte Georg.

»Der wat?«, fragte der Anzugträger.

»Der Kallalog meiner Mutter«, wiederholte Georg.

»Det is mir zu dämlich«, antwortete der Seidenanzug und warf einen Fünfzigeuroschein auf den Tresen. »Stimmt so«, bellte er und schwankte zum Ausgang.

»Tja Georg, das tut mir jetzt aber leid«, meinte Uschi. Deine drei Whiskeys musst du dann wohl leider selbst bezahlen.«

Georg antwortete nicht. Starr hielt er seinen Blick auf die vor ihm liegende Seite des Kataloges gerichtet.

»Georg, was ist denn mit dir?«, Uschi rüttelte ihn am Oberarm. Dann sah auch sie in den Katalog und begann lauthals zu lachen.

»Georg, wem sagtest du, gehört dieser Katalog?«

»Meiner Mutter«, kam es leise von ihm. »Diese Sauerei, dass die sich nicht schämt!«

Uschi nahm ihm den Prospekt ab und betrachtete das Angebot interessiert.

»Wenn du meine Meinung hören willst, Georg, dann nimm dir ein Beispiel an deiner Mutter. Wer sagt denn, dass die Lust im Alter aufhört? Es gibt Bedürfnisse, die hast du, solange du lebst. Schau dich doch hier mal um. Was glaubst du wie viele der alten Böcke, die sich hier für ein paar Stunden mit frischem Fleisch vergnügen, im selben Alter sind wie deine Mutter? Dabei ist das Einzige, was bei denen noch prall gefüllt ist, der Geldbeutel. Aber keiner von denen hat Hemmungen, im Gegenteil.«

Sie klappte den Katalog zu und schob ihn Eisele über den Tresen.

»Geh nach Hause Georg, es ist Zeit. Ich schreib es an, zahlst es halt beim nächsten Mal.«

Umständlich verstaute Georg den Katalog in der Seitentasche seiner Jacke, kletterte vom Hocker und schwankte zur Tür hinaus. Es war kalt und nieselte noch immer. *Es gibt Bedürfnisse, die hast du, solange du lebst,* hatte Rosi gesagt. Welche Bedürfnisse hatte er eigentlich?

## ZWEI – MONTAG

Es war noch Nacht draußen, als Theodoras alter Kupferwecker um 6.30 Uhr schepperte. Sie warf die Decke von sich und blieb auf dem Rücken liegen. Das war eine Uhrzeit, an die sie sich erst wieder gewöhnen musste. Vier Wochen hatte sie in einer anderen Welt gelebt. In einer Welt, die sie bisher nicht gekannt hatte, der sie sich verschlossen hatte. Doch nun war alles anders geworden. Heute ärgerte sie sich nicht einmal über den alten Wecker. Im Gegenteil, jede Sekunde, die sein Zeiger vorwärts rückte, brachte sie dem Tag näher, an dem sie Amadeus wiedersehen würde. Sie schmunzelte bei dem Gedanken, dass ausgerechnet sie begann, die Stunden bis zum Wiedersehen zu zählen wie ein frisch verliebter Backfisch. Tatsächlich verursachte allein der Gedanke an Amadeus ein Kribbeln auf ihrer Haut. In den vergangenen Jahren war das Einzige, das was sie umarmt hatte, ein Baum gewesen. Amadeus hatte sich da wesentlich besser angefühlt. Noch einmal warf sie einen Blick auf den Wecker, es half nichts, sie musste aufstehen. Sie musste ins Büro, ihre Schonzeit war vorbei. In der Wohnung war es kalt, sie hatte vergessen, die Heizung anzustellen, wie gut, dass sie im Badezimmer einen kleinen Heizofen stehen hatte. Sie schlüpfte in ihren alten Frottee-Bademantel, ein fürchterliches Ding mit weißen und roten Blockstreifen, das sie aus den 70er-Jahren herübergerettet hatte. Beim Gedanken daran, was Amadeus wohl sagen würde, wenn er sie in diesem Outfit sehen würde, schüttelte es sie. Vielleicht wäre dieses Designerstück doch allmählich ein Fall für den Altkleidersack. Sie ging ins Bad und zog das kleine Heizöfchen aus der Ecke hervor. Eine Staubwolke schoss in die Luft, als sie es einschaltete, doch sie wusste, in wenigen Minuten würde sich eine wohlige Wärme im Badezimmer ausgebreitet haben. Während sie die Zähne putzte, überlegte sie, was sie im Büro wohl erwarten würde? Wahrscheinlich keine allzu spektakulären Vorkommnisse, zumindest hoffte sie dies. Noch immer hatte sie an dem letzten Fall, dem der Gabriele Engel, mehr zu knabbern, als sie sich eingestehen wollte, da halfen auch die vier Wochen Auszeit an der See nichts. Sie würde noch viel Zeit brauchen, um dies alles zu verarbeiten. Eine Mörderin, deren Freundin sie beinahe geworden wäre. Ja, sie hatte sich zu Gabriele Engel hingezogen gefühlt, gleichzeitig hatte sie von Anfang an gespürt, dass mit dieser Frau etwas nicht stimmte. So etwas würde ihr nie wieder passieren! Spätestens jetzt hatte ihre Menschenkenntnis den letzten Schliff bekommen. Sie gurgelte und spülte sich die restliche Zahnpasta aus dem Mund. Es war Zeit, nach vorne zu blicken. *Heute in einer Woche werde ich bei dir sein,* hatte Amadeus gesagt, das war das Einzige, was zählte. Sogar die Gedanken an ihren Vater hatte sie erfolgreich in den Hintergrund verdrängt. Diesem Thema würde sie sich als Erstes stellen müssen, aber eben nicht jetzt. Erst einmal käme Amadeus, dann würde sie weitersehen. Inzwischen war es warm genug im Badezimmer. Sie zog den Bademantel aus und warf ihn über ihren Wäschekorb. Interessiert betrachtete sie ihren nackten Körper im Spiegel. Sie hatte zugenommen, eindeutig, doch es stand ihr gut. Liebe und Seeluft, beides machte hungrig. Sie genoss das warme Wasser auf der Haut ebenso, wie den zarten Schaum des nach Rosen duftenden Duschgels. Einen Moment überlegte sie, ob der Platz in ihrer Dusche wohl ausreichen würde, um sich diesem Vergnügen mit Amadeus gemeinsam hinzugeben.

*Theodora, du spinnst!*, rügte sie sich und beeilte sich stattdessen, rasch unter der Dusche hervor und in ihre Kleidung hineinzukommen. In einer schwarz-roten Karohose und einem schwarzen Rollkragenpulli saß sie kurze Zeit später an ihrem afrikanischen Holztisch, eine heiße Tasse Kaffee vor sich. Da der Kühlschrank noch leer war, musste das eigentliche Frühstück ausfallen. Zu ihrem Pulli trug sie eine rote Korallenkette, die sie vor Jahren einmal auf einer Esoterik-Messe gekauft hatte. Die Wimpern hatte sie getuscht und die Lippen leicht nachgezogen, die Haare trug sie mit einem bunten Haarband nach hinten, gebändigt. Erstaunt über sich selbst, legte sie den Handspiegel zurück auf den Tisch. Wann hatte sie je so viel Wert auf ihr Äußeres gelegt? Wann hatte sie je so gut ausgesehen? Sie blickte zur Uhr. Sie musste los, doch sie konnte nicht gehen, bevor sie sich die Tageskarte gezogen hatte. Rasch griff sie zu den Karten, mischte diese kurz und zog die Unterste hervor: der Teufel. *Pah,* stieß sie aus und warf die Karte zurück auf den Tisch, als hätte sie sich die Hände daran verbrannt. *Das gefällt mir aber gar nicht!* Den Teufel in Verbindung mit dem Thema Liebe zu ziehen, bedeutete fanatische Emotionen, in jedem Fall bedeutete es Leidenschaft, oft gepaart mit Zerstörung. Das durfte nicht sein. Niemals. Sie warf sich ihre Jacke über und eilte aus dem Haus. Den Teufel versuchte sie zu vergessen …

Frau Inge …«, die Reinemachefrau klopfte an Schwester Inges Zimmer. »Frau Inge …«

»Was gibts denn Samira, Sie sehen doch, dass ich beschäftigt bin!«

Inge hob ihren Kopf aus den Unterlagen, die vor ihr auf dem Tisch lagen. Sie hasste die Formalitäten, die so ein Todesfall nach sich zog. Bestatter Lebesanft war erst vor einer Viertelstunde gegangen und sie hatte noch nicht einmal die Hälfte ihres Schriftkrams erledigt. Da Herr Wichrowsky keinerlei Verwandte hatte, würde es eine sogenannte *ordnungsbehördliche Bestattung* geben, eine Beisetzung ohne Angehörige, eine trostlose und überaus traurige Angelegenheit. Um seinen finanziellen Nachlass würde sich – wie in solchen Fällen üblich – das Finanzamt kümmern. Um sein mit allerhand Krempel vollgestopftes Zimmer würde sie sich kümmern müssen, dabei handelte es sich überwiegend um Bücher, alles Klassiker der Weltliteratur, für die sich heutzutage keiner mehr interessierte, zum Teil noch in altdeutscher Schrift geschrieben, die niemand mehr lesen konnte. Zuletzt hatte er wieder einmal *Der Idiot* von *Dostojewski* gelesen, ein Buch, das er sehr liebte, wie er oft sagte, weil er sich darin wiederfand. Niemand hatte das ernst genommen.

»Frau Inge!«, Samira stampfte mit dem Fuß auf den Boden. Inges Kopf flog zu ihr herum.

»Was hast du da? Was ist das?«, fragte sie erschrocken, als sie das vergilbte Blatt in Samiras Händen sah.

»Ein Zettel, Frau Inge. Er ist aus dem Depp herausgefallen.«

»Aus dem Depp? Was meinst du damit, Samira?«

»Aus dem Buch, das der alte Mann gelesen hat, das heißt doch der Depp.«

»Ach das Buch meinst du Samira, das Buch heißt *Der Idiot.*«

»Ist doch das gleiche«, schimpfte Samira und legte den Brief beleidigt auf Schwester Inges Schreibtisch.

»Lesen Sie, Frau Inge, lesen Sie«, Samira war aufgebracht.

»Das klingt wie Drohung. Vielleicht er ist nicht freiwillig gestorben.«

»Samira, jetzt ist aber Schluss! Du schaust offenbar zu viele Krimis. Willst du vielleicht damit andeuten, der alte Wichrowsky wurde mit einem Kissen erstickt?«

»Nein, nix Kissen, aber vielleicht falsche Spritze?«

Inge schnaubte. »Wie kommst du denn auf so eine unverschämte Idee? Ich selbst habe die Medikamente zusammengestellt und Sandra hat sie den Bewohnern verabreicht. Ich darf dich daran erinnern, Samira, dass du hier als Putzhilfe arbeitest. Außerdem hast du lediglich einen Zeitarbeitsvertrag. An deiner Stelle wäre ich vorsichtig mit solchen wahnwitzigen Äußerungen, sonst bist du deinen Job hier schneller los, als du auf Deutsch drei sagen kannst!«

»Hier«, Samira zog eine leere Spritze aus ihrer Schürzentasche und knallte sie vor Inge auf den Tisch.

»Und was ist dann das?«

Dann drehte sie sich um und rauschte hinaus ohne eine Antwort von Inge abzuwarten.

Fassungslos starrte Inge auf die leere Spritzenhülle. *Clonidin* stand auf dem Etikett der Spritze. Als hätte sie einen elektrischen Schlag verpasst bekommen, sprang Inge von ihrem Stuhl auf und rannte hinüber ins Schwesternzimmer. Sie zog den Schlüssel zum Medikamentenschrank aus ihrer Hosentasche und schloss den Schrank auf. Mit zitternden Händen zog sie die Kästchen mit den Namen Wichrowsky und Schächterle hervor und begann die Spritzen zu zählen. Sie zählte sie einmal, zweimal, am Bestand änderte sich nichts. Sowohl die Summe der Clonidinspritzen für Frau Schächterle, als auch die Anzahl der Insulinspritzen von Herrn

Wichrowsky entsprachen exakt der Anzahl, die sie aufweisen mussten. Wenn also der alte Wichrowsky die Spritze von Frau Schächterle erhalten hatte, dann musste Frau Schächtele im Gegenzug sein Insulin bekommen haben. Inge Dobler begann zu schwitzen. Frau Schächterle war keine Diabetikerin, merkwürdig, dass sie keinerlei Auffälligkeiten aufwies. Sie würde sie unbedingt im Auge behalten müssen.

Um Fassung ringend ging sie zurück in ihr Zimmer. Ihre Gedanken überschlugen sich. Sie hatte vorgestern am Abend die Medikamente für alle Bewohner gerichtet. Sie sah das Tablett noch vor sich, sie hatte es im Schwesternzimmer auf den Tisch gestellt. Mit der Medikamentengabe hatte sie Sandra beauftragt. Trotzdem, verantwortlich für das alles war sie ganz alleine, das stand außer Frage. Vertuschen konnte sie es nicht. Sie war sich sicher, dass Samira mit ihrem krankhaften Ehrgeiz etwas Besseres als nur Putzfrau sein zu wollen, mit ihrem spektakulären Fund ganz sicher nicht hinter dem Berg halten würde. Sie musste die Sache melden, auch wenn es sie den Kopf kosten würde. Sie ging zu ihrem Schreibtisch und nahm Platz. Da lag noch immer dieser vergilbte Zettel. Inge griff danach und faltete ihn auseinander. Tatsächlich schien es sich um einen Brief zu handeln, der an Herrn Rudolf Wichrowsky gerichtet war. Allerdings waren nur wenige Worte darauf zu lesen, denn die Seite war zerrissen:

*Sehr geehrter Herr Richter Wichrowsky,*
*wenn Sie diesen Brief in Händen halten, werde ich nicht mehr am Leben sein und schuld daran sind Sie ganz allein. Sie haben mich schuldig gesprochen und dafür gesorgt, dass ich ins Gefängnis gekommen bin. Haben Sie eine Ahnung, wie es sich anfühlt, unschuldig unter all diesen Verbrechern? Ich hatte …*

An der Stelle war das Blatt durchgerissen, vom Rest des Dokumentes fehlte jede Spur. Inge überlegte. Der Schrift und dem Zustand des Papiers nach zu urteilen, waren diese Zeilen bereits vor Jahrzehnten geschrieben worden. Das konnte also warten. Sie hatte jetzt ganz andere Sorgen. Achtlos faltete sie den Papierfetzen zusammen, zog ihre Schreibtischschublade auf und legte den Zettel in die Mappe mit dem erledigten Schriftverkehr. Ob sie es wollte oder nicht, sie musste Dr. Schnabel anrufen, jetzt sofort. Sie griff zum Telefon und wählte seine Nummer.

»Und? Was sollen wir Ihrer Meinung nach jetzt unternehmen?«, Dr. Schnabel fuhr sich mit seinem Handrücken über die nasse Stirn, während er unruhig von einem Bein auf das andere trat. Nach Inges Anruf hatte er sich sofort auf den Weg zum Seniorenstift gemacht. Seine Laune war auf dem Nullpunkt, zumal sein Verein gestern haushoch verloren hatte. Inge sah ihn an und schwieg.

»Ich bin nicht verpflichtet, nachzusehen, ob das, was Sie mir sagen, auch stimmt, und Sie haben gesagt, Sie seien sich sicher, dass Herr Wichrowsky gestern seine Insulinspritze wie auch die anderen Medikamente erhalten hat.«

»Himmel noch mal, jetzt nehmen sie doch endlich Platz.« Inge hatte ihre Sprache wiedergefunden und wies energisch auf den Stuhl, der vor ihrem Schreibtisch stand.

»Ich könnte genauso gut sagen, dass Sie nicht schnell genug zu Ihren Fußball-Ergebnissen kommen konnten, das ist schließlich auch eine Tatsache! Wenn also jemand die Schuld trifft, dann sind wir beide dran!«, zischte sie.

»Das sehe ich völlig anders!« Dr. Schnabels Gesicht hatte eine deutliche Röte angenommen. »Ich lasse mich doch von Ihnen in nichts hineinziehen! Sie sind verantwortlich für die Medikamentengabe, Sie ganz allein. Aber andersrum gefragt, was hätte es denn gebracht, wenn uns das gleich aufgefallen wäre? Meinen Sie, wir hätten den alten Wichrowsky nochmals von den Toten auferwecken können?«

Inge zögerte. »Angehörige, die da was hinterfragen könnten, hatte er ja keine«, murmelte sie nachdenklich.

»Also tun Sie, was Sie nicht lassen können.« Schnabel griff nach seiner Aktenmappe und wandte sich zum Gehen. »Informieren Sie den Lebesanft, die Polizei oder wen auch immer, oder lassen Sie es sein. Ich jedenfalls wasche meine Hände in Unschuld!«

Ohne Abschiedsgruß wandte sich Dr. Schnabel um, ging hinaus und schlug die Bürotür hinter sich zu. Inge zuckte zusammen. Was sollte sie jetzt tun? Noch einmal öffnete sie die Schreibtischschublade und holte den vergilbten Papierfetzen aus der Mappe mit dem Schriftverkehr. Was hatte es mit diesem Fragment eines Briefes auf sich? Warum hatte dieser Fetzen Papier unter Herrn Wichrowskys Bett gelegen? Wo war die andere Hälfte des abgerissenen Blattes geblieben und vor allem, was stand darauf?

Schoooorschi.«

Ein Schmerz durchfuhr Georg, als er die schrille Stimme seiner Mutter vernahm. Er schloss die Augen und zählte bis zehn. Wenn sie noch einmal rufen würde, dann …

»Schooorschi, wo bleibschd denn?«

Noch immer hatte er die Augen geschlossen und konzentrierte sich auf seinen Atem. Er musste jetzt ganz ruhig bleiben. Etwas tropfte auf seinen Handrücken. Er öffnete die Augen. Blut! Es lief an seinem Kinn herab. Er hatte sich geschnitten. Zum Glück war er mit der Rasur fertig geworden. Er nahm einen Waschlappen und wischte sich den letzten

Rest Schaum aus dem Gesicht. Dann hielt er den Dachshaarpinsel unter das fließende Wasser und sah den Schaumbläschen nach, wie sie in einem kleinen Strudel den Abfluss hinunterrauschten. Mit Grauen dachte er an die Visionen, die ihn vor einigen Wochen noch beim Rasieren geplagt hatten. In seinen Gedanken vermischten sich damals Rasierschaumbläschen mit Blut, das von seinem Rasiermesser troff, nachdem er seiner Mutter die Gurgel durchgeschnitten hatte. Immer wieder hatte ihn diese Vision heimgesucht. Er hatte sich dabei ertappt, wie er sich vorstellte, Mutter sei tot. Fast erleichtert war er bei dem Gefühl gewesen. Das hatte sich jedoch rasch geändert, als Mutter Opfer dieses blöden Überfalls geworden war und er um ihr Leben bangen musste.

»Schoorschi!«

Jetzt reichte es. Vorbei war es mit Georg Eiseles Fassung. Er warf einen letzten Blick auf seine allzu lichte Stirn und wandte sich um, um das Badezimmer zu verlassen. Beim Hinausgehen kam er an der Waschmaschine vorbei. Oben auf lag wieder jener Prospekt, aus dem ihn die lebensechten »Spielzeuge« in allen Farben anzugrinsen schienen. Eklig war das, einfach eklig.

»Schoorschi!«

Georg musste sich zusammenreißen.

»Ich komm ja. Was isch denn schon wieder los?«

»Ach Bua«, diese weinerliche Stimme kam aus Mutters Schlafzimmer. Wie die Königinmutter lag sie in ihren Kissen. Neuerdings bevorzugte sie die Bettwäsche eines dauerkoksenden schlauchbootbelippten Designers. Es war ihm ein Rätsel, wie Mutter den überhaupt verstehen konnte bei seinem Genuschel. An der Tatsache, dass sie rund um die Uhr bei diversen Home-Shopping-Sendern Dauerkundin war, hatte sich nichts geändert.

»Wieso läschd du deine alte Mutter schon wieder so lange warten?«

»Also Mutter, jetzt mach mal einen Punkt, gell. Ich muss erschdens gleich zum Dienst und warum stehst du zweitens ned auf? Bisch etwa krank? Gestern Abend warsch jedenfalls noch gsund, sonscht wärschd ned so spät heimkomma.«

»Schorschi, du woisch doch, dass ich gestern Abend im Renitenztheater gwesen bin.«

»Ja ich weiß, mit deinem Gschbusi!«

Eiseles Mutter seufzte tief, es folgte ein theatralisches Schnippen. Eisele wusste, was nun kommen würde. Sie begann zu weinen.

»Mutter, was isch denn los? Du woisch, dass ich gleich zum Dienst muss. Ich hab eigentlich gar koi Zeit.«

»Nie hosch du Zeit für mich, nie«, gar nicht damenhaft zog sie lautstark den Inhalt ihrer Nase hoch.

»Und im Übrigen war ich allein im Theater. Ich fürcht, des mit dem Gschbusi isch scho wieder vorbei. Der Arno hat mir nämlich gsagt, dass er in den nägschden Wochen koi Zeit mehr hätt, sich mit mir zu treffen. Es gäb Wichtiges zu erledigen. Jetzt frag ich dich ernschdhaft, was kanns für einen Mann Wichtigeres geben als mich?«

»Mutter, also ich weiß ned. Du kennsch doch den Mann noch gar ned so lang. Ich hab dir gleich gsagt, stürz dich ned in eine Affäre so Hals über Kopf in deinem Alter!«

»Ha, da lach ich ja! Statt dass du dir ein Beispiel an mir nimmschd, dass man auch im Alter noch knackig und interessant sein kann. Gugg doch du dich an, mit deiner Glatze und deinem Übergwicht. Da isch dei Vadder a anderer Kerle gwäsa. Ich möcht bloß wissa, auf wen du rauskommschd!«

»Mutter, dass du dich ned schämschd! Soll ich dir mal was sagen, ich kann den Arno verstehen, dass er dir davon läuft und des hat grad was mit dem Alter zu tun!«

»Was willschd denn damit sagen?«

»Des will ich damit sagen.« Eisele ging hinüber ins Bad, schnappte sich den Prospekt und knallte ihn seiner Mutter auf die Bettdecke.

Es dauerte einen Moment, bis Elfriede Eisele begriff, was er meinte. Entsetzt starrte sie auf das Sexspielzeug, das auf Seite 98 in drei verschiedenen Formen und Farben angeboten wurde.

»Glaubst du ned, dass des auf den Mann abstoßend wirkt, wenn du dich in deim Alter für so an Dreck interessiersch?«

Nun begann seine Mutter richtig zu heulen.

»Ja bestimmt ist des abstoßend für so einen Mann, denn nur eine alte Schachtel beschdellt sich so was, allerdings hab ich mir doch ned so a Dreckszeug beschdellt.«

Sie drehte den Prospekt um und wies auf Seite 99.

Eiseles Blick fiel zuerst auf eine Hallux Valgus-Nachtbandage, dann auf ein Keilkissen. Er verstand noch immer nichts.

»Des hab ich mir bestellt«, sagte seine Mutter kleinlaut und wies auf ein weißes Metallgestell.

*Medi Butler. Anziehhilfe für Kompressionsstrümpfe*, stand da. Georg starrte seine Mutter an. Tatsächlich gab es in diesem Katalog vom Waffeleisen über Inkontinenzunterwäsche bis hin zu den Liebesspielzeugen alles zu kaufen.

»Mutter, ich muss jetzt los, ich komm heut Abend früher«, stammelte er zutiefst verwirrt und verabschiedete sich ungefrühstückt. Das Zetern seiner Mutter war bis ins Treppenhaus zu hören. Und wieder begannen sich vor seinem inneren Augen weiße Schaumbläschen zu bilden. Sie vermischten sich mit Blut, tanzten einen Reigen in seinem Waschbecken und flossen flink den Abfluss hinunter …

In der Dienststelle war es noch ruhig, als Theodora eintraf. Rasch trat sie in den Aufzug und fuhr nach oben in den vierten Stock. Auch hier war der Flur menschenleer. Das würde sich erfahrungsgemäß bald ändern. Sie zog die Umhängetasche von ihrer Schulter und fischte nach ihrem Schlüssel. Sie fand ihn nicht. Am besten würde sie gleich wieder nach Hause gehen. Ihr war nicht wohl bei dem Gedanken, dass sie, kaum dass sie da war, schon wieder einen Urlaubsantrag stellen musste. Was Hummel wohl dazu sagen würde? Da. Sie hatte den Schlüssel gefunden. Ganz unten in der Tasche, wie konnte es auch anders sein. Sie schloss auf und trat in den dunklen Raum. Die Luft roch abgestanden. Wahrscheinlich hatte Eisele während ihrer Abwesenheit nie gelüftet. Sie öffnete das Fenster und blickte hinunter auf die Straße. Es war noch dunkel. Vermummte Menschen eilten durch den Novembernebel. War es tatsächlich erst vier Wochen her, dass sie im goldenen Oktobersonnenschein an der Ostsee der Liebe begegnet war? Sie schloss das Fenster und machte das Deckenlicht an. Sofort setzte das vertraute Knacken der verstaubten Neonröhre ein. Theodora schaute sich in ihrem Büro um. Alles erschien ihr fremd. Dieser ganze Raum war grau und lieblos. Dass ihr das früher nie aufgefallen war. Es war höchste Zeit für etwas Farbenfrohes. Der riesige Kalender, der Jahr für Jahr die ganze Wand gegenüber ihrem Schreibtisch einnahm, musste unverzüglich durch ein Poster ersetzt werden. Nein, sie war noch nicht angekommen in ihrem Büro, das sie sich seit einigen Monaten mit Eisele teilen musste. Eisele, wo blieb der überhaupt? Sollte er etwa vergessen haben, dass sie ab heute aus der Kur zurück war? Theodora nahm an ihrem Schreibtisch Platz und fuhr den Computer hoch. Bevor sie das Passwort eingab, zog sie die Schreibtischschublade auf und holte einen großen Rosenquarz hervor, den sie neben ihren Bildschirm stellte.

Seit sie vor Jahren ein Seminar über Steinheilkunde besucht hatte, war sie überzeugt davon, dass der Rosenquarz durch seine Schwingungseigenschaften das Raumklima verbessern konnte.

Sie gab ihr Passwort ein. *Bitte schalten sie den Computer nicht aus …* Ein Update. Auch das noch. Sie wartete. Ihr linkes Ohrläppchen schmerzte. Wie schade. Die Amethystohrringe waren ihr auf Dauer wohl doch zu eng. Sie nahm sie ab und legte sie vor sich auf den Schreibtisch. Der Rechner war noch immer mit seinem Update beschäftigt. Sie ließ ihre Fingerkuppen über die Steine gleiten. Sofort stellte sich ein wärmendes Gefühl ein. Amadeus. Verdammt, sie musste sich endlich eingestehen, dass sie ihn liebte. Das Update war abgeschlossen. Doch bevor sie wieder in ihren Alltag startete, wollte sie noch einmal auf ihr Handy schauen. Heute, ganz früh am Morgen, hatte sie Amadeus eine WhatsApp geschrieben. Wie sehr sie ihn vermisse, wie sehr sie sich auf ihn freue. Dass sie die Stunden zähle, bis zum Wiedersehen. In der Hoffnung auf eine Antwort von Amadeus klappte sie die Handyhülle auf. Sie sah es sofort an den Häkchen. Amadeus hatte die Nachricht noch nicht gelesen. Ganz sicher war er in einer therapeutischen Sitzung oder irgendwo unterwegs, wo er in einem Funkloch steckte. Auch den Brief hatte er mit Sicherheit noch nicht gefunden. Wie blöd war sie gewesen, ihn in die Seitentasche seines Anoraks zu stecken. Wann griff er denn da überhaupt hinein. Ganz sicher hatte dies alles nichts zu bedeuten. Enttäuscht legte sie das Handy zur Seite, als es dreimal klopfte. Das konnte nur ihre Kollegin Gerda sein.

»Theodora, wie schön, dass du wieder da bist, wir haben dich alle sehr vermisst!«, rief Gerda und strahlte, als sie hereinkam.

»Hallo Gerda, nett dass du das sagst, aber jetzt übertreib

mal nicht. Sehr vermisst habt ihr mich ganz bestimmt nicht und alle schon gar nicht, oder willst du mir etwa weismachen, dass Eisele mich vermisst hat?«

Bevor die Kollegin antworten konnte, fuhr Theodora in versöhnlicherem Ton fort.

»Erzähle mir lieber, was es Neues gibt. Wie geht es dir? Was machen deine – wie viel? – inzwischen sieben Enkelkinder? Sind alle gesund? Und ist deine Tochter vielleicht wieder schwanger?«

»Theodora, dass du danach fragst. Das hat's ja noch nie gegeben.«

Ungläubig schüttelte Gerda den Kopf.

»Gib zu, ich bin dir doch bisher immer gewaltig auf den Senkel gegangen, wenn ich dir von meinen Enkeln erzählt habe, stimmt's?«

Theodora musste lachen. Gerda hatte recht, doch so direkt wollte sie ihr das nicht sagen, nicht heute.

»Also, bei uns ist so weit alles in Ordnung. Da gibt's nichts Neues, aber stell dir vor, der Hummel hat sich getrennt!«, fuhr die Kollegin unterdessen fort.

»Wie, was meinst du damit, der Hummel hat sich getrennt?«

»Genau genommen hat sich sein Mann von ihm getrennt. Sogar Max, den Dackel, hat er mitgenommen, und der war doch so was wie ihr gemeinsames Kind. Stell dir vor«, Gerda senkte die Stimme und beugte sich mit dem Oberkörper über Theodoras Schreibtisch. »Hubert, Hummels Mann, redet sich neuerdings ein, doch heterosexuell zu sein. Was sagst du denn dazu? Verrückte Welt, oder?«, sie lachte.

»Was soll ich dazu sagen?«, Theodora wirkte nachdenklich. »Außer dass er mir unglaublich leidtut, fällt mir dazu nichts ein. All die Schwulen, Lesben und Transgendermenschen haben es doch noch immer so schwer in unserer

Gesellschaft. Wir müssen auf jeden Fall dafür sorgen, dass sich niemand über Hummel lustig macht, hörst du! Und wer, wenn nicht du, hat Einfluss auf den Flurfunk?«

»Theodora, was haben sie dir denn in der Kur gegeben? So mitfühlend kenne ich dich gar nicht. Früher hättest du eine deiner berühmt bissigen Bemerkungen abgesondert und jetzt? Aber ja, du hast recht. Unsere Gesellschaft denkt in der Hinsicht zu großen Teilen noch wie anno 1933. Das merkst du schon daran, dass, wenn eine Frau wie meine Tochter sieben Kinder hat ... was glaubst du, was da die Nachbarn ...«

»Gerda! Bitte keine Scheißhausparolen, entschuldige, aber ...« Gerda verzog das Gesicht, was Theodora nicht entging. Freundlicher setzte sie nach: »Wir reden gerne nachher über den Nachwuchs deiner Tochter. Aber jetzt muss ich erst mal ankommen, schließlich war ich eine ganze Zeit nicht hier ...«

»Hast ja recht«, Gerda lächelte wieder. »Ehrlich gesagt, so menschlich, wie du jetzt bist, gefällst du mir wesentlich besser als früher. Überhaupt, wie siehst du denn aus?«

»Wie? Wie soll ich denn aussehen?«

»Na du siehst gut aus, irgendwie ...«

Vor der Tür wurden Schritte laut. Theodora kannte sie. Ein kurzes Klopfzeichen, die Tür öffnete sich und der vertraute Duft des teuren Herrenparfums ihres Chefs breitete sich aus. Kriminaloberrat Rüdiger Hummel stand vor ihrem Schreibtisch und schwenkte einen weihnachtlich geschmückten Blumentopf, aus dem eine feuerrote Amaryllis ragte.

»Liebe Frau Klein«, Hummel räusperte sich, »liebe Frau Klein, wie schön, dass Sie wieder hier sind. Ich hoffe, Sie haben die Zeit gut genutzt, um sich zu erholen. Als kleinen Willkommensgruß ...«, umständlich stellte er den Blumentopf auf Theodoras Schreibtisch. Hummel sah mitgenommen aus. Wie gut, dass Theodora bereits wusste, weshalb. Offensichtlich hatte er sich seit Tagen nicht rasiert, seine Stimme war belegt, sein weißes Hemd war nicht frisch, der Hemdenkragen gelblich, sein Adamsapfel wundgescheuert.

»Ich geh dann mal«, sagte Gerda mit einem Seitenblick auf Hummel und verabschiedete sich rasch.

»Frau Klein, bevor Sie es von den Kollegen erfahren, ich bin, ich habe …«, weiter kam er nicht, denn die Tür flog auf und Eisele kam herein.

»Ich komm mir vor wie auf einer Volksbühne«, entfuhr es Theodora.

»Wieso, was?«, stammelte Eisele.

»Na ja, erst kommt stundenlang niemand und dann geben sich hier alle nacheinander die Tür in die Hand. Zuerst Gerda, dann der Chef und jetzt Sie, Eisele.«

Hummel zog angewidert die Nase hoch. »Nach was riecht es denn hier?« Er machte einen Schritt auf Eisele zu, um gleich darauf drei Schritte rückwärts zu gehen.

»Jetzt rieche ich es auch«, Theodora lachte. »So stell ich mir den Geruch in einem bengalischen Freudenhaus vor.«

»Ich darf doch sehr bitten, ich war gestern in einem Drogeriemarkt und habe mir etwas besorgt«, empörte sich Eisele. Dass es sich bei dem Kauf um eine Tinktur gegen Haarausfall handelte, verschwieg er geflissentlich. »Dabei habe ich eben verschiedene Düfte ausprobiert …«

»Und die hängen jetzt noch in Ihren Klamotten? Also ich weiß nicht, ich für meinen Teil halte diesen Gestank nicht aus. Theodora, Eisele, ich bin dann in meinem Büro.«

Hummel machte eine Kehrtwende und verließ das Büro.

Das Telefon auf Eiseles Schreibtisch klingelte.

»Dieser blöde Heini«, ereiferte sich Eisele. »Wissen Sie es schon, dass …?«

»Eisele, Ihr Telefon klingelt …«

Widerwillig griff Eisele zum Telefon und meldete sich.

»Die Vermittlung«, flüsterte er Theodora zu.

»Ja. Ja. Am Apparat. Um was geht es denn?«, Eisele legte seine hohe Stirn in Falten und schob seine Goldrandbrille zurück auf die Nase. »Wieso erzählen Sie mir, dass der Bestatter Lebesanft eine Leiche mitgenommen hat. Das ist es doch, was ein Bestatter üblicherweise tut. Ich kann daran nichts Außergewöhnliches erkennen. Mit wem spreche ich denn überhaupt?«

Eisele hatte sich einen Stift und einen Zettel bereitgelegt und begann mit der linken Hand etwas darauf zu kritzeln.

Er hielt den Zettel hoch, auf dem ein Wort stand: *anonym!*

»Es tut mir leid Eisele, ich kann nicht anders«, sagte Theodora resolut, ging zu Eisele hinüber und nahm ihm das Telefon aus der Hand.

»Hier spricht Klein. Kriminalkommissarin Theodora Klein und Sie sagen mir jetzt unverzüglich Ihren Namen und den Grund Ihres Anrufes!«

Nachdem Theodora das Gespräch beendet hatte, blieb sie zunächst schweigend sitzen. Eisele wusste, dass er sie in solchen Momenten besser nicht ansprach.

»So etwas habe ich ja überhaupt noch nie erlebt«, hob sie schließlich an. »Diese Frau – sie war eindeutig verzweifelt – hat sich bis zuletzt geweigert, mir ihren Namen zu nennen.«

»Sie sprach mit ausländischem Akzent?«

»Ja, Eisele, sie sprach nur gebrochen Deutsch, trotzdem konnte sie mir genau vermitteln, um was es ihr ging. Sie ist sich sicher, dass der gestrige Tod eines Bewohners im Stift Himmelruh nicht mit rechten Dingen zugegangen ist. Die Heimleitung hat den Verstorbenen bereits dem Bestattungshaus Lebesanft übergeben. Das heißt, wenn an der Vermutung was dran sein sollte, müssen wir uns beeilen.«

»Weshalb hat sie denn ihren Namen nicht genannt?«

»Sie hatte Angst, das habe ich gefühlt. Was bleibt uns also anderes übrig, als uns wieder in ein Seniorenheim aufzumachen. Nach den toten Omas jetzt schon wieder einen toten Senior, das ist ja langsam gruselig.«

»Trotzdem Frau Klein, es ist schön, dass Sie wieder da sind …«

Theodora warf Eisele einen merkwürdigen Blick zu.

»Dann kommen Sie Eisele, Sie fahren«, sagte sie mutig, denn ob sie die Fahrt in Eiseles Duftwolke überleben würde, konnte sie noch nicht abschätzen.

Es war still in Himmelruh, als Theodora und Eisele eintrafen. Um diese Zeit hatten sich sämtliche Bewohner zur Mittagsruhe in ihre Zimmer zurückgezogen. Am Ende des Flurs hantierte jemand hinter verschlossener Tür mit Geschirr. Theodora und Eisele gingen darauf zu. Eisele klopfte, doch niemand antwortete. Entschlossen öffnete Theodora die Tür. Ein junges Mädchen mit Kopfhörern auf den Ohren sortierte unter rhythmischen Bewegungen das Besteck in einen Korb, dabei summte sie leise. Als sie sich umdrehte, erschrak sie beim Anblick der beiden fremden Menschen. Sie zog die Kopfhörer ab.

»Wer sind Sie, und wie kommen Sie hier rein?«, fragte sie verstört beim Anblick der beiden Unbekannten.

»Wir sind von der Polizei«, Theodora zog ihren Dienstausweis aus der Tasche und hielt ihn dem Mädchen unter die Nase. Eisele tat es ihr gleich.

»Mein Name ist Theodora Klein und das ist mein Kollege Georg Eisele und mit wem haben wir hier das Vergnügen?«

»Ich bin Sandra.«

»Sandra, weiter?« Eisele hatte bereits sein Notizbuch aus seiner Jackentasche gezogen und begann darin zu notieren.

»Sandra Krüger.«

»Und in welcher Funktion sind Sie hier tätig?«, fragte nun Theodora.

»Ich bin Schwester und habe heute Dienst, zusammen mit meiner Chefin, Inge Dobler. Sie ist die Heimleiterin und sie ist jetzt gerade in ihrem Büro, falls Sie mit ihr sprechen wollen.«

»In der Tat. Das würden wir sehr gerne tun.« Eisele beförderte seinen Stift und das Notizbuch zurück in seine Jackentasche und folgte Theodora und Schwester Sandra über den Flur zum Büro der Heimleiterin.

»Das ist jetzt ganz schlecht«, kam es aus dem Büro von Frau Dobler, als Sandra klopfte.

»Frau Dobler, das muss wohl sein, hier sind eine Frau und ein Mann für Sie. Sie sagen, sie sind von der Polizei.«

Ein Ruck ging durch die Heimleiterin, als Theodora und Eisele hintereinander den Raum betraten. Sandra schlich hinaus und machte die Tür leise hinter sich zu.

Nachdem sich Theodora und Eisele ausgewiesen hatten, bat sie Frau Dobler, Platz zu nehmen.

»Womit kann ich Ihnen behilflich sein«, wollte sie nun wissen.

»Frau Dobler, wir sind leider gezwungen, einem anonymen Hinweis nachzugehen«, sagte Eisele vorsichtig und schlug sein Notizbuch erneut auf.

Frau Dobler setzte sich gerade und atmete tief ein.

»Einem anonymen Hinweis? Sie sehen mich überrascht. Um was für einen Hinweis handelt es sich denn?«

»Haben Sie gestern einen Todesfall in Ihrem Haus zu beklagen gehabt?«, Theodora fixierte die Heimleiterin genau.

»Ja. Ein alter Herr ist verstorben, in der Tat.«

»Dürfen wir fragen, an was der Mann verstorben ist?«

»Am Alter«, kam es nun von Frau Dobler schnippisch. »Meine Güte, der Mann war über achtzig, so alt werden nicht viele. Dr. Schnabel hat die Totenschau gemacht und eine natürliche Todesursache attestiert.«

»Wir würden gerne mit Dr. Schnabel sprechen, wenn das möglich ist?«, Theodora hatte sich festgebissen. Hier ging etwas nicht mit rechten Dingen zu, das signalisierte ihr ihr kriminalistischer Spürsinn.

Frau Dobler blickte auf ihre Armbanduhr.

»Sie haben Glück. Dr. Schnabel müsste gleich hier sein. Um diese Uhrzeit macht er immer seine Hausbesuche.«

»Dann lassen Sie ihn bitte holen«, sagte Theodora energisch.

Kurze Zeit später betrat Dr. Schnabel den Raum. Frau Dobler und er wechselten einen kurzen, vielsagenden Blick, bevor der Arzt auf dem Stuhl gegenüber Theodora und Eisele Platz nahm.

»Herr Dr. Schnabel, wir gehen einem Hinweis in Verbindung mit dem gestrigen Todesfall nach. Was können Sie uns über den Gesundheitszustand des Verstorbenen berichten?«

Dr. Schnabel suchte einen Moment den Blick Frau Doblers, doch diese hatte den Blick abgewandt.

»Herr Wichrowsky war herzkrank und litt an Diabetes. Ihm wurden blutdrucksenkende Mittel, Entwässerungstabletten und Insulin verabreicht«, antwortete der Arzt stereotyp.

»Insulin in Tablettenform oder in Spritzenform«, kam es überraschend von Eisele, der ansonsten dabei war, alles zu notieren.

Frau Dobler zog scharf die Luft durch die Zähne und antwortete zerknirscht: »In Spritzenform.«

In dem Moment wurden Schreie auf dem Flur laut. Kurz

darauf klopfte es und eine fremdländisch anmutende Frau betrat unaufgefordert das Büro von Inge Dobler.

»Herr Dr. Schnabel, wie gut, dass Sie hier sind, bitte kommen Sie schnell!«, sagte die Frau und ging einen Schritt auf Dr. Schnabel zu. »Ich habe gerade bei Frau Schächterle sauber gemacht und ich glaube, also, sie benimmt sich, als sei sie auf Entzug. Sie hat geschrien, sie brauche dringend Clonidin. Sie tobt und hat Frau Maier schon wieder ihr Gebiss weggenommen.«

Inge Doblers Herz begann zu rasen. Sie wusste, weshalb die alte Dame auf Entzug war. Zum Glück ahnten es die beiden Polizisten nicht.

»Na, wenn's sonst nichts ist«, sagte Eisele.

»Sie sind gut, Sie haben ja keine Ahnung!«, sagte die Frau. »Sie hat angezogen Gebiss und sich daran verschluckt. Jetzt stecken ihr Backenzähne von Frau Maier im Hals und sie erstickt daran fast!«

»Ich komm ja schon«, sagte Dr. Schnabel und erhob sich rasch. »Wir müssen sie seitlich lagern, wie immer«, rief er noch, dann schlug die Tür hinter ihm zu.

»Sagen Sie, kommt so etwas öfter vor?«, Theodora hatte Mühe, ruhig zu bleiben, denn sie war sich sicher, in der jungen Frau von soeben die anonyme Anruferin erkannt zu haben. »Was hat es mit diesem Medikament auf sich? Diese Frau sagte etwas von Entzugserscheinungen?«

»Die junge Frau«, kam es von Frau Dobler in herablassendem Ton. »Das ist unsere Putzfrau. Und was Frau Schächterle betrifft, sie musste aufgrund einer angeborenen schweren Hüftdysplasie jahrelang Opiate einnehmen. Nun hat sie zwei neue Hüften bekommen und die Medikamente wurden abgesetzt, und jetzt hat sie natürlich Entzugserscheinungen. Mal rennt sie im Nachthemd über den Flur und hält sich für den Erzengel Michael, mal klaut sie ganz einfach das Gebiss ihrer Zimmernachbarin, die sie nicht leiden kann, warum auch immer. Und Clonidin ist ein Medikament, das hilft, die Entzugserscheinungen abzuschwächen.«

»Interessant!«, kam es von Eisele.

»Nun kommen wir mal zurück zu dem Verstorbenen, Herrn Wichrowsky. Hatte er Angehörige, Freunde, die ihn regelmäßig besuchten?«, fragte Theodora, während Eisele nicht müde wurde, weiterhin alles schriftlich festzuhalten.

»Nein, davon ist uns nichts bekannt. Er hatte mal was von einem Freund erzählt. Einmal war auch ein älterer Herr da und hat ihn besucht. Das ist allerdings schon eine ganze Weile her und wie der hieß, weiß ich auch gar nicht.«

»Hatte er engere Beziehungen zu den Mitarbeitern oder anderen Bewohnern gepflegt?«

Frau Dobler schien zu überlegen.

»Machen wir es kurz«, entschied Theodora, »wir kommen morgen am Nachmittag wieder, bis dahin haben Sie alle infrage kommenden Personen für eine Befragung zusammengerufen. Und ich möchte Einsicht in den Medikamentenschrank sowie eine genaue Aufstellung über den Bestand der Medikamente.«

Frau Dobler rutschte auf ihrem Stuhl hin und her.

»Und noch was«, Theodora stand auf. »Sie benachrichtigen umgehend das Bestattungshaus, dass Herr Wichrowsky vorerst nicht bestattet werden darf. Wir klären morgen mit dem Staatsanwalt, ob die Leiche nicht beschlagnahmt werden muss, dann zieht sie nämlich direkt um in die Gerichtsmedizin.«

Theodora und Eisele verabschiedeten sich. Während Frau Dobler nachdenklich auf ihrem Stuhl sitzen blieb, zog Theodora Eisele am Ärmel.

»Rasch Eisele, kommen Sie«, sagte sie und zog ihn hinter sich her den Flur entlang, bis sie zu einem Zimmer kamen, in dem laut gesprochen wurde. Ohne anzuklopfen, trat Theodora ein. Sie hatte richtig vermutet. Die junge Frau von vorhin stand neben einer alten, offenbar schwerhörigen Dame an einem Waschbecken und schrubbte mit einer Zahnbürste ein Gebiss.

»So, jetzt ist es ausreichend desinfiziert«, brüllte sie der alten Dame gerade ins Ohr.

Theodora zog eine Visitenkarte aus ihrer Jacke, ging auf die junge Frau zu und steckte sie ihr in die Tasche ihres Schurzes.

»Ich habe Sie erkannt. Ich erwarte Sie morgen früh um zehn in unserer Dienstelle.«

Ohne eine Antwort abzuwarten, verließ sie das Zimmer. Eisele folgte ihr sprachlos.

»Und, was meinen Sie?«, fragte Theodora und blickte Eisele von der Seite an. Sie hatten das Dienstfahrzeug eine Querstraße weiter abgestellt.

»Ehrlich gesagt, ich weiß nicht so recht«, antwortete Eisele verlegen, während er den Autoschlüssel aus der Jackentasche zog.

»Was halten Sie davon, wenn wir einen Abstecher in mein Stammlokal machen? Ich finde, das war alles ganz schön viel für einen ersten Arbeitstag nach vier Wochen.«

Eisele legte den Sicherheitsgurt um und überlegte.

»Rosenstraße?«, fragte er knapp.

»Rosenstraße!«, antwortete Theodora. Sie und Eisele gemeinsam in einer Weinstube, wenn ihr das jemand noch vor einem halben Jahr erzählt hätte, sie hätte es nicht für möglich gehalten …

Mit zufriedenem Gesichtsausdruck faltete Eisele die Serviette zusammen und lehnte sich gemütlich zurück. Vor über einer Stunde hatten sie an einem kleinen runden Tisch im hinteren Teil des Lokals Platz genommen. Er hatte sich sofort wohlgefühlt in dieser mit roten Sitzkissen und Holz vertäfelten Weinstube. Zunächst hatten sie sich noch eine Weile über ihren Besuch im Seniorenstift unterhalten. Theodora Klein war der festen Überzeugung, dass die Heimleiterin etwas zu verbergen hatte. *Ich habe es an ihren Augen gesehen*, hatte sie gesagt, doch Eisele hatte nur halb zugehört.

Als hätte Theodora Klein seine merkwürdigen Gedanken erahnt, fragte sie: »Na wie haben Ihnen die Kutteln im Lembergersößle geschmeckt?«

Sie hatte sich soeben ein zweites Glas Wein bestellt und ihn gefragt, ob er nicht auch endlich von Bier auf Wein umsteigen wollte.

»Ich habe ein schlechtes Gewissen«, sagte er leise und wischte sich mit seinem Stofftaschentuch über die Stirn. Erst jetzt nahm Theodora wahr, dass diese rot und mit kleinen Pusteln übersät war.

»Wieso haben Sie ein schlechtes Gewissen? Wir haben das doch heute gut zusammen gemacht. Wenn ich da an unseren ersten gemeinsamen Einsatz im Fall Karolina Häberle denke …«

»Erinnern Sie mich bloß nicht daran«, Eisele wand sich. Damals bei ihrer ersten gemeinsamen Leiche hatte er gekotzt. Theodora Klein hatte sich lustig über ihn gemacht, doch niemand ahnte, weshalb ihm das passiert war. Damals hatte er sich oft vorgestellt, seine Mutter würde das Zeitliche segnen. Das Erschütternde daran war gewesen, dass er bei dem Gedanken tiefe Erleichterung empfunden hatte. Als er dann schließlich vor der toten Karolina Häberle gestanden hatte, hatte er für einen Moment die Vision gehabt, seine eigene Mutter läge vor ihm und er habe sie umgebracht. So war das damals gewesen, nur durfte er das niemandem sagen, damals so wenig wie heute, und das Allertragischste daran war, dass er fürchtete, schon bald wieder in einen solchen Zustand zu verfallen.

»Also, raus mit der Sprache, weshalb haben Sie ein schlechtes Gewissen?«

Theodora sah ihn ernst an. Sie hatte sich verändert. Früher war sie ausschließlich mit sich selbst beschäftigt gewesen und mehr als bissige Bemerkungen durfte man von ihr nicht erwarten.

»Meine Mutter wartet auf mich«, sagte er schließlich beschämt und wischte sich erneut über seine Stirn.

»Das ist ja nun wirklich nichts Neues Eisele! Herrgott noch mal, es wird Zeit, dass Sie sich von Ihrer Mutter lösen. Was will sie denn heute Abend noch von Ihnen?«

»Also … also, sie hat sich doch erst kürzlich in ihrem Homeshopping-Kanal eine moderne Küchenmaschine gekauft. Sie hat sie noch nie benutzt, sie kommt damit einfach nicht klar. Sie sagt, *da brauchsch a Hochschulstudium, um so a Ding bediena zum könna,* und jetzt hat sie sich doch tatsächlich noch einen Fleischwolf mit Zubehör gekauft.«

Theodora lachte schallend.

»Sie haben gut lachen. Gestern Abend habe ich mit ihr die feine, mittlere und grobe Mahlscheibe ausprobiert. Für heute haben wir uns die Wurstfüllhörner vorgenommen. Sie haben richtig verstanden, die Wurstfüllhörner! Sie hat extra gleich einen Naturdarm dazu bestellt …«

»Und wozu braucht sie das alles?«, Theodora war nun bemüht, ein ernstes Gesicht zu machen.

»Sie sagt immer, *wenn ich mal tot bin, erbscht älles du …*«

»Eisele, ich mach Ihnen einen Vorschlag. Sie quittieren den Dienst. Ihre Chantal macht im Lautertal einen kulinarischen

Puff auf und Sie werden Privatdetektiv. Kutteln, Sex und Koks in Dapfen, das klingt doch gut, oder?«

Eisele schluckte.

»Kutteln, Sex und Koks, das hätte was, nur an der Reihenfolge müssen wir noch feilen …«

*Verdammt. So einfach war es also doch nicht gewesen. Wer hätte das gedacht. Sie hatte sich die Jacke übergezogen und war nach draußen gegangen. Bei diesem Wetter zog es niemanden freiwillig in den Park hinter dem Haus. Die nasse Wiese quietschte unter ihren Schuhen, als sie hinüberging zur einzigen Bank, die unter einer einsamen Trauerweide vor sich hingammelte. Das feuchte bemooste Holz war aufgequollen, dennoch nahm sie darauf Platz. Sie war hart im Nehmen und ein feuchter Hintern würde sie nicht vom Nachdenken abhalten. Vor ein paar Tagen hatte sie sich am Morgen unter dem Vorwand einen Arzt aufsuchen zu müssen, abgemeldet. Niemand hatte bemerkt, dass sie den ganzen Tag abwesend war. Erst am Abend war sie – pünktlich zum Abendessen – wieder in Himmelruh eingetroffen. Da hatte sie schon alles erledigt gehabt, was zu erledigen war. Wie einfältig er doch gewesen war, zu glauben, er könne sie entlarven. Ein Stümper war er gewesen, das hatte ihn sein Leben gekostet. Und sie war leichtsinnig geworden, hatte sich doch tatsächlich eingebildet, es würde immer so reibungslos gehen. Schließlich war Wichrowksy alt und krank gewesen und Dr. Schnabel war ihr nie besonders gewissenhaft erschienen. Doch sie hatte sich geirrt, sich alles zu einfach vorgestellt. Das musste sie sich nun bitter eingestehen. Nun galt es, einen kühlen Kopf zu bewahren. Sie hatte die längste Zeit hier verbracht. Sie würde sich unauffällig verhalten, sich vielleicht etwas dumm stellen, das konnte sie gut. Und erschüttert. Erschüttert und gleichzeitig dumm. Das war eine hervorragende Kombination. Sie war zuversichtlich. Auch diesmal, mehr als vierzig Jahre später, würde der Kelch erneut an ihr vorübergehen. Hoffentlich …*

## DREI – DIENSTAG

Unausgeschlafen betrat Theodora Klein am nächsten Morgen das Büro. Ihre Stimmung war auf dem Nullpunkt. Sie hasste diese tristen Novembertage, an denen es nicht hell wurde. Zudem hatte sie noch immer nichts von Amadeus gehört, was ihr allmählich Angst bereitete. Er hatte ihr zwar gesagt, dass er sich von Zeit zu Zeit in sein Innerstes zurückziehe, und das Außen in diesen Zeiten völlig von sich abwende, doch diese Distanz konnte sie nicht nachvollziehen. Sie stellte ihren großen Einkaufskorb auf den Bürotisch und hob eine Pappschachtel heraus. Gestern Abend hatte diese vor ihrer Wohnungstür gestanden, ein Zettel war mit Tesafilm daran geklebt gewesen. *Er gehört zu dir, also nimm ihn wieder!*, hatte draufgestanden. Es war Aylins Handschrift. Theodora seufzte. Sie ging zu ihrem Schrank und holte ein kleines Terrarium und einen angebrochenen Beutel mit Torf heraus. Der Torf war vertrocknet, auch das noch. Sie würde ihn mit dem Pflanzensprüher befeuchten müssen. Sie platzierte alles auf einem Schränkchen neben dem Heizkörper – schließlich musste es eine Schildkröte warm haben – und begann den Torf umzufüllen. Was sie nicht alles tat für diese Kröte. Wehmütig dachte sie wie so oft an ihre Ratte Mephisto zurück. Sie öffnete die Pappschachtel und griff hinein. Noch immer kostete es sie Überwindung, dieses harte Etwas zu ergreifen und ans Licht zu befördern. Wie immer hatte dieses Wesen den Kopf eingezogen, sodass sie nicht wirklich wusste, wo da genau vorne und hinten war. Sie setzte das Tier auf dem feuchten Torf ab und gab ein Salatblatt dazu. Wie gut, dass wenigstens Aylin an das Futter gedacht hatte. Es dauerte nicht lange, da kam der Kopf der Schildkröte zum Vorschein. Ein langer Hals schob sich nach vorn und zwei aufgeweckte Augen fixierten das Salatblatt. Sofort machte sich Ramses über sein Futter her. Theodora betrachtete ihn. Eigentlich war er ja ein schönes Tier. Sein Panzer glänzte im trüben Schein ihrer Neonröhre. Wahrscheinlich hatte Aylin ihn wieder mit Olivenöl eingerieben, und wenn man sein Gesicht näher betrachtete, schien er immer zu lächeln. Ihre Gedanken wurden jäh unterbrochen, als die Tür aufflog und Eisele – ein kurzes guten Morgen auf den Lippen – hereinspazierte. Er lächelte nicht. Auch er schien nicht gut geschlafen zu haben. Sofort fielen ihr die Pusteln auf seiner Stirn ins Auge, die sich inzwischen über die gesamte Kopfhaut verteilten.

»Um wie viel Uhr kommt diese Frau aus dem Seniorenstift?«, fragte er und nahm geräuschvoll hinter seinem Schreibtisch Platz.

»Ich schätze nicht vor zehn«, antwortete Theodora und begann ihre Mails durchzugehen, die seit gestern in ihrem Posteingang gelandet waren. Eisele war hinter seinem Bildschirm verschwunden – nur seine feuerrote Stirn ragte darüber hinaus – und hackte irgendetwas in seine Tastatur.

Keiner von beiden sprach etwas. Gegen halb zehn klopfte es. »Herein«, sagten beide wie aus einem Mund. Früher als erwartet traf die junge Frau aus dem Seniorenstift ein. Noch bevor sie dazu aufgefordert wurde, zog sie ihren Ausweis hervor und legte ihn auf Theodoras Schreibtisch. Diese notierte sich kurz die Daten und gab die Karte zurück.

»Frau Mansour, bitte nehmen Sie doch Platz«, Theodora wies auf den vor ihrem Schreibtisch stehenden Stuhl.

»Zunächst einmal herzlichen Dank, dass Sie unserer Aufforderung so rasch gefolgt sind.«

Eisele tauchte hinter seinem Bildschirm auf und begann aufmerksam zuzuhören. Frau Mansour hatte ihre Tasche auf die Knie gelegt und klammerte sich krampfhaft daran fest. Sie schwieg.

»Frau Mansour, Sie sind die anonyme Anruferin von gestern, habe ich recht?«

Samira Mansour nickte.

»Darf ich Sie zunächst fragen, weshalb Sie uns anonym angerufen haben?«

»Na ja«, kam es von der Befragten stockend, »wissen Sie, ich bin nur Putzfrau …«

»Was wollen Sie damit sagen? Nur Putzfrau. Das ist ein ehrenwerter Beruf, vor dem ich viel Respekt habe«, kam es aus Eiseles Richtung.

»Ich bin Studentin«, sagte Frau Mansour nun mit Nachdruck. »Ich verdiene mir mein Studium durch Putzen im Seniorenstift und in einem Kindergarten. Im Seniorenstift sind alle nett, bis auf Frau Dobler …«

»Und sie ist die Heimleiterin«, stellte Theodora fest.

»Frau Dobler mag es nicht, wenn man sich in Dinge einmischt. Sie oft sagt das, und ich habe mich eingemischt. Ich glaube, Herr Wichrowsky ist nicht gestorben natürlich. Ich habe Frau Inge, also Frau Dobler gesagt, dass ich im Mülleimer gefunden habe die falsche Spritze, aber sie hat gedroht, wenn ich weiter mich einmische, dann sie entlässt mich. Sie immer mir sagt, dass ich nur Frau mit Migrationshintergrund bin. Und da ist noch was …«

Sie öffnete ihre Tasche und holte ihr Smartphone heraus. »Schauen Sie hier, ich habe abfotografiert …«

Sie hielt Theodora das Handy vor die Nase, die laut vorzulesen begann:

*Sehr geehrter Herr Richter Wichrowsky,*
*Wenn Sie diesen Brief in Händen halten, werde ich nicht mehr am Leben sein und schuld daran sind Sie, ganz allein. Sie haben mich schuldig gesprochen und dafür gesorgt, dass ich ins Gefängnis gekommen bin. Haben Sie eine Ahnung, wie es sich anfühlt, unschuldig unter all diesen Verbrechern? Ich hatte…*

»Können Sie mir erklären, was das ist?«

Theodora reichte das Smartphone an Eisele weiter, damit auch er sehen konnte, was Samira Mansour abfotografiert hatte.

»Und warum haben Sie es abfotografiert und nicht mitgebracht?«

»Das war halber Zettel. Lag unter Bett von Herrn Wichrowsky. Hab ihn Frau Inge gegeben, aber die hat mir aus der Hand gerissen und in ihre Schublade gelegt. Ich habe gesagt, ich glaube, das hat etwas zu tun mit Tod von altem Herrn. Sie wollte nicht hören das und hat mir gedroht, ich verliere meinen Job, wenn ich weiter mische mich ein …«

»Sagen Sie, Frau Mansour, hat Herr Wichrowsky irgendeinen engeren Kontakt zu jemandem im Heim gehabt, wissen Sie das?«

»Ja, er hat sich verliebt in Frau Klösterle, viele waren eifersüchtig auf sie«, Samira Mansour lächelte. »Sonst weiß ich nichts, habe ihn nicht so gut gekannt.«

»Gut, dann war's das erst einmal Frau Mansour. Sollten

wir noch weitere Fragen haben, so werden wir gegebenenfalls noch einmal auf Sie zukommen.«

Theodora erhob sich und begleitete die junge Frau zur Tür.

»Eigentlich sind wir jetzt so gescheit wie vorher«, sagte Eisele und tupfte sich die Stirn.

»Sagen Sie mal«, Theodora machte einen Schritt auf ihn zu, »was haben Sie denn eigentlich auf Ihrem Kopf? Das sieht gar nicht gut aus. Meinen Sie nicht, dass sich das Dr. Fleischhauer mal ansehen sollte?«

»Der Pathologe?«, kreischte Eisele und sprang von seinem Stuhl auf.

»Noch lebe ich!«

»Ich hab's ja nur gut gemeint«, sagte Theodora. »Jetzt gehen wir erst einmal in die Kantine und essen zu Mittag, und danach machen wir uns auf den Weg ins Seniorenheim.«

»Ich nicht«, sagte Eisele bekümmert. »Ich muss kurz nach meiner Mutter sehen, der geht es heute nicht so gut.«

Theodora zuckte zusammen. Eisele hatte eine Mutter, sie einen Vater, und um den sollte sie sich längst auch einmal wieder kümmern. Zunächst jedoch musste sie mit Hummel sprechen. Es war Zeit, dass der Verstorbene Wichrowsky endlich umzog in die Gerichtsmedizin!

Es tut mir wirklich sehr leid«, Frau Dobler war es sichtlich peinlich. »Nach Sandra haben sich nun auch eine Großzahl unserer Bewohner mit diesem Magen-Darm-Infekt infiziert …«

Eisele verzog das Gesicht.

»Lassen Sie uns ein anderes Mal wiederkommen«, raunte er Theodora zu. Nicht auszudenken, wenn er sich damit auch noch anstecken würde. Dass ihm das Haartonikum derart zusetzte, war schon schlimm genug. Vor zwei Tagen hatte er sich Sportklamotten gekauft, was bei seiner Größe gar nicht so einfach gewesen war. Dann hatte er einen Jahresvertrag in einem Sportstudio unterschrieben und am Freitag wollte er mit seinem Training beginnen. Er hatte eine Menge Geld für einen Personal Trainer dazu ausgegeben. Er wollte endlich an sich arbeiten. Seine Mutter hatte ihm schon viel zu lange vorgehalten, dass er alles andere, als eine optisch ansprechende Erscheinung war. Doch Theodora schien seinen Einwand überhört zu haben.

»Dann lassen Sie uns mit den Personen sprechen, die ansprechbar sind«, sagte sie stattdessen entschieden.

Frau Dobler nickte und bat Theodora und Eisele gemeinsam mit ihr in den Speisesaal zu gehen.

Eine Reihe weißhaariger Damen und ein einziger Herr hatten um einen ovalen Tisch herum Platz genommen.

»Senioren, nichts als Senioren …«, raunte Eisele und sie konnte ihm nicht widersprechen. Auch im letzten Fall hatten es sie immer wieder im Zuge ihrer Ermittlungen mit älteren Herrschaften zu tun gehabt, das wurde selbst Theodora inzwischen unheimlich.

Sechs der Damen und der einzige Herr waren offensichtlich in einer anderen Realität. Sie erzählten von Vorkommnissen, die bereits viele Jahre zurücklagen und mit dem aktuellen Geschehen nicht im Geringsten in Zusammenhang zu bringen waren. Dennoch schienen sie enttäuscht, als man sie bat, in ihre Zimmer zurückzukehren. Nun saßen sich noch zwei Damen, Frau Klösterle und Frau Gottlieb gegenüber, erwartet wurde noch eine Frau Balthasar. Die dicke Luft, die zwischen den beiden Damen herrschte, war greifbar. Frau

Klösterle hatte rot geschwollene Augen und schniefte unablässig in ihr Taschentuch. Frau Gottlieb fixierte sie wie eine Giftspinne aus ihrem Rollstuhl heraus.

»Frau Klösterle, Sie haben, wie uns gesagt wurde, eine nähere Beziehung zu dem Verstorbenen gepflegt?«

Eisele merkte auf. Seit wann ging Theodora Klein so behutsam mit den Menschen um? Etwas war mit ihr geschehen.

»Ha, a nähere Beziehung, dass ich ned lach!«, kam es giftig von Frau Gottlieb. »Der Herr Wichrowsky war ein Tschentlemän, der war zu allen Damen nett, ned bloß zu der da.«

Frau Klösterle kramte mit zittrigen Fingern ein neues Taschentuch aus der Plastikhülle hervor.

»Bitte regen Sie sich nicht auf«, sagte Eisele, der das Gefühl hatte, nun endlich auch mal etwas sagen zu müssen. Wie gut konnte er sich seine Mutter in solch einer Umgebung vorstellen. Hier könnte sie jedem auf die Nerven gehen, nur ihm endlich nicht mehr. Und vielleicht würde er dann auch seine Wahnvorstellungen irgendwann verlieren.

»Wegen der Person rege ich mich nicht auf!«, sagte Frau Klösterle mit einer erstaunlich festen Stimme. »Wissen Sie, die da«, sie wies auf Frau Gottlieb, »die hat immer seine Nähe gesucht, das war ihm stellenweise sogar richtig zuwider, er war nur ein so feiner Mann, wenn Sie verstehen.«

»Feiner Mann, feiner Mann«, kam es aus dem Rollstuhl.

»Frau Klösterle, erzählen Sie meinem Kollegen und mir doch einfach über den Verstorbenen, so können wir uns am ehesten ein Bild von ihm machen.«

Um Frau Klösterles Gesicht legte sich ein leises Lächeln.

»Also, der Rudolf war früher Richter gewesen. In Berlin. Kinder hat er keine, nur einen Freund irgendwo in der Nähe von Stuttgart. Darum ist er hierher gezogen, weil das der einzige Mensch war, mit dem er noch Kontakt hatte. Er hat ja nicht ahnen können, dass wir uns begegnen werden …«

Sie putzte sich die Nase und fuhr dann fort: »Einmal hat er ihn besucht, der Freund. Dann haben sie sich in seinem Zimmer eingeschlossen. Irgendetwas war da, etwas, das mit seiner Vergangenheit zu tun haben muss. Er hat mir einmal gesagt, dass er in seinem Leben einen schlimmen Fehler begangen hat, und dass er das nicht mehr gut machen kann. Mehr hat er mir nicht erzählen wollen, damit ich nicht in Gefahr gerate, hat er gesagt, denn die Gefahr lauere hier direkt um die Ecke. Ich habe nicht verstanden, wie er das gemeint hat. Ich glaube, das hat er alles nur seinem Tagebuch anvertraut. Oder dem Jungen, mit dem er sich angefreundet hat.«

»Mit welchem Jungen?«, fragte Theodora.

»Na mit dem Türken, der hier seine Sozialstunden abarbeitet«, antwortete Frau Dobler.

Theodora warf ihr einen mahnenden Blick zu. Da war er wieder, dieser diskriminierende Ton!

Eine zierliche, elegant gekleidete Dame betrat den Speisesaal. Hoch erhobenen Hauptes ging sie zum Tisch und nahm unaufgefordert Platz.

»Das ist Frau Astrid Balthasar«, stellte Frau Dobler die Dame vor. Theodora nahm die feindseligen Blicke der beiden anderen Damen wahr, doch die Befragung mit Frau Balthasar verlief eher belanglos. Sie gab vor, selbst kein Interesse an Herrn Wichrowsky gehabt zu haben, im Gegenteil, mit einem verstohlenen Blick auf Frau Klösterle gab sie zu verstehen, dass sie ihn eher für einen Schaumschläger gehalten hatte, als für einen Mann von Welt. Insgesamt wirkte sie bei allen Angaben äußerst gelangweilt und distinguiert.

Am frühen Abend verabschiedeten sich Theodora und Eisele von Frau Dobler, nicht ohne die Ankündigung, in wenigen Tagen wiederzukommen, wenn die Erkrankten wieder genesen seien.

Theodora schloss die Haustür vorsichtig auf und ging leise nach oben in ihre Wohnung. Obwohl es schon wieder verdammt gut roch im Treppenhaus, hatte sie heute keine Lust, Aylin oder gar Murat zu begegnen. Dieser »Fall«, wenn man ihn überhaupt als solchen bezeichnen konnte, langweilte sie enorm. Wahrscheinlich würde am Ende herauskommen, dass eine überlastete Schwester schlicht und ergreifend das falsche Medikament verabreicht hatte. Das war zwar bedauerlich, doch leider kam es in Pflegeheimen oder Krankenhäusern immer wieder zu solch tragischen Todesfällen. Sie zog ihre Stiefel aus und hängte ihre Jacke an die Garderobe. Beim Gang durch das Wohnzimmer vermied sie den Blick in Richtung Anrufbeantworter. *Heute in einer Woche werde ich bei dir sein*, hatte Amadeus am Sonntag gesagt. Sie überlegte. Heute war Dienstag, sie hatte noch maximal drei Tage Zeit. Besprochen hatten sie noch gar nichts, nicht, wie lange er bleiben würde und erst recht nicht, wann er genau kommen würde. Panik erfasste sie. Was wollte sie denn eigentlich mit ihm zusammen unternehmen? Sie schloss die Augen und stellte sich vor, wie es wäre, wenn sie die Zeit einfach nur im Bett verbringen würden. Der neue Pizzaservice an der Ecke hatte eine gute vegetarische Auswahl, Wasser und Wein würde sie noch besorgen können und ihr Vorrat an Gras reichte auch noch für einen Joint für Amadeus. Sie verwarf all die Gedanken und kramte ihr Handy hervor. Warum verdammt noch mal, meldete er sich nicht, oder hatte er gar Sonntag in einer Woche gemeint? Rastlos begann sie durch ihre Wohnung zu gehen. Das Kartendeck lag auf dem Tisch. Sollte sie eine Legung machen? Sie setzte sich, griff nach den Karten, legte sie wieder beiseite, stand auf. Es half nichts, sie musste raus hier. Wohin? Sie wusste es bereits, als sie den Türgriff in der Hand hielt, sie würde nun doch nach oben gehen, zu Aylin.

»Wie schön, dass du mich besuchst, komm rein, du kennst ja den Weg, ich komm gleich nach«, sagte Aylin, die gerade einen frischen Tee aufgesetzt hatte. Dunkle Schatten lagen unter ihren Augen. Theodora nahm auf dem Sofa Platz und stopfte sich ein Kissen in den Rücken. Das Handy legte sie gut sichtbar vor sich auf den Couchtisch. Mit Beschwörermiene starrte sie auf das schweigende Display. Aus Murats Zimmer drangen lediglich gedämpfte Rhythmen herüber. Aylin war mit zwei Gläsern zurückgekommen und hatte neben Theodora auf dem Sofa Platz genommen. Eine Duftkerze verströmte einen exotischen Geruch.

»Das ist Weihrauch, Myrrhe, Granatapfel und Jasmin«, sagte Aylin in die Stille hinein.

Theodora schluckte. Mit einem Mal stand ihr Amadeus vor Augen. An ihrem letzten Abend hatten sie ein Räucherstäbchen abgebrannt, das ganz ähnlich geduftet hatte, und sie hatten sich dabei … Sie durfte nicht weiterdenken, Tränen traten in ihre Augen und eine Theodora Klein heulte nicht, nicht vor anderen Menschen …

»Theodora, ich muss mit dir reden.«

Theodora starrte auf ihr Handy.

Aylin ignorierte dies.

»Ich bin mal wieder völlig verzweifelt wegen Murat«, brach es aus ihr heraus. »Seit er am Sonntagabend diesen Anruf bekommen hat, ist er nur noch aus seinem Zimmer gekommen, wenn er aufs Klo musste. Ich weiß übrigens immer noch nicht, wer ihn da angerufen hat. Er redet einfach nicht mit mir. Gegessen hat er fast nichts mehr seitdem. Bei seinem Bewährungshelfer hat er sich krank gemeldet. Ich habe den gefragt, ob er weiß, was mit Murat los ist, aber seit der Junge achtzehn ist, darf mir der Bewährungshelfer keine Auskunft mehr geben.«

Stirnrunzelnd schaute Theodora durch Aylin hindurch

und schwieg. Heute war Dienstag. Keine WhatsApp, die sie an Amadeus geschickt hatte, schien angekommen zu sein.

»Kannst du dir so einen Schwachsinn vorstellen? Der Junge wohnt bei mir. Er wohnt bei seiner Mutter. Und trotzdem bekomm ich keine Auskunft, was mit meinem Jungen los ist. *Wenn er es Ihnen nicht sagen will, so müssen Sie das respektieren*, hat der Bewährungshelfer gesagt. Ja was soll ich denn dazu noch sagen?«

Aylin war inzwischen aufgestanden und hatte begonnen, im Zimmer hin und her zu gehen.

Theodoras Gedanken drehten sich im Kreis. Keine WhatsApp war angekommen, keine Nachricht von Amadeus. Das konnte nur bedeuten, dass ihm etwas zugestoßen war. Oder … Nein, so war es nicht. Es musste ihm etwas zugestoßen sein. Doch was war schlimmer? Theodora fühlte sich plötzlich krank. Sie fror, und das, obwohl es bei Aylin wie immer gemütlich warm war.

»Er hat sich so zum Guten verändert, mein Junge und jetzt das. Ich glaube, unter seinem Bett hat er was versteckt, was ich nicht sehen darf. Neulich hab ich ihn erwischt, wie er in irgendwas gelesen hat, das war ihm ja so peinlich. Ich hoff doch nicht, dass er da irgendeinen Schmuddelkram versteckt …«

Theodora lehrte das Glas und stellte es geräuschvoll auf die Tischplatte zurück.

»Theodora hörst du mir überhaupt zu?«, fragte Aylin verunsichert, als Theodora aufstand und ihr Handy einsteckte.

»Ja klar«, log Theodora, »klar hab ich dir zugehört, aber ich weiß auch nicht, was ich dazu sagen soll.«

Dann schlurfte sie zu Aylins Wohnungstür und ging grußlos hinaus …

## VIER – MITTWOCH

Der Tag begann, wie die Tage zuvor geendet hatten. Draußen war es grau und es nieselte. Ein Tag, um liegen zu bleiben. Doch es half nichts. Immerhin war heute Mittwoch. Die Hälfte dieser Woche war geschafft. Mit zusammengekniffenen Augen ging Theodora hinüber in die Küche. Das Handy lag neben dem Wasserkocher. Doch was war das. Ein lila Punkt hüpfte über das Display. Theodora zögerte. Eine WhatsApp. Vom wem? Von Amadeus? Sie griff nach dem Handy. Was, wenn diese Nachricht von jemand anderem als von Amadeus wäre? Sie strich sich eine widerspenstige Locke aus der Stirn. Sie musste sich zusammennehmen. Sie öffnete die WhatsApp. Sie las: *Hallo mein wilder, roter Teufel. Ich vermisse dich. Noch drei Tage, dann werde ich bei dir sein. Amadeus*

Theodora sah aus dem Fenster. Draußen war es grau und es nieselte noch immer. Doch hinter all dem Grau schien die Sonne. Sie lächelte, stellte das Radio an und setzte das Kaffeewasser auf. Bevor sie ins Bad ging, legte sie ein Salatblatt in Ramses Terrarium und streichelte seinen harten Panzer. Irgendwann würde sie sich auch daran gewöhnen. Das Leben war schön.

Im Büro brannte noch kein Licht. Eisele war also zum Glück noch nicht da. So sehr sich Theodora sonst über seine Unpünktlichkeit ärgerte, so gelegen kam es ihr heute. Noch immer war nicht klar, mit welchem Zug Amadeus am Samstag eintreffen würde. Über die Dauer seines Besuches hatten sie noch nicht abschließend gesprochen, und Urlaub hatte sie auch noch keinen beantragt. Vermutlich würde sich das angesichts des toten Seniors als schwierig erweisen, doch Eisele war ja auch noch da. Nur eben jetzt noch nicht …

Sie hatte gerade die WhatsApp mit all den zu klärenden Fragen an Amadeus abgeschickt, als Kriminaloberrat Rüdiger Hummel in ihr Büro trat.

»Morgen Frau Klein«, grüßte er sie kurz und vermied den direkten Blickkontakt. Wieder war er unrasiert, was ihm nicht stand. Er war kein Typ für einen Drei- oder Mehrtagebart. Sein Blick war verwaschen. Auch das kannte sie nicht an ihm. Stets war er der gepflegte, perfekt gestylte Typ gewesen, damals, als sein Mann noch da war. Obwohl er ein frisches Hemd trug, meinte Theodora, einen leichten Schweißgeruch an ihm wahrzunehmen, was sie erschütterte. Was doch die Liebe aus einem Menschen machen konnte. Sie konnte einen beflügeln oder in die tiefste Hölle stürzen und dort schien sich Hummel gerade zu befinden. Fast tat er ihr leid. Wie beiläufig schielte sie auf ihr Handy, doch Amadeus hatte ihre Nachricht noch nicht gelesen. Das konnte auch nicht sein, beruhigte sie sich, schließlich hatte sie diese erst vor wenigen Minuten abgesetzt.

»Sagen Sie Theodora, gibt es inzwischen Neuigkeiten im mysteriösen Todesfall in Himmelruh?«

»Nein, da gibt es noch nichts. Wie auch. Wir mussten den Toten zuerst einmal vom Bestattungsinstitut in die Gerichtsmedizin umbetten. Aber Dr. Fleischhauer weiß, dass wir dringend auf das Ergebnis warten, und wie ich ihn kenne, werden wir das schon bald auf dem Tisch haben.«

Hummel holte Luft, doch Theodora fuhr rasch fort: »Da ist noch was. Ich brauche dringend Urlaub. Sagen wir ab Freitag?« Hummel stutzte. »Urlaub? Jetzt? Wieso denn schon wieder Urlaub? Täusche ich mich, oder kommen Sie gerade erst aus der Kur zurück?«

»Ich bekomme am Samstag Besuch.«

»Sie? Besuch? Vom wem bekommen Sie denn Besuch?«

»Von einer Verwandten«, log Theodora. Es war nicht

einzusehen, dass sie Hummel einweihte, und überhaupt, was ging es ihn an?

»Also …«, weiter kam er nicht, denn Eisele war endlich eingetroffen.

»Ach machen Sie beide doch, was Sie wollen«, raunzte Hummel und verließ das Büro.

»Mit dem wird's auch immer schlimmer«, stellte Eisele fest, während er sich aus seiner wattierten Jacke schälte.

»Um was ging' denn gerade?«

»Ich habe Hummel um Urlaub gebeten.«

»Um Urlaub? Sie waren doch gerade erst in der Kur …«

»Eisele! Ich brauche Urlaub, weil ich am Wochenende Besuch bekomme!«

»Besuch? Sie? Von wem bekommen denn Sie Besuch?«

»Eisele! Sie machen mich wahnsinnig!« Theodora schlug mit der Faust auf ihren Schreibtisch. Ein Stapel Akten verrutschte und fiel wie in Zeitlupe zu Boden.

»Ich bekomme Besuch von einem Freund, jawohl, und unterstehen Sie sich, jetzt etwas zu sagen!«

Theodora sah ihn scharf an. Dann bückte sie sich, um die Akten aufzuheben. Bis vor wenigen Minuten war sie noch bester Laune gewesen. Das hatte sich nun schlagartig geändert.

»Lassen Sie das, ich mach das schon«, sagte Eisele versöhnlich und ging vor ihr auf die Knie. Er war gerade fertig geworden, als Theodoras Telefon klingelte.

»Ja, ja, wir kommen«, sagte sie knapp und legte auf.

»Das war Dr. Fleischhauer, kommen Sie, Eisele, die Gerichtsmedizin wartet auf uns.«

Eisele schüttelte sich. Er hasste diesen Ort, Theodora Klein wusste dies, dennoch hatte sie ihn nicht verschont. Er hatte mitgemusst. Hier hinab zu den Toten. Schon der stechende Geruch der Chemikalien, vermischt mit dem Geruch des hier allgegenwärtigen Todes, verursachte ihm Übelkeit. Er musste sich zusammennehmen. Seine Stirn juckte erbärmlich, in seinem Magen rumorte es. Warum musste er ausgerechnet jetzt an den Fleischwolf seiner Mutter denken? Beim letzten Versuch mit den Wurstfüllhörnern war ihm die Zerkleinerung des Hackfleisches exakt gelungen. Danach hatte sie ihn genötigt, die Fleischfüllung in den Naturdarm zu stopfen. »Des gibt gute Würscht«, hatte sie gejubelt und alles ins Gefrierfach geschoben. Er schüttelte sich. Nein, daran durfte er jetzt nicht denken! Als Dr. Fleischhauer mit einem Ruck die Schiebetür zum Sektionssaal öffnete, nahm Eisele mit Entsetzen eine zugedeckte Person wahr, die auf einem der Tische lag. Eine Leiche. Auch das noch. Aber klar, sie waren in der Rechtsmedizin, doch zu was um alles in der Welt gab es denn hier die ganzen Schubladen. Der rechte Fuß des Toten lugte unter dem weißen Tuch hervor. Am großen Zeh baumelte ein Zettel, auf dem eine Nummer stand.

»Ist das die Leiche aus dem Seniorenheim?«, wollte Theodora Klein wissen, der dieses ganze Szenario wie immer nichts auszumachen schien. Dr. Fleischhauer schüttelte den Kopf und biss herzhaft in ein Käsebrötchen.

»Nein«, sagte er zwischen zwei Bissen, »den haben sie mir heute Morgen in aller Herrgottsfrühe gebracht. Sie haben ihn an der Autobahn auf einem Rastplatz gefunden. Ganz eilige Sache. Bin noch nicht mal dazugekommen, zu frühstücken.«

Er spülte den letzten Bissen mit einem Schluck Kaffee hinunter. »Hier ist der Obduktionsbefund des Seniors …« Er reichte Theodora das Blatt. Sie überflog es lediglich, dann gab sie es an den Arzt zurück.

»Ich sage es Ihnen immer wieder aufs Neue. Sie sind der Mediziner, ich die Kommissarin. Also erklären Sie mir jetzt bitte, was da steht. Ich kann mit all diesen Begriffen nichts anfangen.«

»Ist ja schon gut, ich erkläre es Ihnen ja gerne. Also, der Verstorbene hat unter einem AV-Block gelitten. Das ist eine Herzrhythmusstörung, die durch Leitungsstörungen zwischen Vorhöfen und Herzkammern entsteht. Die Erregungsleitung ist dabei aufgrund eines anatomischen oder funktionellen Hindernisses verzögert oder unterbrochen. Während das Herz im Normalfall 60-80-mal in einer Minute schlägt, kann die Herzfrequenz, also der Puls, bei einer AV-Blockierung bis unter 40 Schläge pro Minute abfallen. Das kann im schlimmsten Fall zu einem Herzstillstand führen.«

»Aha«, sagte Eisele, dessen Blick immer wieder hinüber zu dem Tisch wanderte, unter dem der Tote vom Rastplatz verborgen lag.

»Und was bedeutet das jetzt?«, wollte Theodora wissen.

»Das bedeutet einfach ausgedrückt, dass der Tote durch die Clonidin-Gabe ein Medikament gespritzt bekommen hat, das den ohnehin schon verlangsamten Herzschlag zusätzlich gelähmt hat. Das, verbunden mit der Tatsache, dass er sein Insulin nicht bekommen hat, hat zweifelsfrei seinen Tod verursacht.«

»Glauben Sie, das wurde ihm absichtlich verabreicht, oder denken Sie, das war ein tragischer Fehler des Pflegepersonals?«, fragte Eisele.

»Herr Eisele, so eine Frage nach fahrlässiger Tötung oder gar Mord dürften Sie mir eigentlich gar nicht stellen. Sie wissen doch selbst, geglaubt wird in der Kirche. Aber ich kann Ihnen vielleicht eines sagen, man muss schon über medizinische Kenntnisse verfügen, um zu wissen, dass man einen Menschen, der unter einem AV-Block leidet, durch die Gabe von Clonidin ins Jenseits befördern kann.«

»Also, ich tippe tatsächlich eher auf einen tragischen Fall von Medikamentenverwechslung«, äußerte Theodora.

»Wie gesagt, das herauszufinden ist eure Sache. Ich muss mich jetzt wieder um den da kümmern.«

Dr. Fleischhauer ging hinüber zu dem Tisch, auf dem der verdeckte Tote lag.

Theodora sah Eisele an, dessen Gesicht im Laufe des Gesprächs eine wächserne Farbe angenommen hatte, mit Ausnahme des Bereichs über seiner Stirn. Dieser schien förmlich zu glühen, was auch Dr. Fleischhauer aufgefallen war, denn beim Verlassen des Sektionssaales rief er den beiden hinterher: »Eisele, Sie erinnern mich an eine Ampel, oben rot und unten grün. Wenn Sie wollen, schaue ich mir das mal an!«

Eisele wollte nicht. Stattdessen stammelte er: »Also, noch mal zu den Senioren?«

Theodora nickte. »Jawohl, noch mal zu den Senioren!«

Nach dem Besuch in der Gerichtsmedizin hatten sie beide keinen Hunger verspürt. Dennoch bestand Theodora auf eine Pause, was einen Aufenthalt in ihrem Büro bedeutete. Eisele hatte vorgegeben, einen kleinen Spaziergang machen zu wollen. Frische Luft täte ihm jetzt gut, hatte er gemeint und sie stimmte ihm zu. So wie er noch immer aussah, fürchtete Theodora das Schlimmste. Eisele war berühmt dafür, dass er seinen Magen gelegentlich schlecht unter Kontrolle hatte, darum riet sie ihm zu einem ausgedehnten Aufenthalt im Freien. Endlich hatte sie Zeit, auf ihr Handy zu sehen. Inzwischen waren vier Stunden vergangen, seit sie Amadeus die Nachricht geschickt hatte, noch immer hatte er diese nicht gelesen. Ein ungutes Gefühl stieg in ihr auf. Sie öffnete die Schublade. Neben einem Mondkalender des vergangenen Jahres lagen die Tarotkarten, verpackt in einer inzwischen leicht abgegriffenen Pappschachtel, sowie ein schwarzes Samtsäckchen, das mit einer roten Kordel zugeschnürt war. Sie öffnete das Säckchen und zog ein an einer silbernen Kette baumelndes Pendel aus Bergkristall hervor.

Sie legte den kühlen Stein in ihre linke Handfläche und schloss die Finger. Dann machte sie die Augen zu. Ihre Gedanken gingen zurück an die Ostsee. Zurück an ihren letzten Tag mit Amadeus. Die Sonne schien noch warm, doch der Wind strich ihr bereits herbstlich kühl über das Gesicht. Der Himmel war von einem tiefen Blau, einzig kleine Wölkchen tummelten sich dort oben, wie junge Schafe auf der Weide. Das Schilf wogte sanft im Wind. Sie hatten die Schuhe ausgezogen, waren barfuß eine lange Strecke gegangen, dann waren sie stehen geblieben, hatten ihre Zehen in den Sand gebohrt, während kleine schaumgekrönte Wellen ihre Knöchel umspülten. Sie hatte gelacht. Dann hatte er sie lange geküsst. Das Leben war so schön. Damals. An diesem Tag. Dann hatte Amadeus den Arm um sie gelegt. Eng umschlungen waren sie zurückgegangen zu ihrer Unterkunft. Was danach geschah …

Theodoras Atem ging schwer. Inzwischen war sie in eine tiefe Trance versunken. Sie konzentrierte sich auf Amadeus und auf ihre Frage. Sie öffnete die Augen, nahm die silberne Kette, an deren Ende das Pendel befestigt war, zwischen Daumen und Zeigefinger. Das Pendel begann leicht zu schwingen, dann begann es sich im Kreis zu drehen. Zunächst drehte es sich langsam, dann wurde es immer schneller. Theodoras Herz wurde schwer. Die Antwort auf ihre Frage war eindeutig, sie lautete: NEIN!

Schweigend saß Theodora neben Eisele auf dem Beifahrersitz. Unaufhaltsam kreisten ihre Gedanken um Amadeus. Selten hatte ihr das Pendel eine falsche Antwort gegeben. Wenn er doch verdammt noch mal endlich an sein Handy ginge. Auch die Tatsache, dass sie sich erneut auf dem Weg in ein Seniorenheim befanden, gefiel ihr nicht. Noch vor wenigen Monaten hatte sie von ihrem Ruhestand geträumt und das, obwohl sie gute zehn Jahre davon entfernt war. Sie hatte sich alt gefühlt, ausgebrannt, leer. Das Leben war ihr wertlos erschienen. Dann hatte sie das Schicksal des Todesengels, wie sie Gabriele Engel posthum nannte, in ihren Grundfesten erschüttert. Danach war sie in der Kur gelandet. Immer und immer wieder dachte sie über diese Tatsache nach, und daran, dass nichts durch Zufall, oder gar umsonst, geschah. Das universelle Gesetz hatte dafür gesorgt, dass sie und Amadeus sich begegneten. Sie musste positiv denken. Nur wenn sie positiv dachte, würde sie positive Lebenssituationen hervorrufen. Nie war es ihr schwerer gefallen, diese Regeln zu befolgen. Nie hatte sie mehr zu verlieren gehabt, als jetzt.

»Wir sind da«, hörte sie Eiseles Stimme wie durch Watte. Unsanft hatte er sie zurückgeholt ins Hier und Jetzt. Ihr war schlecht. Diesmal war es ihr Magen, der rebellierte. Hoffentlich würde sie durchhalten. Sie würde Eisele weitgehend das Wort überlassen. So würde sie es machen. Eisele würde lernen müssen, auf eigenen Füßen zu stehen. Wenn ihm das bei seiner Mutter auch nicht gelang, sie, seine Chefin, würde darauf bestehen.

Der Empfang in Frau Doblers Büro war eisig. Die alten Damen und Herren seien um diese Zeit – nach der Kaffeestunde, vor dem Abendessen – in ihren Zimmern zu finden, sagte sie steif.

»Wir sind zunächst daran interessiert, mit Schwester Sandra zu sprechen.« Theodoras Stimme war kratzig.

»Sie war es doch, die vergangenen Sonntag die Medikamente verteilte«, fuhr Eisele mit einem besorgten Blick auf Theodora fort. Frau Dobler bejahte dies und ging, um

Sandra aus der Teeküche zu holen. Eisele zog ein frisches Notzizbuch aus der Tasche.

»Für den neuen Fall«, sagte er leise, als er Theodoras fragenden Blick wahrnahm.

»Aha«, flüsterte sie, »für den Fall des toten Richters. Na hoffentlich wird das Buch nicht voll, sonst ist der Fall noch lange nicht gelöst.«

Inzwischen hatte Sandra das Büro betreten.

»Wenn Sie mir vielleicht ein Glas Wasser hätten?«, wand sich Theodora an Frau Dobler. Sie hatte entsetzliches Sodbrennen. Wenig später standen eine Flasche stilles Wasser und zwei Pappbecher auf dem Tisch.

»Brauchen Sie mich noch?«, Frau Doblers Blick ließ keine Regung erkennen.

»Nein, ich denke nicht«, sagte Eisele und zückte den Kugelschreiber.

»Schwester Sandra, dann sagen Sie uns mal, wie sich das mit den Medikamenten am Sonntag zugetragen hat.

Schwester Sandra rutschte auf dem Stuhl hin und her.

»Das war eigentlich wie immer.«

»Das müssen Sie uns schon etwas deutlicher erklären!«, Eisele kam in Fahrt. »Was heißt hier eigentlich, und was heißt wie immer?«

»Na ja, das heißt, dass Frau Dobler das Tablett mit den Medikamenten im Schwesternzimmer auf den Tisch gestellt hat und ich sie dann verteilt habe.«

»Sie haben also auch die Spritze verabreicht?«, Eisele fragte und notierte gleichzeitig. Theodora erfasste jede Regung Sandras genau.

»Ja.«

»Und da ist Ihnen nicht aufgefallen, dass Sie Herrn, wie hieß er doch gleich?«

»Wichrowsky.«

»Ist Ihnen eigentlich nicht aufgefallen, dass Sie Herrn Wichrowsky anstatt Insulin dieses eine Medikament da gespritzt haben?«

»Nein«, sagte Sandra leise und ließ den Kopf sinken. »Es war ja alles schon von Schwester Inge hingerichtet gewesen, und ich …« – sie stockte – »ich, mir, mir, mir war so elend. Ich habe mir aus dem Medikamentenschrank eine Tablette geholt …«

»Nun lassen Sie sich doch nicht jedes Wort aus der Nase ziehen«, empörte sich Theodora, »was für ein Medikament war das, warum haben Sie es sich geholt und hatten Sie überhaupt einen Schlüssel zum Medikamentenschrank?«

»Mir war so furchtbar schlecht. Sie wissen doch, dass hier die Hälfte der Bewohner einen Magen-Darm-Infekt bekommen hat. Bei mir hat das auch am Sonntagabend angefangen. Ich weiß doch, wo der Schlüssel zum Medikamentenschrank liegt. Ich habe ihn geholt und mir Immodium aus dem Schrank genommen, aber …«, sie fuhr sich mit der Hand durch die Haare.

»Aber?«, kam es von Eisele und Theodora gleichzeitig.

»Ich musste dann ganz plötzlich, ganz dringend …«

Theodora und Eisele sahen sich an.

»Das macht die Sache nicht einfacher«, Eisele hatte bereits mehrere Seiten des Notizbuches beschrieben. Nach der Erkenntnis von soeben bestand wohl doch die Gefahr, dass das Buch sich füllen könnte.

»Ich weiß nicht genau, wie lange ich weg war, mir gings ja so schlecht«, wiederholte Sandra noch einmal und begann zu weinen. »Aber wissen Sie«, fuhr sie leise fort, »die Leute hier sind doch so langsam unterwegs, also, wenn da jemand was gemacht hätte, der wäre doch gar nicht so schnell über den Flur gekommen. Die meisten sitzen im Rollstuhl oder schieben einen Rollator.« Sie seufzte.

»Gut. Eisele, Sie haben alles notiert?«, Theodora stand auf. Sie verspürte den dringenden Wunsch, diesen Ort so schnell wie möglich zu verlassen.

»Es gab da noch zwei oder drei Bewohner, die wir noch nicht befragen konnten. Sind die inzwischen genesen?«, fragte Eisele pflichtschuldig.

»Ja«, Sandra blickte auf die Uhr. »Die sitzen jetzt bestimmt schon drüben im Speisesaal, es gibt gleich Abendbrot.«

Im Speisesaal herrschte gedämpftes Licht. Es roch nach Kräutertee und Kartoffelsuppe. Vereinzelt brannten Kerzen in kleinen Windlichtern.

»LED-Kerzen, was anderes dürfen wir hier nicht mehr aufstellen«, erklärte Sandra. »Eigentlich haben Sie ja schon mit allen gesprochen«, überlegte sie. »Die meisten unserer Leutchen sind ja sowieso, Sie wissen schon. Also die meisten von denen bekommen sowieso nicht mehr alles mit. Eigentlich bleibt da nur noch der alte …«

»Was ist, was haben Sie?«, wollte Theodora wissen.

»Na, wir haben da so ein altes Ekelpaket. Ein richtiger Schmierfink ist das. Ja, ich weiß, wir sollten nicht so respektlos über unsere Leute reden, aber der, der versucht immer zu grapschen, wenn Sie verstehen, was ich meine? Und dann macht der immer so anzügliche Witze. Sexistisch bis zum geht nicht mehr, sag ich Ihnen. Und dann lacht er über seine eigenen doofen Sprüche und kommt sich toll dabei vor. Er will auch nie jemanden sehen, besteht immer darauf, alleine zu essen. Eine Extrawurst in jeder Hinsicht.«

Sie waren vor einer Zimmertür angelangt, auf der St. Moritz stand. Sandra klopfte. Von drinnen kam ein unfreundliches *Herein*. Theodora drückte die Klinke nach unten und fand sich in einem muffigen Zimmer wieder.

Er saß in einem Rollstuhl und blickte durchs Fenster, hinaus in die frühe Dämmerung. Sie sah ihn nur von hinten.

Sie erkannte ihn sofort. Er hatte abgenommen, seine Haltung war leicht gebückt, seine Haare viel zu lang. Die grauen Locken standen wild von seinem Kopf. Es waren ihre Locken, sie hatte sie von ihm geerbt. Ebenso wie die wässrig grünen Augen. Das also war der Schmierfink. Das war der Grapscher. Der mit den blöden Sprüchen. Das war der Mann, den hier keiner mochte. Das war ihr Vater. In den letzten Wochen hatte sie versucht, den Gedanken an seine Existenz zu verdrängen. Der Mann, der ihr, seit sie lebte, nur den blanken Hass entgegengeschleudert hatte. Der mit den Nachbarn zusammen eine Intrige gegen sie geschmiedet hatte. Der überall behauptete, sie würde sich nicht um ihn kümmern und sie – wenn er sie erst mal ins Haus gelassen hatte – gleich darauf wieder hinauswarf. Vor einigen Wochen war er krank geworden. Sie wollte ihn im Krankenhaus besuchen und wurde dort nicht vorgelassen. Er hatte das so verfügt. Er hatte verfügt, dass seine eigene Tochter keine Auskunft bekam. Sie hatten sie fortgeschickt. Und die Wochen davor, als sie ihn in seinem Haus besucht hatte, da war es genau dasselbe gewesen. Damals musste sie sich eingestehen, dass ihr Vater auf dem Weg war, ein Messie zu werden. Noch heute würgte es sie, wenn sie daran dachte, wie es in der Wohnung gerochen hatte, und was sie fand im Kühlschrank. Verschimmelte Wurst und Käse, dafür aber reichlich Schnaps. Es war still im Zimmer, nur das Geräusch seines rasselnden Atems war zu hören. Theodora machte Eisele ein Zeichen, dass er das Zimmer verlassen sollte. Obwohl er nicht begriff, zog er sich zurück und schloss die Tür leise hinter sich.

»Ich hab's doch gewusst, dass du die rothaarige Polizistin bist, von der hier alle reden. Ich hab's doch gewusst, dass ich vor dir keine Ruhe haben werde, bis ich endlich den Löffel abgebe.«

Ihr Vater drehte sich langsam im Rollstuhl um. Sein Gesicht hatte eine gelbliche Farbe angenommen. Die Wangen waren eingefallen. Er war unrasiert. Sein rechtes Auge war blutrot, offenbar war ein Äderchen geplatzt. Er machte einen ungepflegten, wenn nicht gar heruntergekommenen Eindruck. Doch wen wunderte das? Hatten die Schwestern nicht berichtet, dass er keine Gelegenheit verstreichen ließ, sie bei der Körperpflege unsittlich zu berühren? Sie konnte es dem Pflegepersonal weiß Gott nicht verdenken, dass sich ihr Vater in einem solchen Zustand befand.

»Vater«, sagte Theodora hilflos.

»Mach, dass du fortkommst, du Erbschleicherin«, zischte er. »Willst dich wohl davon überzeugen, wie lange es der Alte noch macht, was? Du wirst es schon noch erwarten können, bis du das Haus erbst. Bald komm ich hier raus, aber dann, zu Hause, da will ich dich nicht sehen. Nie wieder will ich dich sehen, solange ich lebe. Hast du das jetzt endlich kapiert, du, du …«

»Vater, lass uns bitte endlich miteinander reden«, stammelte Theodora. Es konnte doch nicht sein, dass er den Hass auf sie pflegen würde, bis zu seinem Tod. Ihr Leben lang hatte er ihr nicht verziehen, dass statt des erträumten Sohnes »nur« eine Tochter zur Welt gekommen war, sie, Theodora. Zwei Jahre nach ihrer Geburt war ihre Mutter noch einmal schwanger geworden, mit einem Jungen. Dieses Kind hatte ihre Mutter verloren. Ihr Vater gab ihr die Schuld daran. *Du warst ein schwieriges, störrisches Balg, schon immer. Ständig hast du deine Mutter geärgert, frech warst du und aufsässig,* sagte er dann, wenn der Schnaps seine Zunge locker machte. Als ihm irgendwann klar wurde, dass Theodora ihm den ersehnten Enkel nicht schenken würde, waren noch andere Vorwürfe hinzugekommen. *Wer will dich schon, so eine Emanze braucht keiner,* geiferte er regelmäßig und schloss meist mit dem Satz eine Frau gehöre hinter den Herd. Theodoras Knie begannen zu zittern. Die Narben in ihrer Seele machten sich bemerkbar, sie begannen zu schmerzen. Alles brach auf.

»Vater, bitte«, versuchte sie es ein letztes Mal.

»Geh«, spie er aus, drehte seinen Rollstuhl um und starrte aus dem Fenster, hinaus in die Dämmerung.

Was sie den ganzen Nachmittag befürchtet hatte, trat nun ein. Theodoras Magen verkrampfte sich. Ohne den letzten Worten ihres Vaters noch etwas entgegenzusetzen, rannte sie aus dem Zimmer. Eisele, der trotz der verschlossenen Tür Zeuge des Dialoges geworden war, rannte vor ihr her zur Toilette und öffnete ihr rasch die Tür. Sie schaffte es gerade noch rechtzeitig.

Und? Was sollen wir jetzt Ihrer Meinung nach mit diesen spärlichen Auskünften anfangen?«

Die Hände tief in seine Hosentaschen vergraben ging Hummel vor Theodoras Schreibtisch auf und ab. Eisele stand am geöffneten Fenster und blickte hinaus in das trübe Novemberwetter. Theodora Klein hatte sich noch nicht von der Begegnung mit ihrem Vater erholt und er rechnete jeden Moment damit, dass ihr erneut schlecht werden würde. Zu allem Unglück schien Kriminaloberrat Hummel auf sie gewartet zu haben, denn er hatte fast zeitgleich mit ihnen das Büro betreten. Eisele berichtete über die Ergebnisse der Befragung und Theodora ließ ihn dankbar reden. Hummel wirkte nachdenklich, doch dann sagte er:

»Ich bin dafür, dass wir die beiden in U-Haft nehmen, also diese Frau Dobler und die Schwester.«

»Und dann?«, Eisele schloss das Fenster. Nun war auch ihm nicht mehr ganz geheuer. Die Sache würde ja wohl an ihm und Theodora Klein hängen bleiben.

»Und dann? Eisele, seit wann sind Sie bei der Kripo?«

Hummel fasste sich an seinen Hals und öffnete den obersten Kragenknopf, der einen Blick auf seinen wundgescheuerten Adamsapfel freigab. »Dann werden die beiden innerhalb von 24 Stunden dem Haftrichter vorgeführt und der muss entscheiden, ob die Damen in U-Haft bleiben oder ob sie bis zur Verhandlung unter Auflagen auf freien Fuß gesetzt werden.«

Eisele schien die Spitze Hummels überhört zu haben, stattdessen sagte er leise: »Wie das wohl für die beiden ausgehen mag?«

»Nun, ich erinnere mich an einen ganz ähnlichen Fall vor ein paar Jahren in Frankfurt«, fuhr Hummel in versöhnlicherem Ton fort, »da hat eine Pflegerin achtzehn Monate auf Bewährung bekommen. Der Richter ging damals von fahrlässiger Tötung aus. Der Verteidiger hatte Freispruch beantragt und ging hinterher in Revision. Wie das dann aber ausgegangen ist, weiß ich nicht. Ich habe den Fall nicht weiterverfolgt.«

»Ist ja letztendlich auch egal«, stellte Theodora fest. »Wir haben damit jedenfalls nichts mehr zu tun.«

»Das könnte man so sagen, bis auf die Festnahme eben …«

»Morgen, morgen ist auch noch ein Tag«, stellte Theodora fest. Hummel schaute von Theodora zu Eisele und zurück.

In dem Moment summte Theodoras Handy. Sie nahm es rasch zur Hand und las die Nachricht. Ihre Augen weiteten sich.

»Gute Nachrichten?«, fragte Hummel.

»Wie man's nimmt«, murmelte Theodora gedankenverloren und blickte noch immer auf ihr Handy.

*Hallo mein wilder, roter Teufel. Ich vermisse dich. Noch drei Tage, dann werde ich bei dir sein. Amadeus*

Warum um alles in der Welt schickte Amadeus ihr diese Nachricht bereits zum zweiten Mal innerhalb weniger Stunden? Und weshalb erwähnte er den Brief mit keiner Silbe. Hatte er ihn etwa noch immer nicht entdeckt? Theodora seufzte und legte ihr Handy zurück auf ihren Schreibtisch.

»Also, ich gehe davon aus, dass Sie nichts dagegen haben, wenn ich ab Freitag freinehme?«, sagte Theodora zu Hummel gewandt.

Einen Moment blickten sie sich stumm in die Augen.

»Ach machen Sie doch, was Sie wollen«, sagte Hummel schließlich und gab sich geschlagen. Die Hände in seine Hosentaschen vergraben verließ er rasch das Büro.

»Dem fällt auch kein anderer Satz mehr ein«, raunte Eisele, dem es schwerfiel, die Situation einzuordnen. Theodora Klein war inzwischen von ihrem Stuhl aufgestanden. Ihr Gesicht hatte wieder Farbe bekommen, mehr noch, ihre Wangen hatten sich leicht gerötet.

»Also, dann bis morgen Eisele. Einen schönen Abend und grüßen Sie Ihre Mutter von mir!«, sagte sie, während sie in ihre Jacke schlüpfte. Als sie die Bürotür hinter sich schloss, blieb Eisele noch lange nachdenklich stehen. Was war nur mit seiner Chefin los? Was war hier überhaupt los?

*Ihr Kopf schmerzte. Mit geschlossenen Augen verharrte sie reglos in ihren Kissen. Die letzten Stunden in Himmelruh waren angebrochen. Heute Nacht war die Angst zu ihr zurückgekehrt. Jahrelang war es ihr gelungen, sich von ihr zu befreien, doch nun hatte sie sie eingeholt. Ebenso wie der Traum.*

*Die Geisel ihrer Kindheit, von der sie gehofft und zuletzt geglaubt hatte, sie endgültig abgelegt zu haben. Sie hatte sich getäuscht. Die Angst legte ihre würgenden Hände um ihren Hals, ließ sie im Schlaf beinahe ersticken. Entschlossen warf sie das Deckbett von sich und setzte ihre Füße auf den Boden. Nein, sie würde sich nicht besiegen lassen von den Schatten der Vergangenheit. Noch einmal hatte sie entschlossen gehandelt. Ein letztes Mal gekämpft um ihre Freiheit. Sie angelte sich die Schlappen und knipste die Nachttischlampe an, sah auf ihren Wecker. Gleich halb eins. Geisterstunde. Sie schlich zur Tür hinaus. Ein Glas kalte Milch würde ihr jetzt guttun. Die gelblich schimmernde Nachtbeleuchtung warf ein ungesundes Licht über den menschenleeren Flur. Vor dem Zimmer Wichrowskys blieb sie kurz stehen und atmete tief durch. Die Geister der Nacht, die Geister der Vergangenheit, sie würde sie besiegen. Sie war bereits mittendrin. Zunächst hatte es den Anschein gehabt, die Polizei würde ermitteln. Doch dann hatte sich für sie alles gefügt. Wie damals hatten sie auch jetzt bereits ihre Schuldigen gefunden. Die beiden Pflegerinnen. Sie hatte kein Mitleid. Das junge Ding hatte keinen Anstand und keine Bildung und die Dobler war ihr gegenüber nie besonders freundlich gewesen. Hatte sie behandelt wie eine x-beliebige alte Frau. Doch das war vielleicht auch gut so. Morgen würde sie nach Hause fahren. Und im Trubel der Ereignisse würde man sie hier schnell vergessen. Schließlich hielten sie alle für nicht mehr als eine kleine, alte, hilflose Frau …*

# FÜNF – DONNERSTAG

Es war Donnerstagabend. Die Woche fast vorüber, zum Glück! Erschöpft stieg Georg Eisele die Stufen hinauf in den vierten Stock des großen Eckhauses am Rosenbergplatz. Seine Beine waren bleischwer. Im Treppenhaus roch es nach Bohnerwachs, ein Geruch, der ihn seit seiner Kindheit verfolgte. Komisch, sonst war doch der Freitag der Tag, an dem Frau Klämmerle, die unter ihnen wohnte, stets pflichtschuldig die alten Holztreppen damit einrieb. Als ob das noch was bringen würde, bei den ausgetretenen, schiefen Stufen. Das ganze Haus war inzwischen renovierungsbedürftig, genau wie seine Bewohner, zu denen auch er sich zählen musste. Rosemarie Klämmerle, eine alte Jungfer aus dem dritten Stock, hielt an der *Tradition Bohnerwachs* fest. Vor ihrer Wohnungstür, an der das Kehrwochenschild hing, blieb er kurz stehen und schnaufte. Nächste Woche würde das vermaledeite Schild bei ihnen hängen, er durfte nicht daran denken! Sein Puls raste. Es war wirklich Zeit, dass er sich sportlich etwas mehr betätigte. Morgen hatte er seinen ersten Termin im Sportstudio und er schwitzte bereits beim Gedanken daran! No Sports hatte angeblich schon Winston Churchill gesagt und das Alter, das er mit dieser Einstellung erreicht hatte, gab ihm schließlich recht. Doch er war nicht Winston Churchill. Er war Georg Eisele und er musste endlich etwas für sich tun. So konnte es nicht mehr mit ihm weitergehen. Das Haartonikum war der erste Schritt in die richtige Richtung gewesen, auch wenn seine Kopfhaut nach wie vor abscheulich juckte und noch immer kleine Bläschen sichtbar waren, aber da musste er durch. *Schönheit muss leiden*, war ein Spruch seiner Mutter, den er schon lange nicht mehr hören konnte.

Seine Mutter! Gleich würde er sie wieder um sich haben, das würde ihm den Tag dann endgültig vergällen. Doch vielleicht würde das bald ein Ende haben. Immerhin hatte seine Mutter in ihrem Alter noch eine Bekanntschaft gemacht. Wer hätte das gedacht, er bestimmt nicht. Wie gerne hätte auch er nach Tagen wie diesem jemanden an seiner Seite, mit dem er über seine Gefühle sprechen konnte. An Tagen wie diesem fragte er sich nämlich, ob er den richtigen Beruf gewählt hatte. Nie würde er die Augen der beiden Frauen im Seniorenheim vergessen. Für sie war die Welt zusammengebrochen, als er mit Theodora Klein dort erschienen war, um ihnen mitzuteilen, dass sie nun beide festgenommen würden. Diese Sandra hatte zu jaulen begonnen wie ein Schlosshund und etwas gemurmelt, wie *ihre Zukunft sei nun verbaut.* Frau Dobler hatte sich unter Androhung von irgendwelchen Maßnahmen zu wehren versucht. *Sie würden schon sehen, was sie davon hätten*, meinte sie. Gleich darauf hatte sie mit einem Anwalt telefoniert, die Zeit dazu hatten sie ihr noch gelassen. Tatsächlich hatte das gesamte Heim kopfgestanden. So schnell könne kein Ersatz gefunden werden, lamentierte Frau Dobler, doch dieses Problem zu lösen war nicht Aufgabe der Polizei. Und so hatten sie die beiden Damen schließlich mitgenommen und den Kollegen der Justizvollzugsanstalt übergeben. Theodora Klein hatte dies alles völlig kalt gelassen. Sie hatte nur noch nervös auf ihre Armbanduhr gesehen und etwas von Besorgungen gemurmelt, während er sich schäbig vorgekommen war. Theodora Klein hatte die beiden Frauen wie eiskalte Mörderinnen behandelt. Gewiss trugen die beiden die Schuld am Tod des alten Herren, doch sie hatten nicht vorsätzlich gehandelt, dessen war er sich sicher. Sie waren überlastet, wie so viele Menschen, die in diesen schlecht bezahlten Pflegeberufen arbeiteten. Für sie sei der Fall jetzt erledigt, hatte Theodora Klein gemeint, doch ihn ließ das Gefühl nicht los, dass diese Geschichte noch nicht zu Ende war, ja, dass sie noch nicht einmal richtig begonnen hatte! Was war nur los mit seiner Chefin? Als sie aus der Kur zurückgekommen war, hatte er für kurze Zeit geglaubt, sie habe sich geändert. Wenn er daran dachte, wie freundlich sie mit ihm nach der Sache mit Gabriele Engel umgegangen war, wurde ihm ganz warm ums Herz. Noch vor Kurzem war sie gut gelaunt gewesen. Ein Strahlen war von ihr ausgegangen. Und jetzt? Hektisch war sie. Unachtsam. Ja genau, das war das Wort. Unachtsam. Endlich stand er vor der Wohnungstür im vierten Stock. Leise schloss er auf, in der Hoffnung, seine Mutter würde ihn nicht gleich hören. Doch diese Hoffnung erfüllte sich nicht!

»Schoooorschi.«

Georg zuckte zusammen. Da war es wieder, doch diesmal klang es ganz anders als sonst.

»Ich komm gleich«, rief er in Richtung Wohnzimmer, aus dem die klägliche Stimme kam. Um Zeit zu schinden, zog er seine Jacke langsam aus und hängte sie ordentlich auf einen Kleiderbügel an der Garderobe. Dann schlüpfte er aus seinen Winterstiefeln und direkt hinein in seine mit Lammfell gefütterten Hausschlappen.

»Schoooorschi.«

Georg holte tief Luft. Er würde sich ihr stellen müssen. Jeden Tag aufs Neue. Seit fast 39 Jahren.

»Gleich«, rief er und ging ins Badezimmer. »Ich muss zuerschd noch meine Händ waschen.«

Während er seine Hände unter das fließend kalte Wasser hielt, betrachtete er sein Spiegelbild. Seine Backen waren rund wie die eines Hamsters. Seine Goldrandbrille hatte eine altmodische Form und seine Glatze war mit roten Punkten übersät. Eine tiefe Traurigkeit überkam ihn. Nein, er war weiß Gott keine Schönheit.

»Schoooooorschi«, tönte es erneut. Resigniert trocknete er seine Hände ab, löschte das Licht und ging hinüber ins Wohnzimmer. Seine Mutter saß zusammengesunken in einem alten Ohrensessel, ein zerknülltes Taschentuch in ihrer Hand. Georg blies den Docht einer herabgebrannten Kerze aus. Kleine Rauchwölkchen flogen durch die Luft.

»Mama, was isch denn um alles in der Welt los mit dir?«

»Ach Bua, du woisch doch, der Arno, mer deldet mich semme.«

»Wieso meldet der sich nemme?«, fragte er und sah betreten zuerst auf die Eierlikörflasche, dann auf seine Mutter. Heute Morgen war die Flasche noch voll gewesen, ein Zustand, den jetzt seine Mutter erreicht zu haben schien. Er ließ sich in den Sessel ihr gegenüber plumpsen und spürte sofort die alte ausgeleierte Sprungfeder an seiner rechten Pobacke. Oft würde er das mit dem Sessel nicht mehr machen dürfen.

»Mama, was schwätschd du heut wieder für einen Babb an mich hin?«

»An Babb? Dei Babba isch scho lang dood. Oh, was war dees für an scheener Mo, so ganz andersch als …«

»Mama, halt dein Schnabl!« Nun reichte es! Seit Jahren musste er sich von seiner Mutter anhören, was er doch für einen attraktiven Vater gehabt hatte. Er konnte es nicht mehr hören und er wollte es auch nicht! Und nun saß sie da wie ein Schluck Wasser in der Kurve in ihrem Sessel und lallte vor sich hin. Abstoßend war das.

»Der Arno«, fing sie erneut an, doch Georg fiel ihr ins Wort.

»Du meinscht der Arno meldet sich nemme! Mutter, du kannschd ja nemme grad schwätza, du bisch bsoffa, des isch ja a Schand!«

»Noi, noi, es goht scho wieder«, Elfriede richtete sich im Sessel auf. »Hosch Hunger, Bua?«, fragte sie und schaute ihn mit glasigem Blick liebevoll an.

»Was gibt's denn?«, fragte Georg hoffnungsvoll, doch seine Mutter schwieg verschämt.

»Sag jetzt ned, es gibt scho wieder was aus Hackfleisch!«

Elfriede zuckte mit den Schultern.

»Ned scho wieder!«, stieß Georg hervor, »dann bleib ich lieber nüchtern!«

»Aber wenigstens wissed mir jetzt, wie die Wurst Füllhörner funktioniered«, setzte seine Mutter nach.

Georg fasste sich an den Kopf. Der Kühlschrank leer, sein Magen auch. Also würde er mit seiner Diät eben schon heute beginnen.

»Also jetzt noch mal der Reihe nach«, sagte er zu seiner Mutter und verfiel ins Hochdeutsche. »Der Arno meldet sich nicht mehr?«

Sie nickte stumm.

»Du hast mir gsagt, dass er irgendwohin unterwegs ist, stimmt das?«

Wieder nickte sie.

»Du hast was von einer »geheimen Mission« erzählt...«

»Er, er, er hat einen Freund, seit über vierzig Jahr scho, und der Freund hat ihn auf eine Person, auf eine Person, ach wie heißt des doch gleich?«

»Was meinschd denn jetzt schon wieder Mutter?«

»Wie nennt man denn des? Wenn du Früchte in a Glas gibschd und die mit Alkohol bedeckschd?«

»Dann hab ich an Likör angsetzt«, antwortete Georg stirnrunzelnd.

»Genau!«, seine Mutter strahlte.

»Genau des mein ich. Der Freund hat ihn auf eine Person angsetzt. In einer Sach, die schon länger als vierzig Johr zrückliegt. Und, die Sach hat sich in Berlin abgspielt, damals vor vierzig Jahr.«

Berlin! Georg stutzte. War der Verstorbene Wichrowsky nicht aus Berlin gewesen?

»Und mein Händie funktioniert ned!«, plapperte seine Mutter in einem fort. Wie sollte er da nur verdammt noch mal seine Gedanken sortieren.

»Hast ghört, mei Händie funktioniert ned!«

Abrupt fuhr Georg aus dem Sessel hoch.

»Was denn für a Händie? Du hast doch gar keins?«

»Doch des da. Des hab ich im Fernsäher bschdellt.«

Elfriede griff unter ihren Rock und zog ein übermäßig großes Gerät darunter hervor.

»Was isch denn das für ein Rentnerknochen?«, entfuhr es Georg beim Anblick des Gerätes. Alle Ziffern und Zahlen waren darauf in Übergröße angebracht. Er drehte es um und sah in das Batteriefach.

»Kein Wunder, dass des ned funktioniert«, sagte er und schüttelte den Kopf.

»Worom?« fragte Elfriede.

»Weil keine Batterien drin sind«, gab Georg zur Antwort.

Theodora war nach dem gestrigen Besuch des Seniorenheims nicht mehr mit Eisele in die Dienststelle zurückgekehrt. Genau genommen hatte sie ihren Urlaub schon einen halben Tag zu früh angetreten. Doch sie musste den Kopf freibekommen. Ihre inneren Zweifler besiegen. *Hallo mein wilder, roter Teufel. Ich vermisse dich. Noch drei Tage, dann werde ich bei dir sein.* Warum hatte Amadeus ihr gestern nicht auf ihre Fragen nach der Dauer seines Besuches geantwortet? Warum hatte er ihr nicht geschrieben, mit welchem Zug er um wie viel Uhr in Stuttgart eintreffen wird? Auch heute hatte sie den ganzen Tag nichts von ihm gehört. Sie war nach Hause gegangen, doch in ihrer Wohnung hielt sie es nicht aus.

Hatte ihr Amadeus nicht erzählt, dass er sich in Zeiten, in denen er Seminare abhielt, komplett auf sich zurückzog? Ja, so musste es sein, es konnte nicht anders sein, es durfte nicht anders sein. Amadeus hielt ein mehrtägiges Seminar ab, bevor er sie am Samstag besuchen käme. Mechanisch stieg sie in ihre Winterstiefel und zog ihre Jacke an. Als sie die Tür hinter sich ins Schloss zog, fiel ihr ein, dass sie Ramses seit zwei Tagen nichts mehr zu futtern gegeben hatte. Verrückt, ausgerechnet jetzt an die blöde Schildkröte zu denken. Morgen würde sie sowieso einkaufen gehen, dann würde sie dem Reptil eben einen Salatkopf mitbringen. Bis dahin würde Ramses schon nicht verhungert sein. Im Haus war es still. War Aylin bei der Arbeit? Und was war mit Murat? Auch von ihm hatte sie schon lange nichts mehr gehört, noch nicht einmal die wabernden Bässe aus seinen Boxen. *Gut so,* dachte sie, so kam sie schon nicht in die Verlegenheit, Fragen beantworten zu müssen, auf die sie selbst keine Antwort hatte. Das Wetter war neblig und kalt. Schon bald hatte sich ein feuchtes Netz auf Theodoras rote Locken gelegt. Sie steckte die Haare in ihre Kapuze und zog sich diese tiefer ins Gesicht. Obwohl sie Menschenansammlungen hasste, hatte es sie unwillkürlich in die Stadt gezogen. Halb Stuttgart schien auf der Königstraße unterwegs zu sein. Alle hatten dasselbe Ziel und auch sie ließ sich treiben, einladen von den Lichtern des Stuttgarter Weihnachtsmarktes. Eine Traurigkeit breitete sich in ihr aus. Wann war sie zuletzt auf dem Weihnachtsmarkt gewesen und mit wem? War es ihre Mutter gewesen, die sie damals als kleines Mädchen in den weißen Schwan eines Karussells gesetzt hatte? Dieses Karussell gab es noch immer und wie früher stand es auch heute noch auf dem Schlossplatz vor dem Königsbau. Lediglich den Drehorgelklängen von damals waren Hits aus den 70er-Jahren gewichen. Wehmütig betrachtete Theodora die vielen Familien. Mütter, die Kinderwagen schoben, Väter, die sich ihre Knirpse auf die Schultern gesetzt hatten, damit sie die Welt von oben besser betrachten konnten. Als sie von einem Skater angerempelt wurde, erschrak sie heftig. Zum Glück hatte er sie zurückgeholt aus der versunkenen Welt, in der sie sich befunden hatte. Zurück ins Hier und Jetzt. Wie war sie überhaupt dazu gekommen, diese Familien zu beneiden? Sie mochte keine Kinder, das war immer so gewesen und das würde auch so bleiben, basta!

Doch sie hatte Hunger. Hunger und Durst, diesen Bedürfnissen war sie bereit, nachzugeben. Der Duft von Glühwein, Bratwurst und Lebkuchen ließ sie immer tiefer eintauchen in die kitschig süße Weihnachtswelt, die sie offenbar heute dringend nötig hatte. Irgendwo würde sich eine Bude finden, an der es eine Rote Wurst, Sauerkraut und Schupfnudeln oder etwas ähnlich Gutes zu essen gab. Die Umgebung rund um das Alte Schloss liebte Theodora schon, seit sie ein Kind war. Damals hatte sie das Schloss aufgrund der runden Türme immer für eine Burg gehalten. Plötzlich wusste sie, was sie tun würde. Sie würde sich einen Überblick über die schönsten Buden verschaffen und dann zusammen mit Amadeus gemütlich über den Weihnachtsmarkt schlendern. Als sie den Schillerplatz erreicht hatte, warf sie wie immer einen respektvollen Blick auf den in Bronze gegossenen Dichter, der seit 1839 hoheitsvoll von seinem Sockel auf den Platz und die Menschen herabblickte. Schon früh in ihrer Kindheit hatte er ihr Respekt eingeflößt. Regelrecht gefürchtet hingegen hatte sie sich vor dem Reiterstandbild des Herzogs Eberhard im Bart, der im Arkadenhof des Alten Schlosses stolz mit gerecktem Schwert auf seinem Rosse saß. Heute empfand sie es als Privileg, in einer so schönen Stadt wie Stuttgart, mit einer so reichen Geschichte, zu Hause zu sein. Schon lange war ihr das nicht mehr so bewusst gewesen wie heute. Sie würde mit Amadeus durch die Stadt gehen. Sie würde ihm all das zeigen. Den Schlossplatz, das Alte und das Neue Schloss, vielleicht würden sie sich im Landesmuseum eine Ausstellung ansehen. Sie würde ihm erzählen von König Karl und Königin Olga. Sie würden einen Glühwein trinken und irgendwo eine vegane Bratwurst für ihn finden. Es wäre doch gelacht, wenn es das in einer Stadt wie Stuttgart nicht gäbe. Dann würden sie nach Hause gehen und sich bis zur Besinnungslosigkeit lieben. So, wie vor wenigen Tagen noch. So, wie sie es noch nie zuvor in ihrem Leben erlebt hatte. Amadeus, genau genommen hatte erst er sie zur Frau gemacht. Ein Lied, das sie von früher kannte, drang an ihr Ohr. Ein Knabenchor gab ein kleines Konzert im Schlosshof des Alten Schlosses.

*Maria durch ein Dornwald ging. Kyrie Eleison.*

Theodora schluckte und wischte sich rasch eine Träne aus dem Augenwinkel. Vergessen hatte sie den toten Wichrowsky. Vergessen hatte sie Frau Dobler und Schwester Sandra und deren weiteres Schicksal. Vergessen hatte sie Eisele, ja, vergessen hatte sie selbst ihren Vater. Theodora dachte nur noch an einen, sie dachte an Amadeus …

Und wieder sang der Chor *Kyrie Eleison – Herr, erbarme dich.*

Eisele fror. Schritte hallten. Er blieb stehen. Die Geräusche erstarben. Er schaute an sich hinab. Er war barfuß. Ihm war kalt. Langsam ging er vorwärts. Er wusste nicht, wo er war. Doch! Diesen Flur kannte er. Am Ende des langen Ganges sah er die Tür. Er wusste, dahinter erwartete ihn das Grauen. Er wollte umkehren, doch seine Beine versagten ihm ihren Dienst. Es zog ihn vorwärts. Immer weiter. Immer näher kam er der Tür. Seine Zähne schlugen aufeinander. Sein Kiefer schmerzte. Seine Stirn brannte. Da hörte er sie. Sie rief ihn bei seinem Namen. Er konnte sie nicht sehen. Theodora Klein. Die Neonröhren über ihm flackerten. Gleich würden sie ausgehen. Dann würde er hier alleine zurückbleiben. In der Dunkelheit. Und in der Kälte. Über ihm knisterte es. Kleine Funken blitzten. Das erste Licht erlosch. Er wehrte sich dagegen, doch er ging vorwärts, immer weiter. Wieder war da eine Stimme. Diesmal war es ein Mann, der seinen Namen rief. Nun erlosch auch das zweite Licht. Finsternis umgab ihn. Und Stille. Er wartete. Er fror. Geräuschlos öffnete sich die Tür vor seinen Augen. Gleißendes Licht ließ ihn nichts erkennen. Da. Eine männliche Gestalt trat aus dem Licht heraus und reichte ihm die Hand. Er hatte Angst. Dennoch ergriff er die Hand des Mannes, der ihn ins Licht zog. Donnernd fiel die Stahltür hinter ihm zu. Gefangen. Er war gefangen. Langsam gewöhnten sich seine Augen an die Umgebung. Diesen Mann kannte er. Es war Dr. Fleischhauer. Er war unten. Nicht in der Hölle. Er war in der Pathologie. Das war dasselbe. Dr. Fleischhauer gab ihm ein Zeichen. Er folgte ihm. Vor einem Seziertisch blieb Dr. Fleischhauer stehen. Stumm deutete er auf etwas Großes, das unter einem Tuch verborgen lag. Eine Frau trat neben Dr. Fleischhauer an den Seziertisch heran. Sie trug eine Schüssel, gefüllt mit rohem Fleisch. Sie lachte und schüttelte ihre roten Locken. Eine Hexe. Nein! Theodora Klein!

»So Eisele, jetzt zeigen Sie mal, was in Ihnen steckt!«, forderte sie ihn auf und zog das Tuch ab. Eiseles Atem stockte. Unter dem Tuch hatte sich keine Leiche verborgen, nein! Er blickte auf eine rote KitchenAid. Mutters KitchenAid, der Fleischwolf war bereits angeschraubt, die Wurstfüllhörner lagen daneben. Ebenso der Naturdarm. Theodora Klein drückte ihm ein Stück Fleisch in die Hand und machte ihm ein Zeichen. Er gehorchte und gab das Fleischstück in den Fleischwolf. Ein Stück nach dem anderen. Er kurbelte und drehte und kurbelte. Da! Ein Widerstand. Er drückte und drehte. Dann traute er seinen Augen nicht. Welch Grauen! Zunächst waren da nur drei rosa Federn, doch dann: Ein Straußenfederschläppchen erschien in der Öffnung. Das Straußenfederschläppchen seiner Mutter. Wen hatte er da wohl durch den Fleischwolf gedreht? Ein Schrei zerriss die Nacht. Er drehte sich um, wollte fliehen, doch Dr. Fleischhauer kam auf ihn zu und hielt ihn am Arm fest.

»Wer wird denn so schnell gehen, wir müssen uns DAS noch genauer ansehen«, sagte der Arzt, der sich – mit Pinzette und Tupfer in der Hand – Eiseles Stirn näherte. Eisele drehte sich um, wollte fliehen, doch jemand versperrte ihm den Weg. Der tote Wichrowsky stand hinter ihm und starrte ihn aus leeren Augenhöhlen an. Dann hob er seinen Zeigefinger und schüttelte den Kopf. Sein Mund öffnete und schloss sich lautlos, wie bei einem Goldfisch im Glas. Was wollte er ihm sagen? Er wurde ERMORDET! Das wollte er ihm sagen. Wieder drehte sich Eisele um. Diesmal schnell. Zu schnell. Der Schlag war heftig. Der Boden war hart. Und kalt. Eisele fror. Seine Zähne schlugen aufeinander. Sein Kiefer schmerzte. Er war barfuß. Es dauerte eine Zeit, bis er zur Besinnung kam. Dann rappelte er sich mühsam hoch und kroch zurück in sein Bett, aus dem er gerade gefallen war …

*Obwohl sie dieselbe Reise schon so oft unternommen hatte, kam sie ihr heute endlos vor. Bis vor nicht allzu langer Zeit war sie in lieb gewordener Gewohnheit drei- bis viermal im Jahr nach Stuttgart gereist, um in einem kleinen Hotel im Bohnenviertel Stadtluft zu schnuppern. Die Abende verbrachte sie dann im Konzert, im Theater und gelegentlich auch in der Oper. Sie brauchte diesen regelmäßigen Abstand zu ihrer trostlosen, einsamen Umgebung. Dies würde nun für längere Zeit vorüber sein. Das Gefühl der Bedrohung hatte sich eingestellt und sie zog es vor, erst einmal in der ländlichen Versenkung zu verschwinden. Sie war froh, die Stadt hinter sich lassen zu können. Ein junger Mann der Putzfirma hatte ihr geholfen, die Koffer hinunter vors Haus zu tragen. Als das Taxi vorgefahren war, um sie zum Bahnhof zu bringen, war sie rasch eingestiegen, nicht bereit, sich umzudrehen, um einen letzten Blick auf das Haus zu werfen, in dem sie die letzten Wochen verbracht hatte. Sie wollte es sich nicht eingestehen, doch sie war auf der Flucht. Sie musste nach Hause, dort wartete eine unerledigte Aufgabe auf sie, vor der ihr graute. Im fast leeren Zug fand sie einen Platz am Fenster. Eine Stunde Verschnaufpause blieb ihr bis Ulm. Von dort aus ging der Anschlusszug nach Münsingen. Auf dem Bahnsteig in Ulm wurde sie das Gefühl nicht los, verfolgt zu werden. Immer wieder drehte sie sich um, sah sich die Menschen an, die hinter ihr gingen. So weit war es also schon mit ihr gekommen. Sie rief sich zur Ruhe. Vergeblich. Nach insgesamt drei Stunden war sie erschöpft in Münsingen angekommen. Die Schlaflosigkeit der vergangenen Nächte forderte ihren Tribut. Sie winkte ein Taxi heran und nannte dem Fahrer ihre Adresse. Dieser – offenbar nicht von hier – schaute sie nur ratlos an und gab die Daten wortlos in sein Navi ein. Kurz darauf fuhr er los. Immer wieder begegnete sie seinen Augen im Rückspiegel. Um seinem Blick zu entgehen, drückte sie sich in den äußersten Winkel des Rücksitzes. Eine halbe*

*Stunde später hielt das Taxi vor ihrem Haus und sie war erleichtert, endlich aussteigen zu können. Der junge Mann ging um das Fahrzeug herum und reichte ihr stumm das Gepäck aus dem Kofferraum. Sie drückte ihm das Geld in die Hand, die exakte Summe, keinen Cent mehr. Wozu auch. Mit letzter Kraft schleppte sie ihre beiden Koffer die Stufen nach oben, bevor sie die Haustür öffnete. Sofort schlug ihr abgestandene Luft entgegen. Sie ging durch die Räume und öffnete die Fenster. Von der Jagdstube aus hatte sie einen Blick hinüber zur Hütte. Dem Ort, der sie das Grauen gelehrt hatte. Rasch schloss sie die Fenster. Ihre Knie begannen zu zittern. Kein Wunder. Sie hatte vergessen, ihre Herztabletten einzunehmen. Sie öffnete ihre Handtasche und zog das Tablettenblister hervor. Schnell drückte sie eine der kleinen weißen Pillen heraus, nahm sie in den Mund, legte den Kopf in den Nacken und schluckte die Pille ohne Wasser hinunter. Erfahrungsgemäß würde es ihr in zehn Minuten wieder gut gehen. So lange setzte sie sich an den großen runden Tisch, das Zentrum der Stube und stützte den Kopf in die Hände. Ihre Gedanken machten sich auf den Weg, zogen sie hinein in das große schwarze Loch der schmerzhaften Erinnerungen an ihre Kindheit:*

*Das Kind beruhigte sich langsam. Wieder war es geschlagen worden. Das Kind wusste nicht, weshalb. Das geschah oft. Die Augen des Kindes waren gerötet. Die blasse Haut mit den ungezählten Sommersprossen schien noch durchsichtiger an diesem Tag als sonst. Die dünnen, aschblonden Haare klebten an seinem Kopf. Langsam stand es auf, setzte die Füße vor sein Bett. Es ging zum Fenster, sah hinaus. Es war November. Bald würde es dunkel werden. Da sah es ihn. Den Vater. Schnell ging es auf leisen Sohlen die Treppe hinab, schlüpfte in seine Gummistiefel, zog die warme Jacke vom Haken und huschte hinaus. Im Schutz der Nebelschleier schlich das Kind dem Vater über die Wiese nach bis zur Hütte. Der Vater zog den*

*Schlüssel aus seinem Wams und steckte ihn ins Schloss. Die Tür quietschte, als er sie öffnete und dahinter verschwand. Im Inneren ging das Licht an. Leise ging das Kind um die Hütte herum zu dem Stapel frisch gefällter Baumstämme. Einen Moment schloss das Kind die Augen und nahm den würzigen Duft von Harz in sich auf. Nie wieder würde das Kind diesen Duft vergessen. Vorsichtig kletterte es auf die Baumstämme. Das Holz war nass und glitschig. Das Kind musste aufpassen, dass es nicht abrutschte. Auch durfte es keinen Laut von sich geben. Jetzt. Das Kind hatte es geschafft. Nun hatte es einen sicheren Stand. Konnte hineinsehen, in die Hütte. Ein Tier hing – aufgehängt an den Hinterläufen – von der Decke. Dem Tier fehlte der Kopf. Das Kind wusste, schon bald würde dieser Kopf von der Wand der Jagdstube herab aus toten Glasaugen auf es herabsehen. So, wie die anderen Hirsche, Rehe, Rebhühner und Wildschweine dies auch taten. Jetzt tastete der Vater die Läufe des Tieres ab. Vorsichtig drückte er seinen Finger in das Fell, bis der Finger leicht einsank. An dieser Stelle des Gelenkes setzte er den Schnitt. Mit weit aufgerissenen Augen beobachtete das Kind, wie der Vater das tote Tier aus der Decke schlug. Beobachtete, wie er Muskeln, Faszien und Sehnen von den Knochen trennte. So lange, bis das Tier nur noch aus verschiedenen Stücken rohen Fleisches bestand. Das Kind fror. Mit steifen Gliedern stieg es vorsichtig von den Baumstämmen herab. Der Vater würde noch nicht so schnell fertig sein, das wusste das Kind. Langsam ging es in der Dunkelheit über die Wiese zurück zum Haus. Wie immer war die Tür nicht abgeschlossen. Leise zog es seine Stiefel aus, stieg die Treppe nach oben und legte sich ins Bett. Es schloss die Augen und sah vor sich das Blut, das Messer. Es sah das rohe Fleisch und es sah seinen Vater. Und plötzlich war da ein Gefühl, das sich das Kind nicht erklären konnte. Es war kein gutes Gefühl, es sollte noch dauern, bis das Kind wusste, was es bedeutete…*

*Etwas knallte gegen das Fenster und riss sie aus dem unheilvollen Strudel der Erinnerungen. Sie stand auf, um nachzusehen. Vor dem Fenster lag ein Vogel. Tot. Er hatte beide Flügel gebrochen. War dies ein Zeichen? Wieder blickte sie hinüber zur Hütte, überschlug die Stunden, die er, den sie betäubt und eingesperrt hatte, nun bereits dort verbrachte. Sollten jetzt auch ihre Flügel gebrochen werden? Ein ganzes Leben später? Das würde sie nicht zulassen.*

*Sie war hineingeschlittert in das Unglück. Damals wie heute. So viele Träume hatte sie gehabt, vor all den Jahren, als sie die kleine schwäbische Welt hinter sich gelassen hatte, um in der fremden großen Stadt ein neues Leben zu beginnen. Es schien erst gestern gewesen zu sein, so nah war die Erinnerung an diesen nebligen Tag im Frühjahr vor mehr als 45 Jahren, als sie eine Maschine der British Airways bestiegen hatte, die sie innerhalb einer Stunde nach Berlin brachte. Sie hatte sich gerade einen Cognac bestellt, um auf sich selbst anzustoßen, auf ihren Mut. In einer Fachzeitschrift hatte sie eine Anzeige gelesen, in der ein Assistent für die Rechtsmedizin gesucht wurde. Seit Jahren war sie in diesem tristen Krankenhaus am Steinenberg in Reutlingen als Operationsschwester beschäftigt gewesen. Der Alltag war Routine geworden, das Zimmer im Schwesternheim trostlos, die freien Tage zu Hause auf dem Gut des Vaters belastend. Zwar hatte er seit Jahren die Hand nicht mehr gegen sie erhoben, doch er war bösartig, jähzornig im Umgang mit dem Personal, gewalttätig im Umgang mit den Tieren. So schwer es ihr auch gefallen war, irgendwann hatte sie verstanden, weshalb ihre Mutter ihn gleich nach ihrer Geburt verlassen hatte. Dann hatte sie diese Anzeige gelesen und sich beworben. Sie war genommen worden, und das, obwohl sie eine Frau war. Sie erinnerte sich noch genau an den Flug, an den Geschmack des Cognacs, als sie ihn in ihre Mundhöhle gleiten ließ. Genau in dem Moment hatte die Maschine zu ruckeln begonnen, sie erschrak heftig und verschluckte sich dabei. Der gut aussehende Mann im grauen Anzug, der neben ihr gesessen hatte, hatte beruhigend die Hand auf ihren Arm gelegt und ihr erklärt, dass sie sich nun über dem Territorium der Deutschen Demokratischen Republik befanden und die Flughöhe von 3.000 Metern Höhe gehalten werden musste. Damals schlug ihr Herz heftig gegen ihre Brust und ihre Knie zitterten, als sie nach der Landung den Sicherheitsgurt löste und sich aus dem Sitz schälte. Ohne sich noch einmal umzudrehen, hatte sie die Maschine verlassen. Ihre Reisetasche hatte sie schnell auf dem Gepäckband gefunden, danach passierte sie die Sicherheitskontrolle und strebte der dicken Glastür entgegen, die hinausführte in die Nacht der großen, fremden Stadt. Damals hatte sie ihr altes Leben im schwäbischen Muff hinter sich gelassen. Ein neues, aufregendes Leben lag vor ihr …*

*Erneut krachte es unmittelbar in ihrer Nähe. Eines der Fenster war zugeschlagen. War es nicht richtig verschlossen gewesen? Noch immer trug sie ihren Wintermantel und die Handschuhe. Sie brauchte dringend Holzscheite, doch diese lagen vor der Hütte. Sie würde hinüber gehen müssen, um welche zu holen. Hineingehen würde sie nicht. Noch nicht. Sie ahnte, was sie dort erwarten würde. Vor vier Tagen hatte sie ihn eingesperrt. Ohne Nahrung und ohne Wasser. Er war sehr dünn, fast ausgezehrt. Wie lange würde er ohne Nahrung auskommen? Sein Blutdruck war inzwischen längst gesunken, sein Herzschlag verlangsamt. Wenn er überhaupt noch lebte. Sie hatte ihm einen Tee zubereitet, als er sich gemütlich in den Sessel am Kamin gesetzt hatte.Und dann die Tropfen hineingegeben. Es hatte nicht lange gedauert, da hatte er zu lallen begonnen. Erstaunlich schnell hatte er kapiert. Sie hatte ihm erklärt, dass sie ihn durchschaut habe und dass dies nun sein Ende sei. Es herrschte Eiseskälte, er würde erfrieren, verhungern oder verdursten, hatte sie ihm kühl gesagt. Er konnte nicht mehr sprechen, doch seine Augen sagten ihr, dass er verstanden hatte. Er war alleinstehend, das wusste sie, er selbst hatte es ihr gesagt. Wie dumm er doch gewesen war. Als er eingeschlafen war, hatte sie ihn hinübergezogen zur Hütte. Es war ihr nicht schwergefallen, denn er war dünn, ja fast schon ausgemergelt. Und genauso würde sie ihn in ein paar Tagen in den Wald legen. Den Rest würden die Wildschweine erledigen. Hoffentlich …*

## SECHS – FREITAG

Theodora erwachte bereits kurz nach fünf in der Frühe. Draußen war es finster und im Haus war es still. Sie drehte sich noch einmal um und zog sich die Decke über den Kopf. Dies war eindeutig ein Tag, um im Bett liegen zu bleiben, doch morgen würde Amadeus in Stuttgart eintreffen und sie hatte noch viel zu erledigen. Nach dem Besuch auf dem Weihnachtsmarkt hatte sie es sich gestern Abend bei einem Joint und einem guten trockenen Lemberger gemütlich gemacht. Sie hatte nicht anders gekonnt und sich die Karten gelegt und siehe da, diesmal war die Deutung ganz anders ausgefallen als die vorigen Male. Der *Wagen* hatte ihr den Neubeginn signalisiert, ebenso wie das *Rad des Schicksals, die Sonne* sprach für die Erfüllung ihrer geheimsten Sehnsüchte. So gerüstet hatte sie sich entschieden, positiv zu denken. Schließlich war Amadeus ein etwas zerstreuter Therapeut, gerade das hatte ihr ja unter anderem so gut an ihm gefallen. Er war kein Macho, nein, er tendierte vielleicht sogar eher in Richtung Weichei, was auch immer man sich darunter vorstellte. Auf jeden Fall würde er morgen bei ihr sein, und dann würde man weitersehen. Und ganz sicher wäre nachher, wenn sie dann endlich aufstehen und sich einen Kaffee zubereiten würde, längst eine Nachricht von ihm auf ihrem Handy. Mit diesen Gedanken schlief sie noch einmal ein. Zwei Stunden später schreckte sie aus dem Schlaf hoch. Sie war im Traum in das Zimmer ihres Vaters getreten. Wieder saß er im Rollstuhl und wandte ihr den Rücken zu. So, wie bei ihrem Besuch in Himmelruh. Doch als er sich zu ihr umdrehte, sah sie, dass er die Kleidung des verstorbenen Richters aus Berlin trug. Ein blau-weiß gestreiftes Hemd und eine rote Fliege mit Paisley-Muster, dazu eine grüne Strickjacke und graue Flanellhosen. Was wollte ihr dieser Traum sagen? Etwa, dass sie doch zu schnell mit dem Fall abgeschlossen hatte? Nachdenklich stieg sie aus dem Bett und ging hinüber in ihre Küche. Die Gedanken an ihren Vater holten sie wieder ein. Schließlich stand Weihnachten schon fast vor der Tür. Er war in einem Alter, in dem jedes Weihnachtsfest sein letztes sein konnte. Doch weshalb sollte sie eigentlich noch einen Gedanken an diesen alten Giftknilch verschwenden? Sie füllte Wasser in den Wasserkocher und schaltete ihn ein. Das Blubbern hatte etwas Meditatives und sie kam erst zu sich, als der Wasserdampf wie Nebelschwaden durch die Küche zog. Sie gab vier Messlöffel Kaffee in die Filtertüte und goss für zwei Tassen Wasser darüber. Heute brauchte sie etwas Starkes. Gedankenverloren schaute sie aus dem Fenster. Es hatte zu schneien begonnen, doch es waren nicht die Flocken ihrer Kindheit. Sie blieben nicht liegen, um die Dächer zu überzuckern, sie zerfielen sofort zu Wasser und hinterließen nur Matsch. Sie nahm eine große Tasse aus dem Schrank, gab fünf Stückchen Zucker hinein und goss den dampfenden Kaffee darüber. Noch immer müde schlurfte sie hinüber zu ihrem großen afrikanischen

Tisch im Wohnzimmer und setzte sich. Irgendwas musste mit dem Gras gestern nicht in Ordnung gewesen sein. Ihre Gedanken sprangen unkontrolliert wie ein Pingpong-Ball hin und her. Ihr Körper fühlte sich schwer an wie Blei und das, wo sie so viel zu erledigen hatte. Was wollte sie nur einkaufen? Auf jeden Fall einen Salatkopf für Ramses. Ramses, wo steckte der überhaupt? Sie stand auf und ging hinüber zu dem kleinen Terrarium, das sie extra für ihn gekauft hatte. Als sie in das Behältnis sah, blickte sie lediglich auf einen Panzer. Kopf und Beine hatte er eingezogen. Ob er schlief? Ob er überhaupt noch lebte? Plötzlich überkam sie ein seltsames Gefühl. Er würde doch nicht einfach so gestorben sein, wie damals Mephisto, ihre geliebte Ratte? Auch um sie hatte sie sich nicht ausreichend gekümmert. Noch heute machte sie sich Vorwürfe deswegen. Und um diesen kleinen Kerl hier hatte sie sich schon gar nicht gekümmert. Überhaupt, hieß es nicht, Schildkröten würden einen Winterschlaf halten? Hatte sie nicht irgendwo gelesen, dass es sogar Schildkröten gab, die die Wintermonate im Gemüsefach des Kühlschranks verbrachten? Es war November. Wohin sollte sie ihn bringen? Heute würde sie zumindest einmal in einer Zoohandlung vorbeigehen, um geeignetes Futter für ihn zu kaufen. Und im Supermarkt dann einen Salat. Radicchio. Der wäre gut für ihn, das hatte ihr der Zoohändler beim letzten Mal gesagt. Sie hob Ramses heraus und betrachtete ihn. Ganz langsam schob sich der Hals aus dem Panzer hervor und zwei schwarze kleine Augen blinzelten sie irritiert an. In dem Moment summte ihr Handy. Rasch setzte sie Ramses auf den Boden und stürzte zu ihrem Tisch. Sie hatte eine neue WhatsApp-Nachricht. Die Nummer des fremden Absenders kannte sie nicht. *Komme morgen um 17.50 Uhr mit dem Zug aus…* las sie. An der Stelle war die Nachricht abgebrochen. Was sollte das? Mit zitternden Händen legte sie das Handy zur Seite und ging hinüber zu einem Sekretär, auf dem ihr Laptop stand. Nach einer gefühlten Unendlichkeit hatte sie die Seite der Deutschen Bahn gefunden. Sie starrte auf die Ankunftszeiten der Züge. Es gab keinen einzigen Zug, der morgen, am Samstag, um 17.50 Uhr von irgendwoher am Stuttgarter Hauptbahnhof eintreffen würde …

Müde saß Eisele hinter seinem Schreibtisch in der Dienststelle. Heute Morgen war er ohne Frühstück aus dem Haus gegangen. Die Konfrontation mit seiner Mutter hätte er, besonders nach dieser Nacht, nicht ertragen. Er hatte den Eindruck, unter eine Postkutsche gekommen zu sein, so gerädert fühlte er sich. Nur gut, dass ihm Theodora Klein heute erspart blieb. Er brühte sich einen Kamillentee auf und betupfte seine Stirn mit einem frischen Stofftaschentuch. Noch immer hatte das Haartonikum keinen Erfolg gebracht. Außer dicken Pusteln war auf seiner Kopfhaut nichts zu sehen, wobei, vielleicht würden ja darunter Haarwurzeln entstehen und dieser Prozess würde eventuell eine leichte Entzündung hervorrufen? Wie dem auch war, es schmerzte. Den Gedanken einen Hautarzt aufzusuchen verwarf er sofort, der Traum von Dr. Fleischhauer war noch zu gegenwärtig. Es klopfte. Bevor er etwas sagen konnte, öffnete sich die Tür.

»Guten Morgen Georg. Komm und hilf mir doch mal!«

Nein, es war keinesfalls so, dass ihm heute etwas erspart blieb. Gerda war ins Zimmer getreten. Über ihrem Arm hing ein tiefrotes Stück Stoff aus Samt.

»Was soll denn das Gerda?«, antwortete er gereizt und stand von seinem Stuhl auf. »Ich habe keinen neuen Vorhang bestellt!«

»Papperlapapp, von wegen Vorhang!«, antwortete Gerda pikiert. »Siehst du denn nicht, was das ist?«

Sie breitete das Stoffstück über Theodoras Schreibtisch. Eisele schwante Schlimmes. Dies war ganz eindeutig ein Nikolauskostüm.

»Moment, das gehört noch dazu«, sagte sie und zog einen weißen Bart aus einer Seitentasche des Kostüms. Dann stellte sie sich vor Eiseles Schreibtisch und blickte ihn Beifall heischend an.

»Und? Was soll ich damit?«, fragte er beklommen.

»Na dreimal darfst du raten.«

»Soll ich etwa den Nikolaus bei deiner Tochter und ihren sieben Kindern geben?«

Eisele wurde nervös. Gerda lachte.

»Nein, Georg, nicht bei meiner Tochter, sondern bei uns. Hier in der Dienststelle.«

Gerda war in ihrem Element.

»Komm, probier das mal an«, forderte sie ihn auf und hielt ihm das Kostüm entgegen.

Widerwillig schlüpfte Eisele in den viel zu langen Mantel. »Das sitzt ja perfekt«, säuselte Gerda und zupfte an ihm herum. »Jetzt noch die Kapuze auf und den Bart dazu …«, sie drückte Eisele den Bart ins Gesicht und verschloss ihn von hinten mit einem Klettverschluss. Mit einer eleganten Handbewegung stülpte sie ihm die Kapuze über und blieb dann strahlend vor ihm stehen.

»Georg, du solltest dich sehen, du siehst umwerfend aus! Schade, dass es hier drinnen keinen Spiegel gibt!«

Eisele begann zu schwitzen. Um nichts in der Welt würde er hier den Affen machen, doch es war zu spät. Ein schallendes Gelächter drang unter seine Kapuze. Er drehte sich um und blickte in Hummels Gesicht. Unter seiner Kutte hatte er gar nicht bemerkt, dass der Kriminaloberrat in das

Zimmer getreten war. Hummel war frisch rasiert, trug ein strahlend weißes Hemd, duftete mehr denn je nach seinem teuren italienischen Aftershave und schien bester Laune zu sein. »Eisele, sie sind der Knaller der Dienststelle«, gab er lachend von sich. »So machen wir das Gerda, Eisele wird *DER* Nikolaus des Jahres sein. Ich freue mich schon heute auf die Gesichter der Kollegen, vor allem aber der Kolleginnen. Eisele, Sie werden sehen, danach werden Sie sich vor den Damen nicht mehr retten können. Prima!«

Er klatschte einmal in die Hände, zwinkerte Eisele aufmunternd zu und tänzelte zur Tür hinaus.

»Was war denn das jetzt?«, fragte Eisele.

»Das war unser Chef, wie er leibt und lebt«, antwortete Gerda unter einem leisen Seufzer. »Er ist wieder glücklich. Hubert ist zu ihm zurückgekehrt. Hetero sei wohl doch nicht so seins, hat mir Hummel im Vertrauen gesagt, auch wenn die Dame noch so maskuline Züge aufweist.«

»Also, Gerda, das ist mir ehrlich gesagt schnuppe.«

Eisele zog sich den Bart aus dem Gesicht und kämpfte sich aus dem Kostüm. »Bitte lass mich jetzt arbeiten. Ich habe noch eine Menge Akten durchzugehen …«

»Gut, gut, aber das Kostüm lass ich erst mal da. Ich danke dir!«, säuselte Gerda und hastete hinaus. Georg sah zu dem Berg aus rotem Samt hinüber, der sich wie eine Bedrohung auf Theodora Kleins Schreibtisch erhob. Er erinnerte sich daran, in seinem Kleiderschrank eine übergroße Einkaufstüte deponiert zu haben. Eine Tüte, in der auch Gefriergut transportiert werden konnte. Er holte sie aus dem Schrank und stopfte das Kostüm samt Bart hinein. Er würde es erst einmal mit nach Hause nehmen. Heute Abend, nach seinem Besuch im Sportstudio …

Kann ich dir helfen?«, wie aus dem Nichts kam Aylin hinter Theodora auf dem Weg zum Haus durch den Garten gelaufen. »Hast du mich nicht gehört? Seit du aus dem Bus ausgestiegen bist, habe ich dich gerufen. Ich habe mein Auto an der Kreuzung an der Pizzeria geparkt, weißt du.«

»Tut mir leid Aylin. Ich war so in Gedanken«, Theodora vermied es, Aylin in die Augen zu sehen. Seit Tagen schon war sie ihr aus dem Weg gegangen und auch jetzt hatte sie nicht wirklich Lust auf eine Unterhaltung.

»Das hab ich gemerkt, dass du mich nicht gehört hast! Komm, gib mir wenigstens eine deiner Taschen, ich hab noch eine Hand frei.«

»Nein, nicht nötig, danke, es geht schon«, antwortete Theodora störrisch. Sie wollte keine Hilfe von Aylin, das führte nur zu Verpflichtungen ihrerseits und das wollte sie tunlichst vermeiden. Sie waren sich sowieso viel zu nahe gekommen in den letzten Monaten. Nach der Sache mit Gabriele Engel hatte sich Theodora geschworen, nie wieder einen Menschen so nahe an sich herankommen zu lassen. Doch genau betrachtet, hatte sie das nun mit Amadeus wieder getan. Amadeus. Gedanken an ihn kamen einem Wechselbad der Gefühle gleich. Einerseits kribbelte es in ihrer Magengegend wie bei einem Teenager, wenn sie nur an ihn dachte. Andererseits befiel sie die Angst. Bis zur Stunde wusste sie nicht, wann und wo er morgen ankommen würde. Er war ein Chaot, ja das war er. Und ganz sicher hatte er irgendeine S-Bahn-Haltestelle gemeint und nicht den Hauptbahnhof. Ganz sicher würde er sich morgen spätestens mit genauen Angaben bei ihr melden. Und wenn nicht? Der Gedanke daran machte sie fast wahnsinnig. Wenn nicht, dann würde sie morgen um 17.50 Uhr am Stuttgarter Hauptbahnhof auf ihn warten. Vielleicht kam er ja mit einem Regionalzug aus irgendwoher? Ja! So würde es sein! Er würde mit einem Regionalzug kommen, einem Zug, der nicht im offiziellen Fahrplan aufgeführt wurde, weil die Baustelle Stuttgart 21…

»Magst nicht noch auf einen Tee mit hinaufkommen«, unterbrach Aylin ihre Gedanken. Theodora überlegte kurz. Vielleicht sollte sie noch einmal eine Ausnahme machen. Der heutige Tag war nicht der ihre gewesen und eine Unterhaltung mit Aylin würde sie auf andere Gedanken bringen. Sie stellte ihre Tasche auf die Treppe und schaute Aylin zögernd an.

»Theo, was ist nur los mit dir?«, besorgt legte Aylin eine Hand auf Theodoras Arm. *Theo*, so vertraulich hatte sie noch nie jemand genannt.

»Ach weißt du, es war ein bisschen viel heute«, gab sie zu. »Ich bekomme morgen für ein paar Tage Besuch. Ich glaube, das weißt du noch gar nicht, oder?«

Aylin schüttelte den Kopf. »Woher denn auch, wir sehen uns ja kaum noch, dabei hätte ich so dringend mit dir sprechen müssen. Weißt du, Murat, ich mache mir solche Sorgen um den Jungen…« Theodora schwieg.

»Entschuldige«, Aylin strich sich verlegen die Haare aus dem Gesicht. »Jetzt geht's nicht um Murat. Jetzt geht es erst mal um dich. So, du bekommst also Besuch. Willst du mir sagen von wem?«

Theodora schluckte. Was sollte sie nun sagen? Von *einem Freund*? Von *meinem Freund*? Oder nur *von einem Bekannten*? Was war Amadeus denn nun eigentlich für sie? Sie seufzte tief. Aylin wartete offensichtlich auf eine Antwort.

»Also, ich habe da einen Mann kennengelernt. In der Kur, weißt du. Sein Name ist Amadeus und morgen kommt er mich für ein paar Tage besuchen.«

»Aber das ist doch wunderbar! Und warum machst du dann so ein Gesicht, wenn ich fragen darf?«

Theodora blickte Aylin aus großen Augen an. Sollte sie Aylin davon erzählen, wohin es sie heute Morgen in aller Frühe getrieben hatte? Sollte sie ihr erzählen, dass sie sich, noch bevor sie sich auf den Weg ins Einkaufszentrum gemacht hatte, plötzlich in der Straße wiedergefunden hatte, in der ihr Vater wohnte. Sollte sie ihr erzählen, dass sie eine Ewigkeit wie eine Verlorene im Regen gestanden und ihr Elternhaus von der anderen Straßenseite aus betrachtet hatte? Dass der Garten verwildert war, und unter den Rosenbüschen, Berge herabgefallener, verwelkter Blätter lagen, die sich inzwischen zu Matsch verwandelt hatten? Würde es Aylin interessieren, dass der Gartenzaun längst einmal wieder gestrichen gehörte? Und sollte sie ihr von dem letzten Besuch bei ihrem Vater erzählen, bei dem er sie hinausgeworfen hatte? Sollte sie tatsächlich jemandem davon erzählen, wie sehr sie die Trauer lähmte, die der Hass ihres Vaters in ihr ausgelöst hatte? Theodora gab sich einen Ruck. Nein. Sie würde es nicht erzählen. Niemandem. Sie würde das mit sich selbst ausmachen. So, wie sie es schon ihr ganzes Leben lang tat.

»Es ist nichts«, sagte sie stattdessen. »Ich bin nur müde. Ich wünsche dir ein schönes Wochenende.« Sie griff ihre Stofftasche und schloss ihre Wohnungstür auf.

»Schade«, murmelte Aylin, doch da war Theodora bereits in ihrer Wohnung verschwunden.

Schon im Eingangsbereich der Muscle Monsters drang Lärm an Eiseles Ohren. Andere mochten diesen Schwachsinn vielleicht als Musik bezeichnen, für ihn jedoch stellte dieser Krach nichts anderes als Lärmbelästigung dar. Da war ja sogar das unvermeidliche Jingle Bells, das er vorhin in der Königstraße in einer Endlosschleife schon von Weitem aus einem Kaufhaus hatte dudeln hören, leichter zu ertragen gewesen. Und nun also Rap. Das war wahrlich ein Kontrastprogramm. Sollte er sich das tatsächlich antun? Weiter kam er mit seinen Überlegungen nicht. Eine Pranke schlug ihm auf den Rücken, er verschluckte sich und japste nach Luft. Als er sich umdrehte, stand ein jugendlicher Schwarzenegger-Verschnitt vor ihm und hielt ihm seine Pranke entgegen.

»Servus, ich bin der Sammy«, lachte Schwarzenegger Junior und entblößte eine Reihe schneeweißer Zähne. Sollte das jetzt ein Witz sein? Der hatte auch noch einen österreichischen Akzent!

»I bin dein pörsonell Treener«, fuhr das Muscle Monster fort. »Mogst erstamol an die Bar und an Smoothie trinken?«

Eisele nickte und folgte Sammy, der ihm mit einer Geste einen Barhocker zuwies. Während Sammy hinter dem Tresen mit einem technischen Küchengerät – vermutlich einem *Hightech-Mixer* – hantierte, betrachtete Eisele aus respektvollem Abstand eine ganze Reihe nass geschwitzter Menschen, die sich in leuchtend neonfarbenen, eng anliegenden Sportklamotten unter Aufbietung ihrer scheinbar letzten Kraft, keuchend und stöhnend, an diversen Foltergeräten abzappelten und quälen ließen. Er sah athletische Männerkörper, Berge von Muskeln, durchzogen von stolz geschwollenen Adern. Frauen, so knusprig gebräunt wie ein frisches Grill-Händl, mit Fingernägeln, lang und spitz, und das ganz ohne Waffenschein. Eiseles Mund wurde trocken, als er verschämt auf den Boden blickte, auf dem seine Adidas-Sporttasche *DFB-Nationalmannschaft WM 1990* stand. Ein hässliches Ding mit schwarzrot-goldenen Blockstreifen, das sein Vater irgendwann einmal bei einer Tombola auf der

Weihnachtsfeier der Polizeisportabteilung gewonnen hatte. Irgendwie beschlich ihn das Gefühl, auch an seinem Outfit noch gewaltig arbeiten zu müssen.

»Lass dir's schmecken«, hörte er plötzlich Sammy sagen, der ein Glas mit undefinierbar grünem Inhalt vor Eisele auf den Tresen gestellt hatte. Eisele zögerte.

»Jo mei, jetzt trink halt, brauchst scho den Saft für dei Kraft.«

Mutig führte Eisele das Glas zum Mund und trank es in einem Zug leer.

»Gell des is was Feines«, Sammy strahlte. Eisele nickte. Dann legte Sammy seinen Laptop vor Eisele auf den Tresen und startete Eiseles virtuelles Power-Trainings-Programm. Während er die einzelnen Stationen erklärte, fühlte Eisele bereits ein undefinierbares Unwohlsein im unteren Bauchbereich. Als Sammy bei der fünften Trainingsstation angekommen war, sah sich Eisele zur Frage veranlasst, was denn in dem grünen Gesöff eigentlich enthalten war. Er hörte gerade noch, wie Sammy sagte: »Gurke, Petersilie, Spinat und Sellerie«, da rannte Eisele bereits in die Richtung, in der er den rettenden Ort erhoffte. Gegen Sellerie war er allergisch. Sellerie hatte schon immer eine radikal abführende Wirkung auf ihn gehabt. So auch heute …

Eisele dankte dem Allmächtigen. Die Sache war gerade noch mal gut gegangen. Aus dem Lautsprecher rappte es noch immer. ***Till I Collapse*** erklärte die Stimme energisch. Nein, kollabiert war er nicht, allerdings hatte dazu nicht mehr viel gefehlt und Kraft für ein Krafttraining hatte er schon gar nicht mehr. Nächsten Freitag war auch noch ein Tag und da würde er an diesem Tresen allenfalls einen Pfefferminztee zu sich nehmen. Sammy verstand das.

»Basst scho«, raunte er, als ihm Eisele seinen Standpunkt erklärte.

Wenige Augenblicke später fand sich Georg Eisele auf der Straße vor dem Sportstudio wieder. Heute Morgen ohne Frühstück aus dem Haus, dafür in der Mittagspause komplett entschlackt, na, wenn das keine Diät war. Frustriert ging er am Bratwurststand vorüber. Sein Magen knurrte, doch der Rest seines Verdauungsapparates rebellierte noch immer. Er würde wohl oder übel nüchtern bleiben müssen.

»Oh du fröhliche«, klang es von irgendwoher. Eisele schüttelte den Kopf. Dann doch schon eher ***Till I Collapse***…

Eisele gähnte und rieb sich die Augen. Seine Armbanduhr zeigte 17.50 Uhr. Er war müde. Kein Wunder. Bei dieser Funzel von Deckenlicht musste man ja Depressionen entwickeln! Helligkeit war etwas anderes. Zerknirscht klappte er die Akte zu, die er seit heute Vormittag auf seinem Schreibtisch hin- und hergeschoben hatte. Vor zwei Wochen hatte er zusammen mit einigen Kollegen eine Kneipe in Bad Cannstatt hochgehen lassen, in der hinter verschlossenen Türen illegales Glücksspiel betrieben wurde. Den Tipp hatte er von Chantal bekommen, noch bevor sie nach Dapfen abgedampft war. Dieser Einsatz war ein voller Erfolg gewesen, und er hatte ihm – nach der Geschichte des vergangenen Sommers – auch in den Augen der Kollegen wieder zu mehr Ansehen verholfen. Selbst Hummel war des Lobes voll gewesen. Auch er selbst war stolz auf sich und er war es noch immer. Die Asservatenkammer war zum Glück Geschichte. Freiwillig würde er da nicht mehr hinuntergehen. Doch damals, im Sommer, war er schließlich nicht ohne Grund dort gelandet. Wenn er an seinen erfolglosen Rachefeldzug gegen Theodora Klein dachte, musste er inzwischen den Kopf über sich selbst schütteln. Theodora Klein! Sie ging ihm den ganzen Tag nicht aus dem Kopf. Was war nur los mit ihr? Weshalb hatte sie nichts unternommen? Warum hatte sie es einfach so geschehen lassen, dass man die beiden Damen aus dem Pflegeheim in Haft genommen hatte. Daran hatte er den ganzen Tag gedacht. Nicht an die Geldspielautomaten und die Vernehmungsprotokolle, die in der Akte abgeheftet gehört hätten. Wie hatte die hübsche junge Frau, die anonyme Anruferin doch gleich geheißen? Mansour, ja, so hatte sie geheißen. Sie hatte einen Verdacht geäußert, der mit dem alten vergilbten Zettel zusammenhing, den sie unter dem Bett des Toten gefunden hatte. Wo war die andere Hälfte dieses Zettels abgeblieben? Hatte sich Theodora Klein das nicht wenigstens einmal gefragt? Er hatte es sich gefragt und er fragte es sich noch immer. Doch es hatte keinen Zweck. Theodora Klein war die Chefin, er der Assistent und der Kriminaloberrat würde ihm schon gar kein Gehör schenken, jetzt, wo er wieder im Liebestaumel über die Korridore schwebte. Frustriert zog er seine dunkelgrüne Cordjacke an. Noch immer rumorte es in seinem Bauch. Wie hatte er sich nur ausgerechnet ein Studio aussuchen können, das den Namen *Muscle Monsters* trug. Hätte es nicht auch der Polizeisportverein getan? Er zog seine Sporttasche aus seinem Schrank und griff nach der Plastiktüte mit dem Nikolauskostüm. Seine Stirn juckte entsetzlich, ein Zeichen, dass er schon wieder schwitzte als Zeichen seines Übergewichts. Nein, er durfte jetzt nicht kneifen. Er würde das mit dem Sportstudio durchziehen. Er, Georg Eisele, würde schon in einem halben Jahr eine stattliche Erscheinung sein. Das hatte er sich vorgenommen und das würde er auch schaffen. Und wer weiß, vielleicht überlegten es sich seine Haarfollikel ja doch noch anders. Im Beipackzettel seines Haartonikums hatte gestanden, dass nur die Haare ausfielen bei einer Glatzenbildung, nicht jedoch die Haarfollikel. Diese befänden sich im Haarboden und umgäben die Haarwurzel. Diese wiederum könnten immer wieder neue Haare sprießen lassen, vorausgesetzt, sie würden vom Haarboden mit ausreichend Nährstoffen versorgt. Diese Nährstoffe träufelte er zweimal täglich mit einer Pipette auf seine äußerst hohe Stirn und massierte sie ein. Das würde schon werden. Alles. Sein vor Kurzem absolvierter Kurs *Selbstmotivation im Alltag* schien doch nicht so ganz umsonst gewesen zu sein. Eisele überlegte. Nach Hause gehen war das Letzte, was er jetzt wollte. Nein, er hatte ein anderes Ziel …

## SIEBEN – SAMSTAG

Theodora blinzelte ungläubig, als sie am Morgen das Rollo nach oben zog. Über Nacht hatte es geschneit, richtig geschneit. Und der Schnee war liegen geblieben. So wie früher. Aus einem wolkenlos blauen Himmel strahlte die Sonne und ließ die Eiskristalle glitzern. Was für ein Tag! Das konnte nur ein gutes Omen sein. Aus dem Kamin des Nachbarhauses qualmte es gewaltig, der Geruch zog bis zu ihr nach oben. Doch heute störte es Theodora nicht. Sie riss sich nur schwer los vom Anblick der Postkartenidylle, den ihr der Blick aus ihrem Küchenfenster bot. Voller Tatendrang begann sie in der obersten Schublade ihres Sekretärs zu wühlen. Irgendwo mussten noch Prospekte der *Staatlichen Schlösser und Gärten Baden-Württembergs* zu finden sein. Angesichts dieses Kaiserwetters konnte sie gar nicht anders, als mit Amadeus auf die Gerlinger Höhe hinaufzufahren und ihm das wundervolle Schloss Solitude zu zeigen! Sie würden einen Spaziergang durch den Wald machen und danach, als Krönung sozusagen, das in den Jahren 1763 bis 1769 von Herzog Carl Eugen erbaute Jagd- und Lustschloss aufsuchen. Dann würde sie ihm die kleinen Kavaliershäuschen zeigen, und ihm davon erzählen, wie sie sich als Kind in eines der Häuschen geträumt hatte. Als Prinzessin im Schloss hatte sie sich schon damals nicht gesehen, nur in einem der Häuschen, in denen der Hofstaat untergebracht war, da sah sie sich damals. Merkwürdig. Bis vor ein paar Jahren war sie oft dort, am Schloss Solitude, gewesen. In den ausgedehnten Wäldern um das Schloss herum war es besonders im Herbst sehr schön, wenn die Blätter in der Sonne kupferrot und golden leuchteten. Irgendwann jedoch waren ihr an den Wochenenden immer öfter Brautpaare begegnet, die sich von teuren Fotografen fürs Hochzeitsalbum ablichten ließen. Ab da hatte sie die Flucht ergriffen, hatte diesen Ort nicht mehr aufgesucht und war stattdessen zum Rotenberg gepilgert. Das passte besser zu ihrer Stimmung. Auch – oder gerade, weil – sie selbst nie eine große Liebe erfahren durfte, berührte sie dieses Grabmal, das Monument einer großen Liebe, das König Wilhelm I. seiner allzu früh verstorbenen Frau Katharina Pawlowna zum Gedenken errichten ließ. Von dort oben genoss sie den Blick weit über das Neckartal, doch irgendwann hatte sie auch diesen Ausflug nicht mehr unternommen. Wenn sie es sich genau überlegte, wusste sie noch nicht einmal, weshalb das so war. Doch heute war ein wunderbarer Tag. Ein Tag, zu dem kein Mausoleum passte. Nein heute war ein Feiertag. In wenigen Stunden würde Amadeus sie in seine Arme schließen. Dazu passte ein Schloss. Kein Fotograf und kein Hochzeitspaar der Welt würde sie heute daran hindern.

Der Engel lachte. Er hatte eine glockenklare Stimme. Nein, es waren viele Engel. Sie waren fröhlich, denn sie kicherten leise. Eisele war im Himmel. Endlich. Jemand kitzelte ihn an der Nase. Er zuckte zusammen. Und wachte auf. Im Himmel war er jedenfalls nicht. So konnte sich nur die Hölle anfühlen.

Vor ihm schien sich die gesamte Belegschaft des Roten Flamingo versammelt zu haben. Angélique, Colette, Ninette, Mimi und Olga aus Neukölln, saßen lachend auf den Stühlen am großen Tisch in der Küche des Roten Flamingo und schauten ihn an. Er lag gebettet auf der *Louis XV. Barock Récamiere im Antikstil* mit den goldenen Ornamenten, bedeckt mit dem purpurroten Nikolauskostüm von Gerda. Darunter trug er außer einer Schiesser Feinripp-Unterhose mit Bein und Eingriff rechts – nichts! Wie sehr er diese Unterhosen liebte, immerhin stammten sie aus der Schiesser Original Classics-Serie und waren besonders komfortabel, ohne störende Seitennähte geschnitten. Chantal hatte sich immer darüber amüsiert. Und nun hatte er sich offenbar vor den gesamten Damen des Gewerbes blamiert. Andererseits war er nicht der Typ Stringtanga. Was glaubten diese Hühner eigentlich, wen sie vor sich hatten. Er räusperte sich. Der schale Geschmack in seinem Mund war grauenvoll. Was um alles in der Welt hatte er sich gestern hinter die Binde gekippt. Alles, was ihm einfiel, war das verdammt grüne Gesöff im Sportstudio und seine Folgen. Was den Abend betraf, so hatte er einen absoluten Filmriss. Während er noch überlegte, wie er aus dieser Situation entkommen könnte, ging die Tür auf und Uschi kam herein. Das Gackern der Hühner ebbte sofort ab. In einem tomatenroten Seidenmorgenmantel mit einem schwarzen Stirnband und einer Crememaske, die nur die Augen freigab, trat Uschi an das antike Möbel und blickte – anders als die Damen – sorgenvoll auf ihn herab.

»Na Nikolausi, gut geschlafen?«, fragte sie mit ihrer typischen Reibeisenstimme. Wieder begannen die Damen zu kichern.

»Mädels, Ihr macht jetzt mal alle den Abflug hier, haben wir uns verstanden? In den nächsten zwei Stunden will ich keine von euch hier hinten sehen!«

Ohne zu murren, traten die Damen still ihren Rückzug an. Uschi zog sich einen Stuhl heran und ließ sich darauf nieder.

»So mein Schatz«, sagte sie und legte Eisele die Hand auf die nackte Schulter. »Wir beide, wir reden jetzt mal Tacheles, klar?«

»Schon klar, aber wieso Tacheles? Kannst du mir mal sagen, was gestern Abend eigentlich passiert ist? Ich meine, ich habe einen kompletten Filmriss, verstehst du?«

»Ja, mein Guter, das kann ja auch fast nicht anders sein. Also willst du alles wissen? Wirklich alles?«

Eisele schwante nichts Gutes. Trotzdem nickte er.

»Auch einen Kaffee?«, fragte Uschi, die aufgestanden und an die Kaffeemaschine herangetreten war. Eisele nickte stumm. Im Handumdrehen hatte Uschi den Kaffee aufgesetzt und wieder neben Eisele Platz genommen. Das Wasser blubberte beruhigend in den Filter und ein angenehmer Geruch durchströmte die von schwerem Parfümduft geschwängerte Küche.

»Also«, begann Uschi gedehnt. »Als du gekommen bist, warst du bis auf die Haut durchnässt und irgendwie total von der Rolle. Du warst blass und hattest schwarze Ringe unter den Augen. So, als hättest du irgendwas Schlechtes geraucht. Wo kamst du überhaupt her, das hast du gar nicht erzählt?«

»Aus dem Büro. Und zuvor war ich im Sportstudio«, kam es leise aus Eiseles Richtung.

»Aha, das erklärt einiges. Ich habe dir erst mal einen doppelten Obstler eingeschenkt und darauf hast du gleich noch mal einen verlangt. Irgendwie ist dir das aber viel zu schnell in die Birne gegangen. Ich habe dich dann nach hinten gebracht und gefragt, was du da in dieser riesigen Plastiktüte hast. Nachdem ich gesehen habe, was das ist, war es doch naheliegend, dass du deine nassen Klamotten ausgezogen hast und in das Kostüm geschlüpft bis. Deine Sachen habe ich inzwischen getrocknet…«

»Und wo ist jetzt der Haken?«, Eisele fühlte, dass es da noch etwas gab…

»Na ja…«, Uschi grinste. »Kurz vor Mitternacht bist du plötzlich vorne am Tresen erschienen. In deinem Kostüm, mit Bart. Was hast du eigentlich noch getrunken, nachdem ich dich hier alleine gelassen habe?«

»Keine Ahnung«, gestand Eisele. Dem Gefühl in seinem Magen nach zu urteilen, musste es sich um Salzsäure gehandelt haben.

»Auf jeden Fall hast du dort am Tresen dann erfolgreich den Nikolaus gegeben. Ich muss sagen, so eine Stimmung hatten wir schon lange nicht mehr im Roten Flamingo und über meinen Umsatz kann ich auch nicht klagen. Die Mädels waren ganz schön neidisch.«

»Und jetzt?« Eisele war zerknirscht.

»Jetzt brate ich dir erst mal ein herzhaftes Rührei mit Speck und dann schreibe ich dir die Adresse von Chantal auf.«

»Und dann?«

»Dann frühstückst du und danach fährst du direkt zu ihr auf die Alb. Seit Chantal nicht mehr da ist, bist du nur noch ein halber Mensch und das kann nicht nur an ihren sauren Kutteln liegen.«

»Aber…«

»Kein Aber. Du kannst dich bei mir frisch machen, deine Klamotten sind trocken. Es ist Wochenende. Du fährst jetzt dahin und nimmst dir dort bis morgen ein Zimmer. Danach sieht die Welt gleich ganz anders aus. Wirst sehen!«

»Aber … meine Mutter …«

»Georg!«, schrie Uschi und schlug zwei Eier in die Pfanne …

Gegen Mittag hatte sich der Himmel verdüstert. In den vergangenen drei Stunden war Theodora damit beschäftigt gewesen, endlich einmal wieder gründlich zu putzen. Auf ihre Möbel hatte sich eine graue Patina aus Staub gelegt, die sie in den letzten Monaten gar nicht beachtet hatte. Doch nun hatte die klare Morgensonne es an den Tag gebracht. *Du bist keine Hausfrau und wirst auch nie eine sein,* das hätte ihr Vater jetzt gesagt. Sie schüttelte sich beim Gedanken an ihn. Nein! Heute nicht! Schließlich hatte sie es ja noch rechtzeitig gesehen. Und gesaugt hatte sie auch. Und die Fliesen in Bad und WC gewischt. Und überhaupt. So einer war Amadeus nicht. Amadeus stand über solchen Dingen, innere Werte waren ihm wichtiger. Oder doch nicht? Genau betrachtet kannte sie ihn ja kaum. Sie fuhr sich mit der Hand über die Stirn. Was waren das für blödsinnige Gedanken. Sie und ihre ständigen Zweifel. Sie blickte noch einmal aus dem Fenster und musste sofort an ein Gemälde Caspar David Friedrichs denken. Sie erinnerte sich genau an dieses Bild mit dem merkwürdigen Namen. *Einsames Friedhofstor im Winter*, so hatte das Gemälde geheißen, das sie vor einiger Zeit in einem Kunstkatalog entdeckt hatte. Bestechend war – wie auf so vielen Gemälden dieses Malers – das Licht. Und solch ein Licht hatte sich nun über Stuttgart gebreitet. Überirdisch? Mystisch? Theodora fröstelte. Würde es bald zu schneien beginnen? Sie schaute zur Uhr. Für eine Tasse Tee würde es noch reichen. Zum wiederholten Mal griff sie zum Handy. Keine Nachricht von Amadeus. In Theodoras Magen begann es zu rumoren. Ihre Hände zitterten leicht. Sie stand auf und ging durch die Wohnung. Im Terrarium in der Ecke herrschte Ruhe. Ramses hatte sich verkrochen. Wäre er vielleicht doch im Gemüsefach besser aufgehoben? Hätte sie etwas für Amadeus kochen sollen anstatt ihm vorzuschlagen, etwas beim Inder um die Ecke zu bestellen? Hieß es nicht immer, Liebe geht durch den Magen? Ja, so hieß es, aber dazu müsste man eben kochen können und das konnte sie nun wirklich nicht. Was das betraf, musste sie ihrem Vater recht geben. Hatte sie ansonsten alles gerichtet? Die Räucherstäbchenmischung lag auf ihrem Sekretär. Diverse Kerzen in verschiedenen Größen lagen daneben. Sogar an echte Bienenwachskerzen hatte sie gedacht. Die einzige Klangschale, die sie besaß, hatte sie dekorativ daneben gestellt. Sie schauderte bei dem Gedanken an das, was sie empfunden hatte, als Amadeus eine solche Schale direkt auf ihrem Solarplexus zum Erklingen brachte. Es war durch ihren ganzen Körper gedrungen… Sie seufzte. Amadeus. Warum nur meldete er sich nicht… Zur Solitude würde sie nun nicht mehr fahren können. Genau betrachtet, hatte sie sich sowieso in der Zeit vertan gehabt. Er kam ja erst um 17.50 Uhr an. Wie hatte sie nur so verpeilt sein können. Die Vorfreude? Die Aufregung? Oder – die Angst? Theodora schüttelte sich. Für einen Moment hatte sie das Gefühl, nicht sich selbst zu sein, ja, sogar, neben sich zu stehen, um aus einer sicheren Entfernung zuzusehen, was hier gerade geschah. Es war Zeit. Sie musste gehen. Sie drehte sich noch einmal um und warf einen letzten Blick zurück in ihre Wohnung. Ihr Herz klopfte schwer in ihrer Brust, als sie das Haus verließ. Nun hatte es tatsächlich zu schneien begonnen. Ein eisiger Wind pfiff. Wie in einer Schneekugel tanzten die Eiskristalle und brannten in ihrem Gesicht. Rasch ging Theodora durch den Garten. Oben am Fenster stand Aylin und sah ihr sorgenvoll nach, als das rostige Tor hinter Theodora ins Schloss fiel.

Als Eisele die Wohnung am Rosenbergplatz betrat, herrschte Stille. Er warf einen Blick ins Schuhregal und stellte fest, dass die neuen gefütterten Winterstiefel seiner Mutter fehlten. Auch ihr langes grünes Lodencape, das sie noch immer gerne trug, weil es seinem Vater einst so gut gefallen hatte, hing nicht an seinem angestammten Haken. Der Einkaufskorb stand ebenfalls nicht an seinem Platz. Wahrscheinlich war seine Mutter auf den Markt am Bismarckplatz aufgebrochen. Und das bei diesem Wetter! Vermutlich war sie enttäuscht gewesen, dass er ihr beim samstäglichen Frühstück keine Gesellschaft geleistet hatte. Eisele seufzte. Er war froh, seiner Mutter in seinem ramponierten Zustand nicht begegnen zu müssen, doch er war sich sicher, viel Zeit bis sie zurückkehrte, würde er nicht haben. Auf eine Unterhaltung mit ihr legte er noch weniger Wert als sonst. Er musste sich beeilen. Rasch ging er in sein Zimmer, öffnete den Kleiderschrank und nahm einen dunkelbraunen Pulli, ein grün-gelb kariertes langärmeliges Hemd, eine lange Unterhose und ein paar frische Socken heraus. Als er nach dem roten Flanellschlafanzug mit den Elefantenkarawanen griff, stutzte er kurz, doch dann gab er sich einen Ruck und legte ihn dazu. Die Wahrscheinlichkeit, dass Chantal dieses sexy Outfit zu Gesicht bekam, war verschwindend gering. Im Bad stopfte er eine frische Speick Seife, seinen leicht ausgefransten Rasierpinsel, Schaum und Zahnputzutensilien in seinen Kulturbeutel. Das Deo war leer, doch er hoffte, bei diesen Temperaturen nicht ganz so stark zu schwitzen. Zu guter Letzt warf er noch eine Packung Wattepads und sein Haartonikum in den Beutel und zog den Reißverschluss zu. Da er Schlimmes ahnte, vermied er beim Verlassen des Badezimmers einen Blick in den Spiegel. Hastig griff er nach seiner Sporttasche mit den bunten Blockstreifen, nahm den Inhalt, eine Jogginghose und ein weißes T-Shirt heraus, und legte es auf sein Bett. Seine Reiseutensilien gab er hinein und verschloss die Tasche. Wie immer fand er in der ganzen Wohnung keinen Notizzettel, so blieb ihm nichts anderes übrig, als in der aufgeschlagenen Tageszeitung über den Todesanzeigen, – das Einzige, was seine Mutter immer las – eine Notiz zu hinterlassen.

*Bin dann mal weg! Melde mich! Georg*

schrieb er über die Anzeige des verstorbenen Olaf Spitz aus Bergen, in der Hoffnung, seine Mutter würde diese Mitteilung auch finden. Dann warf er seine Jacke über und verließ beinahe fluchtartig die Wohnung. Auf dem Weg zum Hölderlinplatz begann er zu beten. Vor vier Wochen hatte er seinen alten Renault 4 in einer Seitenstraße abgestellt, in der Innenstadt brauchte er kein Auto, aber jetzt. Nicht auszudenken, wenn *der alte Franzose*, wie er seinen R 4 liebevoll nannte, nicht anspringen würde…

*Der alte Franzose* war angesprungen. Eisele saß verkrampft hinter dem Lenkrad. Es wurde Zeit, dass er diese alte Rostlaube abservierte, so sehr er an dem alten Karren aus seinen Studentenzeiten hing. Die Heizung war nur noch lauwarm, das Gebläse pfiff auf dem letzten Loch und die Stockschaltung klemmte hin und wieder. Zum Glück funktionierte das vorsintflutliche Radio mit dem Kassettendeck noch, so hatte er rechtzeitig von einem Unfall mitbekommen, der ihn nun zwang, über das Seeburger Tal in Richtung Münsingen und von dort aus ins Lautertal zu fahren. Er fuhr also sozusagen mit der Kirche ums Dorf, doch da er als Junge oft mit seinem Vater im Seeburger Tal beim Angeln gewesen war, kannte er die Strecke. Das war auch gut, denn heute war ein Tag, an dem es nicht hell zu werden schien. Der Schneeregen machte den Dauereinsatz seiner quietschenden Scheibenwischer nötig, und ein Riesenschlitten schlich im Schneckentempo vor ihm her und wirbelte zusätzlichen Matsch auf. Wahrscheinlich saß eine Frau am Steuer, resümierte Eisele. Inzwischen hatte er die Zivilisation verlassen und befand sich auf einer wild gewundenen Straße. Nebel hatte sich über die Wiesen gesenkt wie eine schwere Decke. Ein Raubvogel zog einsam seine Kreise. Die Straße führte vorbei an steilen Felsen und wie früher warnte ein Straßenschild vor Steinschlag. Die Zeit schien stehen geblieben zu sein. Eisele erinnerte sich daran, dass früher hinter der nächsten Kurve die Gaststätte Jägerhaus gestanden hatte, und siehe da, das Haus gab es noch immer. War es früher bereits ein heruntergekommener Schuppen gewesen, so war es heute ein komplett zerfallenes Bauwerk. Geschlossene Fensterläden hingen schief in den Angeln. Alles Leben schien gewichen. Ob es den Forellenteich noch gab? Wenige Hundert Meter weiter stand am Straßenrand ein zerfallenes Schild. *Heute frisch geräuchert,* stand darauf in ausgebleichter Schrift zu lesen. Auf wann sich das *heute* bezog, vermochte Eisele nicht zu erkennen. Er fühlte sich plötzlich einsam. Sehr einsam. Melancholie überkam ihn. Außer ihm und dem Riesenschlitten, der inzwischen doch einen schnelleren Gang eingelegt hatte und davongebraust war, schien niemand unterwegs zu sein. Was Chantal wohl sagen würde, wenn er so plötzlich ohne Anmeldung auftauchte? Ob sie überhaupt noch ein Zimmer frei hatten, in diesem Gasthaus, in dem sie bediente? Sein

Magen knurrte. Er hatte Hunger. Seit dem Rührei im Roten Flamingo waren schon Stunden vergangen. Ob er wohl auf Kutteln hoffen durfte? Dies wäre der einzige Lichtblick des heutigen Tages. Von Chantal natürlich abgesehen. Noch immer war er alleine auf der Straße. Vorbei an alten Gehöften mitten durch die Einsamkeit. Endlich! Ein Straßenschild. Es wies in Richtung Haupt- und Landgestüt Marbach. Dieses Gestüt lag in Gomadingen, dahinter kam Dapfen. Dort traf er auf Chantal. Eiseles Stirn brannte. Er hatte Angst. Wovor? Vor Chantal? Abrupt trat er auf die Bremse. Er wusste es! Er hatte Angst vor dem Tod! Würde er heute noch sterben?

Die Türen des Busses waren bereits geschlossen, als Theodora die Haltestelle erreichte. Sie rannte und winkte dem Busfahrer, der noch einmal die Tür öffnete, um sie hereinzulassen. Sie zeigte ihre Fahrkarte vor und er winkte sie durch. Bevor sie eine Möglichkeit fand, sich irgendwo festzuhalten, fuhr er bereits los. Offensichtlich war er zeitlich im Verzug. Wie so oft samstags um diese Zeit war der Bus auch heute überfüllt, die Sitzplätze allesamt belegt. Theodora fand sich eingequetscht zwischen Menschen jeglichen Alters und jeglicher Nationalität. Sie rang nach Atem. Wenn nicht hier wo sonst sollte ein Mensch Klaustrophobie entwickeln? Eine junge Mutter hatte sich mit einem Kinderwagen in den Gang geschoben. Ein herzzerreißendes Geschrei drang aus dem Wagen und wieder einmal segnete Theodora ihren Entschluss, niemals ernsthaft über ein Kind nachgedacht zu haben. Etwas in ihrer Nähe stank gottserbärmlich. Das Kind konnte es nicht sein, nicht einmal eine volle Windel roch derart penetrant, außer man hatte sie direkt unter der Nase. Beim Versuch sich umzudrehen fiel ihr Blick auf einen grauen nassen Bettvorleger auf vier Pfoten, der sie vorwurfsvoll anblickte. Daher rührte also dieser furchtbare Gestank. Theodora fühlte Übelkeit in sich aufsteigen. Eine aufgetakelte ältere Dame mit einem großen Hut schimpfte mit einem kleinen Kind, das in eine ihrer übergroßen, mit einem Luxuslabel bedruckten Tüten gestürzt war. Theodora bekam weiche Knie. Wie spät war es inzwischen? Wo um Himmels willen befanden sie sich eigentlich? Sie konnte es nicht erkennen. An den beschlagenen Scheiben liefen kleine Rinnsale Kondenswasser hinab. Plötzlich hielt der Bus mit einem Ruck an. Eine ältere Frau knallte mit der Stirn gegen ihren Vordermann, der sofort in wüste Beschimpfungen ausbrach. Der Bettvorleger jaulte auf, offenbar war ihm jemand auf die Pfoten getreten. Noch einmal versuchte Theodora verzweifelt einen Blick durch die beschlagenen Scheiben nach draußen zu werfen. Ein blaues Licht blinkte. Theodora kannte dieses Licht. Es gehörte zu einem Polizeifahrzeug. Im selben Moment erklang das Martinshorn eines Notarztwagens. Unruhe begann sich im Bus auszubreiten. Der Fahrer hatte sein Funkgerät angemacht und sprach aufgeregt hinein. Wahrscheinlich die Leitstelle, mutmaßte Theodora. Offensichtlich hatte sich ein Unfall ereignet. Der Bus blieb stehen. Der Fahrer hatte den Motor ausgemacht. Hinter ihnen begann es zu hupen. Die Luft wurde immer stickiger. Die Zeit zerrann. Der Busfahrer stand auf, ein Mikro in der Hand.

*Achtung eine Durchsage,* begann er. *Wir werden in den nächsten Minuten hier nicht weiterkommen, wer also aussteigen will, der kann es jetzt tun. Ich werde gleich die Türen öffnen.*

*Was ist denn los?,* schrie jemand von ganz hinten.

*Ein Unfall mit dem Motorrad!,* rief ein Mann, der mit dem Ärmel seines Mantels die Scheibe frei gewischt hatte.

*Lasst mich raus!*, forderte ein alter Mann, der sich neben Theodora krampfhaft auf den Beinen zu halten schien. Die Türen gingen auf. Endlich. Kalte Luft drang in den Bus. Rücksichtslos rempelten sich einige der Passagiere ins Freie. Wie weit war es noch bis zum Bahnhof? Wie lange würden sie hier noch stehen? Theodora überlegte. Unmittelbar bevor der Fahrer die Türen wieder verschloss, bahnte auch sie sich den Weg hinaus ins Freie. Zu spät würde sie sowieso kommen. Trotzdem begann sie zu laufen, so schnell sie konnte. Mit letzter Kraft und völlig außer Atem erreichte sie schließlich den Hauptbahnhof. Sie betrat den Eingangsbereich und sah sich um. Die Erkenntnis traf sie wie ein Schlag. Hatte sie es wirklich gehofft? Hatte sie gehofft, hier auf Amadeus zu treffen? Sie zog ihr Handy aus der Manteltasche. Der lila Punkt hüpfte über das Display. Sie hatte eine WhatsApp-Nachricht erhalten. Aus Angst diese zu öffnen hielt sie einen Moment inne. Verstört starrte sie auf den Punkt. Dann gab sie sich einen Ruck. Es half nichts. Sie öffnete die Nachricht. Sie las:

*Liebste Theodora, zu meinem Bedauern muss ich dir mitteilen, dass ich nicht kommen kann. Mein Zug ist wetterbedingt ausgefallen. Gruß Amadeus.*

Menschen hasteten an Theodora vorüber. Irgendwo weinte wieder ein Baby. Von irgendeinem Bahnsteig kam ein altes Ehepaar angelaufen. Er zog den Koffer hinter sich her, sie trug einen Blumenstrauß. *Opi, Omi*, rief irgendein Kind und rannte auf die beiden Alten zu. Und Theodora stand noch immer auf ihrem Platz und starrte auf ihr Handy. Die Zeit war stehen geblieben. Endlich löste sich ihre Starre.

*Wann kommst du dann?*, tippte sie benommen, drückte auf senden, wusste, dass es vorbei war, bevor es begonnen hatte und – wartete dennoch. Sie wartete darauf, die beiden grauen Häkchen hinter der Nachricht zu sehen, als Beweis dafür, dass die Nachricht zugestellt worden war. Sie wartete lange. Vergeblich. Sie drehte sich um und suchte den DB-Auskunftsschalter. Sie erspähte ihn und ging darauf zu. Eine Frau mit blondem Pferdeschwanz schaute mürrisch zu ihr auf.

»Entschuldigung…«, stammelte Theodora und stellte der jungen Frau ihre Frage. Es rauschte in ihren Ohren, als sie die Antwort vernahm: Diesen Zug hatte es nie gegeben. Nicht heute und auch an keinem anderen Tag. Theodora vergaß, sich zu bedanken. Sie drehte sich um und ging langsam hinaus. Inzwischen war es dunkel. Schneeregen fiel vom Himmel, als sie hinüber ging zum leeren Taxistand. Schnell versammelten sich Menschen hinter ihr. Drei Taxis fuhren heran. Theodora ließ den anderen den Vortritt. Erst beim vierten Taxi stieg sie selbst ein. Sie war erstarrt, fühlte sich selbst nicht mehr.

»Artusweg«, hörte sich Theodora sagen, als der Taxifahrer nach ihrer Adresse fragte. Gehörte diese Stimme zu ihr? Sie klang rau und fremd. Theodora sah sich um und verharrte mit dem Blick im Rückspiegel des Fahrzeugs. Dort saß eine Frau mit roten struppigen Haaren. Die Augen mit Wimperntusche verschmiert, starrten mit leerem Blick in den Spiegel. Schwarze Krater durchzogen das blasse Gesicht. Offensichtlich hatten Tränen die Tusche mitgeschwemmt und erbarmungslos über den Wangen verteilt. Hatte sie tatsächlich geweint? Die Wärme im Fahrzeug umfing sie wie eine schützende Decke. Für einen Moment nickte sie erschöpft ein. Die Fahrt zog sich hin. Die Umleitungen in der Stadtmitte, die Baustelle für Stuttgart 21 und der vorweihnachtliche Verkehr an einem Samstagabend zollten ihren Tribut. Immer wieder schaute der Taxifahrer besorgt nach hinten, gar zu still war dieser merkwürdige Fahrgast. Als sie den Artusweg erreichten, machte er den Motor aus und wartete einen Augenblick, während die Uhr weiterlief.

»Ich glaube, Sie wohnen da«, sagte er schließlich und drehte sich zu Theodora um. Sie zuckte zusammen. Es dauerte einen Moment, bis sie die Situation erfasste. Sie griff in die Jackentasche, zog einen Geldschein heraus und hielt ihn dem Fahrer entgegen.

»Stimmt so«, sagte sie tonlos. Er blickte sie verwundert an.

»Das ist zu viel«, antwortete der Fahrer, doch da war Theodora bereits ausgestiegen und hatte die Tür hinter sich zugeschlagen. Das Taxi entfernte sich. Theodora stand reglos auf der Straße und starrte hinüber auf das Haus, in dem sie wohnte.

Unbemerkt war der Nachmittag in den Abend übergegangen. Immer wieder war Eisele von schnelleren Fahrzeugen auf der Landstraße überholt worden, doch das hatte ihn nicht gestört, ganz im Gegenteil. Inzwischen hatte er es gar nicht mehr so eilig, Chantal zu begegnen. Ja, fast fürchtete er sich davor. Was hatte er sich nur dabei gedacht, so unangemeldet zu erscheinen? Was sollte sie ihren Eltern sagen, wer er sei? Die armen Leute waren völlig ahnungslos, was den Broterwerb ihrer Tochter betraf. Als er vor sich die Einfahrt eines Feldwegs erblickte, fuhr er spontan dorthin und stellte den Motor ab. Er stieg aus und schaute hinüber in die Wiese, durch die sich die Lauter friedlich schlängelte. Was hier aussah wie ein kleiner Bach, war in Wirklichkeit ein Flüsschen, das im Sommer als El Dorado für Kanufahrer galt. Doch nicht nur das, hier gab es wunderbare Rad- und Wanderwege und zahlreiche Sehenswürdigkeiten, allen voran natürlich das Haupt- und Landgestüt Marbach, die Burg Derneck und die Wimsener Höhle. Er wusste von einigen

Kollegen, die im Sommer mit ihren Familien gerne diese Ausflugsziele aufsuchten. Doch es gab auch andere Stätten, wie zum Beispiel den tragischen Ort Grafeneck. Ein Ort, an dem mehr als zehntausend Menschen mit Behinderung in der Zeit des Nationalsozialismus in den Tod geschickt worden waren. Seit einem Besuch mit der Schulklasse in dem Jahr seines Abiturs hatte es ihn dorthin nicht mehr gezogen. Eisele zitterte. Die Luft war klar und kalt. Sein Atem gefror zu kleinen Wölkchen. Doch nicht nur die Temperatur war es, die ihn frieren ließ, es fröstelte ihn auch bei dem Gedanken an das Unrecht. Dort, an dieser Stätte zu Zeiten des Krieges und heute, überall auf der Welt, wo es Krieg und Unrecht gab. Unrecht war etwas, das er noch nie hatte ertragen können. Vielleicht war auch das der Grund dafür gewesen, weshalb er sich tatsächlich irgendwann einmal dazu entschieden hatte, zur Polizei zu gehen. Und wenn er an Unrecht dachte, dann fielen ihm unweigerlich die beiden Frauen aus dem Pflegeheim wieder ein. Ja verdammt noch mal, war er denn der Einzige, der hier noch seinen Beruf ausübte? Alle waren sie in letzter Zeit nur noch mit ihrem Privatleben beschäftigt. Bei Hummel kannte man das ja schon, bei dem exaltierten Ehemann, den er an seiner Seite hatte, einschließlich Max, dem dämlichen Dackel, der immerzu kläffte. Und neuerdings schien auch Theodora Klein so etwas wie ein Privatleben zu besitzen, jedenfalls ließen die Marotten, die sie nach ihrer Kur entwickelt hatte, eindeutig darauf schließen. Früher hätte sie niemals so einfach die Segel gestrichen nach einem Fall wie dem in Himmelruh. Er war offenbar der Einzige, der nicht an die Schuld der beiden Damen glaubte. Eisele wurde wütend. Es wurde Zeit, dass er weiterfuhr, bevor er hier festfrieren würde. Er stieg ein und ließ den Motor an. Im Auto war es kaum wärmer als draußen, doch es konnte nicht mehr weit sein und das würde er hoffentlich noch lebend schaffen. Als er das Dörfchen erreicht hatte, war die Dämmerung der Dunkelheit gewichen. Im Winter, so erschien es Eisele, war man hier wohl am Ende der Welt. Die Straßenlaternen gaben nur spärliches Licht ab. Hier und da erleuchtete ein Schwibbogen ein Fenster und erinnerte daran, dass bald Weihnachten war. Das Dorf, die Straße, alles um ihn herum war menschenleer. Und wo um alles in der Welt war das Lokal, in dem Chantal bediente? Chantal! Er musste aufpassen. Chantal hieß Sieglinde Rebmann. Nicht auszudenken, was passieren könnte, würde er sie Chantal nennen. Obwohl. Ihre Eltern kannte er nicht. Ebenso wenig kannte er den Gasthof, in dem Chantal aushalf. Eisele drosselte das ohnehin schon langsame Fahrtempo. Offensichtlich befand er sich schon wieder auf dem Weg zum Dorf hinaus, doch da, auf der linken Seite, da war ein graues Haus, das – von innen hell erleuchtet – zum Besuch einlud. Das musste es sein. In einem gewagten Manöver wendete Eisele mitten auf der Straße sein Fahrzeug und bog rechts in eine Seitenstraße ein, die direkt auf einen großen Parkplatz führte. Er staunte nicht schlecht über die Anzahl der hier geparkten Fahrzeuge und meinte sich an den einen oder anderen SUV erinnern zu können, der ihn unterwegs – teilweise hupend – überholt hatte. Nachdem er ausgestiegen war, blieb er noch einen Moment stehen und schaute hinüber zu dem erleuchteten Gebäude. Ein alter Mann führte einen großen, zotteligen Hund spazieren, sonst war hier draußen keine Menschenseele zu sehen. Eisele seufzte. Dort drüben pulsierte das Leben. Es half nichts, er wollte Chantal finden und er war überzeugt davon, dass er hier richtig war.

Lautes Gelächter und Rufe drangen an sein Ohr, als er das Lokal betrat. Er wusste, er konnte dies heute nur schwer ertragen, nach dieser langen Autofahrt an diesem melancholischen Tag. Eisele blieb kurz stehen und schaute sich um, doch er sah nicht viel, denn seine Brille war in der plötzlichen Wärme des Raumes sofort beschlagen. Ein junger Mann kam auf ihn zugeeilt und rief ihm entgegen: »Haben Sie reserviert?«

»Nein«, stammelte Eisele und wollte sich schon umdrehen, um zu gehen, so schnell hatte ihn der Mut verlassen, doch der junge Mann rief:

»Eine Person?«

»Ja.«

»Kommen Sie mit, hier ist gerade ein Platz frei geworden«, sagte der junge Mann und schob Eisele sanft in Richtung eines kleinen Tisches.

»Die Karte kommt sofort«, rief er Eisele noch zu, dann war er auch schon mit seinem gut bestückten Tablett voller Biergläser an Eisele vorbeigeeilt. Eisele setzte sich und sah sich um. Erst jetzt erkannte er, wie gemütlich das Lokal eingerichtet war. Er hatte auf einer Galerie Platz genommen, die den Blick frei gab, hinunter in einen Raum, in dem auf verschiedenen Holztischen, einer alten Nähmaschine und einem Herd, wie er ihn nur aus dem Museum kannte, diverse Dinge angerichtet waren. Beim näheren Hinsehen erkannte er, dass es sich hierbei um Seifen handeln musste. Das erklärte auch den betörenden Duft, der hier herrschte, und der ihn verwirrte, denn er mischte sich mit dem Duft nach Gebratenem. Um die Seifen herum waren verschiedene Trockensträuße und Kerzen in Windlichtern drapiert. Unwillkürlich musste Eisele an seine Mutter denken, die an all den schönen Dingen hier ringsherum auch ihren Gefallen finden würde. Er schluckte. Ein Kloß hatte sich in seinen Hals gesetzt. Er kannte dieses Gefühl. Sein schlechtes Gewissen hatte sich schon immer so bemerkbar gemacht, nämlich als Kloß im Hals. Und ein schlechtes Gewissen hatte er. Ganz sicher war seine Mutter jetzt voller Sorge um ihn. *Ich bin dann mal weg*, hatte er über die Todesanzeige gekritzelt, mehr nicht. Nein, das war nicht in Ordnung gewesen. So etwas tat man nicht. Der junge Mann näherte sich seinem Tisch und legte die Speisekarte vor ihm ab. Eisele war dankbar, aus den tristen Gedanken gerissen zu werden. Irgendwie war alles Scheiße zurzeit, nichtsdestotrotz knurrte sein Magen. Seit er hier Platz genommen hatte, hatten die Kellnerinnen und Kellner unentwegt Teller und Schüsseln aus der Küche getragen. Eisele hatte dampfende Knödel und Blaukraut gesehen, ebenso Platten mit Gänsekeulen, auch etwas, das ihn an Gulasch erinnerte. Er studierte die Karte, in der Hoffnung saure Kutteln darauf zu entdecken. Nachdem sich diese Hoffnung zerschlagen hatte, wählte er Hirschragout mit Blaukraut, dazu wahlweise Spätzle oder Knödel. Eisele entschied sich für Knödel.

»Sehr gut«, sagte der junge Mann, »und gegen den Durst?«

»Bitte eine Johannisbeerschorle.«

»Sehr gern.«

»Halt!«, rief Eisele. Der junge Mann blieb abrupt stehen und schaute Eisele verwundert an.

»Sagen Sie, kennen Sie eine Chantal – äh –«, Eisele räusperte sich, »kennen Sie eine Sieglinde Rebmann?«

Der junge Mann runzelte die Stirn.

»Wer will das wissen?«, fragte er nun plötzlich gar nicht mehr freundlich.

»Ich bin ein Freund«, sagte Eisele verlegen. Ihm wurde heiß und die Pusteln auf seiner Stirn begannen wieder zu jucken. Er griff nach der tannengrünen Papierserviette, die vor ihm auf dem Tisch lag, schob das Besteck herunter und begann an der Serviette zu zupfen.

»Aha, ein Freund also«, sagte der Kellner und schien einen Moment amüsiert zu sein, dann wandte er sich ab und ging wortlos davon.

Eisele schaute auf seine Uhr. Seit fünfzehn Minuten saß er hier nun schon herum und hatte noch nicht einmal sein Getränk bekommen. Wenigstens war ihm warm geworden in der gemütlich beheizten Gaststube, doch vom Geruch der Seifen allein wurde er nicht satt. Endlich sah er den Kellner auf seinen Tisch zueilen.

»Sie haben nach Frau Rebmann gefragt«, raunte er, »die bedient heute oben. Wenn Sie wollen, dann kommen Sie mit. Aber machen Sie schon, das Ehepaar dort hinten wartet auf Ihren Tisch.«

Umständlich erhob sich Eisele und folgte dem jungen Mann quer durch das Lokal. An einer steilen Treppe war dieser stehen geblieben und wies nach oben.

»Dort finden Sie sie, Sieglinde, meine ich. Die bedient heut bei einem Junggesellinnenabschied. Sie müssen dann oben noch mal sagen, was Sie essen und trinken wollen. Ich hab Ihre Bestellung sowieso noch nicht aufgeben können. Sie sehen ja selbst, was heute hier los ist…«

Mit diesen Worten ließ er Eisele stehen und eilte davon.

Eiseles Knie schmerzten, als er die Treppe bezwungen hatte. Unschlüssig blieb er in einem Raum stehen, in dem Vitrinen und Verkaufstische voller Köstlichkeiten zu bestaunen waren. Waren es unten die Seifen gewesen, die einen betörenden Duft verströmt hatten, so roch es hier ausgeprägt nach frisch geröstetem Kaffee. In verschiedenen Beutelchen wurden diverse Mischungen in den unterschiedlichsten Mahlstufen angeboten. Ganz besonders eines dieser Päckchen weckte Eiseles Aufmerksamkeit. Auf einer schwarzen Verpackung war ein edler, schneeweißer Araberhengst zu bewundern, der Aufdruck auf dem Beutel erklärte, dass es sich bei dem Inhalt um einen besonders rassigen 100-prozentigen Arabica-Kaffee handelte, der den Namen Marbachs Mocca trug. Einen Moment überlegte er, ob er seiner Mutter einen solchen Kaffee mitnehmen sollte, als Wiedergutmachung für seine Abwesenheit sozusagen, doch die Stimme Chantals ließ ihn zusammenzucken.

»Georg, om Hemmls willa, was machschn du uff dr Alb?«, zischte sie und stieß ihn in die Seite.

»Halt bloß dei Gosch. Woher du mich kennschd, des goht koin Menscha äbbes an, des sag ich dir!«

Georg schluckte. Mit einer solchen Begrüßung hatte er dann doch nicht gerechnet. Bevor er etwas entgegnen konnte, fuhr sie auch schon fort:

»Du hoggschd jetzt dort nomm!«, sie wies auf einen kleinen Tisch in der hinteren Ecke des Raumes.

»Ich bring dir was zom Essa. Nach Kuddla brauchsch mich gar ned erschd froga. Kuddla gibt's hier koine. Mir hennd Wildwocha ond dr gröschde Bock hoschd ja du scho gschossa, indem du hier auftaucht bisch. Also ich bring dir an Hirschbroda ond Schbätzla.«

Rasch wandte sie sich ab und ließ ihn alleine zurück.

Wie lange sie so dagestanden hatte, konnte Theodora nicht sagen. Noch immer schaute sie auf das Haus, in dessen oberstem Stock das Licht brannte. Aylin war daheim. Wie in Trance ging Theodora über die Straße. Auch sie wohnte in diesem Haus. Doch was sollte sie da, in einer Wohnung, die sie sich einzig mit einer Schildkröte teilte. Wie armselig das doch war. Das Quietschen des verrosteten Gartentors war das Einzige, was sich für sie richtig anfühlte. Mit schweren Schritten ging sie durch den dunklen Garten, steckte den Schlüssel vorsichtig in die Haustür und drehte ihn um. Auf Zehenspitzen schlich sie hinein und zog sofort ihre Stiefel aus. Im Haus roch es würzig exotisch. Aylin hatte gekocht. Auf Strümpfen ging sie die Stufen in der Dunkelheit nach oben. Auf keinen Fall sollte Aylin ihr Kommen bemerken. Sie würde sie hereinbitten, ihr einen heißen Tee anbieten, und dann würde sie ihr Fragen stellen. Für Konversation hatte Theodora weder Lust noch Kraft. Sie wollte alleine sein. Wie ein Dieb in der Nacht schlich sie sich in ihre Wohnung und zog die Tür hinter sich zu. Einen Moment blieb sie orientierungslos stehen. Sie ging am Lichtschalter vorüber, tapste hinüber in ihr Wohnzimmer und setzte sich in ihrem feuchten Mantel an den Tisch. Die Dunkelheit umfing sie. Die Zeit verstrich geräuschlos. Nur das leise Ticken der Wanduhr drang aus der Küche herüber, doch Theodora hörte es nicht. Ihre Gedanken, bis vor wenigen Augenblicken noch gelähmt, begannen sich zu überschlagen. Was geschehen war, was ihr geschehen war, konnte nicht sein. Es durfte nicht sein. Das alles war nicht real. Sie träumte einen bösen Traum, aus dem sie gleich erwachen würde. Ein leises Klopfen riss sie in die Gegenwart zurück. Sie stand auf und schaltete das Licht an. Ramses war auf der Suche nach Nahrung mit seinem Panzer gegen die gläserne Wand des Terrariums gestoßen. Wieder einmal dachte sie voller Wehmut an ihre Ratte Mephisto zurück. Ihn hätte sie nun aus dem Käfig genommen und auf ihre Schulter gesetzt. Sie hätte das warme, seidige Fell an ihrer Haut gefühlt und ihn gestreichelt. Was dagegen war der kalte, harte Panzer dieser Schildkröte. Es war typisch Eisele gewesen, ihr eine Schildkröte zu schenken nach Mephistos Tod. Nur wegen seiner Tierhaarallergie. Merkwürdig, dass sie ausgerechnet jetzt an ihren Kollegen dachte. Wieder kam das Geräusch aus dem Terrarium. Theodora stand auf und ging hinüber, hob die Schildkröte heraus und setzte sie vor sich auf den hölzernen afrikanischen Tisch.

Auf einmal kam so etwas wie Mitleid in ihr auf. Schließlich konnte Ramses weder etwas dafür, als Schildkröte auf die Welt gekommen zu sein, noch konnte er etwas für seinen harten Panzer. Doch es half alles nichts, sie mochte Ramses nicht. Sie nahm ihn und trug ihn wieder zurück. Ihr war kalt. Erst jetzt nahm sie wahr, dass sie noch immer den feuchten Mantel trug. Sie zog ihn aus und hängte ihn über einen Kleiderbügel an der Garderobe. Beim Blick aus dem Fenster sah sie nur schwarze Nacht. Noch vor wenigen Stunden hatte sie sich auf den Abend, auf die Nacht, gefreut. Und nun? In der Küche standen die Weinflaschen aufgereiht, die sie für die Zeit mit Amadeus vorgesehen hatte. Wut stieg in ihr auf. Ohnmächtige Wut auf diesen Schwindler. Wütend trat sie mit dem Fuß gegen einen Stuhl, der krachend umfiel und mitten im Raum liegen blieb. Sie ging um ihn herum in die Küche, um sich eine dieser Flaschen und ein Glas zu holen. Beim Blick auf das Etikett wurde sie erneut zornig. Zum Glück hatte sie sich wenigstens was den Wein betraf nicht beirren lassen und war bei ihrem geliebten Lemberger aus den Steillagen geblieben. Ungern erinnerte sie sich jetzt an ihren ersten Abend im spanischen Restaurant, als ihr Amadeus erklärt hatte, schwäbische Weine möge er nicht, er bevorzuge ausschließlich die Primitivo-Weine aus Manduria. Dann hatte er sich im spanischen Restaurant einen italienischen Wein bestellt. Sie schüttelte den Kopf. Eigentlich hätte sie bereits da merken müssen, wie dieser Arsch tickte.

»Wenn der Wirt den Wein auf der Karte hat, kann er auch nichts dagegen haben, wenn ich den bestelle«, hatte er hochmütig gesagt, als sie ihn verwundert angesehen hatte. Sie würde ihm keine einzige Träne nachweinen, diesem Hochstapler, den sie so lange durch eine rosarote Brille gesehen hatte. Ausgerechnet sie, Theodora Klein, war ihm aufgesessen. Der Korken knallte, als sie ihn aus der Flasche zog.

Für einen Moment stellte sich Theodora vor, sie hätte einen Schuss gehört. Einen Schuss aus ihrer Waffe, mit dem sie Amadeus getötet hatte. Mit diesem wohligen Gefühl füllte sie das bauchige Glas bis zum Rand und leerte es in einem Zug…

Der Schriftzug auf dem Etikett war verschwommen. Die Flasche leer. Merkwürdig. Das war doch das erste Glas, das sie davon getrunken hatte. Das erste Glas überhaupt. Woher kamen die anderen beiden Flaschen, die da auf dem Tisch standen? Theodora hatte Mühe aufzustehen. In der Küche gab es noch genug Vorrat des wunderbaren Rotweines. Wie viel davon war noch da? Theodora begann zu zählen, doch das war kaum möglich. Sie war sich sicher, nur acht Flaschen gekauft zu haben, doch auf der Küchenanrichte standen exakt acht Flaschen Rotwein. Sie kratzte sich am Kopf. Ihre dichten roten Locken hatten sich in ein undurchdringliches Dickicht verwandelt. Noch einmal begann sie zu zählen, diesmal kam sie auf sieben Flaschen. Egal. Es reichte noch für heute Abend und morgen würde sie weitersehen. Sie griff nach einer der Flaschen, doch ihr Griff ging ins Leere.

»Dieses Arschloch!«, schrie sie wütend und schlug nach einer anderen Flasche. Diesmal traf sie ins Volle. Die Flasche stürzte auf den Küchenboden, zerbarst. Der Wein spritzte an die Küchenwand und lief in schweren roten Tropfen an ihr hinab, vereinigte sich am Fußboden mit dem Rest des Weines in einem Berg aus Glasscherben. Theodora stutzte. Was waren das für Geräusche? Zuerst hatte sie Amadeus erschossen, das war vorhin gewesen. Hatte es nun eine zusätzliche Explosion gegeben? Sie schaute an sich hinab. Blut lief über ihre Hände, doch sie empfand keinen Schmerz. Sie leckte sich die Finger ab. Jemand begann zu lachen. Laut und hysterisch. Sie schüttelte den Kopf. Was für Personen heute Abend hier in ihrer Wohnung vereint waren. Unfassbar. Sie musste zusehen, dass sie die loswurde. Doch zuerst würde sie sich noch ein Glas Wein holen und einen Joint, genau das war es, was sie jetzt brauchte. Geschickt manövrierte sie ihre Schritte um die Scherben herum, als sie in der Küche nach einer neuen Flasche Wein griff. Im Umgang mit dem Flaschenöffner nun schon etwas geübter, fiel der Schuss aus der Pistole diesmal leiser aus.

»Cheerio Amadeus«, prostete sie ins Leere.

Darf i Ihne ned noch einmal a Likörle nachschenken?«, fragte Elfriede Eisele und fuchtelte ihrer Nachbarin mit der inzwischen fast leeren Flasche Eierlikör vor der Nase herum. Rosemarie Klämmerle, eine alleinstehende Frau mittleren Alters, die ein Stockwerk unter den Eiseles wohnte, zog eine Schnute und wiegte den Kopf hin und her.

»Jo, i nemm noch mal einen«, antwortete sie schließlich und ließ Elfriede Eisele nicht aus den Augen. Vor einer Stunde hatte die alte Frau völlig aufgelöst an ihrer Haustür geklingelt. Zuerst hatte sie gar nicht verstanden, was Frau Eisele überhaupt von ihr wollte.

»Frau Klämmerle, i muss mit jemand schwätza. Stelled Sie sich vor, mei Bua isch weg«, hatte sie immerfort gejammert, während dicke Tränen ihre Spuren in dem viel zu stark geschminkten Gesicht der alten Dame hinterließen.

»Ja omm dr Hemmls willa, Frau Eisele. Wie alt isch denn ihr Enkel?«

»Mei Enkel? Von wem schwätzed Sie? I hab doch koin Enkel.«

»Aber Sie hend doch grad gsagt, dr Bua isch weg.«

»Ja des stimmt doch au. Mei Bua isch weg.«

»Ja, wer isch denn Ihr Bua?«

»Ha, mei Georg, der Schorschi. Den kenned Sie beschdimmt.«

Rosemarie Klämmerle überlegte. Sollte dieser Bua, von dem Frau Eisele sprach, etwa der Typ in seinen grünen Cordhosen und den karierten Hemden sein, der ihr gelegentlich auf der Treppe begegnet war?

»Isch Ihr Bua der jonge Mann, der so gern a kacierts Hemmedle anhat?«, fragte sie süßlich.

»Genau, des isch mei Georg.«

»Aha. Saget Sie mal, wie alt isch denn Ihr Georg?«

»Achtunddreißig.«

»Achtunddreißig. So, so. Ond no wohnt der emmer no bei seiner Mudder? Also bei Ihne? Ha des isch doch edd normal! Hod der denn koi Frau?«

»Noi.«

»Ja hod er dann vielleicht a Fraindin, dr Bua, also, dr Georg?«, Rosemarie Klämmerle kam langsam in Fahrt.

»Jo, so äbbes ähnlichs.«

»Jetzt verschdand ih gar nix meh. Könnt i vielleicht noch a Gläsle?«, Rosemarie Klämmerle deutete auf die Eierlikörflasche.

»Aber nadiierlich.«

»Ja, also, hot er jetzt oine, oder hot er koine. Ja oder noi …?«

»Ja. Also, noi. Eher noi.«

»Ja was jetzt, ja oder noi?«

»Ha, eher noi, oder vielleicht so äbbes ähnlichs«, gab Elfriede verschämt von sich.

»Ja Herrgotts Blitz, was isch denn so äbbes ähnlichs wia a Fraindin?«

»Sie isch, sie isch, sie isch halt a Broschdid …« Elfriede verschluckte sich. Rasch hob sie ihr Gläsle.

»Broschd«, sagte sie gerade noch und war froh, das Wort nicht ausgesprochen zu haben.

»Broschd«, sagte Frau Klämmerle und hob die Augenbrauen, »also i glaub, heid wird des nix meh...«

Elfriede Eisele widersprach ausnahmsweise nicht. Kurz darauf komplimentiere sie Rosemarie Klämmerle zur Tür hinaus.

Diese Begegnung hatte sie leider überhaupt nicht weitergebracht.

Endlich sind die ganze Schneegäns heimgangen«, sagte Chantal und ließ sich auf den Stuhl neben Georg Eisele plumpsen.

»Wieso Schneegäns?«, fragte er irritiert.

»Ach, weil des Gschnatter von dene isch mir dermaßen auf den Nerv gangen. Des sind doch älles so verwöhnte Mädla aus reiche Elternhäuser«, sagte sie und streifte sich unter dem Tisch unbemerkt die Schuhe von den Füßen. Im Roten Flamingo stöckelte sie auf den höchsten Plateausohlen durch die Landschaft und hier taten ihr die Füße in Turnschuhen schon weh. Was für eine verkehrte Welt.

»Magst noch was trinken?«

Eisele überlegte.

»Na wenn ich nix hör, dann geh ich davon aus, dass du ned Nein sagen wirst.«

Sie stand auf, ging durch den Raum auf eine kleine verschlossene Tür zu und zog einen Schlüssel aus ihrer Hosentasche. Sie öffnete die Tür zu einem Nebenraum, in dem sich ein großer Kühlschrank verbarg. Kurze Zeit später kam sie mit zwei Gläsern, einer Flasche Weißwein und einer Flasche

Mineralwasser, die sie sich unter den Arm geklemmt hatte, an den Tisch zurück.

»Weißt du, des macht mich halt narred, wenn ich seh, wie diese Gören von ihre Eltern vorne und hinten alles neigschdopft krieget. Wenn ich dran denk, wie ich schon immer ums Überleben hab kämpfen müssen. Aber egal. So ischs halt. Und dann mached die einen solchen Aufstand wegen so einem blöden California Dream Boy.«

»California Dream Boy? Was soll denn des sei? Und dess uff dr Alb?«, Eisele staunte.

»Kennsch des ned? Des isch jetzt das Neueschde. Da wird der Braut – sozusagen als Highlight des Abends – so ein Kerle bschdellt, der dann vor allen einen Schdribbties macht. Da guggschd, gell!«

»Aha. Und was schenkt man dene junge Männer? Einen Besuch im Puff vielleicht?«

Chantal zog die Augenbrauen zusammen.

»Des war jetzt gar ned luschdig Georg«, sagte sie mürrisch, »aber trotzdem, ich glaub, ich muss mich bei dir entschuldigen.«

»Warum?«

»Na ja, die hennd doch gsagt, dass der Dream Boy ned kommt. Die bleede Weiber habed den nach Marbach bschdellt. Jetzt isch der Kerle aber ein Germanischdigstudent und der kennt nadierlich bloß den Schiller aber koine Gäul. Ond was soll ich dir saga?«

»Lass mich raten, der isch in die Schillerstadt Marbach am Neckar gfahren, weil der ned weiß, dass es auf der Schwäbischen Alb auch ein Marbach gibt, nämlich des mit de Gäul.«

»Bingo.«

»Und was hat des jetzt mit mir zu tun? Ich bin weder an Dichter noch an Gaul«, Eisele verstand jetzt gar nichts mehr.

»Also, wo mein Kollege kommen isch und gsagt hat, da wäre ein Mann, der zu mir will, da hab ich dacht, des sei jetzt der Dreamboy, dabei warschs bloß du und mit dir hätt ich ja überhaupt ned grechnet.«

»Um Gottes willa, du hosch denkt, ich sei der Callboy?«

»Ned Callboy, Georg. An Callboy des isch wieder was andres. Die Dream Boys die ziehed sich bloß aus und ich glaub, au des ned ganz…«, sie lachte.

»Was isch denn jetzt so komisch?«

»Ach Georg, sei mir ned bös, ich stell mir dich grad vor bei einem Schdribbties. Du in deiner grüna Cordhos, du wärsch der Knaller als der Biosphären-Dreamboy von der Schwäbischen Alb.«

Georg schluckte schwer. Seine Stirn begann zu jucken. Er kratzte sich. Sofort begann es zu bluten.

»Des war jetzt ned nett«, sagte er leise. Irgendwie fühlte er sich in Chantals Gegenwart nicht mehr wohl. Das war nicht mehr seine Chantal, war nicht mehr die Frau, mit der er vor wenigen Monaten noch saure Kutteln im Roten Flamingo gegessen hatte. Und es war erst recht nicht mehr die Frau, die ihm nach seiner Dummheit, als er versucht hatte, Theodora Klein hereinzulegen, aus der Patsche geholfen hatte. Er betrachtete sie und schwieg. Wie sie schon aussah. Wie eine ganz normale junge Frau. Sie trug eine dieser Jeans, die an den Knien große Löcher aufwiesen, so, als sei man hingefallen, habe die Hose zerrissen und war dann zu faul, diese zu flicken. Dazu trug sie einen unspektakulären blauen Rollkragenpullover. Die Haare hatte sie zu einem einfachen Pferdeschwanz gebunden. Geschminkt war sie überhaupt nicht mehr. Kurzum, seine Chantal war zu Sieglinde Rebmann geworden. Wie langweilig. Er seufzte bei dem Gedanken an ihre Latexbustiers, die engen Lederhosen und ihre schwindelerregend hohen Stiefeletten. Diese Frau, die hier vor ihm saß, würde niemand in einer solchen Umgebung vermuten. Der Rote Flamingo war nicht mehr das, was er einmal war, als sie noch dort war. Trotzdem zog es ihn da immer wieder hin, zu Rosi an die Bar. Doch ganz sicher würde er Chantal nicht davon erzählen, wie sehr er sich genau dort, bei Rosi an der Bar, blamiert hatte. Wenn er an die Kataloggeschichte dachte, wurde ihm ganz übel und an die gestrige Nummer als Nikolaus durfte er schon gleich gar nicht denken. Da war es bis zu einem Auftritt als Biosphären-Dreamboy auch nicht mehr weit.

»Komm, erzähl mal von drunten aus der großen fremden Stadt«, forderte ihn Chantal auf und klang dabei fast ein bisschen wehmütig. Mit wenigen Griffen entkorkte sie die Weinflasche geübt, goss einen Schluck in ihr Glas, schwenkte den Wein, und versuchte einen kleinen Schluck.

»Der hat a bissle Kork, aber ned arg schlimm«, stellte sie fest und füllte beide Gläser.

»Zum Wohl«, sagte sie und schob Georg sein Glas über den Tisch. »Auf gehts, erzähl, ich bin gschbannt!«

»Ja, wo soll ich anfangen«, fragte Georg und nahm einen großen Schluck von dem süffigen Weißwein.

»Am Beschden von vorn«, sagte Chantal und schenkte gleich noch mal nach. »Was gibt es Neues auf dem Revier?«

»Oh, des isch ein heißes Eisen«, Georg kam in Fahrt.

»Wir haben einen ganz verzwickten Fall.«

»Aber nicht etwa schon wieder einen toten Alten, oder?«, Chantal lachte.

»Du brauchsch gar ned lachen«, gab Eisele zerknirscht von sich. »Wir haben es tatsächlich mit einem toten alten Mann im Seniorenheim zu tun. Du weißt, alles, was ich dir sage, ist streng vertraulich«, wie immer, wenn er dienstlich wurde, kippte er ins Hochdeutsche. Wieder nahm er einen großen Schluck. Normalerweise trank er selten Alkohol und wenn, dann höchstens mal ein naturtrübes Hefeweizen, aber dieser Wein hier schmeckte verdammt gut.

»Georg ich weiß, des isch alles vertraulich. So wars immer und so wirds immer sei. Also, weiter, ich bin gschbannt.«

»Ein Mann ist gestorben an einer falschen Spritze, die ihm die Pflegerinnen gegeben haben.«

»Wo isch dann des Problem? Ich mein, dann habt ihr den Fall doch scho glöst. Wenn die Pflegerinnen ein falsches Medikament verabreicht habed, mein ich. Sowas kannsch ja immer wieder lesen, dass dem Pflegepersonal wegen Überbelaschdung so äbbes bassiert.«

Sie füllte die Gläser erneut.

»Ja genau, das meint die Klein eben auch. Und damit war der Fall für sie erledigt. Aber ich glaub da ned dran. Aber seit die Klein ihren Lover hat…«

»Die Klein einen Lover? Dass ich ned lach. Des kann ich mir ja überhaupt ned vorstellen. Bisch sicher?«

»Seit die in der Kur war, da hat sie sich ganz komische Marotten angewöhnt und jetzt hat sie den Fall so schnell ad acta gelegt, und das, obwohl die Marokkanerin da war mit dem halben Zettel. Des hat die Klein überhaupt ned interessiert, aber an dem Fall isch äbbes ganz und gar faul, des spür ich. Gibsch du mir bitte noch mal was von dem Wein, der isch gut!«

»Wenn du moinscht…«, Chantal schaute auf ihre Uhr. Es war schon verdammt spät, aber egal, morgen hatte sie frei.

»Also der Mann isch an einer falschen Spritze gestorben«, nahm sie den Faden wieder auf.

»Ja«, Georg kratzte sich an der Stirn.

»Aber dann war da diese Frau mit dem halben Zettel. Aber isch ja auch egal.« Wieder nahm er einen Schluck.

»Mein gröschdes Problem isch allerdings die Elfriede.«

»Die Elfriede? Dei Mutter?«

»Ja«, sagte Eisele und wurde plötzlich förmlich.

»Weißt du, meine Mutter hat vor ein paar Wochen beim Konzert der Stuttgarter Philharmoniker in der Liederhalle einen Mann kennengelernt. In der Pause hat er sie im Foyer angerempelt und ihr seinen Sekt Orange über ihre neue Seidenbluse gekippt, und daraufhin sind sie sich nähergekommen.«

»Und wo isch jetzt da des Problem?«, fragte Chantal und gähnte. Elfriede war wirklich nicht das, was sie auf die Nacht noch brennend interessiert hätte.

»Na ja, der hat meiner Mutter gesagt, dass er demnächst in geheimer Mission unterwegs sein wird und sich deshalb abmelden muss. Nun ist der Missionar schon seit über einer Woche am Missionieren und meine Mutter ist todunglücklich, weil er sich nicht meldet.«

Chantal steckte den Korken in die Flasche und stand langsam auf.

»Georg, ich bin todmüd und du hosch gnug getrunken, wenn man bedenkt, dass du sonscht ja so gut wie gar nix trinkschd!«, sie rieb sich die Augen.

»Bitte wart noch einen Moment, ich möcht dir doch so gern noch das Foto von meiner Mutter mit ihrem Freund zeigen.«

Umständlich begann Eisele in der Brusttasche seiner Jacke zu suchen, zog seine Brieftasche hervor und holte ein schwarz-weißes Foto heraus.

»Des isch er«, sagte er und hielt es Chantal unter die Nase.

»Und mit dem stimmt was ned, so wahr ich Georg Eisele bin!«

Desinteressiert warf Chantal einen Blick auf das Foto. Als Eisele es wieder einstecken wollte, griff sie plötzlich danach.

»Halt, lass mich noch mal sehen«, sagte sie energisch.

»Des isch jetzt aber schon komisch«, sie rieb sich am Kinn. »Den Mann hab ich schon mal gesehen. Erst vor Kurzem war der hier. Dort drüben isch er ghockt.« Sie wies auf einen Tisch am Ende des Raumes, über dem ein großes Hirschgeweih hing. »Mit einer Frau, aber des war wohl ned dei Mutter.«

»Und wer isch die Frau und wo find ich die?«, Eisele wurde plötzlich hektisch. »Des bin ich meiner Mutter schuldig...«

»Die wohnt irgendwo außerhalb, wenn de willsch, kann ich des für dich in Erfahrung bringen...«, sie gähnte.

Nun stand auch Eisele langsam auf und zog seine Jacke an.

Er hatte den ganzen Abend vergeblich darauf gehofft, dass Chantal ihn zu sich nach Hause einladen würde. Die Sorgen, dass sie seinen Elefanten-Flanell-Schlafanzug zu Gesicht bekommen würde, die musste er sich also nicht machen. Andererseits, was hatte er erwartet. Er hatte sie unangemeldet überfallen, ihr gar keine Gelegenheit gegeben, sich auf seinen Besuch vorzubereiten. Als hätte sie seine Gedanken erraten, sagte sie:

»Ach Georg, was ich dich noch fragen wollt, wo schläfsch denn du eigentlich heut Nacht?«

»Heut Nacht?«, Georg überlegte kurz. Am Ortseingang hatte er bei seiner Herfahrt einen Gasthof mit Fremdenzimmer gesehen. »Im Hirsch«, log er blitzschnell. »Da hab ich mir heut Mittag ein Zimmer genommen.«

»Dann ischs gut«, meinte Chantal beruhigt, »denn so viel getrunken wie du hosch, hätt ich dich heut nimmer heimfahren lassen.«

»Keine Sorge«, sagte Georg und riss sich zusammen. Er würde Chantal nicht sagen, dass er sich ganz andere Hoffnungen gemacht hatte, die sich soeben leider vollkommen zerschlagen hatten. Es blieb ihm nichts anderes übrig, als nun ganz gemütlich mit seinem alten Franzosen nach

Stuttgart zu fahren. Was sollte ihm schon passieren. Hier, auf der Alb, um diese Jahreszeit und um diese Uhrzeit, würde ihm niemand mehr begegnen …

Als sie nach draußen gingen, umfing sie eine kalte Winternacht. Seit Stunden hatte es geschneit und die Straßen waren spiegelglatt. Würde Chantal doch vielleicht …

*Obwohl sie bereits seit zwei Tagen wieder hier war, schlich sie noch immer durch das Haus wie eine Fremde. Die lange Zeit der letzten Jahre, in der sie innerlich zur Ruhe gekommen war, war ausgelöscht, denn Ruhe fand sie keine mehr. Wohin sie auch ging, in jedem Raum, aus jeder Ecke des Hauses, roch sie den Atem der Vergangenheit und es war ein schlechter Atem, einer, der stank. Früher, in einem anderen Leben, war das hier ihr Zuhause gewesen. Es war zur Hölle geworden. Eines Tages war es ihr gelungen, in einer anderen Stadt ihr eigenes Leben aufzubauen. Sie war geflohen vor der Brutalität ihres Vaters und ihren eigenen Visionen, die sie mehr und mehr beängstigten. Denn irgendwann hatte er aufgehört, den Hofhund zu verprügeln, dafür legte er sie an seine Kette, emotional. Wenn er zu tief ins Glas geschaut hatte, was immer öfter vorkam, begann er einen sinnlosen Streit mit ihr, der nicht selten darin endete, dass er sie schlug. Erst später wusste sie, dass dies geschah, weil sie ihrer Mutter inzwischen wie aus dem Gesicht geschnitten war. Ihr Vater hasste sie stellvertretend. In ihr war eine beängstigende Vision gewachsen. Sie begann davon zu träumen, ihn zu töten. Im Geiste hängte sie ihn an seinen Beinen auf, drüben in der Hütte. Endlich hatte sie Macht über ihn, Macht über ihren Peiniger. Und dann tat sie all das mit ihm, was sie von ihm gelernt hatte, als sie ihn durch das Fenster der Hütte heimlich beobachtete.*

*Es war kurz vor Mitternacht. Noch immer saß sie reglos am Tisch, an dem sie bereits vor Stunden Platz genommen hatte. Sie schüttelte sich. Sie musste diese Gedanken beenden. Zu mehr als Zweifeln würden sie nicht führen und zweifeln durfte sie nicht. Nicht an sich selbst und erst recht nicht an dem, was sie tun hatte müssen, um sich zu schützen. Das Teelicht im Stövchen war beinahe heruntergebrannt, die Teekanne fast leer. Den Kopf in die Hände gestützt, dachte sie nach. Draußen heulte ein eisiger Wind. Die Kerze im Stövchen begann zu flackern. Einen Herzschlag später schlug ein Fensterladen gegen die Scheibe. Das Geräusch kam aus Vaters Büro. Hatte sie nicht vorhin alle Fensterläden geschlossen? Widerwillig erhob sie sich und ging hinüber in den angrenzenden Raum. Das Feuer im Kamin war herabgebrannt. Ein paar letzte Scheite glommen sterbend vor sich hin. Im ganzen unteren Stockwerk war es kalt. Sie würde noch etwas Holz nachlegen, doch zuvor musste sie den Laden schließen. Im Dunkeln ging sie zum Fenster und sah hinaus. Wolkenfetzen tanzten einen diabolischen Tanz um einen runden vollen Mond und tauchten die Hütte in silbernes Licht. Zwei Tage war sie nun schon hier und noch immer war er dort drinnen. Das Rad ihrer Gedanken drehte sich im Kreis. Sie musste ihn wegschaffen, bald! Daran führte kein Weg vorbei. Inzwischen war er längst tot, dessen war sie sich sicher. Doch es graute ihr davor. Was, wenn die Wildschweine nicht kämen? Was, wenn man ihn in ihrer Nähe fand? Sie ging zum Kamin zurück und legte ein paar Holzscheite hinein. Es war schon spät, die alte Uhr auf dem Kamin war stehen geblieben. Sie war müde, doch an Schlaf war nicht zu denken. Ihr war nichts anderes übrig geblieben. Vierzig Jahre lang war es ihr gelungen, ihr Geheimnis zu bewahren, nun war sie nicht gewillt, ihre letzte verbliebene Lebenszeit in irgendeinem Gefängnis zu verbringen, nur weil der alte Wichrowsky glaubte, sie ein ganzes Leben später wiedererkannt zu haben. Wie sinnlos und dumm es gewesen war, seinen Freund auf sie anzusetzen, um das alles herauszufinden. Offensichtlich war dem Herrn Richter irgendwann einmal klar geworden, dass er damals einen Unschuldigen verurteilt hatte. Doch leider hatte er die Rechnung ohne sie gemacht. Sie war seinem Freund bereits einmal im Flur des Seniorenstifts begegnet. Er war auf dem Weg zum Aufzug gewesen. Schwester Sandra hatte ihm nachgerufen, wie schön es sei, dass Herr Wichrowsky endlich auch einmal Besuch bekäme. Einen Tag später folgte ein plumper Annäherungsversuch in der Apotheke um die Ecke. Sie hatte gleich etwas Ungutes geahnt, doch ihr Instinkt hatte sie zur Vorsicht gemahnt, weshalb sie sich zum Schein auf ihn eingelassen hatte. Und nun lag er kalt und steif ein paar Meter von ihr entfernt, drüben, in der Hütte. Von Unruhe getrieben ging sie in die Küche, um sich noch einmal einen Tee aufzubrühen. Als sie nach der Dose mit dem Beruhigungstee griff, zitterten ihre Hände. Das war der Moment, in dem ihr bewusst wurde, dass heute Nacht noch etwas geschehen würde …*

Georg, fahr vorsichtig. Es sind ja bloß a paar Meter bis zum Ortsausgang, trotzdem, du hasch Wein getrunken«, Chantal breitete die Arme aus und ging einen Schritt auf Eisele zu, doch der wich erschrocken zurück. Wollte sie ihn etwa in den Arm nehmen? Das hatte sie doch noch nie getan. Jedenfalls nicht so. Hier oben auf der Alb war eben alles ganz anders, als drunten in der Stadt. Auch zwischen ihnen. Wie sehnte er sich die Zeit zurück, als sie in der Küche des Roten Flamingo noch Kutteln gekocht hatte. Ihre

Gespräche waren andere gewesen. Damals konnte er stundenlang mit ihr über Theodora Klein und seine Mutter lästern, ihr alles erzählen, was ihn belastete und umtrieb. Und über was hatten sie heute gesprochen? Junggesellinnenabschiede und Stripteasetänzer. Er hatte das Gefühl, dass sie das, über was er gerne gesprochen hätte, überhaupt nicht interessierte. Chantal war ihm vertraut gewesen, Sieglinde war ihm fremd. So schnell änderten sich Dinge im Leben. Er war eben doch ein Loser.

»Geh wieder rein. Es isch viel zu kalt hier draußen«, sagte er besorgt zu ihr, doch sie meinte nur:

»Ich wart, bis du eingschdiegen bisch.«

So blieb ihm nichts anderes übrig, als durch den Schnee hinüber zu stapfen zu seinem Auto. Chantal blieb unter der trüben Straßenlaterne stehen und schaute ihm nach.

Doch das mit dem Einsteigen war gar nicht so einfach. Das Türschloss des alten Franzosen war zugefroren.

»Des dauert noch«, rief er, »des Türenschloss isch eingefroren! Jetzt geh rein! Du holsch dir ja den Tod.«

Doch Chantal schüttelte nur stumm mit dem Kopf. Er wusste, sie misstraute ihm. Sie hatte ihn nicht explizit danach gefragt, wie und wann er so schnell ein Zimmer im Hirsch bekommen hatte, doch in ihren Augen hatte er den Argwohn gesehen. Wahrscheinlich hatte er wenig glaubhaft gewirkt. Aber jetzt hatte er ganz andere Sorgen. Diesen blöden Autoschlüssel hatte er nämlich schon zum x-ten Mal angehaucht, beim Versuch ihn zu erwärmen. Noch immer war das Ding eiskalt. So würde er das Schloss der Fahrertür nie aufbekommen. Theoretisch wusste er, dass sowohl Enteiser als auch ein Feuerzeug oder warmes Wasser ihm jetzt helfen würden. Praktisch hatte er natürlich nichts dergleichen dabei. Das einzige warme Wasser über das er vielleicht verfügen konnte, würde er selbst produzieren müssen und diesen Gedanken verwarf er trotz Kälte sofort. Noch einmal fabrizierte er eine Atemwolke, indem er den Schlüssel anblies. Inzwischen war ihm schon ganz schwindlig davon. Wieder zielte er genau, und siehe da. Diesmal landete der Schlüssel im Schloss und die Autotür ging auf.

Erfreut winkte er hinüber zu Chantal.

Sie hob die Hand und rief »Ade«. Dann drehte sie sich um. Sekunden später hatte der Nebel sie verschluckt. Umständlich stieg Eisele in den alten Renault 4 und quetschte sich hinter das Lenkrad. In seiner dicken Winterjacke hatte er kaum Platz auf dem Fahrersitz. Kein Wunder, dass solche Autos nicht mehr hergestellt wurden. Beim Fahren kam man sich vor, wie in einer Affenschaukel. Früher fand er das noch ganz toll. Inzwischen war er jedoch auch in einem Alter angekommen, in dem er bequemer reisen wollte. Es wurde Zeit, dass er sich ein anderes Auto zulegte. Obwohl? Brauchte man in einer Stadt wie Stuttgart überhaupt ein Auto? Wenn er allein an die Parkplatznot dachte. Er bückte sich hinab und fischte nach dem Gurt. Beim Aufrichten knallte er mit der Stirn gegen die Stockschaltung. Er fluchte. Genau gegen den größten aller Furunkel auf seiner lichten Stirn hatte er mit diesem Ding getroffen. Nicht umsonst hieß das Ding wohl Revolverschaltung. Endlich hatte er das Gurtende nach oben gezerrt, doch der Versuch den Gurt umzulegen, scheiterte kläglich. Das war schon bei der Herfahrt ein Problem gewesen, doch irgendwie hatte es da noch funktioniert. Sollte er etwa so viel gegessen haben, dass er das enge Ding nun gar nicht mehr um seinen Leib herum brachte?

»Auch vollends egal«, murmelte er frustriert vor sich hin. Wer sollte ihn denn heute Nacht noch kontrollieren. Er rieb sich die kalten Hände, dann drehte er den Zündschlüssel um. Zu seinem großen Erstaunen sprang der alte Franzose sofort an.

»Ha dodamit hätt ich ja jetzt ned grechnet«, sagte Eisele zu sich selbst und legte den ersten Gang ein. Er gab Gas. Die Räder drehten durch. Der alte Franzose rührte sich nicht vom Fleck. Noch einmal. Ganz langsam ließ er das Gas kommen, ließ die Kupplung ein wenig schleifen. Dann legte er den zweiten Gang ein. Langsam setzte sich das Auto in Bewegung. Er bemühte sich, das Gaspedal nur vorsichtig zu drücken. Der Schneeregen des Nachmittags, der im Laufe des Abends in Schnee übergegangen war, sorgte für einen spiegelglatten Untergrund. Er hatte das Gefühl, auf rohen Eiern unterwegs zu sein. Schon wieder begannen die Pusteln auf seiner Stirn zu jucken. Er würde doch jetzt nicht die Nerven verlieren! Natürlich war es wenig vorteilhaft, bei dieser Jahreszeit mit Sommerreifen unterwegs zu sein. Er hatte schlicht und ergreifend vergessen, sich darum zu kümmern. Und schließlich hatte er nicht wissen können, dass er in einen solchen Schneesturm geraten würde. Er musste sich beruhigen, und das tat er auch, denn seit einigen Minuten drehten sich die Räder unter ihm ruhig und gleichmäßig. Er musste nur ruckartige Lenkbewegungen vermeiden, dann würde ihm nichts passieren. Die Straße führte immer geradeaus. Das Gebläse pfiff auf dem letzten Loch. Inzwischen waren die Scheiben vollständig beschlagen. Zum Glück hatte er schon heute Nachmittag auf der Ablage der Beifahrerseite einen alten Lappen gefunden, mit dem er nun über die Frontscheibe wischte. Dabei konnte er nur mit einer Hand lenken. Die Welt um ihn versank in nebliger Nacht. Direkt vor seinen Scheinwerfern tanzten die Schneeflocken ihren stillen Tanz. Inzwischen hatte er jede Orientierung verloren. Ja, die Schneeflocken hatten geradezu eine meditative Stimmung in ihm ausgelöst. Sein Fuß auf dem Gaspedal war bleischwer geworden, so schwer wie sein Kopf. Er war todmüde. Noch immer fuhr er geradeaus. Auch dann noch, als der Weg abschüssig wurde und die Straße in eine lang gezogene Kurve überging. Das Tempo des Fahrzeugs beschleunigte sich. Eisele kam zu sich. Herrgott! Was war geschehen? Weshalb fuhr er denn mit einem Mal so schnell? Er trat auf die Bremse. Das Fahrzeug brach aus. Eisele versuchte gegenzusteuern, doch die Lenkung reagierte nicht mehr. Das Fahrzeug drehte sich wie ein Kreisel in einer Spirale die abschüssige Straße hinunter. Als er die Tannengruppe auf sich zurasen sah, ließ er das Steuer los und hielt sich die Hände vors Gesicht. Im nächsten Moment prallte der Renault 4 auf einen Baum. Georg Eisele wurde mit dem Gesicht gegen die Windschutzscheibe geschleudert. Es wurde Nacht.

Es war kurz vor Mitternacht und auf der Stuttgarter Theodor-Heuss-Straße war die Hölle los. Murat zog den Reißverschluss seiner Jacke nach oben und fluchte im Stillen vor sich hin. Seine Mutter hatte ihm verboten, das Haus zu verlassen, doch er hatte es nicht mehr ausgehalten und überhaupt, was glaubte die denn, wer er sei? Ein Schlappschwanz vielleicht? So ein Weichei, das sich von seiner Mutter noch sagen ließ, hey, du darfst dies nicht oder jenes? Er stieß einen unterdrückten Schrei aus und spuckte auf die Straße. Seit Tagen schon war er vollkommen von der Rolle. Heute musste er endlich einmal wieder unter Leute, vielleicht würde ihm das helfen, auf andere Gedanken zu kommen. Immer nur seine Mutter um sich zu haben, konnte einem ganz schön auf den Keks gehen. Ständig fragte sie ihn, ob und was sie für ihn tun könnte. Diese ganze fürsorgliche Scheiße eben. Verdammt, er war 18, er konnte sowieso tun und lassen, was er wollte. Das musste sie endlich mal begreifen. Und er hatte überhaupt keine Lust auf eine Diskussion mit seiner Mutter gehabt, also hatte er gewartet, bis sie auf dem Sofa eingeschlafen war. Normalerweise tat sie das nach einem langen Arbeitstag wie heute, doch ausgerechnet heute Abend hatte sie sich so eine blöde Talkshow reingepfiffen, und es hatte verdammt lange danach ausgesehen, als ob seine Rechnung nicht aufgehen würde. Als sie endlich eingeschlafen war, hatte er Elvis in die Küche gelockt und ihn mit einem Hundekeks beschäftigt, damit er nicht bellte, als er seine Schuhe nahm und zur Wohnungstür hinausschlich. Er war leise die Treppe hinuntergestiegen und war vor der Wohnungstür von Frau Klein einen Moment stehen geblieben, da er glaubte, einen Schlag gehört zu haben. Einen Moment lauschte er, doch als es still blieb in der Wohnung, war er schließlich weitergegangen. Was ging ihn diese Schnepfe an! Er verstand es überhaupt nicht, dass seine Mutter ein solches Gedöns um diese Person machte, die sich für etwas Besseres hielt. Nach dem Tod seines Vaters hätte seine Mutter so dringend eine Freundin gebraucht, zumal sie auch schon bald darauf ihre Arbeitsstelle verloren hatte. Aber gut, jetzt hatte sie wieder eine, und deshalb schlief sie auch abends immer so schnell vor dem Fernseher ein. Das mit der Freundin war eine andere Sache. Genau genommen wünschte er seiner Mutter nicht nur eine Freundin, er wünschte ihr wieder einen Mann. Dann hätte er wieder mehr Ruhe vor ihr. Aber wer wollte schon eine Frau, die einen Sohn hatte, wie er einer war. Einer der straffällig geworden war und nun Sozialstunden im Altersheim ableisten musste. Er spürte einen Kloß im Hals, den er immer fühlte, wenn er an den alten Mann dachte. Fuck. Er würde doch nicht etwa zu heulen anfangen. Dass der alte Mann gestorben war, das machte ihn so dermaßen fertig. Den hatte er gemocht. Richtig gemocht. Das war ein ganz Cooler gewesen. Und dabei hatte der ihn richtig gut verstanden. Der hatte ihn behandelt wie, na, wie? Es fiel ihm nichts ein, aber irgendwie gut eben. Und der alte Mann hatte ihn ernst genommen. Dem hatte er auch mal was sagen können. Dass ihm seine Mutter so auf den Nerv ging zum Beispiel. Aber dann hatte der alte Mann gesagt, er würde ihn verstehen, aber eben auch seine Mutter und dann hatte er gesagt, *Murat, in dir steckt viel mehr, als du glaubst*. Ja, das hatte er gesagt der alte Mann. Und dass er ein guter Junge sei. Und dass er das zulassen solle, ein guter Junge zu sein. Dass er vorsichtig sein soll, mit welchen Leuten er sich abgeben würde. Und er hatte gesagt, dass es ein Junge mit Migrationshintergrund immer viel schwerer haben würde. Und, dass die Leute immer nur so fortschrittlich tun, aber in Wirklichkeit hätten sie noch immer ihre Vorurteile gegen Menschen mit anderer Hautfarbe, oder gegen Schwule, einfach gegen alles, was ein bisschen anders war. Daran hätte sich nichts geändert. Und dann hatte er das Schachbrett herausgeholt und ihn gefragt, ob er Lust hätte, das zu lernen. Es waren nur ein paar wenige Stunden geworden, denn der alte Mann war gestorben, bevor er es ihm hatte beibringen können. Trotzdem hatte er viel von ihm gelernt, die Sprache zum Beispiel. Er hatte viel mit ihm geübt, ihn immer verbessert, wenn er sich wieder mal nicht richtig ausgedrückt hatte. *Ich verstehe gar nicht, weshalb du nicht besser deutsch sprichst, wo dein Vater doch ein Deutscher war*, hatte er einmal gesagt, doch dann hatte er ihm gesagt, sein Vater sei Schwabe gewesen, woraufhin der alte Mann sagte: *Das erklärt alles*. Dabei hatte er gelacht. Das war eine der wenigen Situationen gewesen, in denen er gelacht hatte. Meistens war er sehr ernst. Oder traurig. Und einmal war er in sein Zimmer gekommen, da hatte er gerade ein Buch zugeklappt und einen Stift zugeschraubt. Was er da mache, hatte er ihn gefragt und der alte Mann hatte eine ganze Weile lang nicht geantwortet. Dann hatte er zu ihm aufgesehen und ihm das Buch hingehalten. *Nimm das mit und bewahre es gut auf, für den Fall, dass mir etwas passiert,* hatte er gesagt. Er hatte gar nicht gewusst, was er davon halten sollte, aber er hatte es getan. Er hatte es mitgenommen und daheim versteckt. Und jetzt, nachdem der alte Mann tot war, hatte er darin gelesen. Aber verstanden hatte er nichts von all dem, was da stand.

Endlich. Er war am Ziel. Seit er die Scheiße mit dem Überfall auf Elfriede Eisele gebaut hatte, war er hier, in der Shisha-Bar nicht mehr gewesen. Hier hatte er sich damals zu dieser »Mutprobe« überreden lassen, die er völlig verkackt hatte, und wegen der er jetzt seine Sozialstunden ableisten musste. Aber, wäre das alles nicht passiert, hätte er den alten Wichrowsky auch niemals kennengelernt. Er atmete tief ein, dann öffnete er die Tür zur Bar und ging hinein …

Noch immer saß Theodora an ihrem Tisch und starrte in ihr Weinglas. Der Schmerz war nicht weniger geworden in den vergangenen Stunden. Diese Erkenntnis traf sie wie ein Schlag. Als ob sie nicht längst gewusst hätte, dass man seinen Kummer nicht in Wein ertränken konnte. Auch ihr Joint hatte sie heute nicht zur Ruhe bringen können. Es half alles nichts, sie würde räuchern müssen. Irgendwo hatte sie die Räucherstäbchen hingelegt. Der Boden unter ihren Füßen schwankte beim Weg hinüber zu ihrem Sekretär. Da lag alles, was sie brauchte. Das Päckchen mit den ayurvedischen Chakra-Räucherstäbchen versprach Energieausgleich in allen sieben Chakren. Das konnte sie jetzt gebrauchen, denn ihre Chakren waren inzwischen alle blockiert. Sie griff die Schachtel und die Stäbchenhalter und ging zurück zu ihrem Tisch. Eine halbe Stunde später war das gesamte Räucherwerk entzündet. Theodora saß am Tisch und starrte in die zarten, sich kräuselnden Rauchwölkchen, die nach und nach ihren intensiven Geruch verströmten. Ein Hustenreiz ließ sie aufschrecken. Wasser. Sie brauchte ein Glas Wasser. Mühsam erhob sie sich. Ihre Beine waren schwer. Der Weg zur Küche endlos. Dort lag ein Stuhl, umgefallen auf dem Boden. Sie stolperte über ihn. Fiel hin. Schlug sich den Kopf an. Etwas Warmes rann über ihre Wangen. Blut. Diesmal wirklich. Sie rappelte sich hoch. Kaltes Wasser. Sie würde kaltes Wasser über die Wunde laufen lassen. Der Weg zum Badezimmer war weit. Der Versuch, den Kopf unter den Wasserhahn zu halten, scheiterte. Ihr war schwindlig. Langsam ließ sie sich an der Wand hinabgleiten. Dann wurde ihr schwarz vor Augen …

# ACHT – SONNTAG

Schon vor dem Eingang zur Shisha Lounge hörte Murat das vertraute Stampfen der Bässe aus den Lautsprechern. Er atmete tief ein und öffnete die Tür. Endlich! Wie hatte er das vermisst. Er schob die Kapuze seiner Jacke in den Nacken und schaute sich um. Es dauerte einen Moment, bis sich seine Augen an das schummrige Licht gewöhnt hatten. In der Lounge war es voll um diese Zeit. Drüben an der Bar war kein Hocker mehr frei. Erkennen konnte er in dem Nebel niemanden. Plötzlich schlug ihm von hinten jemand auf die Schulter. Erschrocken drehte er sich um und schaute

Korhan, einem Jungen aus seiner früheren Clique, in die Augen.

»Mensch Murad, isch glaubs ned, du hier. Ey Alter, wie lange warsch ned hier? Zwei Monate? Drei Monate? Komm rüber Mann. Ey, Ali is auch da!« Korhan freute sich, doch Murat zögerte.

»Und Frieder?«, fragte er vorsichtig.

»Ja Mann, ey, is doch klar. Wo Ali is, da is auch Frieder. Weißt doch, Zwillinge, siamesische, zusammengewachsen an Kopf.«

Er lachte und klopfte Murat erneut freundschaftlich auf die Schulter. Murat zögerte. Wollte er denen tatsächlich begegnen? Ali ging ja noch, aber Frieder, der war das Oberarschloch gewesen, das ihn zu dieser verdammten »Mutprobe« bei Elfriede Eisele überredet hatte, wegen der er beinahe im Knast gelandet wäre, und weshalb er jetzt diesen Sozialdienst im Altersheim ableisten musste.

»Ey, was überlegst du? Komm!«, sagte Korhan und schob Murat hinüber zum Tresen an der Bar.

»Was trinkst du? Isch lad disch ein«, Korhan winkte die junge Frau hinterm Tresen heran.

»Ein Red Bull für mich«, sagte Murat.

In dem Moment drehte sich Frieder um.

»Ha jetzt gugg oiner an, wen haben wir denn da? Unseren Milchbubi, unseren Murat. Ja wo hosch denn du so lang gschdeckt? Und trinken tusch immer noch nix rechts? An echter Kerle sauft an Vodka Cola, du Weichei.«

Er grinste sein schäbiges Grinsen und entblößte eine Reihe gelber Zähne dabei.

»Lass ihn verdammt noch mal in Ruhe«, sagte eine Stimme neben Murat.

»Isch bin Ünal, bin neu in Stuttgart. Isch kenn disch noch nischt, hab aber von dir gehört.«

»Ja, ja«, sabberte Frieder mit glasigen Augen in seine Pfeife. »Unser Murat, des isch a ganz hells Köpfle«, Frieder lachte.

Murat ballte die Fäuste. Am liebsten hätte er Frieder hier und jetzt eine aufs Maul gehauen. Mit dem halben Hemd hätte er es noch lange aufgenommen. Doch dann fielen ihm die Worte des alten Mannes ein, *Murat, du bist ein ganz Guter, du weißt es nur noch nicht.* Und wieder fühlte er den Kloß im Hals. Verdammt, der alte Mann fehlte ihm so. Doch er konnte mit niemandem darüber sprechen. So was war total uncool.

»Hab isch misch klar ausgedrückt? Lass ihn in Ruhe!«, setzte Ünal nach und ließ seine Oberarmmuskeln unter seinem Shirt spielen.

»Scho gut, scho gut«, maulte Frieder und glotzte stumpfsinnig in den Qualm seiner Pfeife.

»Lass disch doch von den Idioten am Arsch lecken«, Ünal schüttelte den Kopf.

»Komm, dort drüben is gerade eine Sitzgruppe frei geworden. Lass uns rübergehen. Ich rauch noch mal nen Kopf Minze-Kirsch. Mein Favorit. Du auch?«

Murat schaute auf seine Uhr. Halb zwei. Er konnte nur hoffen, dass seine Mutter tief und fest schlief. Wenn nicht, dann würde morgen ein Donnerwetter auf ihn warten, egal ob er um zwei in der Frühe oder später nach Hause kommen würde.

»Ich auch«, sagte er. Kurze Zeit später ließ er sich in das weiche Polster fallen und zog seit Langem einmal wieder genüsslich an seiner Pfeife. Der DJ hatte inzwischen von Techno zu Rap gewechselt. Das Wummern der Bässe, die Beats des Rap, das orientalische Rot der Beleuchtung ließen Murat endlich zu Ruhe kommen. Hier in der Gegenwart Ünals fühlte er sich sicher und stark. Er ließ seinen Blick durch die Lounge gleiten. Frieder war verschwunden. Ali und Korhan saßen noch immer drüben an der Bar. Dort hatten inzwischen ein paar Mädchen Platz genommen, die offensichtlich alleine unterwegs waren, jedenfalls schienen sie von den Jungs ordentlich angebaggert zu werden. Kein Wunder, solche Bitches. Alle hatten ihre T-Shirts so weit oben, dass man den Bauchnabel sehen konnte. Und die Fingernägel erst. Die reinsten Mordwaffen. Das konnte er sogar von hier aus sehen. Die mussten sich doch nicht darüber wundern, wenn die Jungs alle geil wurden. Auch er. Verdammt, was sollte das jetzt. Dort drüben stand eine, die gehörte wohl nicht dazu. Hatte die sich verirrt? Genauso sah sie irgendwie aus. Sie erinnerte ihn verdammt an Sandra. Sandra! Wo sie jetzt wohl gerade war? Wie es ihr wohl ging? Murat fühlte, wie die Wut wieder in ihm aufstieg. Diese Wut, von der er nicht mehr wusste, wo er sie noch lassen konnte. Was hatten diese Scheißbullen nur mit Sandra gemacht? Auch die Klein war so eine verfickte Scheißbullin.

»Ey, Murat, komm zu dir!«, Ünal stand plötzlich vor Murat und wies zur Tür.

»Alter, es is gleich drei Uhr, wir müssen gehn.«

»Was? Schon drei Uhr?« Murat legte die Wasserpfeife zurück, an der er zuletzt nur noch kalt genuckelt hatte.

Kurze Zeit später standen sie draußen auf der Straße.

»Sollen wir noch wohin?«, fragte Ünal und vergrub seine Fäuste in den Hosentaschen.

»Ich nicht«, sagte Murat.

»Dann hau rein«, sagte Ünal, drehte sich um und war weg.

Murat starrte auf die regennasse Fahrbahn, auf der sich das kalte Licht der Straßenlaterne spiegelte. Er fror.

»Fuck«, spie er aus und kickte eine leere Bierdose über den Bürgersteig. Nun war er noch frustrierter als am Abend zuvor. Es wurde Zeit, dass er endlich nach Hause kam.

Ein eiskalter Wind trieb Murat vorwärts. Zum Glück hatte es wenigstens aufgehört zu regnen. Es waren nur noch wenige Meter bis zur Bushaltestelle. Murat blieb stehen und begann in seiner Hosentasche nach Kleingeld zu kramen. Er erstarrte. Verdammt. Das konnte doch nicht sein. Auch in der anderen Hosentasche war, außer dem Hausschlüssel und einem alten Kassenzettel, nichts zu finden. Offensichtlich hatte er vergessen, Geld mitzunehmen. Wie verpeilt war er eigentlich. Gut, dass Ünal ihn eingeladen hatte. Was sollte er nun tun? Während er überlegte, sah er den Nachtbus vorfahren. Murat begann zu laufen, doch der Bus gab Gas und fuhr weiter. Wenige Sekunden später erloschen die Rücklichter des Busses in der Ferne. Vielleicht war es besser, dass er den Versuch ohne Fahrkarte einzusteigen erst gar nicht unternommen hatte. Er konnte es nicht riskieren, sich jetzt auch nur noch das Geringste zuschulden kommen zu lassen, meistens wollten die Fahrer die Scheine auch sehen. Was für eine scheiß Nacht. Der Weg nach Hause zog sich endlos. Wieso hatte seine Mutter auch an den Arsch der Welt ziehen müssen. Das hatte er sich schon oft gefragt. Total abgeschnitten und immer auf den Bus angewiesen. Ein kalter Mond schien in den Garten und warf gespenstische Schatten auf das Haus, als Murat den Artusweg endlich erreicht hatte. Er gähnte. War todmüde. Hoffentlich würde seine Mutter nicht aufwachen. Und was war eigentlich mit Elvis? Verdammt. An den hatte er gar nicht gedacht. Der würde mit Sicherheit jetzt ein Spektakel veranstalten. Er schlich ins Haus und die Treppen nach oben. Vor Theodora Kleins Wohnungstür blieb er kurz stehen. Hier roch es merkwürdig. Wahrscheinlich hatte er noch immer den Geruch der Wasserpfeifen in der Nase. Kirsch-Minze. Auch ein seltsames Rauschen meinte er zu hören. Die Musik in der Lounge war zu laut gewesen. Er war nichts mehr gewöhnt. Das musste wieder anders werden. Oben angekommen zog er seine Stiefel aus und stellte sie vor der Wohnungstür ab. Er schloss auf und schlich hinein. Alles war still. Sekunden später zog er seine Zimmertür hinter sich zu. Zum Glück waren weder Elvis noch seine Mutter aufgewacht. Er zog seine Klamotten aus, warf sie auf den Boden und kroch frierend ins Bett. Ganz langsam nur wurde ihm warm. Er drehte sich von einer Seite auf die andere. Verdammt. Er war so müde, doch er konnte nicht einschlafen. Seine Gedanken gingen zu Ali, Korhan und Frieder, aber auch zu Ünal. Was der wohl arbeitete? Er hatte vollkommen vergessen, Ünal danach zu fragen. Auch Telefonnummern hatten sie nicht ausgetauscht. Fuck. Ünal wäre bestimmt ein guter Freund. Frieder war ein falsches Arschloch, der machte immer so einen auf harmlos, dabei hatte er sie alle unter Kontrolle. Der grinsende Frieder war in Wirklichkeit gefährlich. Ali und Korhan waren einfach nur doof. Sie plapperten alles nach, was Frieder ihnen vorkaute. Warum begriff er das erst jetzt? In Murats Ohren rauschte es noch immer. So laut war die Musik doch gar nicht gewesen. Er drehte sich auf den Bauch. Früher war er so am schnellsten eingeschlafen. Verdammt. Jetzt knurrte auch noch sein Magen. Nein! So würde er niemals schlafen können.

Er setzte sich auf den Bettrand und knipste seine Nachttischlampe an. Als sein Vater noch gelebt hatte, hatte er sich oft mit ihm noch in der Nacht in die Küche gesetzt und etwas gegessen. Meist war er von seinen Lkw-Touren um diese Zeit nach Hause gekommen. Da war er noch ein Kind gewesen. Und dann war der Tag gekommen, an dem die Polizei an ihrer Tür geklingelt hatte. Zuerst verstand er nicht, was die von seiner Mutter gewollt hatten. Erst als er ihren lang gezogenen Schrei hörte, hatte er begriffen, dass etwas Furchtbares geschehen sein musste. Er stand auf und ging hinüber in die Küche. Öffnete den Kühlschrank. Ein Lächeln glitt über sein

Gesicht. Das war ja beinahe wie früher. Seine Mutter hatte Hackbällchen und Joghurtsoße gemacht. Plötzlich überkam ihn ein warmes Gefühl beim Gedanken an seine Mutter. Wie viel Ärger hatte er ihr in den vergangenen Monaten zugefügt. Das musste anders werden. Klar, sie ging ihm auf den Nerv mit ihrer ständigen Fragerei, aber schließlich meinte sie es doch nur gut und leicht hatte sie es schon gar nicht. Nach Vaters Unfall hatte sie zuerst ihren Job verloren, dann die Wohnung. Diese alte Bruchbude, hier, unterm Dach, konnten sie sich grade so leisten. Er öffnete den Deckel der Dose, der Duft der Hackbällchen war umwerfend. Mit den Fingern nahm er eines heraus, tunkte es in die Joghurtsoße und schob es sich in den Mund. Noch immer war da dieses leise Rauschen. Die Erkenntnis traf ihn wie ein Schlag. Was er hörte, kam nicht von seinen Ohren! Das Geräusch kam von irgendwo aus dem Haus. Er stand auf und ging hinaus. Auch im Flur war es zu hören. Wo war eigentlich Elvis? Sein Korb im Wohnzimmer war leer. Wahrscheinlich hatte ihn seine Mutter mit in ihr Zimmer genommen. Das tat sie in letzter Zeit öfter. Murat öffnete die Wohnungstür und lauschte hinaus ins Treppenhaus. Irgendwas stimmte hier nicht. Barfuß ging er hinunter. Vor Theodora Kleins Wohnungstür blieb er stehen. Wieder drang der schwere süßliche Geruch von vorhin in seine Nase. Das war nicht der Geruch der Wasserpfeife, der sich in seinen Klamotten oder sonst wo festgesetzt hatte. Er hielt ein Ohr an die Wohnungstür von Frau Klein. Jetzt war es eindeutig. Das Rauschen kam aus ihrer Wohnung. Murat raufte sich die Haare. Erst vor wenigen Wochen hatte er schon einmal hier vor Theodora Kleins Wohnung gestanden und das Gefühl gehabt, dass etwas nicht stimmte. Damals hatte er kurzerhand die Tür geöffnet. Er wusste, wie so etwas ging. Das hatte er von Frieder gelernt. Doch an diesen Abend wollte er jetzt nicht denken. Zum Glück hatte seine Mutter inzwischen einen Schlüssel für Theodora Kleins Wohnung. Für Notfälle, hatte die Klein gesagt und er hatte verdammt das Gefühl, dass das jetzt ein Notfall sein könnte.

So schnell er konnte, rannte er nach oben. Vor der Schlafzimmertür seiner Mutter blieb er stehen. Wenn er sie jetzt weckte, würde sie erschrecken, ihm unangenehme Fragen stellen. Doch das musste er hintenanstellen. Ohne zu klopfen, öffnete er und trat ein. Elvis lag am Fußende ihres Bettes und begann hysterisch zu bellen. Seine Mutter fuhr hoch und griff zu ihrem Wecker.

»Was ist? Hab ich verschlafen?«, fragte sie verwirrt. Doch dann sah sie die Uhrzeit.

»Mom, schnell. Die Klein, wir müssen in ihre Wohnung. Da stimmt was nicht.«

Aylin setzte sich auf und schüttelte energisch mit dem Kopf.

»Nein, die hat Besuch, da können wir nicht rein. Überhaupt, wo kommst du denn her um diese Uhrzeit?«

»Mom«, er rüttelte sie an der Schulter. »Das is doch jetzt scheißegal eh, wir müssen da rein. Alles riecht süß und irgendwas rauscht.«

»Süß? Na die wird wieder einen ihrer Joints geraucht haben.«

»Was? Die Klein und Gras? Isch fass es nischt. Trotzdem, wenn du nicht kommst, geh ich alleine rein.« Entschlossen ging Murat zum Schlüsselkasten und holte Theodora Kleins Wohnungsschlüssel heraus.

»Warte, ich komm mit«, rief Aylin, schlüpfte in ihre Hausschuhe und folgte Murat die Treppe hinunter zu Theodora Kleins Wohnungstür.

Theodora hörte ein Geräusch. Für einen Moment öffnete sie die Augen. Die Welt war verschwommen. Jeder Knochen tat ihr weh. Herrgott, sie war ja völlig nass. Was war geschehen? Wieso saß sie hier mit all ihren Klamotten unter der Dusche? Hatte sie jetzt den Verstand verloren? Ihr war so schlecht. Sie musste sofort raus hier. Erst jetzt wurde ihr bewusst, dass das Wasser, das unablässig auf sie herab rauschte, eiskalt war. Sie versuchte aufzustehen, was ihr nicht recht gelingen wollte. Wenigstens bekam sie den Griff der Duscharmatur zu fassen, um den Hebel auf »*Aus*« zu stellen. Kraftlos ließ sie sich zurücksinken in die Duschwanne. Einen Moment würde sie noch warten, bevor sie einen neuen Versuch startete, sich daraus zu befreien. Wie spät mochte es inzwischen wohl sein und was war geschehen? Sie hatte einen absoluten Filmriss. Plötzlich vernahm sie ein Geräusch. Da waren Stimmen.

»Mir ist nicht wohl dabei«, sagte jemand.

Verdammt! Was sollte sie da erst sagen? Wurde jetzt zu allem Überfluss auch noch bei ihr eingebrochen?

»Hier ist alles dunkel!«

Das war eindeutig die Stimme Murats!

»Nicht ganz, komm mal rüber ins Wohnzimmer. Siehst du die beiden Kerzen? Die sind fast völlig abgebrannt. Ich darf gar nicht dran denken, was hätte passieren können, wenn wir jetzt nicht gekommen wären. Diese Kerzen auf dem Holztisch, das hätte gebrannt wie Zunder!«

Das war Aylin.

Was um alles in der Welt wollten die hier? Theodoras Geist begann langsam wieder zu arbeiten. Sie musste sich still verhalten. Wie sollte sie den beiden erklären, weshalb sie mitten in der Nacht unter der kalten Dusche saß? Und das Verrückteste daran war, sie wusste es ja selbst nicht.

»Murat, komm schnell! Hier in der Küche ist überall

Blut. Oh Gott! Und die Scherben erst, sieh dir das an. Wo ist Theodora? Hoffentlich hat ihr niemand was getan.«

Aylins Stimme klang besorgt. Sollte sie sich nicht bemerkbar machen? Alles andere wäre unfair. Doch wollte sie sich diese Blöße geben? Wie sollte sie das alles erklären?

»Das is kein Blut Mom, das is alles Wein, das an der Wand, da. Gugg doch, überall leere Weinflaschen und die Scherben hier auf dem Boden, das is von einer Weinflasche. Die hat gesoffen, Mom, das is es.«

Murats Worte trafen Theodora wie ein Blitz. Etwas rumpelte in der Küche.

»Und den Stuhl hat sie auch umgeschmissen und einfach liegen gelassen, aber wo ist sie nur? Im Schlafzimmer ist sie nicht!«, wieder war da Aylins weinerliche Stimme. Offensichtlich hatte sie den Stuhl wieder an den Tisch gestellt. Theodoras Erinnerung kam langsam zurück. Ja, so war es gewesen. Sie hatte sich die Kante gegeben gestern Abend. Unfassbar! War sie tatsächlich so tief gesunken? Wegen diesem Arschloch? Sie stöhnte. Zu sehr schmerzte ihr Kopf, auch konnte sie sich nicht entsinnen, jemals zuvor in ihrem Leben derart gefroren zu haben. Sie hoffte inständig, dass Aylin und Murat bald den Rückzug antreten würden, doch sie wusste, so würde es nicht sein.

»Hast du das gehört?«

»Was?«

»Das kam aus dem Bad«, war sich Murat plötzlich sicher. Einen Herzschlag später wurde die Tür geöffnet und Murat und Aylin standen mit offenem Mund in Theodoras Badezimmer.

»Fuck«, sagte Murat und klatschte sich mit der Handfläche gegen die Stirn. »Isch glaubs ned!«

»Theo«, kreischte Aylin und schlug sich die Hand vor den Mund. »Was ist denn mit dir passiert?«

»Jetzt steht hier nicht so rum«, polterte Theodora. »Helft mir lieber raus hier, mir sind die Beine eingeschlafen.«

»Du bist nass und ganz kalt, wir müssen disch zuerst warm machen«, stellte Murat fest, während er bereits nach dem Wasserhebel griff, um ihn auf »*Heiß*« zu stellen.

»Das ist keine gute Idee«, Aylin hatte sich wieder gefasst. »Wir ziehen dich jetzt so schnell es geht da raus, dann machst du dich trocken und dann legst du dich sofort in dein Bett. Ich mach dir einen Tee!«

Aylin schaute auf die Uhr.

»Murat, wir müssen uns beeilen. Ich muss gleich zum Dienst.« Theodora hielt ihnen ihre Hände entgegen, doch sie war zu schwach, um aufzustehen. Schließlich beugte sich Murat hinab zu Theodora und griff ihr von vorn unter beide Arme. Dann zog er sie hoch und aus der Duschkabine heraus. Gemeinsam mit Aylin führten sie die nasse Theodora in die Küche. Aylin schob ihr einen Stuhl unter und drückte Theodora auf die Schultern, die sich widerstandslos setzte. Sie zitterte am ganzen Leib. Aylin hatte inzwischen aus dem Badezimmer ein Handtuch geholt und begann Theodora abzutrocknen.

»Lass mich, das kann ich selbst«, sagte diese schwach und nahm Aylin das Handtuch aus der Hand.

»Wisst ihr was, den Rest kann ich alleine. Danke erst mal«, sie sah zu Aylin und Murat auf.

»Aylin, jetzt ist es auch gut, ich komm allein zurecht!«, wiederholte sie, da weder Aylin noch Murat Anstalten machten, jetzt zu gehen. Stattdessen sah Aylin sie betrübt an und griff ihr spontan an die Stirn. Theodora wehrte sie ab.

»Was soll das denn Aylin?« Aylin zuckte zusammen. »Entschuldige«, stammelte sie. »Weißt du, das ist halt die Mutter in mir. Theodora, du glühst. Deine Stirn ist ganz heiß, du hast Fieber. Deine Augen sind ganz glasig. Soll ich nicht …?«

Weiter kam sie nicht.

»Nein!« Das war wieder die alte Theodora.

»Gut«, gab sich Aylin geschlagen. »Murat wir gehen. Wir haben hier nichts mehr zu suchen.«

Mit hängenden Armen schlurfte Murat hinter seiner Mutter her hinaus ins Treppenhaus.

Langsam aber stetig bohrte sich der Schmerz durch seinen Körper. Dumpf und fern zunächst, erreichte er in den frühen Morgenstunden sein Bewusstsein. Er versuchte, die Augen zu öffnen, doch es wollte ihm nicht gelingen. Schwer wie Blei wurden seine Lider von einer unsichtbaren Kraft niedergedrückt. Ein Geräusch zerschnitt die Stille. Er lauschte, die Augen noch immer geschlossen. Kälte durchdrang seine Glieder. War er schon tot? Er fühlte nichts. Doch, er fror. Mehr noch, er hörte. Das fremde Geräusch. Es kam von ihm selbst. Es kam von seinen Zähnen. Sie schlugen aufeinander. Hart und rhythmisch. Sein Kopf schien zu zerbersten. Jetzt erst gelang es ihm, seine Hand von irgendwoher an sich heranzuziehen. Sie war eiskalt, wie der ganze Rest seines geschundenen Körpers. Er griff sich ins Gesicht, tastete nach seinen Augen. Sie waren verklebt. Verzweifelt fingerte er sich im Gesicht herum, bis es ihm gelang, die Augen zu öffnen. Es dauerte, bis er begriff. Er saß in einem Auto. Draußen war es dunkel. Die Scheiben waren beschlagen. Er konnte nicht hinaussehen. Verdammt, wo war er? Wie war er hierhergekommen? Wo hatte er hingewollt? Mit wem war er unterwegs gewesen? Er wusste – nichts! Doch er fühlte sein Herz. Es schlug ihm bis zum Hals. Panik stieg in ihm auf. Er musste heraus aus diesem Fahrzeug, musste sich Hilfe holen.

Er atmete tief ein und aus und richtete sich im Fahrersitz auf. Zuerst würde er seine Gliedmaßen sortieren müssen. Die Beine waren ihm eingeschlafen, doch verletzt schien er nicht zu sein. Er musste sich beruhigen. Gehen würde er schon mal können und das war die Hauptsache. Nicht auszudenken, was wäre, wenn es ihm nicht gelänge, sich von hier fortzubewegen. Nun fühlte er auch seinen anderen Arm. Erneut griff er sich ins Gesicht. Vorsichtig wanderten seine Finger hinauf zu seiner Stirn. Dort war es feucht. Es schmerzte. Er steckte sich den Finger in den Mund und schmeckte den metallischen Geschmack des Blutes. Seines Blutes. Ihm wurde übel. In der Dunkelheit tastete er nach dem Türgriff. Er bekam ihn zu fassen, doch er ließ sich nicht bewegen. Noch einmal drückte er den Griff nach unten. So würde es nicht gehen. Er nahm alle Kraft zusammen und stemmte sich mit dem Oberkörper gegen die Fahrertür. Mit einem leisen Knall sprang die Tür auf. Er fiel aus dem Auto, direkt in den weichen Schnee. Wie ein Käfer blieb er reglos auf dem Rücken liegen und starrte nach oben. Was war das? Ein Dach? Er blinzelte und kniff die Augen zusammen. Tannenzweige. Er lag unter einem Tannenbaum. Müde schloss er die Augen. Schlafen, nur noch schlafen …

*Jetzt ned einschlafen, Bua, des wär sonschd dein Tod.*

Er schreckte hoch. Jemand hatte ihn gerufen. Eine Frau. Die Stimme kam ihm bekannt vor. Mühsam stand er auf und schüttelte sich den Schnee aus den Kleidern. Sein Körper schmerzte.

»Hallo ist da jemand?«, rief er, doch um ihn blieb es still. Wolkenfetzen tanzten um den silbrigen Mond, der sein kaltes Licht in die klirrende Nacht hinauswarf. Er zog seine Jacke enger um sich und setzte sich langsam in Bewegung. So ging er dahin. Schritt um Schritt. Völlig aus der Zeit gefallen. Irgendwann tauchten in der Ferne die Umrisse eines

Hauses auf. Vom Überlebenswillen vorwärtsgetrieben erreichte er – einer erneuten Ohnmacht nahe –, das fremde Haus. Mit letzter Kraft gelang es ihm, die Treppenstufen zu bezwingen. An der schweren Tür waren weder ein Name noch eine Klingel zu finden. Einzig ein Türklopfer aus Messing in Form eines Löwenkopfes. Wie in einem englischen Film, schoss es ihm durch den Kopf, als er auch schon das kalte Metall in seiner Hand fühlte. Doch bevor es ihm gelang, sich damit bemerkbar zu machen, öffnete sich bereits die Tür. Hatte man ihn hier erwartet? Sekunden später zog es ihn hinein ins Licht. Die Tür schlug schwer hinter ihm ins Schloss. Das Haus hatte ihn verschluckt.

Elfriede Eisele erschrak zu Tode. Ein gellender Schrei hatte sie geweckt. Noch orientierungslos richtete sie sich in ihren Kissen auf. Das Nachthemd mit dem roten Rosenmuster, das sie sich erst jüngst bei ihrem Home-Shopping-Sender bestellt hatte, war komplett durchgeschwitzt. Von wegen Seide, das war eindeutig Polyester. Sie hatte sich übers Ohr hauen lassen, für diesen Fetzen derart viel Geld zu bezahlen. Sie setzte sich auf den Bettrand und angelte nach ihren Straußenfederschläppchen. Sie fand nur einen davon, wahrscheinlich war der andere mal wieder beim Versuch, die Schlappen vor Georg zu verstecken, unters Bett gerutscht. Georg! Er hatte ihr verboten, weiterhin in diesen Latschen, wie er es nannte, durch die Wohnung zu gehen. Gut, sie war vor einigen Wochen gestürzt und Georg hatte den Schläppchen die Schuld daran gegeben, aber sie mochte diese Dinger eben. Doch das war im Moment nicht mehr wichtig. Sie hatte nur noch einen Gedanken: Wo um alles in der Welt steckte Georg, und wann hatte sie sich jemals solche Sorgen um ihn gemacht? Soeben war sie aus einem schrecklichen Albtraum erwacht. Sie zitterte am ganzen Leib, doch erinnern konnte sie sich nicht an diesen Traum, so sehr sie es auch versuchte. Vielleicht hätte ihr dieser Traum eine Botschaft vermittelt. So wusste sie nur eines, ihr Schorschi war in Gefahr. Ja, sie wusste es. Sie fühlte es mit jeder Faser ihres Herzens. Schließlich war sie seine Mutter und sie liebte ihren Sohn. Wieso musste er erst verschwinden, damit ihr das so deutlich wurde? In letzter Zeit hatte er sich sicher vernachlässigt gefühlt. Sie war aber auch zu dumm gewesen, sich an einen Mann zu hängen, der ihr Zuneigung vorgegaukelt hatte und der dann, unter dem Vorwand, jemanden beobachten zu müssen, einfach abgetaucht war. Ständig hatte sie Georg damit in den Ohren gelegen. Und nun war er gegangen. Einfach so. Immerhin hatte er ihr eine Nachricht hinterlassen, wenn auch nur eine äußerst spärliche. Er war nicht wiedergekommen, das war das Ungewöhnliche daran. Und – er hatte seine Nachricht über eine Todesanzeige gekritzelt. Wenn das kein schlechtes Omen war. Elfriede wurde ganz schlecht! Sie warf sich ihren Morgenmantel mit den roten Mohnblumen über und ging in die Küche. In der Wohnung war es noch kalt. Vor sechs schaltete die Zentralheizung nicht ein. Trotzdem nahm sie sich ein Glas Milch aus dem Kühlschrank. Im Erker des Wohnzimmers stand der alte Sessel ihres verstorbenen Mannes. Hier hatte er immer gesessen und seine Zeitung gelesen. Auch sie nahm gerne darin Platz, um aus dem Fenster zu sehen, direkt auf den Rosenbergplatz. Doch jetzt konnte sie sich nicht hineinsetzen. Sie war unruhig. Wie ein Tiger im Käfig kurz vor der Fütterung. Ihr Magen knurrte. Wie konnte sie jetzt nur an Essen denken. Sie nippte an der Milch. Das würde ihrem leeren Magen nicht guttun. Immer wieder dachte sie an den vergangenen Traum zurück. Die Beleuchtung der

Ampelanlage von gegenüber tauchte das Wohnzimmer abwechselnd schemenhaft in rot, grün und oranges Licht. Wie in einer Geisterbahn. Elfriede fror. Sie würde sich noch einmal hinlegen und versuchen, zur Ruhe zu kommen. Was anderes konnte sie jetzt nicht tun. Als sie an ihrer Kommode vorüberging, erschrak sie. Jemand blickte sie an. Ein Gespenst! Sie ließ das Glas fallen. Die kalte Milch ergoss sich auf den Boden, floss über ihre Füße, zwischen ihre nackten Zehen. Alles klebte. Sie blickte in die Scheibe ihrer Kommode und sah ihr eigenes Spiegelbild. Ihre Nerven flatterten. Plötzlich wusste sie, was sie zu tun hatte. Am Montag würde sie die Polizeidienststelle aufsuchen und dieser Theodora Klein Feuer unterm Hintern machen. Jawohl, das würde sie tun. Und danach, wenn ihr Georg wieder da wäre, würde sie ihm etwas ganz besonders Gutes kochen. Nein, diesmal kein Gericht aus Hackfleisch, etwas viel Besseres. Sie würde ihrem Georg endlich seine heiß geliebten Kutteln zubereiten. Aber morgen war erst Sonntag, ihr waren also noch einen ganzen Tag lang die Hände gebunden. Traurig tappte Elfriede Eisele in ihr Schlafzimmer zurück und legte sich noch einmal ins warme Bett. Fragend starrte sie an die Decke, bis es allmählich hell wurde, doch sie fand keine Antwort.

Halb tot vor Kälte hatte ihn das Licht magisch angezogen. Als er über die Schwelle hinein ins Haus schritt, hörte er die Stimme einer Frau, die sagte:

»Guten Abend, junger Mann, wie kann ich Ihnen helfen?«

Er versuchte sich zu konzentrieren, wollte antworten, doch sie fuhr bereits fort: »Sagen Sie, was ist denn geschehen? Hatten Sie einen Unfall?«

Verwirrt dachte er nach. Er bemühte sich, ihr Gesicht zu erkennen, doch sie stand im Schatten einer großen Wandlampe, die einzige Beleuchtung, die den Raum in diffuses Licht tauchte. Nur ihre Umrisse waren zu erkennen. Sie trug einen langen Hausmantel, war nicht allzu groß. Ihre Stimme klang warm und freundlich. Sie ging einen Schritt auf ihn zu, trat neben ihn und schob ihn sanft vorwärts. Er ließ es geschehen. Dann blieb er stehen und schaute sich um. Sein Kopf schmerzte. Hinter sich nahm er ein Geräusch wahr. Erschrocken drehte er sich um. Sie war zurückgegangen, zur Tür, drehte den Schlüssel im Schloss um und zog ihn dann ab. Das war der Moment, in dem ihn das Grauen erfasste.

»Sie werden verstehen, dass ich meine Haustür lieber von innen verschließe«, sagte sie süßlich. »Ich fürchte mich nämlich nachts, so allein in diesem großen Haus. Obwohl ...« fuhr sie gedehnt fort, »... alleine bin ich ja nicht mehr, jetzt, wo Sie da sind ...«

Sie schob sich an ihm vorbei, fasste ihn am Arm und zog ihn, ein Stück mit sich, tiefer in den Raum hinein.

»Möchten Sie mir nicht sagen, was geschehen ist?«, raunte sie. »Wo kommen Sie denn her, in diesen frühen Morgenstunden?« Jetzt stand sie direkt vor ihm und sah zu ihm auf. Endlich konnte er ihr Gesicht sehen. Sie war alt. Ihr faltiges Antlitz umkränzt von glatten, grauen Haaren. Die Augen hatte sie zusammengekniffen, auch meinte er ein gefährliches Blitzen darin zu entdecken. Verstört fuhr er sich mit der Hand über die Stirn, um sie gleich darauf an seiner Hose abzuwischen.

»Junger Mann, Sie bluten!«, stellte die Alte daraufhin besorgt fest und trat noch näher an ihn heran. Jetzt konnte er auch ihren sauren Atem riechen.

»Sie müssen einen Unfall gehabt haben«, säuselte sie. »Ja? Es war doch so, oder? An ihren Händen klebt Blut!«

Er schwieg. Hatte er einen Unfall gehabt? Wie war er hierhergekommen?

»Warten Sie hier auf mich, ich komme gleich wieder, dann werde ich Sie verarzten!«, sagte sie, zog einen Stuhl aus einer Ecke des Raumes hervor und schob ihn unter seinen Hintern. Dann war sie verschwunden. Er schüttelte den Kopf. War dies, was hier soeben geschah, Traum oder Wirklichkeit? Er sah sich um. Allmählich schienen die Schemen um ihn herum Gestalt anzunehmen. Das, was er bis vor wenigen Augenblicken für einen Schatten an der Wand gehalten hatte, glotzte ihn nun aus rot unterlaufenen Augen an. Er schrie auf. Es war ein Wildschwein und es kam im Galopp auf ihn zugerast. Er sprang vom Stuhl, wollte fliehen, drehte sich um die eigene Achse und ließ sich erneut wieder auf den Stuhl fallen. Über ihm kreiste ein Adler, die Schwingen weit geöffnet. Gleich würde er im Sturzflug auf ihn niedersinken, um ihm die Augen auszuhacken. Wieder hörte er einen heiseren Schrei aus seiner Kehle. Dann spürte er eine Hand auf seiner Schulter.

»Was haben Sie denn? Warum schreien Sie denn so?«, die Alte war wieder zurück. Er hatte sie nicht kommen gehört. In der Hand hielt sie ein Päckchen, es sah aus, wie eine *Erste-Hilfe*-Tasche aus dem Auto, und eine Schere.

»Was ist das?«, fragte er mit bebender Stimme und deutete auf das Wildschwein. Es war stehen geblieben, auch der Adler schwebte in der Luft über ihm, ohne sich auf ihn herabfallen zu lassen.

»Haben Sie noch nie ein Wildschwein gesehen?«, fragte die Alte amüsiert. »Kommen Sie mit mir!«

Er fühlte ihre Hand auf seinem Ellenbogen. Ihre Finger schienen sich durch seine Jacke zu bohren. Sie zog ihn vorwärts. »Kommen Sie mit, hier den Flur entlang, aber passen Sie auf, Sie sehen es ja, die Köpfe, der Tiere hängen tief…«

Eine Klammer legte sich um seine Kehle, unfähig etwas zu sagen, folgte er ihr. Weiter vorn loderte ein Feuer. An der Wand tanzten züngelnde Schatten.

»Kommen Sie. Hier hinüber an meinen Kamin. In dem Ohrensessel ist es gemütlich.«

Willenlos ließ er sich von ihr in den Sessel drücken. Auf dem Boden saß eine Katze. Das beruhigte ihn. Er beugte sich zu ihr hinab, wollte sie streicheln. Wie ein Blitz schoss ihm der Schmerz zwischen die Augen.

»Die Katze …«, fragte er, »… sie rührt sich nicht.«

»Die Katze?«, antwortete sie und lachte leise, »die ist schon lange tot. Sie war das Lieblingstier meines Vaters. Ich habe sie ihm ausgestopft, wie die meisten Tiere, die Sie hier sehen. Mein Hobby ist die Präparation, müssen Sie wissen. Es hat etwas Beruhigendes für mich, wenn ich all diese Tiere um mich habe …«

»Wo?«, stammelte er.

»Drüben, am Waldrand. Dort steht meine Hütte. Darin befindet sich meine Werkstatt«, wieder lachte sie leise. »Wenn es Ihnen besser geht, werde ich sie Ihnen gerne zeigen. Doch jetzt trinken Sie zuerst einmal dies hier.«

Sie kam mit einer dampfenden Tasse auf ihn zu. Wo hatte sie die auf einmal so schnell her? Wieder fragte er sich, ob er das nicht alles träumte.

»Dürfte ich bitte telefonieren?«, fragte er unsicher.

Wieder lachte sie.

»Lieber junger Mann, mein Telefonanschluss ist schon lange stillgelegt.«

Sie hatte sich ihm gegenüber auf einen Stuhl gesetzt und ließ ihn nicht aus den Augen. Angst kroch ihm in den Nacken. In seiner Hosentasche fühlte er einen Gegenstand. Er griff hinein und zog ein Notizbuch und ein Handy hervor. Wozu hatte er ein Notizbuch in der Hosentasche? Wozu brauchte er das? Er begann darin zu blättern, die Alte ihm gegenüber scharrte ungeduldig mit den Füßen. Doch bevor sie etwas sagen konnte, hatte er es bereits wieder zurück in seine Hosentasche gesteckt. Mit den Worten und Namen, die er darin gelesen hatte, konnte er nichts anfangen. Auch die Schrift erschien ihm unbekannt. Er drückte auf das Handy. Diesmal blieb die Alte ganz ruhig. Welch Wunder, der Akku war schwach, aber noch nicht vollständig leer. Doch er hatte kein Netz. Wen wollte er überhaupt anrufen? Ihm wurde übel. Als könne sie seine Gedanken lesen, sagte die Alte in die Stille hinein:

»Dass das nicht möglich ist, hätte ich Ihnen gleich sagen können, wir befinden uns hier direkt in einem Funkloch.« Entmutigt ließ er die Hand sinken.

»Nun trinken Sie aber endlich Ihren Tee, so lange er noch heiß ist. Baldrian, Melisse und Lavendel wird Ihnen guttun. Danach werde ich Ihre Wunde versorgen und Sie können gut schlafen. In meinem Gästezimmer steht immer ein frisches Bett bereit.«

Ihn fröstelte.

»Verraten Sie mir, wen hätten Sie denn gerne angerufen um diese Zeit? Und – woher kommen Sie eigentlich?«

Für einen Moment schien die Welt um ihn herum stillzustehen.

Sein Herz begann zu stolpern. Was war passiert? Wie war er hierhergekommen? Woher war er gekommen – und – wer war er?

Er hatte es vergessen. Alles!

*Sie stand am Fenster und schaute hinaus. Noch leuchtete der Mond hell am nächtlichen Himmel. Bald schon würde der Morgen anbrechen und sie hatte keine Ruhe gefunden.*

*Wie lange würde er noch schlafen? Diese Frage stellte sie sich immer wieder, und was sollte sie mit ihm tun, wenn er wieder erwachte? Mit seinem Auftauchen brachte er sie in größte Schwierigkeiten. Sie hatte ihn sofort erkannt. Und er? Er litt ganz offensichtlich an einer transienten Amnesie, ausgelöst durch den Aufprall bei seinem Autounfall. Wie lange dieser vorübergehende Gedächtnisverlust anhalten würde, konnte noch nicht einmal sie einschätzen. Eine Idee durchzuckte sie, eine grandiose Idee. Eine ganz und gar mörderisch gute Idee. Voraussetzung war jedoch, dass sich das Auto tatsächlich in der Nähe befand. Sie musste es suchen. Sie musste es finden. Zunächst musste sie abwarten, bis es hell wurde. Vorher konnte sie nichts tun. Und bis es hell wurde, würden noch Stunden vergehen. Wieso war er überhaupt hier aufgetaucht? War es Zufall oder hatte er etwa doch genau ihre Spur verfolgt? Waren er und seine Kollegin, diese rothaarige Kommissarin, nicht schnell von der Schuld der beiden Pflegerinnen überzeugt gewesen? Sie hatte sich gewundert, wie rasch die beiden diesen Fall abgewickelt hatten. Wären sie nur ein klein wenig professioneller gewesen … Für sie hatte es nicht besser laufen können. Im allgemeinen Trubel war es niemand aufgefallen, dass sie just zum Zeitpunkt der halbherzigen Ermittlungen ihren Aufenthalt in Himmelruh beendete. Den alten Wichrowsky hatte sie galant um die Ecke gebracht. An ihm hatten sich andere die Hände schmutzig gemacht. Sandra war lange auf der Toilette geblieben in jener Nacht. Ihr war es so elend gewesen, dass sie ihr schon fast nicht mehr zurechnungsfähig erschienen war. Außerdem hatte sie Sandra noch nie für besonders gewissenhaft gehalten, so hatte sie alles auf eine Karte gesetzt in dieser Nacht und siehe da, ihr Plan war aufgegangen. Die Medikamente hatten die ganze Zeit offen herumgestanden. Sie musste nur zugreifen. Welche Wirkung Clonidin bei einem herzkranken Patienten hervorrief, wusste sie als Krankenschwester ganz genau, und dass Frau Schächterle dieses Medikament wegen ihrer Entzugserscheinungen brauchte, war unter den Bewohnern kein Geheimnis, dafür hatte Frau Schächterle selbst gesorgt. Es war so einfach gewesen, die Insulinspritze mit der Clonidinspritze zu vertauschen. Dass Frau Schächterles Clonidin fehlte, hatte Sandra in ihrem Zustand gar nicht bemerkt. Das Insulin hatte sie am nächsten Tag in einem öffentlichen Mülleimer entsorgt. Alles war erstaunlich einfach gewesen. Dann war der Herr Wichrowsky gestorben, und sein Tod hatte sie mit einer tiefen inneren Befriedigung erfüllt, die sie noch immer verspürte. Ganz anders verhielt es sich bei dem Toten, dessen Leben drüben im Schuppen sein Ende gefunden hatte. Für sein Ableben hatte sie durch eigene Hand gesorgt und nicht nur das, sie würde ihn auch beseitigen müssen, und zwar schnell.*

*Sie blickte hinüber zum Kamin. Das Glimmen der Scheite bestand nur noch aus einer Ahnung. Sie fror erbärmlich, doch ins Bett gehen konnte und wollte sie nicht. Auf die Frage, was mit dem schlafenden Kommissar geschehen sollte, hatte sie keine Antwort gefunden. Leise schnarchend befand er sich noch immer in ihrem Ohrensessel im Reich der Träume, ohne zu wissen, wer er überhaupt war. Sollte sie ihm beim Erwachen eine weitere Tasse Tee anbieten, angereichert mit derselben Mischung, wie sie das bei dem Toten im Schuppen getan hatte? Sie überlegte kurz. Der hier war schwerer. Kein Vergleich zu dem Gerippe im Schuppen. Der Herr Polizist war ein kleiner, aber ein kleiner Dicker. Seine Entsorgung würde sie vor ein eindeutig größeres Problem stellen. Doch noch schlief er tief und fest, wie sie eindeutig hören konnte. Sie nahm auf dem Sofa gegenüber des Sessels Platz und wickelte sich in eine dicke Decke. Von hier aus würde sie ihn gut im Auge behalten können.*

# NEUN – MONTAG

Hammerschläge ließen ihn erwachen. Schläge gegen seine Schädeldecke. Der Versuch, die Augen zu öffnen, scheiterte. Der Schmerz, der ihn erfüllte, war unerträglich. Er war müde, wollte zurück, dorthin, wo er hergekommen war. In die dunkle Tiefe der Nacht, wo es keinen Hammer, keine Schmerzen gab. Auch der Rücken tat weh. Nur seine Beine waren gefühllos geworden. Er nahm all seine Kraft zusammen und schlug die Augen auf. Es gelang. Endlich. Er starrte nach oben. Entsetzen erfasste ihn, er blickte in die ausgebreiteten Schwingen eines großen schwarzen Vogels. Gleich würde er herniedersinken, ihn aufgreifen um sich dann, gemeinsam mit ihm, aufzuschwingen und hinwegzufliegen. Er vergaß seinen Schmerz, denn die Angst lähmte ihn. Doch der Vogel bewegte sich nicht und allmählich wich die Angst der Erinnerung. Da waren die Tiere, die aus toten Augen schaurig von der Wand herabblickten. Da war die Alte, die ihn hereingelassen hatte. Erst jetzt bemerkte er, dass er in einem Sessel saß, die Beine weit von sich gestreckt, zugedeckt mit einer Decke. Dennoch fror er. Wo war die Alte? Wieder kroch ihm die Angst über den Rücken hoch bis in den Nacken. Er war in Gefahr. Soviel wusste er, doch so sehr er sich auch das noch immer hämmernde Gehirn zermarterte, es war und blieb das Einzige, was er wusste. Er war in Gefahr! In seinen Beinen begann es zu kribbeln, er musste versuchen aufzustehen. Hinauszukommen aus diesem Raum, aus diesem Haus, wo immer er auch war. Er ließ die Decke zu Boden gleiten und stützte sich mit beiden Armen auf der Sessellehne ab. Dann stemmte er sich hoch und kam wacklig auf beiden Beinen zu stehen. Es waren höchstens drei Schritte bis zum Fenster, die würde er schaffen. Er schaute hinaus in die Dämmerung. Es dauerte einen Moment, bis sich seine Augen an das veränderte Licht gewöhnt hatten. Unweit des Hauses stand eine Hütte. Vor dem Gebäude waren Holzstämme aufgestapelt, daneben stand ein Hackklotz, in dem ein Beil steckte. Hinter dem Hackklotz bewegte sich etwas. Er kniff die Augen zusammen, doch er schien sich geirrt zu haben. Alles war still. Hinter der Hütte erstreckte sich eine große, schneebedeckte Wiese, die von Bäumen eingesäumt wurde. Ein friedliches Bild einer Welt, die noch schlief, jedoch schon bald erwachte. Wieder meinte er, etwas gesehen zu haben. Vielleicht ein Tier? Dann sah er sie. Die Alte. Sie kam hinter der Hütte hervor und schob etwas vor sich her, das an einen Schubkarren erinnerte. Dann bückte sie sich. Eine Tür öffnete sich und sie verschwand dahinter. Ihm wurde schwarz vor Augen. Er schlurfte zurück und ließ sich in den Sessel fallen. Sein Gehirn arbeitete fieberhaft. Was ging hier vor? Noch einmal stand er auf und ging langsam zum Fenster. Die Morgendämmerung war fortgeschritten, nun sah er die Hütte deutlich und auch, dass hinter einem kleinen Fenster, das er vorhin noch nicht erkannt hatte, ein schwaches Licht glomm. Das Licht erlosch, die Tür ging auf und der Schubkarren wurde sichtbar. Dahinter kam die Alte zum Vorschein. Offensichtlich hatte sie Mühe, den Karren zu schieben. Langsam kam sie auf das Haus zu. Jetzt konnte er sehen, dass sie etwas transportierte. Etwas, das sie mit einer Decke in einem altmodischen Muster zugedeckt hatte. Er wandte sich vom Fenster ab. Bei dem Gedanken, dass sie gleich hier sein würde, verkrampfte sich sein Magen und ihm wurde übel. Da fiel ihm ein, wann hatte er eigentlich zum letzten Mal etwas gegessen? Was hatte er gegessen und wo? Er griff sich an den Kopf und fühlte die verkrustete

Wunde. Wie verdammt noch mal, war er hierhergekommen? Er kratzte sich die Wunde auf, die sofort zu bluten begann. Warum zum Teufel hatte sie keinen Arzt gerufen? Was hatte sie ihm in den Tee gegeben? K.-o.-Tropfen etwa? Wo blieb sie? Erneut schaute er zum Fenster hinaus, sie war mit dem Schubkarren am Haus vorbeigezogen, in Richtung der Straße, die – wie er sich nun erinnerte – vor dem Haus verlief. Was er nun sah, ließ ihm das Blut in den Adern stocken. Die Decke war etwas verrutscht und gab die Sicht frei, auf zwei dünne steife Männerbeine, die in dunkelgrau gestreiften Hosen steckten.

Noch immer stand er am Fenster. Der Ahnung war nun die Gewissheit gewichen. Er befand sich in Gefahr. Er musste weg aus diesem Geisterhaus. Weg von dieser Irren. Doch vor allem musste er Ruhe bewahren. Er sah sich um in dem Raum. Nun, da das Morgenlicht zum einzigen Fenster hereinfiel, hatte die Umgebung viel von ihrer Bedrohlichkeit verloren. Ganz anders als noch in der Nacht, als das Licht des Kamins gespenstische Schatten an die Wand geworfen hatte und die vielen Tiere, die hier versammelt waren, zu leben schienen. Er versuchte sich einzureden, dass er sich hier lediglich im Haus eines Jägers befand, der es mit seinen Trophäen etwas übertrieb. Doch der Gedanke an den Toten, der vorhin auf einer Schubkarre durch den Garten geschoben worden war, raubte ihm die mühsam gewonnene Ruhe sogleich wieder. Mit noch immer schleppenden Schritten ging er zur Tür. Er drückte die Klinke, doch die Tür war verschlossen. Er musste sich eingestehen, dass ihn das nicht überraschte. Die einzige Möglichkeit zu entkommen war durch das Fenster. Er überlegte nicht lange, ging hinüber und versuchte, das Fenster zu öffnen, was ihm erst beim dritten Versuch gelang, denn der Fenstergriff hatte sich verhakt. Sofort pfiff der eisige Winterwind herein, und er verschloss es gleich wieder. Was er sehen musste, hatte er gesehen und das bedeutete nichts Gutes. Das Fenster war zu hoch, um unverletzt hinausspringen zu können. Er zermarterte sich das Gehirn. Versuchte sich an irgendetwas zu erinnern. Was würde er tun, wenn sie zurückkäme? Er vergrub seine Hände in den Hosentaschen, da war etwas. Es fühlte sich an wie Papier. Er zog es heraus. Ein Zettel. Eher ein Schriftstück, schwer zerknüllt. Sei Herz raste. Hektisch ging er zurück zum Sessel und verbarg die Beine wieder unter der Decke. Wenn sie zurückkäme, würde er sich schlafend stellen, um so Zeit zu gewinnen. Und dann? Was dann? Noch war sie nicht da. Er nahm den Zettel, zog ihn auseinander und versuchte, ihn glatt zu streichen. Erst jetzt fiel ihm auf, dass er eine Brille trug. Wie war das möglich, wo er doch offenkundig einen Autounfall gehabt hatte, an den er sich jedoch ebenso wenig erinnerte, wie an alles andere auch. Die Brille war verbogen, doch sie war nicht zerbrochen, zum Glück. Er starrte auf den Zettel. Es handelte sich um eine Rechnung für einen Mitgliedsbeitrag in einem Sportstudio in Stuttgart, das den seltsamen Namen Muscle Monsters trug. Adressiert war die Rechnung an einen Georg Eisele, Rosenbergplatz 79 in Stuttgart. Er ließ die Arme sinken. So also war sein Name. Georg Eisele. Georg Eisele aus Stuttgart. Leise wiederholte der diesen Namen. Seinen Namen. Georg Eisele. Doch nichts in seinem Unterbewusstsein rührte sich. Er befühlte seine Oberarme. Doch von einem Muscle Monster schien er noch weit entfernt zu sein. Wahrscheinlich hatte er diesen Vertrag erst abgeschlossen und noch keine einzige Trainingsstunde absolviert? Oder sollte er doch sportlicher sein, als es im Moment den Anschein hatte? Konnte er den Sprung aus dieser Höhe vielleicht doch riskieren? Ein weiteres Mal erhob er sich, um aus dem Fenster zu schauen. Da sah er sie. Sie kam zurück. Mit dem Schubkarren. Er war leer. Sie ging um den Schuppen herum und verschwand darin. Es würde nicht lange dauern, bis sie wieder hier wäre. Er ging zum Sessel, deckte sich zu und schloss die Augen. Todesangst nahm Besitz von ihm und trotz der Kälte fühlte er, wie sich der Angstschweiß auf seiner Stirn ausbreitete. Dann hörte er den Schlüssel im Schloss. Die Alte war zurück.

*Angespannt hielt sie den Atem an, als sie die Tür vorsichtig öffnete. Wie immer kratzte der Schlüssel im Schloss. Sie lauschte, doch alles blieb still. Erleichtert atmete sie aus. Vielleicht bliebe ihr eine kurze Zeit der Erholung. Auch wenn er nur ein Fliegengewicht gewesen war, hatte es sie mehr angestrengt, als sie gedacht hatte. Immerhin war sie inzwischen eine Frau über siebzig, die nicht alle Tage eine Leiche entsorgte. Zum Glück war ihre Rechnung wenigstens dahingehend aufgegangen, dass er sein Leben bereits vor zwei Tagen ausgehaucht haben musste. Nach jahrelanger Arbeit in der Pathologie wusste sie, dass sich die Erstarrung der Muskeln bei einem Toten nach 24 bis 48 Stunden wieder lösten. Der Zeitpunkt war also geradezu ideal gewesen. Einen Tag früher und er wäre noch steifer als ein Brett gewesen. Nach 48 Stunden jedoch nahmen die Zersetzungsprozesse im Körper eines Menschen einen unappetitlichen Verlauf, und sie war froh um die Kälte, die herrschte, sie hatte es sozusagen mit einem angefrorenen Leichnam zu tun gehabt, ganz anders hätte sich die Situation im Sommer dargestellt. Sie mochte den Gedanken nicht weiterdenken. Sie hatte es geschafft, hatte ihn mehr schlecht als recht auf den Karren geladen, auf dem sie auch noch einen Kanister Benzin transportierte. Dass sie von dieser Marotte ihres*

*Vaters, immer einen oder zwei Kanister Benzin vorzuhalten, jemals derart profitieren würde, hätte sie niemals für möglich gehalten. Das kurze Stück zum verunglückten Fahrzeug hatte sie mit wenig Mühe zurücklegen können, erst hinter der Unfallstelle stieg die Straße steil an. Die Leiche vom Schubkarren zu zerren und hinter das Lenkrad zu klemmen hatte sie dann allerdings fast nicht mehr geschafft und sie war nahe daran gewesen, ihren Plan zu verwerfen und den Toten doch den Wildschweinen zum Fraß anzubieten. Da sie aber wusste, dass schon bald die Milchsammelwagen unterwegs sein würden, war ihr keine Zeit zur Umkehr geblieben. Rasch hatte sie den Toten mit Benzin übergossen und den restlichen Inhalt des Kanisters auf den Sitzen verteilt. Das Fahrzeug hatte sich schnell in Brand gesetzt, dann war sie gegangen, die Gefahr, doch noch von irgendjemandem gesehen zu werden, war groß. Sie schaute hinüber zum Sessel und überlegte. War die Dosierung der Tropfen doch so hoch gewesen, dass er noch immer so tief schlief? Sie betrachtete ihn aufmerksam, sein Atem ging schneller, als noch vor zwei Stunden, auch standen auf seiner Stirn Schweißperlen. Schweißperlen bei einem Schlafenden in einem eiskalten Raum? Sie fuhr sich durch die dünnen Haare. Hatte sie einen Fehler gemacht? Ihre Gedanken begannen sich zu überschlagen. Sie musste sich darauf einstellen, dass schon bald die Polizei bei ihr klingelte, denn dass das brennende Fahrzeug entdeckt würde, stand außer Frage. Was würde sie denen sagen und was konnte sie mit dem kleinen Dicken machen, der da drüben in ihrem Ohrensessel schlief? Es war nur eine Frage der Zeit, bis der sein Gedächtnis wiedererlangte. Sie ging näher an ihn heran und beugte sich zu ihm hinab. Nein, den konnte sie nicht einfach so ins Jenseits befördern und dann irgendwie entsorgen. Oder doch? An ihm hätten die Wildschweine ihre Freude, an dem war wenigstens was dran, was von dem anderen, der grade eingeäschert wurde, nicht gerade zu behaupten war. Was sollte sie nur tun? Bei ihrer Arbeit hatte sie es zeitlebens nur mit Toten zu tun gehabt, wenn man von den Kollegen mal absah. Bis auf den Einen, der dann auch tot war. Aber das war sozusagen Notwehr gewesen, das mit Wichrowsky im weitesten Sinne auch, aber jetzt war die Sache dabei, ihr aus dem Ruder zu laufen und sie wurde das Gefühl nicht los, einen entscheidenden Fehler begangen zu haben.*

Warum Murat sich entschlossen hatte, hinunter in Theodoras Wohnung zu gehen, hätte er später nicht mehr sagen können. Er hatte da einfach so ein Gefühl. Ganz plötzlich. Und ohne groß darüber nachzudenken, hatte er diesem Gefühl nachgegeben. Es war am frühen Nachmittag. Seine Mutter war nicht zu Hause. Seit er in diesem Pflegeheim arbeitete, hatte er einiges gesehen, wovon seine Freunde, ganz besonders solche wie Frieder, keine Vorstellung hatten. Er hatte erlebt, wie alte Frauen und Männer alles vergaßen, was je in ihrem Leben gewesen war. Das war schon megaübel. Manche erkannten nicht einmal mehr ihre eigenen Kinder. Murat kratzte sich am Kopf. Er hoffte ja, dass ihm das nie passieren würde, also, dass ihn seine Mutter plötzlich nicht mehr erkannte, nicht mehr wusste, dass er ihr Sohn war. Mit diesen Gedanken ging er durch die Wohnung. Er hatte erlebt, dass sich Menschen veränderten. Aber so wie die Klein sich verändert hatte, das war echt krass.

Bis vor Kurzem war die noch total unfreundlich gewesen, besonders zu seiner Mutter. Aber die fuhr immer noch auf die Klein ab. Er konnte ja verstehen, dass sich seine Mutter eine Freundin wünschte, aber ausgerechnet die Klein, die war doch kalt wie eine Hundeschnauze. Und dann war die plötzlich so scheißfreundlich gewesen, richtig aufgekratzt. Das hatte aber nur einen oder zwei Tage gedauert. Seine Mutter hatte ihn deswegen total zugelabert. Er hatte nichts dazu gesagt, er hatte sich nämlich gleich gedacht, dass das nicht lange andauern würde. So war die Klein einfach nicht gestrickt. Aber sich derart zuzudröhnen und danach die Nacht unter der kalten Dusche zu verbringen, das war dann doch schon eine ganz spezielle Nummer. Irgendwie ging sie ihm nicht aus dem Kopf, die Klein. Er sah auf die Uhr. Es war jetzt schon einige Stunden her, dass er sie zusammen mit seiner Mutter ins Bett geschafft hatte. So genau wusste er es gar nicht, er hatte vergessen, auf die Uhr zu sehen. Etwas Nasses berührte sein Handgelenk. Elvis hatte ihn mit der Schnauze angestupst. Der hatte wohl Hunger, denn er hatte vergessen, dem Mops sein Futter zu geben. Er ging zum Kühlschrank und holte die Schüssel mit dem gekochten Pansen hervor. Wie das stank, beinahe wurde ihm schlecht. Er stellte dem Hund die Schüssel an seinen Platz, zog seine Schuhe an und griff nach dem Wohnungsschlüssel, den seine Mutter zusammen mit dem Schlüssel der Klein achtlos auf das Sideboard im Flur gelegt hatte. Er musste hier raus, der Gestank war ja nicht zu ertragen. Wieso kochte seine Mutter dem Hund auch immer dieses Zeug. Obwohl, es sollte sogar Menschen geben, die so was mochten, die nannten es dann Kutteln. Das hatte er im Heim gehört. Die Schwaben halt. Sein Vater war auch einer gewesen, aber das war ein ganz anderes Thema. Und schon musste er wieder an den alten Wichrowsky denken. Er ging die Stufen hinunter bis vor Theodoras Wohnungstür. Dort blieb er einen Moment stehen. Was wollte er hier eigentlich? Er lauschte. Von drinnen war nichts zu hören. Ob sie schlief? Er steckte den Schlüssel ins Schloss und öffnete die Tür. Noch immer roch es süßlich nach den

Räucherstäbchen. Er zog seine Schuhe aus und stellte sie im Flur ab. Alles war still. Vorsichtig öffnete er die Tür zum Schlafzimmer und erschrak sofort. Theodora Klein lag mit geschlossenen Augen im Bett. Ihre Brust hob und senkte sich schnell. Ihr Atem rasselte. Ihr Gesicht war nass. Auch die Haare. Sie klebten ihr im Gesicht.

»Ey, Frau Klein, isch bins, der Murat«, sprach er sie an und beugte sich zu ihr hinab. Sie schien ihn nicht zu hören. Unter ihren Lidern bewegten sich ihre Augäpfel hin und her. Scheiße, was war hier los? Erst vor Kurzem hatte er einen Mann gesehen, der genau so dalag, der war dann kurz darauf gestorben. Er musste was tun. Fuck, er konnte sie nicht leiden, aber so liegen lassen konnte er sie halt auch nicht. Er würde seine Mutter anrufen. Nein, er würde was ganz anderes tun. Heute früh als er sie aus der Dusche gezogen hatte, da hatte er gesehen, wo ihr Telefon stand. Aus dem Heim wusste er von der Nummer 116 117. Die würde er jetzt anrufen.

Während er der Frau am Telefon die Adresse durchgab, hörte er Theodora Klein nebenan husten. Sie sagte etwas, doch es war zu leise, um es zu verstehen. Was sollte er jetzt tun? Der Mut verließ ihn einen Augenblick, doch dann ging er hinüber zu ihr ins Schlafzimmer. Sie war wach geworden. »Murat«, flüsterte sie, »könntest du mir bitte aus der Küche ein Glas Wasser holen?«

Er zögerte, rieb sich die Hände am Hosenboden ab. »Natürlisch«, sagte er schließlich und machte sich auf den Weg in die Küche. Noch immer standen dort die leeren Weinflaschen herum, Zeugen der vergangenen Nacht. Er nahm ein Glas aus dem Schrank, füllte es mit Leitungswasser und trug es hinüber zu Theodora Klein. Sie hatte sich leicht im Bett aufgesetzt, doch ihre Hand zitterte, als er ihr das Glas reichte. Sie führte es zum Mund und trank es in einem Zug aus. Er nahm das Glas ab und stellte es auf ihren Nachttisch, als es an der Tür klingelte.

»Wer ist das?«, fragte sie.

»Der Arzt«, sagte Murat entschlossen und ging hinaus, um die Tür zu öffnen.

In Eisele arbeitete es fieberhaft. Die Sekunden, die sie vor ihm gestanden hatte, waren ihm wie Stunden vorgekommen. Fast meinte er, sie durch seine geschlossenen Lider sehen zu können, was eine Täuschung war. Keine Täuschung war jedoch ihr Geruch. Sie hatte nach Schweiß gerochen. Nach saurem Schweiß. Ekelhaft war das gewesen und es hatte ihn alle Kraft gebraucht, die ein Mensch nur aufbringen konnte, um sich zu beherrschen. Auch klopfte sein Herz so laut, dass er fast fürchtete, sie könne es hören. Schließlich hatte sie sich abgewandt und den Raum auf leisen Sohlen verlassen. Er vernahm ein Geräusch, das ihn an irgendetwas erinnerte. Das Geräusch eines Schlüssels in einem Schloss? Ein Schlüssel, der umgedreht wurde? Ein Schlüssel in einem alten Schloss? In einer Kellertür? Er zermarterte sich das Gehirn. Ein Schlüssel in einer Kellertür in einem Haus? Ja, das musste es sein. In einem Keller in einem Haus, aber wo? Die Zeit zerrann, er hatte jedwede Orientierung verloren. Denken machte müde. Offenbar hatte die Wirkung dessen, was sie ihm verabreicht hatte, noch nicht vollständig nachgelassen. Er würde sich der Situation stellen, weil er sich nicht ewig schlafend stellen konnte. Er atmete tief ein, dann trug der Schlaf ihn doch mit sich fort.

Polizeioberrat Rüdiger Hummel war an diesem Morgen mit dem linken Bein aufgestanden. Max der Dackel hatte die ganze Nacht gekotzt. Das alleine war schon schlimm genug, doch dabei hatte er den seidenen Teppich, den Hummel im vergangenen Jahr von seiner Reise nach China mitgebracht hatte so verschmutzt, dass dieser nicht mehr zu retten sein würde. Hubert, sein Mann, hatte dem Ganzen die Krone aufgesetzt, indem er sich auch noch auf die Seite des Dackels geschlagen hatte und den Hund bis ins Mark verteidigte. Wahrscheinlich fühlte er sich schuldig. Schließlich war er es, der dem ohnehin viel zu fetten Tier am Abend zuvor von den blöden Weinbrandbohnen zu fressen gegeben hatte. Danach war der Dackel besoffen gewesen. Hummel schnaubte. Manchmal fragte er sich, ob er Hubert nicht vor die Wahl stellen sollte, entweder Max oder er. Er ließ es bleiben. Aus Angst. Was wäre, wenn sich Hubert für Max entscheiden würde? Also hatte er an diesem novembertrüben Montagmorgen Harmonie geheuchelt und war unter dem Vorwand eines Besprechungstermins früher als sonst ohne Frühstück aus dem Haus geeilt.

»Meinst du nicht, du hast heute etwas zu viel von deinem »Bello Adonis« aufgetragen?«, hatte ihm Hubert noch nachgerufen, doch er tat so, als höre er es nicht. Irgendetwas hatte er tun müssen, um diesen ekelhaften Gestank aus der Nase zu bekommen. So hatte der Tag begonnen, nun staute sich der Verkehr mehr als sonst, zu späterer Stunde, in der Innenstadt. Dieser Tag war schon gelaufen. Doch es sollte noch besser werden. Als Hummel auf den Parkplatz der Dienststelle einbog, fand er seinen Stellplatz belegt. Dies zwang ihn, nicht nur einen anderen Platz zu suchen, nein, er musste auch ein paar Schritte zu Fuß gehen, was bei diesem Wetter unzumutbar war. Als er die Dienststelle betrat, war seine Frisur völlig verweht. Hummel war wütend. Sein

Magen brannte, wie so oft in letzter Zeit. Und das, obwohl er noch gar keinen Kaffee getrunken hatte. Den wiederum brauchte er dringend, nach dieser verkorksten Nacht. Er beschloss, sich doch zuerst einen Kaffee aufzubrühen, nicht umsonst hatte er eine dieser Kapselmaschinen in seinem Büro stehen, und sollte es ihm danach nicht besser gehen, würde er eben einen der Praktikanten zur Apotheke schicken, um ihm einen Magensäureblocker zu holen. Er war froh, im Flur niemandem zu begegnen, das hätte ihm um diese Uhrzeit gerade noch gefehlt. Er betrat sein Büro, zog den Mantel aus und hängte ihn in den Schrank. Danach öffnete er das Fenster, um es sogleich wieder zu schließen. Die hereinziehende feuchte Kälte war schlimmer, als der Muff der Aktenberge, die sich auf seinem Schreibtisch türmten. Außerdem sorgte er selbst für ein angenehmes Raumklima, da konnte Hubert lästern, soviel er wollte. Er setzte sich hinter seinen Schreibtisch und öffnete die mittlere Schublade. Gleich obenauf lag ein Handspiegel mit Vergrößerungsglas, verzerrungsfrei und mit Beleuchtung, das Beste, was es auf diesem Sektor gab. Argwöhnisch betrachtete er sein Spiegelbild. Seine Frisur konnte als solche nicht mehr bezeichnet werden, und sein Adamsapfel war wieder einmal wundgescheuert. Er hatte es befürchtet, so weh, wie das tat. Er würde endlich einen Termin beim Schneider machen müssen, er hatte zugenommen, ob er es sich eingestehen wollte oder nicht. Er brauchte neue Hemden! Frustriert legte er den Spiegel zurück in die Schublade, als es an seiner Tür klopfte. Wer wusste denn, dass er heute, ganz entgegen seiner sonstigen Gewohnheit, schon so früh im Büro war? Bevor er antworten konnte, öffnete sich die Tür bereits und Gerda streckte ihren Kopf herein.

»Ach Chef, wie gut, dass Sie schon da sind!«, kam sie sofort zur Sache. »Ich habe da ein Problem, ich brauche dringend noch einmal das Nikolauskostüm. Für die Weihnachtsfeier, Sie wissen schon.«

Hummel zog pikiert die Augenbrauen nach oben. »Und was bitte schön, hat das mit mir zu tun?«

»Eigentlich gar nichts, aber ich kann den Eisele nirgendwo finden, und da dachte ich, vielleicht wissen Sie, wo er sich aufhält. Hat er Urlaub? Ist er krank? Sonst ist das Büro von Theodora und Eisele nämlich um diese Zeit schon besetzt und jetzt ist da niemand.«

»Gerda, um Himmels willen verschonen Sie mich damit! Oder bin ich jetzt auch noch für Nikolauskostüme und unzuverlässige Kolleginnen und Kollegen zuständig? Was halten Sie davon, noch eine halbe Stunde zu warten? Heute Morgen ist extrem viel Verkehr in der Stadt!«

»Der Eisele kommt aber mit der Bahn, und die Klein …«

»Gerda, auf die Gefahr, dass ich mich wiederhole: Verschonen Sie mich! Ich habe weiß Gott Wichtigeres zu tun!«

Hummel zog eine Akte vom Stapel, legte sie ostentativ vor sich hin und öffnete sie. Gerda rührte sich nicht vom Fleck.

»Habe ich mich unklar ausgedrückt? Sie sehen es doch, ich habe zu tun!«

»Aber …«, stammelte Gerda.

»Nichts aber. Gehen Sie bitte. Jetzt! Sofort!«

Gerda warf ihre Haare in den Nacken und trat den Rückzug an. »Du mich auch«, murmelte sie beim Hinausgehen und knallte die Bürotür unsanft hinter sich zu. Hummel war nicht entgangen, was Gerda gesagt hatte, doch er musste sich eingestehen, dass er soeben ziemlich aus der Rolle gefallen war. Bei der Weihnachtsfeier würde er sich bei ihr entschuldigen müssen. Er schaute auf seine Uhr. Inzwischen war es fünf nach neun. Er konnte die Aufregung nicht nachvollziehen. Schließlich kam Theodora Klein selten vor neun Uhr. Doch er, er brauchte jetzt endlich seinen Kaffee.

Vielleicht würde dies seine Lebensgeister etwas beleben. Er stand auf, ging um seinen Schreibtisch herum, hinüber zu seiner Kommode, auf der die Kaffeemaschine stand. Das schlechte Gewissen befiel ihn, wie öfter in letzter Zeit, wenn er sich ein solches Getränk aufbrühte. Es war noch gar nicht lange her, da hatte ihm Theodora Klein einen vorwurfsvollen Vortrag gehalten, wie schuldig er sich durch diese Art von Kaffeegenuss machte. Wie eine Furie war sie durch sein Büro direkt auf die Kapselmaschine zugegangen und hatte ihm mit erhobenem Zeigefinger erklärt, dass mit jeder dieser Kapseln Aluminiumabfall entstünde, dass bei der Aluminiumproduktion Bauxit abgebaut und der Regenwald abgeholzt und zerstört würde und, dass er, Kriminaloberrat Rüdiger Hummel, zu dieser Umweltsünde beitrüge. Dann hatte sie noch etwas von giftigem Rotschlamm gefaselt, da hatte er aber schon nicht mehr zugehört. Er war froh, als der rothaarige Drache, wie er sie insgeheim nannte, endlich aus seinem Büro verschwunden war. Immerhin hatte er nach diesem Vortrag eine Woche lang nur grünen Tee getrunken. Den wiederum konnte er inzwischen nicht mehr sehen und so war er vor zwei Tagen zu seinen Kapseln zurückgekehrt. Er nahm sich gerade seine Lieblingsgeschmacksrichtung Sumatra aus der Pappbox, als er im Flur laute Stimmen hörte, die sich seinem Büro bedrohlich näherten. Einen Herzschlag später öffnete sich seine Bürotür mit Wucht und herein trat eine offensichtlich aufgebrachte ältere Dame, der Gerda auf dem Fuß folgte.

»Chef, ich konnte sie nicht abhalten«, gab Gerda atemlos von sich, als die alte Dame auch schon unaufgefordert auf dem Stuhl vor Hummels Schreibtisch Platz genommen hatte.

»Guten Morgen Herr Hummel«, sagte die alte Dame und zog sich ihre bordeauxroten Handschuhe von den zittrigen

Händen. Unter ihrem farblich zu den Handschuhen abgestimmten roten Trachtenhut, den eine große Feder zierte, schaute sie ihm geradewegs in die Augen.

»Kriminaloberrat Hummel, so viel Zeit muss sein«, verbesserte er sie. »Mit wem habe ich das Vergnügen?«

»Eisele, Elfriede Eisele. Ich bin die Mutter von Georg Eisele.«

»Angenehm Frau Eisele, und was führt Sie zu mir, wenn ich fragen darf?«

»Ja, also, Herr Hummel, des isch so…«, langsam drehte sich Elfriede zu Gerda um.

»Gerda, würden Sie uns bitte alleine lassen?«, bat Hummel nun in freundlichem Ton, worauf Gerda die Augenbrauen nach oben zog und wortlos von dannen trottete.

»Nun, Frau Eisele, kommen wir zur Sache. Wie kann ich Ihnen helfen?«

»Der Georg isch fort«, platzte die alte Dame heraus und ihre Augen wurden wässrig.

»Was soll das heißen, Georg ist fort?«, fragte Hummel aufrichtig besorgt.

»Na ja, er isch eben fort. Unter der Todesanzeige stand, bin dann mal weg, melde mich Georg. Des war am Samschdag, aber der Georg hat sich nemme gmeldet. Genauso wie der Arno.«

»Wer ist Arno? Ein Hund?«, fragte Hummel.

»Noi, der Arno. Der Arno Frommel. Mei Freund. Noi, er isch ned mei Freund. Das heißt, ich hab denkt, er isch mei Freund, aber er isch ja mei Sohn, der Georg, und ich lieb ihn, den Arno.«

Hummel öffnete einen weiteren Knopf seines Hemdenkragens. Ihm war vollkommen egal, wie er dabei aussah, diese Situation war auf dem besten Wege ihn zu überfordern. Den Umgang mit alten merkwürdigen Menschen war er nicht gewohnt und Eiseles Mutter war offensichtlich in einem Zustand äußerster Verwirrung.

»Frau Eisele, nun mal ganz langsam«, versuchte er es vorsichtig, »um wen geht es jetzt eigentlich? Wer ist verschwunden, der Georg, oder der Arno?«

»Ha boide!«, Elfriede Eisele öffnete ihre Handtasche und zog ein Päckchen Papiertaschentücher hervor. Umständlich pulte sie die Öffnung auf und zog eines heraus.

»Möchtet Sie au eins?«, fragte sie und hielt ihm die Packung unter die Nase.

»Nein danke, wozu auch, ich muss ja nicht weinen«, sagte Hummel und kam sich augenblicklich blöd dabei vor.

»Noi, aber was ed isch, kann no werda«, antwortete Elfriede Eisele, womit sie unzweifelhaft recht hatte. Vielleicht würde es gar nicht mehr lange dauern, und er, Hummel, würde sie um ein solches Taschentuch bitten.

»Also, jetzt mal der Reihe nach«, versuchte er es erneut.

»Wer ist wie und wann verschwunden?«

»Also zuerschd isch der Arno verschwunden. Der isch mei Freund – gwäsa. Also der isch nemme mei Freund. Der hat mir gsagt, er muss a paar Tag verschwinden, weil er jemand beobachten muss. Aber des isch jetzt scho so lang her und der hat sich nemme bei mir gmeldet. Aber des isch ned des Schlimmschde«, nun öffneten sich bei Elfriede Eisele die Schleusen und sie begann richtig zu weinen.

»Dass der Georg fort isch, des isch des Schlemmschde. Und ich ben schuld, ich mit meinem Fleischwolf und meine Wurschtfüllhörner. Ich hab ihm den Reschd gäba.«

Hummel stand auf und begann im Raum auf und ab zu gehen. In was war er da hineingeraten? War die Frau eigentlich überhaupt noch zurechnungsfähig, bei all dem, was sie da faselte? Im Stillen begann er Georg Eisele Abbitte zu leisten, bei der Mutter.

»Also Frau Eisele«, versuchte er es erneut und setzte sich wieder.

»Ich hab keine Ahnung was ein Fleischwolf mit dem Verschwinden von Georg und diesem – wie hieß er doch gleich?«

»Arno. Arno Frommel.«

»Also, ich hab keine Ahnung, was ein Fleischwolf und die anderen Dinger …«

»Wurschtfüllhörner.«

»Also gut, Wurstfüllhörner, was das alles mit dem Verschwinden der beiden Männer zu tun hat.«

»Der Georg isch mei Sohn.«

»Ja aber er ist auch ein Mann. Herrgott Frau Eisele, jetzt machen Sie es mir doch nicht so schwer.«

»Entschuldigung«, schniefte Elfriede Eisele.

»Was den Herrn Frommel betrifft, da kann ich wenig machen. Vielleicht meldet er sich ja wieder bei Ihnen. Und was Ihren Georg betrifft, ja, da muss ich gestehen …«, Hummel überlegte.

»Wissen Sie was, Sie gehen jetzt erst einmal nach Hause. Vielleicht ist Ihr Georg ja inzwischen schon längst dort. Und ich geh jetzt rüber zu Frau Klein, vielleicht weiß die etwas.«

Er stand auf und ging um seinen Schreibtisch herum. Elfriede Eisele erhob sich schwer von ihrem Stuhl und reichte Hummel ihre kalte Hand. Mit gesenktem Kopf schlich sie zur Tür hinaus.

Kurze Zeit später fand sich Hummel im Büro von Theodora Klein wieder, doch auch von ihr war nichts zu sehen. Wutentbrannt rannte Hummel zurück, ließ sich auf seinen Schreibtischstuhl plumpsen und griff zum Telefon. Er wählte die Nummer von Frau Klein, doch es meldete sich nur der Anrufbeantworter.

Entmutigt ließ er den Hörer sinken. In welchem Käfig voller Narren war er hier eigentlich eingesperrt? Jetzt brauchte er dringend ein Taschentuch, doch Elfriede Eisele war fort.

Theodora rieb sich die Augen. Sie waren zugeklebt. Als Kind war das immer so bei ihr gewesen, wenn sie krank war. Sie suchte ihren Wecker, und fand ihn schließlich an einer Stelle auf dem Nachttisch, wo sie ihn noch nie hingestellt hatte. Wie kam der dorthin? Sie nahm ihn und sah ungläubig auf das Uhrzeigerblatt. Es war bereits früher Nachmittag. Wie lange hatte sie geschlafen? Verwirrt warf sie die Decke zur Seite und setzte sich vorsichtig auf. Schwindel ergriff sie, als sie die Beine vor das Bett stellte. Langsam erhob sie sich und ging durch den Flur ins Badezimmer. Der Weg dorthin schien endlos. Als sie durch das Wohnzimmer kam, nahm sie aus dem Augenwinkel wahr, dass der Anrufbeantworter blinkte. Kraftlos ließ sie sich auf den Badewannenrand sinken und schaute entgeistert auf das Gesicht, das ihr aus dem Spiegel entgegenblickte. Sie sah in fremde Augen. Die Lippen vom Fieber rissig, Locken die sich wirr und strohig um ihren Kopf gelegt hatten. Ihre Knie zitterten und die Zunge klebte schwer an ihrem Gaumen. Der Hocker, auf dem sie sonst ihre Kleider ablegte, stand auf der anderen Seite des Badezimmers. Im Wäschekorb lagen zerknüllte Badetücher. Sie waren nass. Theodora stand auf und ging in Richtung Küche. Sie fror und brauchte etwas Heißes. Dringend. Der Gedanke an Kaffee verursachte eine leichte Übelkeit. Ein Tee wäre gut. Ein heißer Tee. In der Wohnung roch es nach abgestandenem Rauch. In der Küche blieb Theodora wie angewurzelt stehen. An der weißen Wand neben dem

Kühlschrank waren Spuren zu sehen. Flüssigkeit musste von oben nach unten gelaufen sein. Hellbraune Flüssigkeit? Auf der Abstellfläche neben dem Herd standen drei Flaschen Rotwein. Lemberger, Steillage. Die Worte verschwammen vor ihren Augen. Die Flaschen waren leer. Alle. Sie griff sich den Wasserkocher, füllte ihn und drückte auf den Knopf. Benommen setzte sie sich an den Tisch. Ihren dröhnenden Kopf in beide Hände gestützt, versuchte sie, nachzudenken. Kleine Mosaikstückchen setzten sich in Bewegung, Erinnerungsfetzen, die sich noch nicht vollständig formiert hatten. Das Wasser blubberte, Wasserdampf stieg hoch. Plötzlich fühlte sich Theodora wie elektrisiert. Alles war wieder da. Sie stand auf, nahm eine Tasse aus dem Schrank und gab einen Teebeutel hinein. Sie goss das heiße Wasser darüber, ging auf wackligen Beinen zum Tisch zurück und setzte sich. Was war heute für ein Tag? Sie hatte sich Urlaub genommen. Wegen Amadeus. Amadeus. Er war nicht gekommen. Sie führte die Tasse zum Mund und verbrannte sich die Lippe. Der Tee schien noch zu kochen. Sie stellte die Tasse ab und beobachtete den Dampf, der leise kräuselnd nach oben entwich. Amadeus war ein Schwindler. Und sie war ihm aufgesessen. Ausgerechnet sie. Theodora Klein, die bekannt dafür war, sich niemals emotional aus der Fassung bringen zu lassen. Zumindest nicht wegen eines Mannes. Und nun hatte sie sich verliebt gehabt. Vielleicht zum ersten Mal in ihrem Leben und dann gleich mit solch fatalen Folgen. Wie konnte sie nur. Sie hatte einen schalen Geschmack im Mund. Bitterkeit, Scham und Wut, das war es, was sie empfand. Scham, weil sie sich einem solchen Mann hingegeben, sich fallen gelassen hatte und Lust empfand, wie sie sie bisher nicht gekannt hatte. Scham auch, weil sie ihm ihre Liebe auch noch schriftlich gegeben hatte, in diesem letzten verdammten Brief an ihn, den er nie erwähnt hatte.

Wut, weil sie sich so weit hatte bringen lassen, ihre Pflichten zu vernachlässigen. Die Sache mit dem Toten im Seniorenheim war nur peripher an ihr vorbeigerauscht und sie war froh gewesen, als eine so rasche Klärung erfolgte. Zwei Pflegerinnen, die versehentlich das falsche Medikament verabreicht hatten. Das war nichts Außergewöhnliches, im Gegenteil. Immer wieder gingen derartige Meldungen durch die Presse. Das war auch kein Wunder. Das Personal in solchen Einrichtungen war genau wie in den Kliniken meist unterbesetzt, arbeitete am Rande seiner Leistungsfähigkeit durch Überstunden, Nachtdienste und vielem mehr. Theodora fuhr sich durch die Haare. Ihre Kopfhaut juckte, was sie an Eisele denken ließ. Der Arme. Er quälte sich seit Wochen mit einer aggressiven Haartinktur herum, in der Hoffnung darauf, es könnten doch noch ein paar Härchen auf seiner Glatze sprießen. Sie nahm einen Schluck Tee. Jetzt war er genau richtig in der Temperatur. Wie gut das tat. Wieso nur dachte sie gerade so intensiv an ihren Kollegen? Es fiel ihr ein. Heute war Montag. Für heute hatte sie keinen Urlaub mehr eingetragen. Sie würde sich in der Dienststelle melden, sagen, sie hätte sich eine Grippe eingehandelt. So würde sie das machen. Nachher. Zuvor musste sie sich jedoch noch einigermaßen fassen, ja, mit sich selbst ins Gericht gehen. Dass sie hin und wieder eine Flasche Wein mit einem Joint kombinierte, obwohl ihr dies ganz und gar nicht bekam, war eine traurige Tatsache. Traurig hauptsächlich deswegen, weil es ihr danach sterbenselend ging. Sie hatte sich selbst mehr Abstinenz auferlegt, doch diesmal hatte sie sich offenkundig völlig gehen lassen. Sie zählte drei leere Flaschen Rotwein, das waren – sie rechnete kurz nach – dreimal 0,75 Liter, herrje, das waren zweieinviertel Liter Wein und dazu noch das Gras. Sie musste sich nicht wundern. Sie fröstelte. Ihre Erinnerung war vollständig zurückgekehrt und hatte das Bild des Entsetzens, das sie geboten haben musste, vollständig zusammengesetzt. Sie leerte die Tasse in einem Zug. Sie musste sich waschen, anziehen, und dann einen Weg antreten, der ihr schwerfiel. Sie schämte sich, doch es musste sein, sie musste nach oben zu Aylin und zu Murat.

Zerknirscht zog Theodora die Wohnungstür hinter sich ins Schloss. Der Weg zu Aylin und Murat fiel ihr schwer. Schon das Anziehen hatte ihr große Mühe bereitet, so schwach und zittrig, wie sie war, dabei war sie lediglich in ihre bequeme Jogginghose geschlüpft. Da sie beständig fror, hatte sie ihren flauschigen Strickrolli und zwei Paar warme Socken übereinander angezogen. Nun stieg sie schweren Herzens langsam Stufe um Stufe nach oben zu den beiden. Inzwischen war ihr bewusst, dass Aylin und Murat es gewesen waren, die sie in ihrem jämmerlichen Zustand vorgefunden und sie daraus befreit hatten. Murat hatte später noch einen Arzt gerufen, der ihr zwei Spritzen verabreicht hatte. Ein fiebersenkendes Mittel und ein Antibiotikum. Als sie oben angekommen war, hielt sie einen Moment inne. Sie, Kommissarin Theodora Klein, hatte Mist gebaut, und diesem würde sie sich jetzt stellen. Sie klingelte. In der Wohnung rührte sich nichts. Halbwegs erleichtert wandte sich Theodora ab, niemand war da, der Kelch schien noch mal an ihr vorübergegangen zu sein. Ob sie diesen Mut noch einmal aufbringen würde, wusste sie nicht. Doch da vernahm sie ein leises Geräusch in der Wohnung. Sie klopfte an die Tür und rief: »Aylin, bist du da? Ich bins, Theodora.«

Nach einem Moment der Stille wurde von innen ein Schlüssel im Schloss umgedreht und die Tür öffnete sich langsam. Mit zerknirschtem Gesichtsausdruck erschien Murat in der Türöffnung.

»Tschuldigung«, murmelte er und hielt den Blick gesenkt.

»Für was entschuldigst du dich?«, Theodora verstand nicht.

»Isch hab sie mitgenommen. Sonst wäre sie irgendwann verhungert!«

»Wen hast du mitgenommen? Wer um alles in der Welt wäre verhungert?«

»Na die Kröte. Isch hab sie mitgenommen. Gestern. Du kommst sischer und willst sie holen, oder?«

Nun war es Theodora, die verlegen den Blick senkte. Sie hatte es noch nicht einmal bemerkt, dass das Tier fehlte, doch das konnte sie Murat nicht eingestehen, nicht auch noch das.

»Ja, ja, natürlich, ich komme, um Ramses abzuholen«, sagte sie rasch und trat von einem Bein auf das andere. Es war verdammt kalt hier im Treppenhaus.

»Ich komme aber auch noch aus einem anderen Grund«, fuhr sie fort, doch Murat machte keine Anstalten, sie eintreten zu lassen.

»Warum? Warum kommst du dann?« Murat schien irritiert.

»Ist denn deine Mutter nicht da? Vielleicht würde sie mich ja hereinbitten?«, bat ihn Theodora nun doch und überhörte geflissentlich, dass er sie duzte. Wahrscheinlich nahm er an, dass die Tatsache, sie vor dem Ertrinken unter der Dusche gerettet zu haben, ihn dazu berechtigte.

»Nein«, stammelte Murat. »Mama is nisch da. Is nach dem Dienst zu einer Freundin gegangen. Sie kommt spät, aber ja, komm rein!« Er öffnete die Tür weit und ging vor Theodora her ins Wohnzimmer. Sie folgte ihm und ließ sich unaufgefordert auf dem weichen gemütlichen Sofa nieder.

»Musstest du heute nicht zur Arbeit?«, fragte Theodora und betrachtete interessiert einen Schachcomputer, der auf dem Couchtisch stand. Murat kratzte sich verlegen am Hinterkopf.

»Morgen wieder. Bin noch krankgeschrieben«, kam es leise von Murat.

»Oh, was fehlt dir denn?«

Murat schwieg verlegen.

»Na ja, eigentlich bin ich auch nur gekommen, weil ich mich bei dir und deiner Mutter bedanken wollte …«

Murat sah sie aus großen Augen hilflos an, sagte aber noch immer nichts.

»Murat, jetzt mach's mir doch nicht so schwer«, Theodora wand sich. Es war ihr mehr als unangenehm, dass ausgerechnet dieser junge Kerl, dessen Lieblingswort fuck war, ihr Retter in der Not gewesen war.

»Setz dich doch kurz zu mir«, forderte sie ihn auf und er setzte sich tatsächlich, die Augen streng auf den Schachcomputer gerichtet. Theodora betrachtete ihn aufmerksam. Irgendwie schien er verändert. Tiefe Schatten lagen unter seinen Augen. Alles an ihm strahlte Hoffnungslosigkeit aus. Einer inneren Eingebung folgend, legte Theodora ihre Hand auf seinen Arm. Er drehte den Kopf und sah ihr direkt in die Augen. Und dann sah sie es. Trauer. Trauer in Murats jungem Gesicht. Theodora schluckte. Plötzlich hatte sie einen Kloß im Hals. Mit allem hatte sie gelernt umzugehen, mit Tod, Gewalt, Verbrechen. Viele Jahre hatte sie geglaubt, abgestumpft zu sein, denn es war ihr immer gelungen, nichts an sich heranzulassen. Doch dann hatte sie sich verliebt. In Amadeus. Den Schwindler. Ihre plötzlich aufgekommenen Gefühle hatten sie übermannt. Mitgerissen in einen ungesunden, ja vielleicht sogar fast tödlichen Strudel. Und nun saß sie hier auf dem Sofa in der Wohnung Aylins und fühlte, wie die Tränen in ihr aufstiegen beim Anblick dieses jungen Mannes. Was war nur los mit ihr? So kannte sie sich nicht und so mochte sie sich nicht. Ein weibliches Weichei. Wo war nur die alte Theodora geblieben? Unbeugsam, draufgängerisch und nicht von Gefühlen geleitet, das war sie gewesen. Und jetzt?

»Ich wusste gar nicht, dass du Schach spielst«, versuchte sie erneut, Murat zu erreichen. Dies schien die richtige Taktik gewesen zu sein, denn ein Lächeln huschte über sein Gesicht, als er antwortete: »Isch hab angefangen, das zu lernen. Leider kann Mama nisch spielen. Und jetzt, wo der alte Herr nicht mehr da ist, bin isch alleine. Darum hab isch mir den Schachcomputer gekauft. Isch spiele schon auf Level zwei. Willst du sehen?« Theodora nickte. Das war sie ihm schuldig. Stolz setzte er die Figuren in ihre Ausgangsposition zurück und begann zu erklären. Zum ersten Mal fiel ihr auf, dass Murat eine angenehme Stimme bekommen hatte. Auch seine Sprache war eine andere, bessere, geworden. Sie war müde, sehr müde, und obwohl sie das dringende Bedürfnis hatte, zu schlafen, entschied sie sich, zu bleiben. Sie wurde das Gefühl nicht los, dass noch etwas in der Luft lag. Etwas Unausgesprochenes, etwas, das sich zu erfahren lohnte.

Er war gerade dabei ihr die verschiedenen Züge von Dame, Turm und Läufer zu erklären, als sie ihn unterbrach:

»Respekt Murat, wie gut du dich schon mit diesen ganzen Regeln auskennst. Ich persönlich habe mich noch nie mit dem Schachspiel auseinandergesetzt. Allerdings hatte ich auch nie jemanden, der es mir gezeigt hat. Und wer, sagtest du, war das, der dir das beigebracht hat?«

Murat zögerte. Langsam stellte er König und Dame auf das Brett zurück und atmete tief ein.

»Magst du auch einen Tee?«, fragte er und stand auf.

Theodora nickte, während Murat bereits dabei war, die Teegläser zu füllen.

»Du nimmst extra viel Zucker, stimmts?«

»Dass du das noch weißt, ja, sehr gerne.«

»Wie geht es dir jetzt?«, Murat sah sie fragend an.

Theodora zögerte. Das Gespräch schien einen anderen Verlauf nehmen zu wollen, als sie ursprünglich vorgehabt hatte. Trotzdem konnte sie der Frage nicht ausweichen.

»Na ja, nicht wirklich gut würde ich sagen«, antwortete sie wahrheitsgemäß und nahm einen Schluck. Der Tee war stark. Vielleicht würde er ihre Lebensgeister wecken. Noch immer fühlte sie sich fiebrig.

»Auf jeden Fall möchte ich mich bei dir bedanken. Und bei deiner Mutter natürlich auch. Ich weiß wirklich nicht, was ich ohne euch gemacht hätte.«

»Warum hast du überhaupt …«, weiter kam er nicht.

»Murat, lass gut sein. Du hast ganz toll reagiert, aber mehr möchte ich dazu nicht sagen. Erzähl mir lieber. Wer hat dir das Schachspielen so gut beigebracht?«

Murat schenkte sich ein zweites Glas Tee ein und setzte sich wieder zu Theodora an den Couchtisch zurück.

»Das war der alte Mann. Ich hab ihn sehr gern gehabt. Weißt du, am Anfang, da haben die mich alle blöd angeguckt. Da kommt der Türke, der mit seinen Sozialstunden. Eine alte Frau hat behauptet, ich hätte ihr ein goldenes Armband gestohlen. Die Heimleiterin, die fucking Bitch, ist auf mich losgegangen. Is ja klar, das kann doch nur der Türke gewesen sein. So nach dem Motto, einmal kriminell, immer kriminell. Aber der alte Mann, der hat zu mir gehalten und gesagt, *der Junge tut sowas nicht.* Und dann hat er zu der Alten gesagt, sie soll noch mal zwischen ihrer Unterwäsche nachschauen, wahrscheinlich hat sie es dort versteckt. Und soll ich dir was sagen? Genauso wars. Aber glaubst du, die hätten sich bei mir entschuldigt? No!« Er machte den Stinkefinger und zog aufgebracht die Nase nach oben.

»Das ist natürlich weniger schön«, sagte Theodora.

»Und der alte Mann, sagst du, der hat zu dir gehalten?«

»Ja, der immer.« Murat schluckte und schwieg einen Moment. Theodora ließ ihm die Zeit.

»Weißt du«, fuhr er leiser fort, »er war wie Großvater für mich. Er hat erzählt. Viel. Von früher. War interessant. Aber er war nicht alt, also ich meine, wie sagt man, jung geblieben. In Herz. Nein. Im Herz. Er hat gearbeitet mit mir. An Sprache. An meiner Sprache. Und er hat gesagt, ich soll unterstützen meine Mutter. Dadurch, dass ich lerne. Er hat gesagt, ich sei kluger Junge. Ein kluger Junge. Und er hat gesagt, ich habe die falschen Freunde. Vielleicht er hat Recht gehabt?« Wieder schwieg er. Dann fuhr er fort: »Er hat keine Familie gehabt. Nur einen Freund, der hat ihn aber nicht oft besucht. Im Heim. Meistens sie haben telefoniert. Aber einmal, da ist Freund gekommen und er war ganz aufgeregt. Ich habe gehört, wie er geredet hat, von Gefahr und dass er sich getäuscht hat. Freund hat versprochen, ihm zu helfen.«

»Das hat er zu dir gesagt, dass der Freund ihm versprochen hat zu helfen?«

»Nein, ich habe das gehört, als ich ihm Tee gebracht habe. Auch für den Freund hab ich Tee gebracht. Und dann ist er gleich still geworden. Aber am nächsten Tag hat er mir gegeben ein altes Buch. Er hat gesagt, wenn was passiert, soll ich das seinem Freund geben. Ich habe gewartet, aber Freund ist nicht mehr gekommen, verstehst du?«

Theodora wurde hellhörig. »Ein altes Buch? Hast du das noch?«

»Ja, ich habe. Er hat es selbst geschrieben. Aber ich kann es nicht lesen.«

»Wieso kannst du das nicht lesen? Und was meinst du damit, er hat es selbst geschrieben?«

»Na ja, selber halt. Mit Hand. Und ich kann nicht lesen seine Schrift.«

»Ach jetzt verstehe ich, du meinst, er hat Tagebuch geschrieben?«

»Ja genau. So heißt das. Tagebuch.«

»Und jetzt ist der alte Mann nicht mehr da? Weil du vorhin gesagt hast, du bist jetzt alleine und hast dir deswegen den Schachcomputer gekauft, meine ich?«

»Nein, er ist tot. Aber Sandra ist nicht schuld.«

Theodora durchfuhr eine Gewissheit, von der sie hoffte, dass sie sich irrte. Sie holte tief Luft und stellte Murat die Frage: »Sag Murat, wie heißt die Einrichtung, in der du deine Sozialstunden ableistest?«

Sie schickte ein Stoßgebet zum Himmel, doch es war vergeblich. Murat sagte: »Himmelruh. Ich arbeite in Himmelruh.«

»Und, wie hieß der alte Mann? Der, der jetzt tot ist?«

»Rudolf«, kam es erstickt von Murat. »Wichrowsky.«

In Theodoras Ohren begann es zu rauschen. Ihre Gedanken überschlugen sich. Was für eine Idiotin sie doch war. Fassungslos starrte sie Murat an, der verlegen auf den Boden blickte. Wie hatte sie nur derart versagen können? Plötzlich war sie sich sicher, in diesem Fall das Wesentliche übersehen zu haben. Sie hatte ja nicht einmal das Naheliegendste gesehen, nämlich dass Murat der türkische Junge war, von dem berichtet wurde, er würde seine Sozialstunden ableisten. Wie oft hatte Frau Dobler das erwähnt? Zu oft, um es nicht zu hinterfragen. Sie war eine Versagerin auf der ganzen Linie. Es wurde Zeit, dass sie den Dienst quittierte. Eine Person wie sie war nicht mehr tragbar in diesem Beruf. Und das alles wegen eines verlogenen Klangschalentherapeuten. Es war unfassbar. Theodora versuchte aufzustehen, doch ihr wurde schwarz vor Augen und sie plumpste zurück auf das weiche Sofakissen.

»Theodora, was is?«, hörte sie Murat fragen. »Bist ganz weiß, soll ich noch mal Doktor holen?«

»Nein um Himmels willen. Einmal reicht mir«, antwortete sie harsch und schaffte es nun doch, aufzustehen.

»Warte, isch zeige dir …«, sagte Murat und rannte aus dem Zimmer. Theodora war bereits im Treppenhaus, als Murat auf der obersten Stufe erschien.

»Hier Buch von Rudolf. Magst du sehen?«, rief er und hielt Theodora ein in Leder gebundenes Tagebuch entgegen.

Wortlos griff Theodora das Buch und ging nach unten.

»Und was ist mit Kröte?«, rief Murat hinter ihr her. Doch das hatte Theodora nicht mehr gehört …

Er hörte es klopfen. Einmal, zweimal, dreimal. Er öffnete die Augen. War er etwa eingeschlafen, hier in diesem Sessel? Der Rücken tat ihm weh. Ihm war übel. Wie spät mochte es sein? War sie vielleicht noch einmal da gewesen und er hatte sie nicht bemerkt? Wieder klopfte es. Nein, er träumte nicht. Nun hörte er Schritte. Irgendjemand kam irgendeine Treppe herunter. Er warf die Decke von sich und schälte sich aus dem Sessel. Sein Kopf dröhnte. Schleppend ging er hinüber zur Tür. Er drückte die Klinke. Die Tür war verschlossen. Draußen waren Stimmen zu hören. Er hielt das Ohr an die Tür. Ein Mann sprach mit einer Frau. Er sprach mit der Alten. Sie kannten sich und lachten über irgendetwas.

»Willst du kurz hereinkommen?«, sagte die Alte, doch bevor der Mann antworten konnte, fuhr sie bereits fort: »Aber ich sag es dir gleich, ich habe mir eine Grippe eingefangen, es wäre vielleicht besser, wenn du auf Abstand gehen würdest.«

»Also eine Grippe wäre das Letzte, was ich jetzt gebrauchen könnte«, der Mann lachte. »Ich wollte dich nur fragen, ob du in der vergangenen Nacht irgendwas Ungewöhnliches bemerkt hast.«

»In der vergangenen Nacht sagst du? Nein. Um ehrlich zu sein, ich habe eine Schlaftablette genommen. Ich nehme die Dinger ja nicht oft, das sind welche von der Sorte, die dich umhauen. Da könnte dich jemand forttragen, du würdest es nicht mitbekommen.« Sie lachte. »Warum, was ist denn passiert?«

»Na oben, an der Kurve, da gab es einen Unfall. Ein Auto ist von der Straße abgekommen und frontal auf einen Baum geknallt. Weißt du, dort, bei der Tannengruppe. Danach muss das Fahrzeug Feuer gefangen haben, jedenfalls ist es fast völlig ausgebrannt.«

»Ach herrje. Und was ist mit dem Fahrer?«

»Du weißt, dass ich dir das alles gar nicht sagen dürfte, aber schließlich kenn ich dich ja schon mein Leben lang«, wieder lachte der Mann.

»Kann man so sagen …«, das war die Stimme der Alten.

»Immerhin bin ich zusammen mit deinem Vater, Gott hab ihn selig, in die Schule gegangen.«

»Ja also der Fahrer der ist verbrannt. Furchtbar sag ich dir. Das Auto allerdings nicht vollständig. Die Kollegen haben gleich am Unfallort gemeint, das müsste so ein alter Renault vier sein, so einer, den es eigentlich gar nicht mehr gibt. Wahrscheinlich hat der Wagen darum auch gleich gebrannt. Vielleicht gibt die Fahrgestellnummer ja noch was her, wer weiß. Also, falls dir noch was einfällt, weißt du ja, wo du mich findest.«

»Halt«, schrie die Alte.

»Jetzt hast du mich aber erschreckt, was ist denn noch?«

»Eigentlich nichts mehr, ich bin nur geschockt, dass da ein Toter im Auto war. Wo ist denn der jetzt hingekommen?«

»Na, wo wird der wohl hinkommen. Zu deinen Kollegen natürlich. In die Pathologie, beziehungsweise in die Rechtsmedizin. Es muss ja herausgefunden werden, wer der Tote ist. Aber Astrid, das muss ich dir doch nicht sagen.« Er hüstelte verlegen.

»Aber wir werden den Fall sowieso nach Stuttgart abgeben müssen, nehme ich an. Das Kennzeichen ist nämlich eines aus Stuttgart. Wir haben es ein Stück weg vom Auto unter einer Tanne gefunden. Ist wahrscheinlich beim Aufprall abgerissen. Dann werden wir schnell wissen, um wen es sich bei dem Toten handelt. Astrid, ist dir nicht gut? Du bist auf einmal ganz weiß im Gesicht!«

»Ja, ja«, stammelte die Alte, »die Grippe, du weißt doch, die Grippe.«

»Und Astrid …«

»Ja …?«

»Du hast das alles jetzt nicht gehört, gell! Wenn du das dem Lammers sagst, komm ich in Teufels Küche!«

»Nein, woher auch. Ich weiß von nichts«, sie lachte meckernd.

Ein dumpfes Geräusch verriet, dass die Tür geschlossen wurde. Er fror und schwitzte gleichzeitig. Er schlich zurück zum Sessel und nahm darauf Platz. Warum hatte er sich nicht bemerkbar gemacht? Er wusste es. Er hatte beobachtet, wie die Alte eine Leiche entsorgt hatte. Eine Leiche im Schubkarren, und diese Leiche hatte sie ganz offenbar in sein Auto gelegt und dort verbrannt. Erstaunt über seine Kombinationsfähigkeiten fühlte er sich gleich etwas besser. Woher besaß er nur solche Fähigkeiten? Vorhin im Traum waren ihm immer irgendwelche Ziffern erschienen. Eine Telefonnummer? Ganz sicher! Seither hatte er das dringende Bedürfnis, diese Nummer anzurufen. Er überlegte, doch er bekam sie nicht mehr zusammen. Irgendwas mit sechzehn und acht. Oder acht und sechzehn? Nein, da war noch was dazwischen. Er griff sich an die Stirn, die juckte, und kratzte sich. Da musste man doch was tun können, mit einer Stirn, die so juckte und blutete, wenn man sich dran kratzte. Jetzt fiel es ihm ein. Die fehlende Zahl lautete zweiunddreißig. Er schloss die Augen und murmelte die Zahlen leise vor sich hin. Acht, sechzehn, zweiunddreißig. Zweiunddreißig, sechzehn, acht! Das wars. Diese Nummer würde er anrufen, die 32 16 8, doch wie sollte er an ein Telefon kommen, und, hatte die Alte, deren Name Astrid war, nicht gesagt, sie hätte kein Telefon? Die Alte log, dessen war er sich inzwischen sicher. Wenn er verdammt noch mal nur sein Gedächtnis zurückbekäme. Immerhin wusste er jetzt schon seinen Namen. Er war Georg Eisele, er kam aus Stuttgart, er trainierte in einem Sportstudio, das Muscle Monsters hieß und er kannte eine Telefonnummer, von der er nicht wusste, zu wem sie gehörte. Und noch etwas wusste er, und das war etwas, was sein Innerstes zum Beben brachte. Er war in Gefahr. In großer Gefahr.

Die Treppenstufen verschwammen vor Theodoras Augen. Auf dem Weg hinunter in ihre Wohnung musste sie sich das Tagebuch unter die Arme klemmen, um sich mit beiden Händen am Geländer festhalten zu können. Ihr war schwindlig und die Stufen schienen ihr entgegenzukommen. Mit zittriger Hand führte sie schließlich den Schlüssel ins Schloss und öffnete ihre Wohnungstür. Sofort fiel ihr Blick wieder auf den blinkenden Anrufbeantworter, doch seit der Sache mit Amadeus versuchte sie, das Ding zu ignorieren. Ein Rest Pflichtgefühl riet ihr, die Sprachnachricht dennoch abzuhören. Als die aufgeregte Stimme Hummels durch ihre

Wohnung hallte, wurde ihr heiß und kalt zugleich. Sie sah ihn direkt vor sich, wie er aufgeregt mit vorwurfsvollem Blick durch ihr Büro rannte. Wie konnte sie nur. Sie war krank, doch sie hatte sich nicht gemeldet, weder bei Eisele noch bei Hummel. Ein Blick zur Uhr sagte ihr, dass sie Hummel um diese Zeit wahrscheinlich nicht mehr im Büro antreffen würde. Sie setzte sich und wählte die Nummer ihres Kollegen Eisele, doch auch er war nicht am Platz. Fieberhaft dachte sie nach. Sie musste Zeit gewinnen, irgendetwas finden im Tagebuch des Verstorbenen, denn, dass der Fall neu aufgerollt werden musste, stand außer Zweifel. Wahrscheinlich würde sie nach Lage der Dinge dann ihren Hut nehmen müssen. Völlig zu Recht, sie hatte versagt.

Ihr Hals schmerzte, das Schlucken fiel ihr schwer und in ihrem Kopf hämmerte es unablässig. Der Besuch bei Murat hatte sie mehr mitgenommen, als sie ursprünglich gedacht hatte. Die neuen Erkenntnisse rissen ihr fast den Boden unter den Füßen weg, ihr müdes Gehirn würde eine ganze Weile brauchen, bis es alles sortiert hatte. Sie schlich hinüber in ihr Schlafzimmer und ließ sich auf das Bett fallen. Nur einen Augenblick der Erholung, nur einmal durchatmen, im nächsten Moment war sie eingeschlafen. Durch einen leisen Knall wurde sie geweckt. Gerade war sie noch in Himmelruh gewesen, Frau Dobler und Sandra hatten mit gefletschten Zähnen vor ihr gestanden und mit der Stimme ihres Vaters auf sie eingeschrien. Sie hatte nur zehn Minuten geschlafen, dann war ihr das Tagebuch aus der Hand geglitten und hinuntergefallen, daran war sie aufgewacht. Langsam erhob sie sich. Noch immer war ihr schummrig und Hunger hatte sie – so widersinnig ihr das erschien – auch. Sie schlurfte in die Küche und öffnete den Kühlschrank. Ein französischer Camembert stank ihr entgegen, was einen sofortigen Brechreiz bei Theodora auslöste. Allein der

Gedanke an Alkohol bewirkte dasselbe. Sie nahm eine Dose mit gesalzenen Erdnüssen aus dem Schrank und kochte sich einen Pfefferminztee. Kurz danach saß sie an ihrem Tisch und schlug das Tagebuch des Rudolf Wichrowsky auf. Zunächst musste sie sich an die Schrift gewöhnen. Klein und eng geschrieben, doch gestochen scharf, waren die Zeilen in engem Abstand korrekt in einer geraden Linie gesetzt. Er hatte eine ausdrucksstarke Handschrift besessen, nicht jeder Buchstabe war auf Anhieb zu erkennen und Theodora verstand nun, weshalb Murat mit dem Tagebuch nichts anzufangen wusste. Sie begann ganz vorne zu lesen. Rudolf Wichrowsky hatte zunächst über Familiäres geschrieben. Der Verlust seiner einzigen Schwester, die, wie er, unverheiratet gewesen war und ihm offenbar sehr nahegestanden hatte, hatte über einen langen Zeitraum hinweg seine Aufzeichnungen dominiert. Sie hatte ihren Kampf gegen Krebs verloren und er machte insgeheim den Ärzten der Charité den Vorwurf, sie nicht gewissenhaft genug behandelt zu haben.

Die nächsten Einträge im Buch fanden viele Monate später statt. Hier schrieb der Richter über einen Fall, der seiner Meinung nach zu einem eindeutigen Urteil geführt hatte. Der Mörder war geflohen und vor Verlassen des Gebäudes dingfest gemacht worden. Das Opfer war, als man es fand, bereits verblutet. Der Gefasste behauptete, er sei nicht der Letzte gewesen, der das Mordopfer gesehen habe, doch dies konnte nicht nachgewiesen werden.

Theodora schüttelte den Kopf. Der Richter hatte eine kryptische Art gehabt, Dinge zu formulieren, doch warum auch nicht. Er hatte alles zu seiner eigenen Erinnerung aufgeschrieben und da bedurfte es keiner weiteren Erklärung.

Theodora blätterte ein ganzes Stück weiter, als sie zwischen den Seiten auf ein vergilbtes Stück Papier stieß. Es schien sich um einen Brief zu handeln. Das Blatt war etwa in der Mitte zerrissen, das Geschriebene ging mitten im Satz weiter:

*... während der Verhandlung lange das Gefühl gehabt, dass Sie mir glauben. Ich habe von Anfang an zugegeben, dass ich den Professor in der Pathologie aufgesucht habe. Es war nicht schwer gewesen, mir einen Arztkittel zu besorgen und mir so ganz unauffällig Zugang zum Sektionsbereich zu beschaffen. Alles das habe ich immer wieder zugegeben, auch, dass ich den Professor zur Rede gestellt habe. Er hatte Spielschulden bei mir, der vornehme Herr, der jeden Monat ein dickes Gehalt einstrich und mir mit meiner kleinen Uhrenwerkstatt die Schulden nicht bezahlte. Ich habe zugegeben, dass es zu einem Handgemenge gekommen ist und dass der Professor dabei gestürzt ist. Er ist ganz dumm in eine offene Schublade hineingestürzt, aus der sie gerade eine Leiche entnommen hatten. Er hat geblutet, aber er hat gelebt. Ich habe immer wieder ausgesagt, dass ich dann geflohen bin, ich habe solche Angst bekommen. Und auf dem langen Flur bin ich auch gleich der Krankenschwester in die Arme gelaufen, ich habe sie fast umgerannt. Ich habe sie vom Sehen gekannt, es war die Assistentin des Professors, die das alles abgestritten hat. Ich habe nie verstanden, warum sie mir nicht geglaubt haben. Das Gesicht der Krankenschwester habe ich nie vergessen. Ihr Blick, als sie meinen Urteilsspruch verkündet haben. Sie saß da, mitten im Saal. Und sie haben mich verurteilt. Weil ich ein kleiner Hehler war, und in meiner Werkstatt hin und wieder was vertickt habe, das hat mich in ihren Augen schon zum Mörder gemacht. Und soll ich Ihnen mal was sagen, ich werde jetzt wirklich zum Mörder, zum Selbstmörder nämlich. Während ich Ihnen diese Zeilen schreibe, starre ich bereits auf den Strick, denn ich aus meinem Bettlaken gemacht habe. Und wenn ich den Stift weglege, mit dem ich Ihnen diese Zeilen*

*schreibe, werde ich innerhalb weniger Minuten tot sein. Zuvor aber werde ich Sie verfluchen Herr Richter. Genauso wie ich die Krankenschwester verfluche, die es geleugnet hat, dass sie mir begegnet ist.*

*Fahren Sie zur Hölle Richter Wichrowsky*
*Ullrich Rosenbauer*

Theodora ließ das Blatt sinken. Ihre Gedanken arbeiteten fieberhaft. Dieser Brief musste die andere Hälfte dessen sein, was die junge Frau, deren Namen sie vergessen hatte, unter dem Bett des Toten gefunden hatte. Heute vor einer Woche waren sie nach Himmelruh gerufen worden. Auch wenn es ihr vorkam wie eine Ewigkeit, so war doch erst eine Woche vergangen seit dem Mord an Rudolf Wichrowsky. Eine Woche, in der sie – und Eisele, das stand außer Frage – schlampig gearbeitet hatten. Doch es war noch nicht zu spät. Eine Woche war noch zu ertragen, oder nicht? Erschüttert beschloss Theodora, morgen zum Dienst zu gehen, und sei es mit dem Kopf unter dem Arm. Sie musste mit Hummel und mit Eisele sprechen. Zuerst mit Eisele, dann mit Hummel, oder umgekehrt? Sie raufte sich die Haare. Sie schaute zur Uhr, jetzt war es zu spät, hektisch blätterte sie durch das Buch, überflog die Seiten, bis sie zur letzten Seite des Buches kam. Was hier stand, ließ ihr das Blut in den Adern gefrieren. Sie las:

*…Daran, dass sie es ist, besteht kein Zweifel. Ich habe ihr Gesicht nicht vergessen, in all den Jahren, in denen ich mir das Gehirn zermartert habe, seit ich den Brief aus der JVA Moabit bekommen habe, und bin schon lange zu der Überzeugung gelangt, dass SIE es damals gewesen ist, die den Professor getötet hat. Warum nur habe ich dem armen Hund, der seine Unschuld immer und immer wieder beteuerte, nicht geglaubt? War ich so von Vorurteilen zerfressen, dass ich einen*

*Kleinkriminellen nur aufgrund ebensolcher Delikte für einen Mörder gehalten habe? Es hatte Aussagen gegeben, der Professor und seine Assistentin hätten eine geheime Beziehung gepflegt. Sie hat es abgestritten und er konnte dazu nicht mehr aussagen. Eine Beziehungstat hat niemand in Erwägung gezogen, zu klar waren die Fakten erschienen, die gegen den armen Rosenbauer gesprochen hatten. Und nun sitzt sie mir plötzlich gegenüber, nach all den Jahren. Sie hat mich auch erkannt, und sie ist gefährlich. Neulich war Dr. Schnabel bei mir im Zimmer. Dieser Idiot hat seine Zulassung wahrscheinlich im Lotto gewonnen. Er zeichnet sich weder durch Zuverlässigkeit noch durch Kompetenz aus und schon gar nicht durch Verschwiegenheit. Meine Befunde hat er bei geöffneter Zimmertür diskutiert und draußen ging sie auf dem Flur spazieren. Sie ist Krankenschwester, sie ist gefährlich, ich habe Angst, dass sie mir…*

An der Stelle rissen die Aufzeichnungen des Rudolf Wichrowsky ab. Es waren seine letzten Zeilen, datiert wenige Tage vor seinem Tod. Theodora schlug das Buch zu und blieb noch lange Zeit sitzen. Dann schlich sie hinüber in die Küche auf der Suche nach einem Schluck Wein. Sie fand noch eine Flasche. Lemberger. Sie hatte die Flasche bereits in der Hand, als sie diese wieder zurückstellte. Noch einen Pfefferminztee würde sie sich kochen, mehr gab es heute nicht mehr und schon gar keinen Alkohol. Diesbezüglich würde sie einen Schnitt machen, doch vor allem musste sie schnellstens aufklären, wie der alte Wichrowsky tatsächlich ums Leben gekommen war.

Eisele hatte jedes Zeitgefühl verloren. Draußen wurde es bereits dunkel. Seit dem Besuch der Polizei waren Stunden vergangen, Stunden, in denen er sich eine Strategie überlegt hatte. Immer wieder waren ihre Schritte zu hören gewesen, wenn sie an diesem Zimmer vorübergegangen war. Manchmal glaubte er auch, Tritte über sich wahrzunehmen. Inzwischen war sein Kopf vollkommen klar, doch sein Gedächtnis ließ ihn noch immer im Stich. Einzig diese merkwürdige Nummer schwirrte ihm ständig im Kopf herum. Wo befand er sich und warum hielt die Alte ihn hier fest? Wer war der Tote, den sie im Schubkarren durch den Garten geschoben hatte, und wer war die Leiche, die die Polizei in seinem ausgebrannten Auto gefunden hatte? Er schloss die Augen, fühlte wieder, wie der alte Franzose zu schlingern begann. Seine Hände krampften sich um das Lenkrad, er trat auf die Bremse, das Auto begann sich im Kreis zu drehen, immer schneller schoss es den Berg hinunter, er hatte jede Kontrolle verloren, die Tannengruppe raste auf ihn zu, er hörte den Knall. Die Tür ging auf. Die Alte war ins Zimmer getreten und trug ein Tablett vor sich her. Sie ging zur Mitte des Raumes und stellte es auf dem Tisch ab. Dann wandte sie sich ihm zu. Ihr Gesicht lag im Schatten, ihre Stimme klang metallisch, als sie ihn fragte, ob er denn nicht Hunger habe. Eisele starrte auf die weiße Porzellanschüssel mit Löwenköpfen. Ein Erinnerungsblitz durchzuckte ihn. Er kannte solche Schüsseln, doch woher? Wieder begann sein Hirn fieberhaft zu arbeiten. Ein Löffel und eine weiße Stoffserviette lagen ebenso auf dem Tablett. Erst jetzt bemerkte Eisele, dass sein Magen knurrte, ja, dass er beinahe am Verhungern war, doch konnte er eine Mahlzeit, die ihm von dieser Hexe serviert wurde, überhaupt zu sich nehmen, ohne sein Ende befürchten zu müssen? Als ob sie seine Gedanken erahnt hätte, sagte sie:

»Lieber junger Mann, es wird Zeit, dass Sie etwas zu sich nehmen. Sie haben den ganzen Tag geschlafen und müssen wieder zu Kräften kommen.«

Gebannt starrte er auf die Schüssel, dann hob er den Deckel ab, in Erwartung, etwas ganz Bestimmtes darin zu finden, doch was das war, das wusste er nicht mehr.

»Hirschragout«, unterbrach die gackernde Stimme der Alten die Stille. »Leider hatte ich gerade keine frischen Pilze zur Hand, dafür habe ich den Hirsch selbst geschossen und in einem guten Rotwein geschmort. Lassen Sie es sich schmecken, ich freue mich über Ihre Gesellschaft.«

Etwas Unheilvolles lag in ihrer Stimme und Eisele dachte an das Märchen von Hänsel und Gretel. Sie würde ihn doch wohl nicht mästen wollen, wie die Hexe einst das Hänsel? Die Alte nahm in einem Sessel Platz und ließ ihn nicht aus den Augen. Nach einem kurzen Moment der Unschlüssigkeit wurde Eisele vom Heißhunger übermannt, er griff schließlich zum Löffel und tauchte diesen unter dem vorwurfsvollen Blick des Wildschweins an der Wand gegenüber in die Schüssel mit dem dunkelroten Fleisch und der dicken, sämigen Soße. Während er langsam kaute, überschlugen sich seine Gedanken. Als er die Schüssel bis auf den letzten Fleischbrocken geleert hatte, wischte er sich den Mund an der Serviette ab und ließ sich wieder in seinen Sessel zurücksinken. Die Alte hatte unterdessen einige Holzscheite in den Kamin gelegt und diese angezündet. Behaglich begann es zu knistern. Eisele blickte ins Feuer und fühlte plötzlich, wie ihm schlecht wurde. Er fand noch einen Rest Fleisch unter seinem Backenzahn, geschmortes, braunes Fleisch, das er gerade gegessen und das ihm so gut geschmeckt hatte. Fleisch, das in Rotwein geschmort worden war und angeblich von einem Hirsch stammte. Eisele liefen kalte Schauer über den Rücken. Er dachte an die

Leiche in dem Auto, braun, geschmort, geröstet, verbrannt. Er begann zu keuchen und zu würgen. Er griff zu der Stoffserviette, doch die Alte riss ihn aus dem Sessel und schob ihn hinaus auf den Flur und hinein in eine Toilette, die er gerade noch erreichte, bevor er das Hirschragout wieder von sich gab.

Eine Viertelstunde später saß Eisele noch immer auf einer rustikalen Klobrille aus Holz, in der engen, stickigen Toilette und dachte nach. Er zitterte. Wie gut, dass er das, was auch immer er gegessen haben mochte, wieder losgeworden war. Was, wenn das Essen vergiftet gewesen wäre? Seit er auf die Toilette gestürmt war, hatte sich die Alte nicht mehr gerührt und sein Instinkt sagte ihm, dass es an der Zeit war, zurückzugehen. Mit einer Lavendelseife wusch er sich die Hände in dem winzigen Waschbecken, bevor er die Tür vorsichtig öffnete, und hinaustrat in den Flur, der im Halbdunkeln lag. Auch hier hingen überall tote Tiere an der Wand. Da waren ein Eichhörnchen, ein Biber und ein Rebhuhn. Er kam an einer Garderobe vorbei, an der ein Lodencape hing, an der Wand daneben lehnte eine Flinte. Das alles hatte er vorhin gar nicht wahrgenommen. Vor einer Kommode blieb er stehen. Ein altes Schwarz-Weiß-Foto erregte seine Aufmerksamkeit. Es zeigte eine stolze junge Frau in Turnierkleidung auf einem schwarzen Pferd. Daneben stand, er konnte es kaum fassen, ein aus der Zeit gefallenes Telefon mit einer Wählscheibe. Automatisch griff seine Hand nach dem Hörer. Zweiunddreißig sechzehn acht, sagte eine Stimme in seinem Ohr, doch da fühlte er bereits ihre kalten Finger auf seiner Hand. Sie nahm ihm den Hörer ab und legte ihn zurück auf die Gabel.

»Ich sagte Ihnen bereits, ich habe keine Telefonverbindung«, schnatterte die Alte, und wieder schob sie ihn vor sich her, diesmal zurück in das Zimmer, in dem nun das

Kaminfeuer loderte. »Setzen Sie sich«, sagte sie in einem Ton, der keine Widerworte duldete, und Eisele ließ sich wieder in den Sessel sinken.

Elfriede Eisele hatte keine Ruhe gefunden, den ganzen Tag über nicht. Selten hatte sie sich derart abgekanzelt gefühlt wie heute früh von diesem Schnösel von Kriminaloberrat. Ihr armer Georg. Nicht nur, dass er mit einer Kollegin wie dieser unausstehlichen Theodora Klein zurechtkommen musste, auch sein Vorgesetzter war nicht mehr als ein blasierter Lackaffe. Wie schon so oft am heutigen Tag putzte sie sich ihre Nase, die inzwischen wund geworden war. Seit Jahren hatte sie nicht mehr so viel geweint. Überhaupt war ihr erst jetzt so richtig bewusst geworden, wie sehr sie ihren Sohn liebte, und sie hatte sich unzählige Male am heutigen Tag vorgenommen, ihn in Zukunft in Ruhe zu lassen. Kein Wort würde sie mehr verlieren, weder über seine seltsame Art sich zu kleiden, noch über die Tatsache, dass er es bisher in seinem Beruf nicht allzu weit gebracht hatte. Wenn sie da an seinen Vater dachte …

Versonnen strich sie über die rote KitchenAid im Retro-Look. Wie gerne hätte sie heute etwas für ihren Georg gekocht, da klingelte es. Sie schaute zur Uhr. Wer wollte so spät am Abend noch etwas von ihr? Sofort begann ihr Herz wie wild zu klopfen. Georg konnte es nicht sein, er würde nicht klingeln, er hatte einen Schlüssel. Mit zittrigen Knien ging sie in den Flur. Angst überfiel sie. Als sie das letzte Mal auf diese Weise jemandem die Tür geöffnet hatte, war sie überfallen worden und hatte sich kurze Zeit später im Krankenhaus wiedergefunden. Sie nahm sich zusammen, öffnete die

Wohnungstür und drückte den Knopf. Sie hörte es summen, gleich darauf öffnete sich die Eingangstür im Erdgeschoss. Leise Stimmen drangen an ihr Ohr und schwere Schuhe, die die Treppe nach oben stiegen. Kurze Zeit später erschienen zwei Beamte in Uniform auf der obersten Treppenstufe. Beide nahmen ihre Mützen ab. Elfriede Eisele wurde schwarz vor Augen. Wie durch Watte hörte sie die Stimme des jüngeren Beamten: »Guten Tag, mein Name ist Müller, das hier ist mein Kollege Faist. Frau Eisele nehme ich an?« Elfriede Eisele nickte wortlos.

»Frau Eisele, dürften wir bitte kurz hereinkommen? Wir haben Ihnen etwas mitzuteilen.«

Elfriede Eisele ging wortlos voran in die Wohnung und nahm auf einem Sessel im Wohnzimmer Platz. Sie wusste genau, was der Beamte nun sagen würde. Zu oft hatte sie genau solche Szenen im Fernsehen gesehen.

»Frau Eisele, dürfen wir Sie fragen, in welchem Verhältnis Sie zu Georg Eisele stehen?«

Elfriede bekam keine Luft mehr. »Der Georg? Wieso? Isch dem äbbes passiert? Der Georg isch mein Sohn!«

»Frau Eisele, Ihr Sohn hatte auf der Alb in der Nähe von Marbach einen Autounfall. Das Auto ist ausgebrannt.«

»Des war au scho an alter Karra«, entfuhr es Elfriede, die noch immer nach Luft japste.

»In dem Auto haben wir einen Toten gefunden. Wir gehen davon aus, dass es sich um Ihren Sohn handelt. Es tut uns sehr leid.«

Mehr hörte Elfriede nicht mehr. Eine gnädige Ohnmacht trug sie mit sich fort.

Eine Stunde später lag Elfriede auf dem Sofa im Wohnzimmer und nippte an einem Glas Wasser. Nachdem die Polizisten ihr das Unfassbare überbracht hatten, war sie zusammengebrochen. Der von den beiden herbeigerufene

Notarzt hatte ihr eine Beruhigungsspritze verabreicht, die sie in eine Welt aus Watte befördert hatte. Ihre Nachbarin aus dem dritten Stock, Rosemarie Klämmerle, war durch den Tumult im Hausflur aufmerksam geworden und zu ihr nach oben geeilt. Nun saß sie im Sessel gegenüber und betrachtete Elfriede hilflos. Erst vor zwei Tagen hatte sie hier mit Frau Eisele zusammengesessen und Eierlikör getrunken. Wer hätte gedacht, dass Georg Eisele tatsächlich tot war.

»Sie könned dann gehen und – vielen Dank«, sagte Elfriede Eisele und rang um Fassung.

»Kann ich nix mehr für Sie tun?«, Frau Klämmerle war aufgestanden und vor Elfriede hingetreten. Die schaute sie aus großen Augen an.

»Noi danke. Oder, vielleicht doch«, fuhr sie zaghaft fort. »Sie könntet mich morgen begleiten zur Dienschdschdelle vom Georg. Dem Hummel, dem werd ich was erzählen …«, sagte sie und fing von Neuem an zu weinen.

»Isch guad. Ich komm. Glei um halb achte. Und wenn in der Nacht no was isch, no meldetse sich bitte, gell.«

Mit gesenktem Kopf ging Rosemarie Klämmerle aus der Wohnung und zog die Tür hinter sich ins Schloss. Draußen im Flur hörte sie das laute Weinen der Elfriede Eisele.

Das Herz schlug unregelmäßig in Eiseles Brust. Die sterbenden Funken im Kamin ließen hin und wieder ein leises Knistern erahnen, ansonsten herrschte Stille in dem dunklen Raum, der lediglich von einer Kerze in der Mitte des Tisches erhellt wurde. Die Alte saß reglos auf ihrem Stuhl und schwieg. Er konnte nur ihre Umrisse erkennen, ihr Gesicht lag in völliger Dunkelheit.

»Wie lange wollen Sie mir dieses Theater eigentlich noch vorspielen?«, durchbrach ihre Stimme die Stille. Eisele verstand nicht.

»Ich weiß genau, dass Sie mich wiedererkannt haben. Sie haben sich zwar – wenn ich das so sagen darf – ziemlich stümperhaft angestellt, aber immerhin hats dazu gereicht, dass Sie mich verdächtigt haben, oder warum sind Sie ausgerechnet jetzt hierhergekommen? Verraten Sie mir, wie haben Sie es herausgefunden, wo ich wohne?«

Er schwieg. Was sollte er nun tun? Was, wenn sie bemerkte, dass er von überhaupt nichts wusste. Nicht, von was sie sprach. Nicht, wer er war. Nicht, wer sie war und nicht, was hier überhaupt vor sich ging. Schweiß trat ihm aus allen Poren, bahnten sich ihren Weg und formierten sich auf seiner lichten Stirn zu einem kleinen See. Langsam stand die Alte auf und ging hinüber zum Kamin, um noch ein letztes Scheit in die Glut zu legen. Was sollte er ihr antworten? In seinen Venen vibrierte das Blut. Einer plötzlichen Eingebung folgend, stellte er die Frage: »Weshalb haben Sie das getan?« Angespannt hielt er die Luft an. Sie war vor dem Kamin stehen geblieben. Zunächst schwieg sie. Sie atmete schwer. Mit einem Mal erschienen ihm ihre Umrisse zerbrechlich. Sie schwankte, wie ein Schilfrohr im Wind. Dann straffte sich ihr schmaler Körper und sie ging aufrecht zu ihrem Sessel zurück. Mit fester Stimme antwortete sie:

»Weshalb ich das getan habe? Ich werde es Ihnen verraten. Ich habe es getan, weil ich nicht alles verlieren will, für was ich mein Leben lang gekämpft habe. Für meine Freiheit, meine Unabhängigkeit und meine Würde!«

»Ihre Würde?«, wunderte er sich. Offenbar hatte er die richtige Taktik entwickelt. So konnte er wenigstens Zeit gewinnen, für was auch immer.

»Jawohl! Meine Würde! Sie wurde mir genommen. Genau

hier, in diesem Raum, in dem wir uns befinden. Hier in diesem Haus. Oben, in meiner Kammer. Draußen, im Flur, und drüben, in der Scheune. Überall hat mein Vater mich hingeschleppt und verprügelt, wenn er gesoffen hat. An meinen langen, dünnen Haaren hat er mich hinter sich hergezogen. Manchmal hat er sie mir büschelweise ausgerissen. Und warum? Weil meine Mutter ihn verlassen hat, als ich noch ein Säugling war. Sie haben sie gesehen. Vorhin. Draußen auf dem Foto, auf der Kommode. Eine stolze schöne Frau ist sie gewesen. Eine erfolgreiche Reiterin. Sie haben sich in Marbach kennengelernt, meine Eltern. Mein Vater hat sie vergöttert und sie war beeindruckt von seinem Geld, seinem Gut, seinem gesellschaftlichen Stand. Bis hinunter nach Stuttgart reichten seine Verbindungen. Damals sind sie oft zusammen für ein Wochenende in die Landeshauptstadt gereist, haben dort das Theater, ein Konzert oder die Oper besucht. Wahrscheinlich habe ich diese Leidenschaft von meinem Vater geerbt.« Sie schnaubte angewidert. »Auch ich fahre regelmäßig für ein paar Tage nach Stuttgart. Nur so war es möglich, dass wir beide uns begegnet sind. Wenn ich in der Oper nicht diesen plötzlichen Schwächeanfall erlitten hätte, wäre ich niemals ins Krankenhaus gekommen und von dort aus, weil nicht ausreichend Betten vorhanden waren, in dieses blöde Pflegeheim.« Sie hielt inne. In Eisele arbeitete es unablässig. Sie waren sich begegnet, hatte sie gesagt. Wo? War er etwa Altenpfleger? Er musste sie erneut zum Reden bringen, nur so hatte er eine Chance, sich vielleicht doch an irgendetwas zu erinnern.

»Ihre Mutter?«, sagte er schließlich und tatsächlich, ihr vorhin eingesetzter und ins Stocken geratener Redefluss ging weiter. Erleichtert seufzte er innerlich auf.

»Irgendwann hatte mein Vater keine Lust mehr auf Gesellschaft und ein Leben in der Stadt. Er zog es vor, auf die

Jagd zu gehen. Das Töten schien ihm immer mehr Spaß zu bereiten. Er sammelte seine Trophäen, ließ sie ausstopfen«, sie wies an die Wände, an denen es keine freie Stelle mehr gab, von der nicht ein totes Tier herabblickte, »aber das war es nicht allein. Wenn er sie ausweidete, schloss er sich ein, drüben, in der Hütte, dann war er wie in einem Blutrausch. Das Weiß seiner Augen nahm eine gelbliche Farbe an, es war nicht mehr mein Vater, es war ein, ein …«, sie rang nach Atem.

»Meine Mutter hat das alles nicht mehr ertragen. Ich erinnere mich an die Erzählung der Köchin. Sie haben nicht bemerkt, dass ich hinter der Tür stand und alles mit angehört habe, als sie es den übrigen Angestellten erzählt hat. Sie sagte: *Da war diese eine Nacht, das Kind war kaum geboren, ihre Schreie gellten durchs ganze Haus. Rühr mich nicht an, du stinkst nach Kadaver, nach Tod. An deinen Händen klebt Blut, schrie sie und rannte im Morgenmantel die Treppe hinab und hinaus aus dem Haus. Der Herr rannte ihr nach, doch ich habe mich ihm in den Weg gestellt. Wer weiß, was sonst noch geschehen wäre, in jener Nacht.* Genauso hat sie es erzählt, und ich habe alles gehört.«

Sie machte eine Pause. Ihr Atem ging schwer.

»Ich hätte sie so gerne kennengelernt, hätte so gerne eine Mutter gehabt«, sprach sie leise weiter. »Wenige Tage später war sie fort. Sie hat mich bei ihm zurückgelassen. Und er hat mich dafür bestraft, dass ich ihr immer ähnlicher wurde, je älter ich wurde. Das letzte Mal, als er mich geschlagen hat, hat er mir Mutters Reitgerte über den Rücken gezogen. Ich bin zum Arzt gegangen, der die richtigen Rückschlüsse gezogen hat. Er war ein Jagdkamerad meines Vaters und er hat ihn gewarnt. Ab da hat mich mein Vater in Ruhe gelassen. Und jetzt fragen Sie sich, was das alles mit dem alten Wichrowsky zu tun hat?«

Eisele schwieg in der Hoffnung, dass sie weiterreden würde. Diese Frau legte hier vor ihm ein Geständnis für eine Tat ab, von der er nicht das Geringste wusste.

»Er hat mich wiedererkannt«, fuhr sie tatsächlich fort. »Damals in Berlin, der Professor, ich hatte ein Verhältnis mit ihm. Lange Zeit ist alles gut gegangen. Seine Frau und auch sonst, niemand hat von uns gewusst. Irgendwann kam er dann auf die Idee, im Bett mal etwas Neues ausprobieren zu wollen. Zunächst waren es nur harmlose Fesselspiele, doch dann, eines Tages kam er mit einer Peitsche daher. Er hat mich festgebunden, ich konnte mich nicht wehren. Dann hat er mich geschlagen. Damals ist irgendwas mit mir geschehen. Irgendwas, was längst in meinem tiefsten Inneren vergraben war, kam wieder zum Vorschein. Verstehen Sie das? Ab da habe ich ihn gehasst und einen Weg gesucht, ihn loszuwerden. Und dann kam dieser Tag, an dem der kleine Hehler bei uns in der Pathologie aufgetaucht ist. Er hat den Professor niedergeschlagen, jedenfalls lag der mit einer Kopfverletzung da, als ich in den Sektionsraum gekommen bin. Der kleine Hehler ist mir auf dem Flur entgegengekommen und hat mich fast umgerannt. Er war auf der Flucht. Was lag da näher, als dem Professor über die Klinge zu helfen? Sie können sich denken, dass ich dort an Ort und Stelle über genügend Substanzen verfügt habe, die den Professor rasch ins Jenseits befördert haben. Auf die Idee, dass er durch mich den Tod gefunden hat, ist damals ebenso wenig jemand gekommen, wie die Polizei heute ahnt, dass der alte Wichrowsky durch meine List ins Nirwana eingegangen ist.« Sie lachte meckernd und Eisele, der gleichzeitig schwitzte und fror, stellte sich nicht zum ersten Mal die Frage, ob er es hier mit einer Wahnsinnigen zu tun hatte. Wer war Wichrowsky? Etwa der Tote, der in seinem Auto verbrannt war?

Ein Husten schüttelte sie, zu anstrengend schien die lange Rede für sie gewesen zu sein. Langsam erhob sie sich aus dem Sessel und ging zur Tür. Dort drehte sie sich zu ihm um. »Glauben Sie ja nicht, dass Sie mir davonkommen«, krächzte sie schwach.

»Ich weiß nur noch nicht wie …«, fuhr sie fort und verließ das Zimmer. Sie schloss die Tür hinter sich, doch wie es schien, verschloss sie diese nicht. Sollte sie es etwa vergessen haben? Eisele wagte nicht, das zu hoffen. Angespannt blieb er auf dem Sessel sitzen und lauschte, doch ihre Schritte waren verhallt. Er starrte auf die Kerze, die bis auf einen kleinen Stummel herabgebrannt war. Er wartete, doch alles blieb still. Dann stand er auf, nahm den Kerzenleuchter, trug ihn hinaus und hinüber zu dem alten Telefon. Vorsichtig nahm er den Hörer von der Gabel. Ganz automatisch wählte er die Zweiunddreißigsechzehnacht, doch es kam nur das Besetztzeichen. Er versuchte es noch einmal, dann fiel ihm ein, dass er ja offenbar aus Stuttgart kam, an die Vorwahl dieser Stadt konnte er sich erinnern. Diesmal schien er Glück zu haben, denn das Freizeichen ertönte. Nach dem dritten Mal Klingeln ertönte eine weibliche Stimme: »Hallo, hier spricht Rosi, mein Schatz, was kann ich für dich tun?«

Eisele schluckte.

»Hier spricht Eisele. Hilfe. Gefahr. Wald. Unfall. Tod …«, gab er von sich, bevor ihn ein Schlag auf den Hinterkopf traf und er zu Boden fiel. Doch bevor er das Bewusstsein verlor, hob sich der Schleier des Vergessens und er erinnerte sich an alles und mit einem Mal ergab alles einen Sinn.

## ZEHN – DIENSTAG

Elvis zappelte und gab ein leises Quieken von sich. Das tat er immer, wenn er im Traum auf die Jagd ging. Murat erwachte und stupste den Mops, der die vergangene Nacht am Fußende seines Bettes verbracht hatte. Wie gut, dass er das gestern noch zugelassen hatte. In der Aufregung hatte er seinen Wecker nicht gestellt, und ohne Elvis hätte er mit Sicherheit verschlafen. Er blieb noch einen Moment liegen und dachte nach. Das Gespräch mit Theodora Klein am gestrigen Tag hatte ihm gutgetan. Frau Klein war ihm auf Augenhöhe begegnet. Ja, entschied er, so sagte man wohl. Für ihre Verhältnisse war sie sehr freundlich zu ihm gewesen und die Tatsache, dass sie das Tagebuch mitgenommen hatte, zeigte, wie ernst sie das nahm, was er ihr anvertraut hatte. Er duschte kurz und ging dann in die Küche, um für sich und seine Mutter ein Frühstück zuzubereiten. Plötzlich hatte er große Lust, ihr eine Freude zu machen. Er viertelte zwei kleine Äpfel, schälte eine Orange und eine Banane und legte alles zusammen mit ein paar Feigen und einigen Datteln in eine hübsche Glasschale. Er selbst würde in Himmelruh frühstücken. Der Gedanke an Sandra, die er dort zumindest vorerst nicht mehr antreffen würde, legte sich wie ein schwarzer Schleier auf sein Gemüt. Als Elvis winselnd nach seinem Futter verlangte, fiel Murat Ramses ein, der noch immer in seiner Glasbehausung in seinem Zimmer stand. Rasch holte er das kleine Terrarium, in dem sich die Kröte unter irgendwelchen Blättern versteckt hatte. Er hatte Mitleid mit dem Tier, dem Theodora Klein so wenig Beachtung schenkte. Die heulte immer noch ihrer blöden Ratte nach. Er öffnete den Kühlschrank und sah hinein. Ganz vorn stand eine

Packung mit Feldsalat. Sicher hatte seine Mutter das fürs Abendessen vorgesehen, doch sie beide würden nicht verhungern. Die Kröte vielleicht schon. Also nahm er den Salat und eine Papiertüte, die vom letzten Bäckerbesuch noch auf dem Küchentresen lag. Mit einem Stift schrieb er Theodora Klein eine Botschaft darauf. Elvis japste und Murat entschied unter den Geschmacksrichtungen Huhn, Lamm oder Rind, dass Elvis heute zum Frühstück Lamm serviert würde. Als der Mops genüsslich zu schmatzen begann, warf Murat einen letzten zufriedenen Blick auf den Frühstückstisch. Bei dem Gedanken, wie sehr sich seine Mutter darüber freuen würde, legte sich ein Lächeln auf sein Gesicht. So konnte er getrost in den Tag starten. Gut gelaunt wie schon lange nicht mehr, zog er seine Jacke an, griff das Terrarium und die Papiertüte und verließ die Wohnung.

Theodora hatte sich die halbe Nacht schlaflos in ihrem Bett hin und her gewälzt. Ihre Gedanken waren unaufhaltsam um die beiden Pflegerinnen des Seniorenstifts gekreist. Auch das Rätsel um den wahren Mörder des Seniors ließ sie keine Ruhe finden. Erst in den frühen Morgenstunden war sie in einen tiefen Schlaf gesunken, der nun von ihrem Wecker jäh unterbrochen wurde. Es fiel ihr schwer, die Augen zu öffnen. Ihr Hals brannte, ihre Bronchien quietschten wie ein alter Blasebalg, Nase und Ohren waren verstopft. Ihr Kopf schien in einem Kasten zu stecken, aus dem sie nicht heraussehen konnte. Ihre Arme waren schwer wie Blei, im unteren Lendenwirbelbereich schien ein Messer zu stecken. In ihren Ohren summte es, als hätte sich ein Schwarm Bienen darin niedergelassen. Sie strich sich die Haare aus dem Gesicht, die – wie das Kopfkissen auch – völlig nass geschwitzt waren. Langsam setzte sie sich auf und stellte die Beine vor das Bett. Sie musste versuchen, ihre Gedanken zu sortieren. Sie war krank, doch sie musste zur Dienststelle, komme, was da wolle. Zur Not würde sie eben mehr als nur eine fiebersenkende Tablette einnehmen müssen und wenn es ganz schlimm kommen sollte, dann vielleicht auch ein Antibiotikum, doch jetzt musste sie zuerst einmal handeln. Wenn sie daran dachte, wie schlampig, ja, beinahe schon grob fahrlässig, sie ermittelt hatte, wurde ihr zu allem anderen auch noch schlecht. Wie gestern bereits, versuchte sie, sich damit zu beruhigen, dass noch nicht allzu viel Zeit seit dem Mord – und davon ging sie jetzt aus – verstrichen war. Sie stand auf, schlüpfte in ihre Lammfellhausschuhe, die sie im vergangenen Jahr auf dem Weihnachtsmarkt gekauft hatte, und schlurfte hinüber in die Küche. Weihnachten. Amadeus. Waren tatsächlich erst wenige Stunden vergangen, seit sie sich vorgenommen hatte, mit Amadeus über den Weihnachtsmarkt zu spazieren und es sich hinterher gemeinsam in ihrer Wohnung gemütlich zu machen? Sie goss das kochende Wasser in die Tasse, versenkte einen Salbeiteebeutel darin und inhalierte den Dampf, der der Tasse entwich. Sie musste aufhören, an Amadeus zu denken. Dieses Schwein war es nicht wert, dass sie noch irgendeine Emotion an ihn verschwendete! Wütend zog sie den Teebeutel aus der Tasse und warf ihn in den Ausguss. Der Boden unter ihren Füßen schwankte. Irgendwie musste es doch zu schaffen sein, bis hinüber zum Tisch zu kommen. Erschöpft nahm sie Platz und starrte auf das in Leder gebundene Tagebuch, das da anklagend lag. Dieses Tagebuch barg das Geheimnis, das zum Mord an dem Senior geführt hatte, und sie würde dieses Geheimnis lüften. Hätte ihr Murat das Tagebuch nicht anvertraut, wäre sie niemals auf das gestoßen, was nun keinen Aufschub mehr duldete. Murat hatte was gut bei ihr. In mehrfacher Hinsicht. Mit kleinen Schlucken trank sie den heißen Tee, in den sie zuvor noch einen großen Löffel Waldhonig gegeben hatte. Mit dem letzten Schluck spülte sie eine Tablette Ibuprofen 600 hinunter, die ihr im Beipackzettel der Packung versprach, in circa einer halben Stunde für Linderung ihrer Beschwerden zu sorgen. Im Bad entschied sie sich für eine Katzenwäsche. Zu mehr fehlte ihr heute die Kraft. Danach zog sie sich an. Heute würde sie den Bus nehmen, den Weg bis zur Haltestelle würde sie hoffentlich schaffen. Als sie Stirnband, Schal und Handschuhe anzog, hörte sie Murats Springerstiefel im Treppenhaus poltern. Vor ihrer Tür blieb er kurz stehen. Sie schaute zum »Spion« hinaus, doch Murat war bereits weitergegangen. Beim Öffnen ihrer Wohnungstür fiel sie beinahe über das Terrarium. Ramses! Er war die ganze Zeit bei Murat gewesen. Sie bückte sich und trug das Gefäß in die Wohnung. Auch eine Papiertüte lag auf dem Boden, auf der in Handschrift geschrieben stand: *Futter für Kröte, Gruß Murat.*

Theodora seufzte. Was war sie nur für eine Person. Eine Stimme erklang in ihrem Ohr. Die Stimme eines bösen, alten Mannes, der sie auf das Übelste beschimpfte. Sollte dieser böse alte Mann vielleicht doch in einigen Punkten recht haben, was sie betraf? Nein! Sie durfte ihm nicht die Macht geben, schon wieder in solche Selbstzweifel zu verfallen. Es reichte vollkommen aus, dass sie ihm schon ganz bald wieder begegnen würde, denn sie würde die Ermittlungen im Seniorenheim wieder aufnehmen. Zusammen mit Eisele. Vielleicht sogar schon heute.

Elfriede Eisele hatte die Nacht in ihrem Sessel im Erker ihres Wohnzimmers zugebracht. Ungezählte Male hatte sie die Ampelphasen an der großen Kreuzung am Rosenbergplatz beobachtet, die von Rot über Gelb nach Grün und wieder zurück wechselten und das dunkle Wohnzimmer, in dem sie saß, in das jeweilige gespenstische Licht getaucht hatte. Wie in einer Geisterbahn hatte sie sich gefühlt. Bis um zwei Uhr hatte sie die nächtlichen Heimkehrer beobachtet, die entweder auf der Suche nach einem Parkplatz gewesen waren, oder so zu ihren Haustüren torkelten, dass sie nur mit Mühe ihr Schlüsselloch fanden. Immer wieder war Elfriede von Weinkrämpfen um ihren toten Sohn geschüttelt worden. Im Morgengrauen war sie – erschöpft vom vielen Weinen – doch eingeschlafen. Vor wenigen Minuten nun wurde sie vom Martinshorn eines Rettungswagens geweckt, der auf dem Weg in das Diakonieklinikum war. Die Erinnerung an den Tag ihres Überfalls, an dem sie selbst in einem solchen Fahrzeug ins Krankenhaus gefahren wurde, trieb ihr erneut die Tränen in die Augen. Wie besorgt ihr Georg damals gewesen war, als er – zusammen mit seiner Kollegin Theodora Klein – bei ihr erschienen war. Theodora Klein und ihr Georg hatten sich nie wirklich gut verstanden, dennoch, ging ihr durch den Sinn, musste Frau Klein verständigt werden. Ein unverständlicher Funke Hoffnung durchzuckte Elfriede Eisele beim Gedanken an die Kommissarin. Doch ihr Georg war tot, daran würde auch Frau Klein nichts ändern können. Elfriede schlurfte hinüber in ihre Küche. Sie war müde. So müde. Auf dem Tisch lag noch immer die Zeitung mit den Todesanzeigen. Elfriede ließ sich auf einen Stuhl plumpsen und griff danach. *Bin dann mal weg,* hatte ihr Georg über eine der Anzeigen geschrieben. Ja, er war weg. Für immer. Und schon bald würde sie eine Todesanzeige für ihn, für ihren Georg, formulieren müssen.

Sie würde einen Bestatter aufsuchen und einen Sarg für ihren Georg aussuchen. Sie würde sich um eine Rede und um Musik für ihn kümmern müssen. Niemals würde sie das alles schaffen, so allein und so alt, wie sie war. Trotzdem würde sie dies alles müssen. Sie würde ihre letzten Kraftreserven mobilisieren und vielleicht würde sie ihm, ihrem Sohn, dann bald folgen. Dann hätten alles Leid und aller Schmerz ein Ende. Das wäre gut. Doch zuvor würde sie noch etwas tun. Sie würde dem, dem sie die Schuld am Tode ihres Sohnes gab, den Kampf ansagen. Dieser jemand war Kriminaloberrat Hummel. Das war sie ihrem Georg schuldig. Und wieder rannen ihre Tränen.

Nach einer kurzen, aber erfüllten Nacht schlug Kriminalrat Rüdiger Hummel glücklich die Augen auf. Er warf einen liebevollen Blick auf den noch schlafenden Hubert, der sich wie ein kleines Kind den Daumen in den Mund gesteckt hatte und noch mit verzücktem Lächeln daran nuckelte. Ein Schauer der Zärtlichkeit überflog Hummel. Gestern war er auf dem Nachhauseweg in der Stuttgarter Markthalle vorbeigegangen und hatte beim Fischhändler einige Köstlichkeiten erworben. Darunter auch nach langer Zeit einmal wieder ein Dutzend frischer Austern. Im Stillen gestand er sich ein, dass er sich nach wie vor nicht allzu viel aus dem glitschig glibberigen Zeug machte, doch Hubert geriet jedes Mal förmlich aus dem Häuschen, wenn er ihm Austern zubereitete und die viel beschworene Wirkung ließ nicht lange auf sich warten. Schon allein deswegen hatte sich diese Investition gelohnt. Hummel spürte, dass er nicht länger an die zurückliegende Nacht denken durfte, sonst würde er zu spät in die Dienststelle kommen. Was er jetzt brauchte, war eine kalte Dusche, besser noch, eine eiskalte! Als er aus dem Bad kam, füllte Hubert bereits frische Kaffeebohnen in das Mahlwerk der Maschine und lächelte Hummel verliebt an.

»Nur eine kleine Tasse im Stehen heute«, scherzte Hummel, der sich – auf dem Weg ins Ankleidezimmer – nur ein Badetuch um die Hüften gewickelt hatte.

»Im Stehen ist immer gut«, raunte Hubert und füllte dampfenden Kaffee in eine elegante Porzellantasse. Hummel war rasch in seinen bereits am Vorabend zurechtgelegten Anzug und in ein neues Hemd geschlüpft. Der Schneider hatte gut gearbeitet. Endlich würde er sich den Hals nicht mehr an den zu eng gewordenen Krägen wundscheuern. Obwohl er spät dran war, ließ er sich den Kaffee genussvoll auf der Zunge zergehen. Einer Tasse der Jamaica Blue Mountain-Bohne musste Hochachtung entgegengebracht werden. Max, der zum Glück genesene Dackel, winselte und forderte seine Streicheleinheiten ein.

»Dafür bist du heute alleine zuständig«, sagte Hummel und wies auf den Dackel. Dann gab er Hubert einen Kuss auf die Nasenspitze und ging durch das Haus hinunter in die Garage, wo er seinen neuen Flitzer mit den cognacbraunen Ledersitzen geparkt hatte. Gut gelaunt wartete er, bis sich das Garagentor geöffnet hatte, in wenigen Minuten würde er den Sound des Motors genießen. Den Tag im Büro würde er heute gut überstehen, komme, was da wolle.

Rosi stand an der Bar und öffnete eine Dose *Red Bull.* Argwöhnisch betrachtete sie ihr Gesicht im Spiegel hinter dem Tresen. Drei Stunden Schlaf waren eindeutig zu wenig für eine Frau ihres Alters. Ihre Augenringe zogen sich mittlerweile bis zu den Nasenflügeln, kein Concealer der Welt konnte das noch retuschieren. Auch ihr Busen unterlag immer mehr der Schwerkraft, die Falten im Dekolleté fielen selbst den Herren mit den dicksten Brillengläsern unangenehm auf. Ihr Zenit war überschritten, doch sie war nicht die Einzige hier im Roten Flamingo, die das zu beklagen hatte. Immer öfter überlegte sie, ob sie den Club nicht schließen sollte. Mit ihrem Ersparten bliebe genug für ein kleines Häuschen, irgendwo auf dem Land. Dort könnte sie sich dann endlich dem Tierschutz widmen, ein paar herrenlose Hunde aufnehmen, Hühner halten, auch ein kleiner Esel oder eine Ziege im Stall wären schön. Gedankenversunken nahm sie eine Zigarette aus dem Etui und ließ das goldene Feuerzeug klicken, das ihr einst von einem Stammfreier geschenkt worden war. Sie nahm einen tiefen Zug aus der Zigarette und blies den Rauch in den leeren Raum. Im Geist sah sie die Gesichter der Männer vor sich, die den Club abends bevölkerten. Viele davon kamen regelmäßig, einmal, zweimal im Monat. Von einigen wusste sie, dass es auch eine große innere Leere und Einsamkeit gab, die die Männer in die Arme ihrer Mädels trieb. Ein Hustenanfall schüttelte sie. Was war nur aus ihrem alljährlich gefassten Vorsatz geworden, das Rauchen endlich aufzugeben? Sie drückte die Zigarette aus und leerte den Aschenbecher. Auf dem Fußboden hinter dem Abfalleimer lag ein zerknüllter Zettel. In der Absicht, ihn wegzuwerfen, hob sie ihn auf. Doch dann erinnerte sie sich an den seltsamen Anrufer von gestern Abend. Sie legte den Zettel vor sich auf den Tresen und strich ihn glatt. Sie hatte mitgekritzelt, Hilfe, Gefahr, Wald, Unfall,

Tod. Das hatte sie mitgeschrieben. Das erste Wort hatte sie nicht verstanden, der Anrufer schien die ersten beiden Silben verschluckt zu haben. Doch die Stimme kam ihr entfernt bekannt vor. Sie schloss die Augen und versuchte, sich zu konzentrieren. Ein Gesicht erschien vor ihrem inneren Auge. Der Mann, dem dieses Gesicht gehörte, bestellte einen Underberg. Er hatte Angst, denn es war sein erster Besuch hier im Bordell. Das war schon einige Jahre her, doch es bestand kein Zweifel, der Mann war Eisele. Sollte der Anrufer tatsächlich gesagt haben: Eisele, Hilfe, Gefahr, Wald, Unfall, Tod? Sie schüttelte den Kopf. War sie denn inzwischen komplett verrückt geworden? Sie zerknüllte den Zettel und warf ihn in den Müll. Wie oft hatte man schon von solchen Schockanrufen gehört. In wie viel verschiedenen Varianten es diese inzwischen gab, wusste wohl niemand so genau. Sie würde sich nicht der Lächerlichkeit preisgeben, indem auch sie einem solchen Anruf aufsaß. Sie sah zur Uhr. Eine Unruhe, die sie sich nicht erklären konnte, ergriff sie. Ohne nachzudenken, öffnete sie den Deckel des Abfalleimers und zog den inzwischen beschmutzten Zettel heraus, um ihn noch einmal glatt zu streichen. Als guter Freund Chantals war sogar Eiseles Dienstnummer eingespeichert. Diese wählte sie schließlich. Doch Eisele ging nicht ans Telefon. Rosis Unruhe wurde stärker. Dann würde sie eben diese Theodora Klein anrufen, doch auch sie erreichte Rosi nicht, stattdessen kam sie in der Vermittlung an, die ihr sagte, Moment, ich verbinde Sie mit …

Zwanzig Minuten später fuhr Hummel auf den Parkplatz hinter der Polizeidienststelle. Na bitte, heute konnte nur ein guter Tag werden, sein Stellplatz war frei. Auf dem Flur begegnete ihm niemand. In seinem Büro angekommen öffnete er zunächst das Fenster, irgendwie war es stickig hier drin. Bevor es zu kalt wurde, schloss er es schnell wieder und setzte sich hinter seinen Schreibtisch. Irgendjemand hatte ihm schon diverse Post hingelegt. Er griff zum Brieföffner, als es an der Tür klopfte. Noch bevor er etwas sagen konnte, ging die Tür auf und Theodora Klein stürmte in sein Büro. Hummel erkannte sofort, dass etwas geschehen sein musste. Theodoras wilde Locken standen wirr vom Kopf, ihr Gesicht war blass, die Augen rot unterlaufen. Ihre Nase schien blutrot. Sie hustete und rang nach Luft. Sie war eindeutig krank.

»Frau Klein, nehmen Sie doch erst mal Platz. Gestern habe ich Sie vermisst, auf eine Nachricht von Ihnen habe ich vergeblich gewartet. Heute frage ich mich allerdings, was Sie hier suchen, so krank, wie Sie offensichtlich sind!«

»Ja Chef, Sie haben recht, ich hätte mich zumindest telefonisch bei Ihnen melden müssen, aber glauben Sie mir, das spielt jetzt alles keine Rolle!« Ein Hustenanfall schüttelte Theodora. Hummel wich mit seinem Stuhl bis zur Wand zurück.

»Chef«, keuchte sie, »wir müssen den Fall noch mal aufrollen.«

»Welchen Fall?«

»Den Fall im Seniorenheim.«

»Wieso? Ich denke, das ist geklärt? Der Alte – ich habe seinen Namen schon vergessen – der alte Mann ist doch durch eine falsche Medikamentengabe zu Tode gekommen, wenn ich mich nicht irre!«

Theodora druckste herum. »Nein, eben nicht. Also wahrscheinlich nicht, ich habe – fragen Sie mich jetzt nicht, wie ich drangekommen bin, dazu später – also ich habe Hinweise darauf, dass es sich bei dem Tod des alten Wichrowsky, so hieß er übrigens, dass es sich um Mord handelt. Wir müssen …«

Hummels Telefon klingelte. Er nahm ab. Theodora hörte eine männliche Stimme aufgeregt aus dem Hörer schnarren. Aufmerksam beobachtete sie Hummel, der den Hörer des Telefons derart krampfhaft umfasste, dass das Weiß seiner Fingerknöchel hervortrat. Während er lauschte, verfärbte sich sein Gesicht immer mehr, bis er schließlich kalkweiß geworden war.

»Das ist ja furchtbar«, stammelte er irgendwann.

»Eisele ist tot«, flüsterte er zu Theodora gewandt, während er weiter mit vor Entsetzen geweiteten Augen den Hörer an sein Ohr presste. »Und Sie sind sich ganz sicher? Aha! Nein! Ich bin für einen DNA-Abgleich. Nicht mehr möglich? Grauenvoll! Und was ist mit dem Zahnstatus? Okay. Egal, wie auch immer. Dann eben das. Nein! Um Himmels willen. Noch keine Bestattung. Und wer bringt es seiner Mutter bei? Oh Gott«, Hummel fasste sich ans Herz. »Die alte Frau war erst gestern hier und wollte eine Vermisstenanzeige aufgeben und ich habe sie fortgeschickt«, Hummels Stimme bebte. Theodora war aufgestanden und hatte das Fenster aufgerissen. Plötzlich hatte sie das Gefühl ersticken zu müssen. Was hatte Hummel da eben gesagt? Eisele sei tot? Sie rang nach Fassung. Derselbe Eisele, der sie vor wenigen Monaten aus der Wohnung von Gabriele Engel befreit hatte? Derselbe Eisele, über dessen Marotten sie sich so oft lustig gemacht, und den sie nie wirklich ernst genommen hatte? Derselbe Eisele, zu dem sie nie besonders freundlich gewesen war, auch gerade wieder in jüngster Vergangenheit. Dieser Eisele sollte jetzt tot sein? Würde sie tatsächlich nie wieder auf ein kariertes Hemd blicken, wenn sie hinübersah zum anderen Schreibtisch in ihrem Büro? Nie wieder von ihm hören, wie gut ihm Chantals Kutteln geschmeckt hatten und wie sehr er sich wieder über seine durchgeknallte Mutter aufregen musste? Theodora bekam einen Kloß in den Hals. Mit einem Mal war ihr klar, dass sie ihn vermissen würde. Den kleinen, untersetzten Mann mit seiner altmodischen Goldrandbrille und seiner nasalen Stimme, wenn er mal wieder einen allergischen Niesanfall nur knapp überstanden hatte. Das alles war vorbei. Ihr wurde übel. Sie hörte, wie Hummel sagte:

»Ja, sobald Sie etwas herausgefunden haben, melden Sie sich und sei es um Mitternacht. Haben Sie verstanden? Meine Handynummer haben Sie? Gut.« Hummel legte auf und starrte Theodora ungläubig an. Schließlich sagte er: »Sie haben sein Auto gefunden. Irgendwo auf der Schwäbischen Alb. Bei Marbach. Er muss die Kontrolle über sein Fahrzeug verloren haben. Jedenfalls ist er bei eisglatter abschüssiger Fahrbahn in eine Baumgruppe gerast. Das Fahrzeug hat Feuer gefangen. Man fand ihn noch auf dem Sitz hinter dem Lenkrad. Verbrannt.«

»Das ist ja grauenvoll«, wiederholte Theodora die Worte Hummels von vorhin. »Und man kann ganz sicher sein, dass es sich tatsächlich um Eisele handelt?«

»Na ja, sind wir mal ehrlich, wer sollte sonst mit Eiseles Auto unterwegs sein? Fällt Ihnen da spontan jemand ein? Mir nicht!«

Auf dem Flur wurden Stimmen laut. Sie näherten sich Hummels Büro. Die Tür flog auf. Gerda kam herein, im Gefolge eine alte Dame mit einem Trachtenhut, auf dem eine Feder aufgeregt wippte. Elfriede Eisele.

»Herr Kriminaloberrat, ich kann nichts dafür«, flötete Gerda und rieb sich nervös die Hände. »Ich konnte Frau Eisele nicht davon abhalten …«

»Herr Kriminaloberrat«, Elfriede Eisele hatte sich vor den Schreibtisch gestellt, sie bebte und erhob ihre Hand. Mit ihrem behandschuhten Finger zeigte sie auf den Kriminaloberrat, der in seinem Bürosessel zusammenschrumpfte.

»Sie send schuld. Sie ganz alloi«, schrie sie, während ihr dicke Tränen über die Wangen liefen. »Sie habed mir des ned glaubt. Geschdern bin ich da gwesa und hab Ihne gsagt, dass mei Bua fort isch und dass mir den suchen müssed. Und was hend Sie gmacht? Nix! Sie, Sie send oifach an Lombaseggl, noi, an Grasdaggl, jawohl, des send Sie, mitsamt Ihrem Parfühm und Ihre Dessainerklamotta.«

Sie zog ein Taschentuch aus der Manteltasche und schnäuzte sich heftig.

»Also, Frau Eisele«, Hummel schlug mit der Faust auf den Schreibtisch. Eine Akte rutschte herunter und blieb aufgeschlagen auf dem Fußboden liegen. »Frau Eisele, ich verbitte mir diesen Ton! Das ist eine Beleidigung. Bei allem, was recht ist, ich verstehe ja Ihren Schmerz, auch, dass Sie angesichts dessen nicht mehr so genau wissen, was Sie sagen, aber das geht mir nun doch zu weit!«

»Des isch mir ja so was von egal!«, schnaubte Elfriede Eisele. »Was glaubed Sie, was ich noch zu verliera hab, ha? Es wird doch scho längschd Zeit, dass Ihne mal jemand zoigt, wo der Bartel den Moschd holt.«

Theodora war von hinten an die völlig aufgelöste Elfriede Eisele herangetreten und fasste sie vorsichtig am Oberarm. Elfriede fuhr herum und sah Theodora aus verweinten Augen ins Gesicht.

»Und Sie! Sie sind au ned besser!«, Elfriede schüttelte ihren Arm. »Lassen Sie mich sofort los! Sie habed doch mein Bua au scho die ganz Zeit auf dem Kieker. Damals, wo er Sie aus der misslicha Situation mit der Gabriele Engel befreit hat, da wared Sie nur kurz a bissle netter zu ihm gwesa, des isch aber auch scho wieder vorbei, gell! Glaubed Sie ja ned, dass ich ned merk, wie ungern mei Bua ins Büro geht. Ganga isch …«, schluchzte sie nun laut und kippte nach vorn, direkt in Theodoras Arme, die sie gerade noch auffangen konnte. Geistesgegenwärtig schob sie ihr einen Stuhl unter und drückte die alte Dame, die nun hemmungslos weinte, auf den Stuhl. Frau Eisele hatte recht mit jedem Wort, das sie sagte, und sie tat ihr unendlich leid. Theodora reichte ihr ein Taschentuch, und sie schnäuzte sich herzhaft. Wieder klingelte Hummels Telefon.

»Ja ist denn heut der Teufel los. Ich geh nicht ran!« Hummel schob das Telefon weit von sich.

»Chef, Sie müssen! Wer weiß, vielleicht gibt es ja schon eine Neuigkeit in Sachen …«

»Ich wüsste nicht, was es da jetzt schon Neues geben könnte, aber ja, Sie haben recht.«

Frau Eisele war inzwischen völlig in sich zusammengesunken und wimmerte nur noch leise in ihr Taschentuch. Die Feder ihres Hutes zitterte leicht. Gerda hatte sich längst unbemerkt entfernt. Theodora hatte sich hinter den Stuhl von Elfriede Eisele gestellt und einen Arm um deren Schulter gelegt, was die alte Dame diesmal dankbar zuließ. Hummel nahm den noch immer lärmenden Hörer ab. Theodora blickte zu ihm hinüber. Hummels Kinnlade war herabgefallen. Den Mund ließ er offenstehen. Ohne um Erlaubnis zu fragen, ging Theodora um den Schreibtisch herum und drückte am Telefon die Lautsprechertaste. Eine rauchige Frauenstimme sprach aufgeregt:

»Erst hab ich das eigentlich gar nicht ernst genommen. Ich weiß auch nicht, warum ich überhaupt aufgeschrieben habe, was der da gesagt hat. Zumal der irgendwie gelallt hat. Wahrscheinlich war der eh besoffen. Und außerdem, ich meine, man hört und liest ja so oft von solchen Anrufen. Ich mein

Enkeltrick und so. Aber warum sollte einer im Puff einen Enkeltrick versuchen, jetzt mal allen Ernstes. Das macht doch gar keinen Sinn, oder? Und mit einem Enkel hat's ja eigentlich auch gar nix zu tun gehabt, oder? Was meinen Sie?« Hummel machte den Mund zu und schluckte. »Nein«, stammelte er, »natürlich nicht. Aber bitte, mit wem spreche ich noch mal? Ich habe Sie eingangs nicht verstanden.«

Die Frau lachte anzüglich.

»Aber Herr Kriminaloberrat, erinnern Sie sich nicht mehr an mich? Ich bins, die Rosi aus dem Roten Flamingo.«

Theodora wurde hellhörig. Reflexartig riss sie Hummel den Telefonhörer aus der Hand.

»Rosi«, sagte sie forsch, »ich bin Theodora Klein, ich bin …«, weiter kam sie nicht.

»Ich weiß, wer Sie sind«, sagte Rosi. »Es ist gut, dass ich Sie jetzt endlich dran habe. Eigentlich wollte ich sowieso gleich mit Ihnen reden.«

»Rosi, jetzt ganz langsam und von vorn. Was genau hat der Mann am Telefon gestern zu Ihnen gesagt?«

»Der Mann sagte: Hilfe. Gefahr. Wald. Unfall. Tod.«

»War das alles?«, Theodora wurde ungeduldig.

»Nein, eben nicht«, raunte Rosi. »Zuerst sagte er, glaube ich: Hier spricht Eisele…«

Eiseles Kopf schmerzte, als er erwachte. Er fror. Er lag auf dem kalten Boden. Seine Hände waren an den Handgelenken mit einer dünnen Schnur zusammengebunden und brannten wie Feuer. Jeder Wirbel seines Rückens schien gebrochen zu sein. Das Atmen fiel ihm schwer. Wie spät mochte es wohl sein? Er drehte den Kopf und sah auf zwei

Beine, die in schwarzen Schnürschuhen steckten. Die Beine gehörten zu der Alten, die vor ihm auf einem Stuhl saß und ihn aus kalten Augen beobachtete, wie eine Spinne ihr Opfer. Ja, er war in ihr Netz geraten. Was hatte sie mit ihm vor? Sie war alt und dürr. Doch anscheinend verfügte sie über Kräfte, die er sich nicht erklären konnte. Sie hatte ihn an den Beinen in den Raum zurückgezogen, indem er bereits zuvor Stunden verbracht haben musste. Jedenfalls ließ der Sessel mit dem zerknüllten Kissen darauf schließen, dass er hier bereits gesessen hatte. Langsam setzte sich das Puzzle in seinem Gehirn zusammen. Er erinnerte sich, doch nur an das, was vor seinem Unfall geschehen war. Alles, was er hier erlebt hatte, lag im Dunkeln.

»Willkommen zurück«, sagte sie kühl. »Ich nehme an, Sie möchten nicht dort unten liegen bleiben. So gemütlich ist es da schließlich nicht.«

»Machen Sie mich sofort los«, sagte er so laut er konnte und streckte der Alten seine Hände entgegen.

»Ich denke ja gar nicht daran!«, entgegnete sie kalt. »Nun zeigen Sie mal, was Sie draufhaben. Ein Mindestmaß an Sportlichkeit kann man ja wohl von einem Polizisten erwarten, oder?«

Unter den Augen der Alten robbte Eisele zu dem Sessel, an dessen Kante er sich abstützte und sich mühsam hochzog.

Als es ihm gelungen war, ließ er sich darin nieder und betrachtete sein Gegenüber aufmerksam. Er schwieg, doch in seinem Inneren hatte es zu brodeln begonnen und seine Gedanken arbeiteten fieberhaft. Sie war alt und sehr dünn, doch sie war gepflegt und eindeutig *was Bessres,* wie seine Mutter gesagt hätte. Die grauen glatten Haare trug sie halblang bis zum Kinn. Kleine Fältchen umspielten ihre stahlgrauen Augen. Um den Mund hatte sie einen harten, verkniffenen Zug. Ein Lächeln in ihrem Gesicht erschien Eisele undenkbar. Sie hatte ihre knorrigen, blau geäderten Hände in den Schoß gelegt. An der rechten Hand trug sie einen goldenen Siegelring mit einem Wappen.

»Und?«, hob sie an. »Können wir jetzt endlich aufhören mit dem Theater?« Sie sprach mit entschlossener Stimme.

Eisele war nicht klar, was sie mit Theater meinte. »Machen Sie mich los und lassen Sie mich gehen«, forderte er sie auf. »Sie werden ganz sicher nach mir suchen. Und sie werden mich finden. Und dann ...«

»Davon gehe ich nicht aus«, sagte sie kühl. »Sie sind tot. Man hat Sie bereits gefunden. Sie sind in Ihrem Auto verbrannt. Der Fall dürfte eindeutig sein. Ich kann mir nicht vorstellen, dass Sie noch von irgendjemandem obduziert werden. Glauben Sie mir, ich habe dafür gesorgt, dass nicht mehr viel von Ihnen übrig geblieben ist. Nicht mal von Ihrem Torso.« Sie kniff die Augen zusammen und gab einen Laut von sich, der Eisele an das Kreischen eines Raubvogels erinnerte, bevor er sich von oben auf sein Opfer stürzte, um es zu töten. Diese Vögel kreischten, um ihre Beute aufzuschrecken und bei ihrer Flucht zu beobachten. Langsame Tiere waren leichte Beute und somit dem Tode geweiht. Und er war eine solche Beute. Doch wollte er sich so einfach geschlagen geben?

»Was haben Sie mit mir gemacht?«, fragte Eisele mit trockener Stimme.

»Ganz einfach. Wie bereits gesagt, Sie hatten einen Autounfall, den Sie nicht überlebt haben. Sie Armer sind in Ihrem Auto verbrannt.« Sie lachte. »Ich habe Sie ordentlich mit Benzin übergossen. Sie haben gut gebrannt. Ich rechne nicht damit, dass für die Gerichtsmedizin noch etwas Verwertbares dabei ist.«

Sie verzog den Mund zu einem hinterhältigen Grinsen.

»Wen haben Sie verbrannt? Ich bin es ja nicht gewesen.«

»Das tut nichts zur Sache. Auf jeden Fall bin ich Ihnen dankbar, auf diese Weise bin ich ihn losgeworden. Nur …«

»Was nur?«

»Was mache ich jetzt mit Ihnen?«

»Was haben Sie bisher mit mir gemacht?«

»Können Sie sich das wirklich nicht denken? Ich habe Ihnen etwas zu trinken gegeben. Und wie Sie sehen, Sie sind noch am Leben. Noch … Die Dosis macht's …«

»Sie scheinen sich ja auszukennen«, entfuhr es Eisele, der einen zunehmend dumpfen Schmerz in der Magengrube verspürte.

»Davon können Sie ausgehen«, sagte die Alte und lachte leise. »Ich habe schließlich nicht umsonst mein Leben zwischen Toten verbracht.«

In Eiseles Gehirn arbeitete es fieberhaft. Er war tot, sagte sie. Doch würden die, die ihn fanden, das so einfach hinnehmen? Oder würden sie nach ihm suchen? Wieso hatte er eigentlich ausgerechnet Rosi angerufen? Chantal war nicht in Stuttgart zurzeit. Plötzlich wurde ihm klar, dass er sich irgendwo auf der Schwäbischen Alb befinden musste. Er hatte Chantal besucht. Sie hatte ihm das Versprechen abgenommen, im Gasthof zu übernachten, er jedoch war mit seinem Auto mit den Sommerreifen nach Stuttgart aufgebrochen. Doch wie kam die Alte hierher? Sie wohnte doch in Himmelruh. Das bekam er nicht zusammen. Er konnte nur hoffen, dass tatsächlich nach ihm gesucht würde. Er musste Zeit gewinnen, irgendwie. Er musste die Alte in ein Gespräch verwickeln.

»Wieso haben Sie Ihr Leben zwischen Toten verbracht?«, fragte er vorsichtig, »meinen Sie damit etwa all die toten Tiere, die Sie hier um sich versammelt haben?«

»Nicht schlecht geraten«, sie fühlte sich offensichtlich geschmeichelt. »Doch wissen Sie, Tiere sind langweilig.

Ein Blick ins Innere eines Menschen, das ist spannend.« Sie leckte sich über die Lippen. »Können Sie sich vorstellen, wie sich die Leber eines Trinkers von der eines gesunden jungen Menschen unterscheidet? Ich habe das oft gesehen. Und gefühlt, wenn ich das entnommene Organ durch meine Hände gleiten ließ. Oder die zerfurchte Lunge eines Rauchers? Als Organ fast nicht mehr zu erkennen?« Ihre Augen leuchteten. Warum um alles in der Welt, musste er gerade jetzt an den Fleischwolf seiner Mutter denken? An die Füllhörner und den Naturdarm? Nie wieder würde er seiner Mutter gestatten, Leberspätzle zu machen, denn dazu musste die Leber durch den Fleischwolf gedreht werden, bevor die blutige Masse in dem Teig aus Eiern und Mehl landete. Eisele schluckte und kämpfte gegen aufkommende Übelkeit an. Gerade jetzt fuhr die Alte fort: »Sie können sich nicht vorstellen, was Sie im Magenbrei eines Toten alles entdecken können, wenn er etwas gegessen hat, was – sagen wir mal – nicht gerade überlebensfördernd ist.«

»Ach, damit haben Sie also Erfahrung?«, Eisele vermied die Frage, was man in seinem Magen gefunden hätte, wäre er nicht wieder zu sich gekommen, und überhaupt war nicht klar, was mit seinem Mageninhalt in den nächsten Minuten geschehen würde. Er musste an Theodora Klein denken und an damals, als er bei der ersten gemeinsamen Leiche seinen Einstand gegeben hatte, in dem er gekotzt hatte. Wie hatte sie sich damals über ihn lustig gemacht. Und jetzt? Jetzt sehnte er niemanden so sehr herbei, wie genau diese Theodora Klein.

»Ja, damit habe ich Erfahrung, das kann man wohl so sagen. Ich habe in einem großen Institut in Berlin gearbeitet. Vor vielen Jahren …«, fuhr die Alte fort und riss ihn aus seinen Gedanken.

»Ach, ausgerechnet Berlin. Wie sind Sie denn von hier

aus nach Berlin gekommen und wie lange haben Sie dort gelebt?«

Die Alte schwieg und starrte ihm argwöhnisch ins Gesicht. Ob sie seine Taktik erraten hatte?

»Warum wollen Sie das wissen?«, fragte sie und zog beide Augenbrauen nach oben.

»Na ja, von hier nach Berlin, das ist nicht unbedingt der nächste Weg.«

»Mein Lieber«, sagte sie und ihre Augen wurden zu Schlitzen. »Habe ich Ihnen das nicht erst gestern alles haarklein erzählt? Wollen Sie mich eigentlich verarschen?« Sie stand von ihrem Stuhl auf, ging zum Fenster und sah einen Moment schweigend hinaus. Auf einmal wirkte sie sehr zerbrechlich.

Eiseles Hände begannen zu zittern. Verdammt noch mal! Was hatte sie ihm gestern erzählt. Verzweifelt dachte er noch einmal an den Moment des Aufpralls. Dies war und blieb seine letzte Erinnerung. Alles dazwischen lag im Verborgenen, bis zu dem Augenblick, als sein Erinnerungsvermögen nach dem Schlag auf den Hinterkopf zurückgekehrt war.

»Soll ich Ihnen mal zeigen, wo alles begann?«, fragte sie plötzlich in die Stille hinein. In ihren Augen lag ein listiges Glitzern. Ob sie wohl wahnsinnig war, durchfuhr es Eisele. Ja, so musste es sein. Sie war ganz und gar wahnsinnig. Doch wenn er überhaupt eine Chance hatte, hier herauszukommen, dann war das jetzt. Diese Chance musste er nutzen, darum sagte er kurz und knapp nur ein Wort. Er sagte: »Ja!«

Ein dumpfer Schlag gefolgt von einem lauten Stöhnen erfüllte den Raum. Elfriede Eisele war vom Stuhl gefallen und lag nun hilflos auf dem Rücken. Ihr Hut mit der langen Feder war ihr vom Kopf gefallen und ein Stück weiter unter Hummels Schreibtisch liegen geblieben.

»Mei Bua«, kam es erstickt aus Elfriede Eiseles Mund, »mei Bua, der lebt. I habs doch immer gwisst. Als Mutter spürt man des nämlich! Aber Sie, Sie habed mir ned glaubt. Sie müssed ihn finden. Mein Georg.«

Theodora hatte sich schnell zu der alten Frau hinabgebeugt und ihr beide Hände gereicht, doch ihre Kraft reichte nicht aus, um Frau Eisele hochzuziehen.

»Mein Gott, Hummel, so tun Sie doch was!«, bäffte sie ihren Chef an, der ungläubig auf die Szene blickte, die sich gerade vor seinen Augen abspielte.

»Was soll ich denn tun?«, fragte er hilflos und trat an die beiden Frauen heran.

»Sie greifen Frau Eisele unter die Arme und ich nehme ihre Hände. Dann zähle ich auf drei. Bei drei ziehen wir Sie hoch. Frau Eisele hören Sie, Sie müssen aber mithelfen, sonst schaffen wir das nicht. Haben Sie verstanden?«

»Ich bin doch ned bleed!«, gab Frau Eisele schniefend von sich.

»Also, eins – zwei – drei!«, kommandierte Theodora. Mit einem gewaltigen Ruck gelang es ihnen, bei *drei* Elfriede Eisele wieder auf die wackligen Beine zu stellen.

»Wo isch mein Hut?«, fragte sie sofort, während sie sich den Staub vom Mantel klopfte.

»Hier«, Hummel reichte ihr den Trachtenhut, dessen Feder den Sturz nicht überlebt hatte. Sie war in der Mitte abgeknickt. Elfriede Eisele riss ihn Hummel förmlich aus der Hand und drückte ihn sich resolut auf die ondulierten Haare.

»Und jetzt?«, fragte sie.

Hummel schaute fragend zu Theodora. Bevor diese etwas sagen konnte, sprach Frau Eisele bereits weiter.

»Also, ich werd jetzt auf keinen Fall heimgehen, ich bleib hier, und zwar so lang, bis Sie mein Georg gfunden habet.« Elfriede Eisele hatte sich wieder auf dem Stuhl niedergelassen. »Ich bin ganz zittrig«, setzte sie noch nach.

»Aber Frau Eisele, das geht auf keinen Fall«, konterte Hummel.

»Stopp!«, warf Theodora ein. »Chef, ich hab einen Plan. Bitte fragen Sie jetzt nichts, vertrauen Sie mir einfach!«

»Das ist wohl etwas viel verlangt«, Hummel schüttelte den Kopf.

»Ich verstehe Sie, Chef. Aber bitte, es ist wichtig, die Zeit drängt. Vergessen Sie die Theodora der vergangenen Wochen und denken Sie an die Theodora zurück, die ich früher einmal war. Bitte! Ich brauche einen Dienstwagen und – sagen wir – zwei Tage. Ich habe hier im Haus noch einiges zu erledigen, solange bringen wir Frau Eisele zu Gerda, die soll ihr einen Tee kochen, danach kümmere ich mich um Frau Eisele.«

Hummel knetete seine Hände, während er überlegte. »Gut, einverstanden«, sagte er schließlich, »zwei Tage und keine Minute länger. Ich bin gespannt, mit was Sie mir dann ankommen werden ...«

»Frau Eisele, sind Sie damit einverstanden, wenn ich Sie jetzt erst mal wie besprochen zu meiner Kollegin bringe?«, Theodora hatte die alte Frau wieder am Ellbogen gefasst.

»Mir isch älles recht. Hauptsach, Sie findet endlich mein Bua und ich muss ned allein heim ...«

Kurze Zeit später trat sie gemeinsam mit Theodora Klein den Gang in Gerdas Büro an.

Frau Eisele bei Gerda in Obhut zu geben, war eine gute Idee gewesen. Gerda war offenbar mehr als nur eine hingebungsvolle Großmutter, nein, sie war auch eine äußerst hilfsbereite und empathische Person, wie Theodora sich eingestehen musste. Von Gerda hätte sie sich schon lange eine Scheibe abschneiden können. Liebevoll hatte Gerda Frau Eisele einen Stuhl freigeräumt und ihr dann ein paar Schokoladewaffeln hingestellt, wonach die alte Dame erstaunlich gern gegriffen hatte, bevor sie anfing, mit vollem Mund von ihrem Georg zu erzählen. Das war der Moment, in dem Theodora leise die Tür hinter sich geschlossen und Gerdas Büro verlassen hatte. Nun saß sie hier hinter ihrem Schreibtisch in ihrem Büro und versuchte, einen Plan zu entwerfen, wie sie weiter vorgehen würde. Sie hatte zwei Tage Zeit, nur zwei Tage und das war knapp. Den Plan, das Seniorenheim sofort aufzusuchen, verwarf sie. Zunächst musste sie mit Rosi sprechen. Vielleicht war Rosi an dem geheimnisvollen Anrufer bei näherem Nachdenken doch mehr aufgefallen, als sie zunächst annahm. Insgeheim betete Theodora, es möge sich tatsächlich um ihren Kollegen Eisele gehandelt haben. Sie griff nach dem Telefon und wählte die Nummer der Rechtsmedizin, in der Hoffnung – … »Fleischhauer.«

Theodora seufzte erleichtert, wie gut, er war es selbst.

»Klein hier, hallo Doc. Ich brauche Sie ganz dringend.«

»Wo brennt es denn?«, fragte Dr. Fleischhauer und seine Stimme lächelte.

»Wenn Sie wüssten, wie treffend Ihre Frage ist«, Theodoras Stimme wurde leise. »Es ist tatsächlich jemand verbrannt. Unser Eisele nämlich. Eisele ist tot. Das heißt, das wissen wir nicht ganz genau. Wir nehmen es an, also – um das herauszufinden brauche ich Sie, Doc.«

»Ja was denn nun, tot oder nicht tot? Und überhaupt, wie Sie das sagen, so einfach, *unser Eisele ist tot*. Das ist ja furchtbar. Unser Eisele? Verbrannt sagen Sie? Wie denn das?«

Theodora begann zu husten. Verdammt, die Wirkung der Tablette vom Morgen begann bereits nachzulassen. Auch die Kopfschmerzen kamen zurück. Sie schwitzte und fror gleichzeitig. Sie würde Gerda nach einer Tablette fragen. Nachher. Zuvor erzählte sie Dr. Fleischhauer vom Unfall mit Eiseles Wagen auf der Schwäbischen Alb, von der verkohlten Leiche und von Rosis Anruf.

»Also, erstens, wenn das dort passiert ist, ist Tübingen zuständig«, sagte der Arzt nachdenklich. »Und wenn es stimmt, was diese Rosi – wer auch immer das ist – gesagt hat, dann kann die Leiche in dem Auto ja wohl kaum Eisele gewesen sein.«

»Um genau das geht es, Doc!«, sagte Theodora beschwörend. »Bitte Doc, rufen Sie Ihre Kollegen in Tübingen im Institut für Rechtsmedizin an. Wir müssen unbedingt wissen, ob denen an der Leiche irgendwas aufgefallen ist. Schnellstmöglich. Und fragen Sie die, ob es noch möglich war, die DNA zu bestimmen.«

»Theodora, Sie wissen so gut wie ich, dass das auf den Grad der Verbrennung ankommt…«

»Das weiß ich doch, darum sag ich ja, vielleicht irgendwas Besonderes. Vielleicht hatte der Tote ein künstliches Hüftgelenk. Wenn er das hätte, dann wüssten wir sofort, dass es Eisele nicht sein kann.«

»Und was werden Sie als nächsten Schritt unternehmen?«, wollte Dr. Fleischhauer wissen.

»Ich beschaffe Ihnen etwas, mit dem wir Eiseles DNA bestimmen können. Ich melde mich. Danke Doc!«, antwortete Theodora rasch und legte auf, noch bevor der Arzt etwas dazu sagen konnte. Ihr Blick ging zum Fenster hinaus. Der Himmel war grau und es hatte leicht zu schneien begonnen. In wenigen Wochen war Weihnachten. Theodora wurde schwer ums Herz. Sie fühlte sich unendlich krank und müde.

Doch ihr Instinkt flüsterte ihr zu, dass es hier um Leben und Tod ging. Um Eiseles Leben, denn an seinen Tod wollte und konnte sie nicht glauben. Erst vor wenigen Wochen war er es gewesen, der sie gerettet hatte, und sie hatte es ihm wahrlich schlecht gedankt. Schlafen würde sie später noch können. Zuerst hatte sie einen verdammt kniffligen Fall zu lösen. Wer war der wirkliche Mörder des Rudolf Wichrowsky und wo verdammt noch mal steckte Georg Eisele?

Einige Minuten später saß Theodora noch immer am Schreibtisch und starrte ins Leere. Alle Glieder schmerzten, in ihrem Kopf hämmerte es, doch länger konnte sie den Moment des Aufstehens nicht mehr hinauszögern. Die Uhr tickte. Sie tickte laut. *Ich beschaffe Ihnen etwas, mit dem wir Eiseles DNA bestimmen können,* hatte sie leichtfertig zu Dr. Fleischhauer gesagt. Wie sollte sie das anstellen? Sie konnte unmöglich von Frau Eisele verlangen, mit ihr an den Rosenbergplatz zu fahren, um Eiseles Zahnbürste oder seinen Rasierpinsel zu beschlagnahmen. Dazu wäre die alte Frau jetzt ganz sicher nicht in der Lage. Theodora quälte sich vom Stuhl hoch und ging hinüber zu Eiseles Schreibtisch. Langsam ließ sie sich auf seinen Stuhl sinken. Eisele hatte seinen Arbeitsplatz akkurat aufgeräumt, als er ihn verlassen hatte. Fast, als hätte er geahnt, dass er nie wieder kommen würde. Theodora schüttelte den Kopf und verwarf diesen Gedanken sofort. Dennoch, sie konnte sich nicht daran erinnern, dass er seinen Schreibtisch jemals so verlassen hatte. Ein neues, braunes Notizbuch lag noch original verpackt in Zellophan neben seinem Bildschirm. Daneben stand ein roter Kaffeebecher gefüllt mit Bleistiften, Kulis und einer kleinen Schere. Der Becher trug die Aufschrift *Keep calm and carry on.* Das passte zu Georg Eisele. Sie seufzte. Ganz sicher trugen diese Stifte alle Eiseles Fingerabdrücke. Spontan versuchte sie, die mittlere Schreibtischschublade aufzuziehen, und siehe da. Eisele hatte vergessen, abzuschließen. So übersichtlich wie auf dem Tisch war es in der Schublade nicht. Zwischen etlichen Prospekten von Herstellern von Nahrungsergänzungsmitteln bis hin zu Sportstudios, fand Theodora einen Kamm, eine leere Flasche Haartonikum sowie ein gebrauchtes Stofftaschentuch, auf dem sie einige Tropfen getrocknetes Blut erkannte. Der arme Eisele, in der Hoffnung auf ein paar mehr Haare hatte er sich in den vergangenen Wochen völlig umsonst mit dieser zweifelhaften Substanz abgequält, die ihm im Endeffekt nur blutige Pusteln und eitrige Pickel beschert hatte. Beherzt griff sie das Taschentuch und steckte es in einen Briefumschlag. Zur Bestimmung der DNA war dieses Requisit bestens geeignet.

Dr. Fleischhauer war gerade am Telefon, als Theodora eintrat. Er bedeutete ihr, ihm gegenüber Platz zu nehmen. Sie zog den Umschlag hervor und legte ihn auf den Tisch, während sie dem Gespräch lauschte. Offensichtlich sprach der Doc mit einem Vertreter des rechtsmedizinischen Instituts in Tübingen. Theodoras Herz machte einen Sprung, als sie hörte, dass es möglich gewesen war, dem verbrannten Opfer eine DNA zu entnehmen. Dr. Fleischhauer bat darum, ihm das Ergebnis sofort zu faxen. Theodora deutete auf das Kuvert, in dem sich Eiseles Taschentuch befand. Dr. Fleischhauer winkte ab und sprach weiter.

»Gab es noch irgendwelche Auffälligkeiten am Opfer?«, fragte er und zog die Augenbrauen zusammen. »Hm, hm«, er trommelte mit den Fingern auf die Schreibtischunterlage. »Also nichts Besonderes, aha. Und der Zahnstatus, war da was auffällig? Aha, nichts, außer einem goldenen Eckzahn rechts oben. Gut, das können wir klären. Ich gehe davon aus, dass seinem Umfeld ein solcher Piratenzahn aufgefallen wäre«, er lachte leise, dann bedankte er sich bei seinem Tübinger Kollegen und legte auf. Für einen Moment schwiegen sie beide, dann sagte Theodora mit fester Stimme: »Eisele hatte keinen Goldzahn, nicht rechts oben und auch sonst nirgendwo.«

Zwei Stunden später saß Theodora in einem Dienstfahrzeug und programmierte das Navi in Richtung Gomadingen. Etwa eineinhalb Stunden würde sie für die knapp achtzig Kilometer brauchen, vorausgesetzt sie käme in keinen Stau. Jetzt musste alles zügig gehen und sie hoffte auf ein rasches Ergebnis der DNA-Auswertung. Dr. Fleischhauer hatte nicht schlecht gestaunt, als sie ihm das Taschentuch mit Eiseles getrocknetem Blut überreichte und er versprach ihr, sein Bestes zu geben, dass die Analyse innerhalb der nächsten Stunden die gewünschten Daten liefern würde. Danach war sie zu Gerda geeilt. Glücklicherweise hatte die Kollegin noch genau zwei Tabletten in ihrem Fundus gehabt. Eine hatte sie gleich eingenommen und mit einem starken, frisch gekochten Kaffee hinuntergespült. Eine weitere gab ihr Gerda als »Wegzehrung« mit. Für Frau Eisele würde gesorgt, versicherte ihr Gerda, und einmal mehr nahm sich Theodora vor, zukünftig einen freundlicheren Umgang mit der Kollegin zu pflegen. Den Besuch im Seniorenheim verschob sie ein weiteres Mal auf später. Dafür war sie kurzerhand in den Roten Flamingo gefahren und hatte mit Rosi, die wie immer in einem Tigerbustier hinter dem Tresen stand und eine Zigarette im Mundwinkel balancierte, über den seltsamen Anruf gesprochen. Von Rosi hatte sie erfahren, dass sich Chantal für eine unbestimmte Zeit Urlaub genommen habe. Ihre Mutter hätte sich irgendeiner Operation unterziehen müssen und Chantal sei zu deren Unterstützung in ihren Heimatort zurückgekehrt, so berichtete Rosi. Irgendwann hatte Chantal auch einmal erwähnt, sie würde hin und wieder in einem Lokal als Bedienung aushelfen. Dies habe sie aber nur in einem Nebensatz erwähnt, und sie, Rosi, habe nicht weiter nachgefragt. Aber dass niemand in ihrem Heimatort wissen darf, welchem *Broterwerb* sie nachginge, das hatte die Kollegin mit Nachdruck gesagt, auch dass der Name *Chantal* dort niemandem bekannt sei. Eine Adresse habe sie nicht, erklärte Rosi, lediglich eine Handynummer, unter der Chantal, alias Sieglinde, nur im äußersten Notfall zu erreichen wäre. Schließlich hatte sie Theodora diese Handynummer gegeben, jedoch nicht ohne ausdrücklich darum zu bitten, vertrauensvoll damit umzugehen. Zurück im Auto hatte Theodora sofort versucht, Chantal zu erreichen, doch wie sie erwartet hatte, war lediglich eine Ansage geschaltet, die bedauerte, dass der Teilnehmer momentan nicht zu sprechen sei. Noch nicht einmal die Möglichkeit, eine Nachricht zu hinterlassen, wurde ihr gegeben. Theodoras Schläfen pochten, doch sie versuchte, ihren Zustand zu ignorieren. Im Moment gelang ihr das dank Gerdas Tablette noch halbwegs. An später durfte sie jetzt nicht denken. Sie startete den Wagen und schaltete die Sitzheizung ein. *Sie erreichen Ihr Ziel um fünfzehn Uhr dreißig,* schnarrte eine weibliche Stimme. Theodora seufzte tief, dann setzte sie den Blinker und fuhr los.

Die Fahrt bei trübem Wetter und Nieselregen zog sich endlos in die Länge. Mit brennenden Augen fixierte Theodora die nasse Landstraße, die vor ihr lag. Entgegenkommende Fahrzeuge blendeten sie, die spiegelnde Straße verlangte ihre volle Konzentration und sie ertappte sich immer wieder dabei, wie sie sich nach ihrem Bett sehnte. Nach einer – diesmal heißen – Dusche, nach einem Tee und nach Schlaf. Nichts als Schlaf. Doch sie musste sich zusammenreißen.

Hier ging es möglicherweise um Leben und Tod. Vor etwa einer halben Stunde hatte sie die B 27 in Richtung Tübingen verlassen und war in Höhe Aichtal auf die B 312 aufgefahren. Wenn es stimmte, was das Navi ausgerechnet hatte, würde sie ihr Ziel in gut 40 Minuten erreicht haben. Um sich wachzuhalten, stellte sie das Radio an, doch der Empfang war schlecht und nach ausschließlich deutschen Schlagern stand ihr nicht der Sinn. Als sie auf der Landstraße in Richtung Haupt- und Landgestüt Marbach abbog, machte sich eine innere Unruhe in ihr bemerkbar. Was, wenn es ihr nicht gelänge, Chantal, die es hier nicht geben durfte, zu finden? Wenige Meter weiter hatte sie Gomadingen erreicht. Sie blieb auf der Hauptstraße und wurde kurz abgelenkt. Zwei an der Straße gelegene Antiquitätengeschäfte hatten ihre Möbel auf den Gehweg gestellt, doch weit und breit war keine Menschenseele zu sehen, die sich für diese Preziosen zu interessieren schien. Schade, ging es Theodora durch den Sinn. An jedem anderen Tag hätte sie sofort angehalten und sich im Reich der Antiquitäten umgesehen. Kurz nach vier Uhr passierte sie den Ortsteil Dapfen. Der Himmel hatte sich bereits verdüstert. Sollte es hier früher dunkel werden als in der Stadt? Sie drosselte das Fahrtempo. Die Straße, der ganze Ort, schien wie ausgestorben. Kurz vor dem Ortsausgang wies ein Schild auf den Parkplatz eines Gasthauses. Spontan folgte Theodora dem Pfeil und sah bereits von Weitem das Gebäude, in dem kein Licht brannte. Sie fuhr auf den Parkplatz und stieg aus. Sofort pfiff ihr ein eisiger Wind um die Ohren und sie begann augenblicklich fiebrig zu schnattern. Sie näherte sich dem Gebäude, vor dem in einem Glaskasten die Speisekarte aushing. *Dienstag Ruhetag* konnte sie aus der Entfernung lesen. Sie ging zurück zum Auto und ließ sich erschöpft auf den Sitz fallen. Für einen Moment schloss sie die Augen, doch im Auto war es bereits so ungemütlich kalt, dass ihre Zähne zu klappern begannen. Was sollte sie nun tun? Wie planlos war sie gewesen, als sie so drauflos gefahren war? Sie gestand sich ein, gehofft zu haben, hier am Ort in dem Gasthof einzukehren, und dort auf Chantal alias Sieglinde zu treffen, weil sie hier bediente. Doch so einfach war es nicht. Sie seufzte. Ein Blick zur Uhr sagte ihr, dass bei Dr. Fleischhauer noch mit keinem Ergebnis der DNA-Untersuchung zu rechnen war. *Am Ende der Straße rechts abbiegen,* sagte das Navi. Theodora erschrak. Völlig in Gedanken war sie weitergefahren. Sie trat auf die Bremse und war froh auf der Straße allein unterwegs zu sein. Verdammt. Sie hatte viel zu wenig Fahrpraxis und die Tatsache, dass sie hier mit völlig vernebelter Birne und Fieber hinter dem Steuer saß, war grob fahrlässig. Zaghaft fuhr sie weiter, als sie in der Ferne eine Apotheke sah. Im Schaufenster erinnerte ein übergroßer roter Herrnhuter Weihnachtsstern an das bevorstehende Fest. Auch das noch. Weihnachten. Allein daran zu denken, löste einen bisher nicht gekannten dumpfen Schmerz in Theodora aus. Eine nie gekannte tiefe Traurigkeit. Weihnachten das Fest der Liebe, das sie ohne Amadeus verbringen würde. An dem sie sich um ihren Vater kümmern musste. An dem Frau Eisele vielleicht alleine sein würde, weil ihr Georg vielleicht tot war. Spontan hielt sie vor der Apotheke und ging hinein. Irgendwas mit Grippo …, ging ihr durch den Sinn, das würde sie jetzt kaufen. Irgendwas, das sie gut durch den Tag kommen und in der Nacht gut schlafen ließ. Vor ihr war nur eine Kundin, die bereits bedient wurde. Der Mann im weißen Kittel erkundigte sich freundlich nach dem Befinden der Mutter der Kundin, die gerade ein neues Hüftgelenk bekommen hatte. Theodora fühlte sich wie elektrisiert.

»Grüß Gott. Mit was kann ich Ihne helfa?«, fragte eine vollschlanke Frau, ebenfalls in weißem Apothekerkittel, die plötzlich aus dem Nichts hervorgetreten war.

»Irgendwas gegen Grippe, bitte«, brachte Theodora heißer hervor.

»Moment, ich schau nach«, sagte die Dame und verschwand zwischen den Regalen.

»Also, dann liebe Grüß an Ihr Mutter, Frau Rebmann, und wenn was isch, oifach melda, gell«, sprach der Herr Apotheker.

»Danke, ich richts aus«, sagte die junge Frau und war bereits auf dem Weg zur Tür.

»Halt«, schrie Theodora und erschrak selbst dabei. »Moment, ich muss mit Ihnen sprechen, bitte.«

Die Frau blieb wie angewurzelt stehen. Erstaunen legte sich in ihre Gesichtszüge. Seit dem Tag auf dem Friedhof bei Gabriele Engel hatte sie Theodora nicht mehr gesehen, und auch da nur aus der Ferne, doch sie erkannte sie sofort. Sie nickte kurz und trat mit Theodora hinaus in die winterliche Kälte.

»Ja und was isch jetzt mit dem Gribboschdad?«, fragte die Frau Apothekerin, doch da hatten bereits beide Damen in Theodoras Dienstfahrzeug Platz genommen.

»Was mached Sie um alles in der Welt hier oben im Lautertal, wenn ich Sie das mal fragen darf. Des kann doch kein Zufall sein, dass Sie hier aufkreuzet, oder?«

Chantal hatte sich offensichtlich schnell gefasst. Theodora betrachtete die junge Frau, die neben ihr auf dem Beifahrersitz Platz genommen hatte. Nur die derbe Sprache und die Lautstärke erinnerten an die alte Chantal. Ansonsten war von der Mitarbeiterin des Roten Flamingo nicht mehr viel übrig, zumindest erinnerte im Moment nichts mehr an den Vamp in schwarzem Lack und Latex. Diese junge Frau, die neben ihr Platz genommen hatte, und deren Name Sieglinde war, trug dunkelblaue Jeans und flache, fellgefütterte Winterstiefel. Auch der dunkelblaue Anorak schien eher aus dem Sportgeschäft, als aus einem Erotikshop zu stammen.

»Wenn Sie fertig sind, kann ich ja vielleicht auch mal was dazu sagen«, Theodora fühlte eine leichte Aggression in sich aufsteigen, Energie, mit der sie angesichts ihres gesundheitlichen Zustandes heute gar nicht mehr gerechnet hatte. »Wann haben Sie zum letzten Mal etwas von Georg Eisele gehört?«, fiel sie direkt mit der Tür ins Haus. Chantal sah sie aus erschrockenen Augen an.

»Also, bevor ich auch nur ein Wort sag, eins muss klar sei, ich bin hier oben ned die Chantal, gell. Die gibt es hier nämlich ned. Was glaubed Sie, was meine Eltern mit mir machen täten, wenn des alles rauskommt? Ganz abgsehen davon, des könnt ich dene gar ned antun. Also gell, ich bin hier die Sieglinde. Und jetzt zum Georg. Ich hoff ja ned, dass dem was passiert isch. Der war nämlich am Samschdagabend hier. Ich war selber ganz überrascht, dass der mit seinem alten Karren den Weg hierher gmacht hat. Zumal ja des Wetter ganz schlecht war.« Chantal-Sieglinde sah Theodora abwartend an.

»Also, was isch jetzt mit dem Georg, saged Sie doch was. Wieso wolled Sie des alles wissen?«

Theodora wand sich.

»Frau Rebmann, es besteht der Verdacht, dass Georg Eisele verunglückt ist.«

»Um der Himmels willen, ja wie denn des? Wann und wo soll denn des passiert sein?« Sieglinde schlug sich die Hand vor den Mund.

»In der Nacht von Sonntag auf Montag. Ganz in der Nähe von Marbach auf einer abschüssigen Landstraße. Der Wagen kam bei Eis von der Fahrbahn ab und prallte gegen eine Baumgruppe, dabei hat das Fahrzeug Feuer gefangen und der Fahrer erlitt tödliche Verbrennungen.«

»Jetzt lecksch mich am Arsch«, flüsterte Sieglinde fassungslos. »Und der hat mir noch versprochen, dass er im

Hirsch übernachtet. Dieses Rindvieh! Wie hat der bloß bei dem Wetter mit dem alten Karren losfahren können? Schon dass der hier rauf kommen isch, war leichtsinnig und dann noch in der Nacht heimfahren. Ich fass es ned.«

»Haben Sie eine Ahnung, was Georg hier wollte? Handelte es sich lediglich um einen Besuch oder hatte er einen bestimmten Grund bei dem – wie Sie selbst sagen – unmöglichen Wetter – hier rauf zu fahren?«

»Jetzt lassed Sie mich mal überlegen. Also, eigentlich weiß ich des auch ned so genau. Ich hab denkt, der will einfach mal schwätzen, sich alles mal von der Seele reden, was ihn so bedrückt hat, und des war ja so einiges.«

»Ich höre«, Theodora kniff die Augen zusammen.

»Na ja, die Sach mit dem Altersheim, die hat ihn scho sehr umtrieben. Irgendwie hat der ned so recht dran glauben wollen, dass die beide Frauen schuld sind am Tod von dem Senior.«

»Ich sehe schon, Sie sind ja bestens informiert. Sie wissen, dass ich das nicht gutheißen kann.«

»Ja aber, wenns Ihne jetzt doch hilft? Wieso sind Sie sonschd zu mir kommen?«

Hier konnte Theodora nicht widersprechen.

»Also, er hat gsagt, der Sach mit dem Brief, der bloß zur Hälfte da war, der hätt man unbedingt nachgehen sollen.«

Theodora fühlte einen Kloß im Hals. Auch das stimmte.

»Und ich bleede Kuh mach mich noch wegen dene Biosphären-Dreamboys luschdig über den Georg«, fuhr Sieglinde traurig fort.

»Was bitte?«, Theodora verstand nicht.

»Ach, des isch a bleede Sach. Vergessed Sie des. Aber mit seiner Mutter war auch noch was. Die regt ihn ja eigentlich immer uff, aber jetzt erst recht. Weil, die Elfriede hat nämlich einen Freund. Man sollt es ja ned glauben in dem

Alter. Aber der isch jetzt auf einmal verschwunden. Der hat der Elfriede erzählt, er muss für einen Freund jemanden beschatten, und deswegen muss er für eine Zeit abtauchen. Aber jetzt hat der sich gar nemme gmeldet. Und dann war da noch was komisch.« Sie dachte nach.

»Jetzt machen Sie es doch nicht so spannend«, Theodora knetete ihre kalten Hände.

»Ja, ja, ich muss grad überlegen, wo ich das Foto hinglegt hab.«

»Welches Foto?«

»Na, der Georg hat mir ein Foto gezeigt, auf dem sei Mutter drauf isch, mit ihrem Freund.«

»Ja und ...!«

»Den Freund, den hab ich erschd vor Kurzem bei uns im Lokal gsehen. Mit einer anderen Frau.«

»Und? Haben Sie das Georg erzählt? Das mit der anderen Frau?«

»Ja klar, und dann had er gsagt, dass er der Sach nachgehen will. Und ob ich ihm ned sagen könnt, wer des sei, und wo die wohnt.«

»Und? Wer ist diese Frau? Kennen Sie sie?«

»Ja, des weiß ich halt ned so genau. Irgendwie isch die mir bekannt vorgekommen, aber irgendwie halt auch wieder ned.«

Theodora schlug wütend auf das Lenkrad. »Verdammt Chantal, jetzt strengen Sie Ihre grauen Zellen halt mal an!«

»Frau Klein, ich bin ned Ihr Chantal, haben Sie mich verstanden?« Sieglinde kniff die Augen zusammen. »Und überhaupt«, fuhr sie giftig fort, »jetzt kanns Ihnen ned schnell genug gehen, gell. Aber wer hat sich denn ned gekümmert um den Fall? Sie! Und wer hat den Georg allein glassen mit all seine Ahnungen und Befürchtungen? Sie! Und Sie, Sie habed jetzt ein schlechtes Gwissen, weil Sie nix anders mehr im Kopf ghabt habed als Ihren komischen Gigolo. Der Georg hats mir erzählt, dass da was war. So isch des gwesen. Und jetzt schiebed Sie mir den Schwarzen Peter zu, so wird ein Schuh draus. Aber ohne mich!« Sie öffnete die Wagentür und schwang ihre Beine aus dem Fahrzeug. Theodora gelang es in letzter Sekunde, sie am Ärmel zu fassen. Ihr Kopf glühte und sie wusste nicht, ob und wie sie diesen Tag noch überstehen würde, doch so vernebelt ihr Gehirn auch war, sie wusste, dass Sieglinde recht hatte.

»Sieglinde«, sagte sie mit letzter Kraft, »steigen Sie wieder ein, tun Sie es für Georg, bitte!«

Sieglinde stutzte, doch dann besann sie sich eines Besseren und ließ sich wieder ins Wageninnere plumpsen.

»Sieglinde«, Theodora hatte fast keine Stimme mehr, »wir spielen gegen die Zeit. Wir müssen Georg finden. Bitte versuchen Sie, sich zu erinnern, wer könnte diese Frau sein? Haben Sie vielleicht das Foto noch?«

»Ich weiß ned, wo ichs hinglegt hab in der Nacht. Mein Gott, 's war scho so spät und ich war müd. Ich hab dem Georg bloß gsagt, dass sie irgendwo außerhalb wohnt und dass ichs rauskrieg, wer des isch, wenn ers unbedingt wissen will. Und dann hat er was gsagt von *des bin ich meiner Mutter* schuldig.«

»Und dann?«

»Nix und dann. Dann isch er aufgestanden und hoim gfahren. Oder au ned …«, Sieglinde wurde plötzlich ganz leise.

»Und? Wissen Sie jetzt, wer diese Frau ist?«

»Nein«, sagte Sieglinde nun friedfertig. »Aber ich weiß, wen wir fragen könnted. An dem Abend war der Jägerstammtisch auch da und einer von dene hat sich mit der unterhalten, der Benedikt Lammers. Ned, dass Sie jetzt denked, des sei unser Pfarrer, des isch der Chef von unserer Polizei, der Erschde Polizeihauptkommissar.«

»Und wo finde ich den Ersten Polizeihauptkommissar?«

»Ha, des sollted Sie aber besser wissa als ich. Auf dem Polizeirevier Münsingen natürlich. Und jetzt geh ich, aber wenn Sie was wissed, dann gebed Sie mir bitte Bscheid. Mei Händinummer habed Sie ja, gell.«

Theodora nickte und Chantal verließ fluchtartig das graue Dienstfahrzeug, das noch immer vor der Apotheke parkte. Theodora stieg aus und ging noch einmal hinein. Die Apothekerin kam mit hochrotem Kopf hinter einem Regal vorgeschossen. Theodora wurde den Eindruck nicht los, dass sie sie die ganze Zeit beobachtet hatte.

»Gripposchdad, ich weiß«, sagte die Apothekerin rasch und legte das Schächtelchen auf den Tresen. »Macht vierzehn neunundneunzig.«

»Stimmt so«, antwortete Theodora und legte fünfzehn Euro auf den Tisch.

Kurze Zeit später hatte sie die Heimfahrt angetreten. Einer der beiden Tage, die Hummel ihr gewährt hatte, war bereits vorüber und von Eisele gab es noch immer keine Spur.

Eisele war benommen, doch auf die Frage, ob sie ihm zeigen solle, wo alles begann, hatte er mit *Ja* geantwortet und so ging er nun mit zittrigen Beinen hinter ihr her durch den Raum, in dessen Kamin das Feuer längst erloschen war. Hinaus in den Flur, der im Dunkeln lag. Vorbei, an den muffig riechenden ausgestopften Tieren, die ihn noch immer aus toten Augen zu beobachten schienen. Hinüber zu der großen hölzernen Tür, durch die er in der verhängnisvollen Nacht seines Unfalles getreten war. Seine gefesselten Hände hingen schlaff vor seinem Körper herab und er war dankbar, dass sie ihm diese nicht auf dem Rücken zusammengebunden hatte. Fieberhaft versuchte er, sich an den Tag zu erinnern, an dem er Chantal dabei geholfen hatte, eine Bondage-Nummer, die sie neu in ihr Repertoire aufnehmen wollte, einzuüben. Damals hatte sie ihm die Hände mit einem Seil zusammengebunden, ihm dann aber einen Trick gezeigt, wie er sich rasch aus dieser Fesselung befreien konnte. Noch hatte er nicht die Möglichkeit gehabt, herauszufinden, ob es für ihn jetzt und hier eine ebensolche Chance gab. Auch konnte er sich noch immer nicht erklären, wie es einer alten, dünnen Frau gelingen konnte, ihn zu überwältigen und festzusetzen. Er hatte sich bei dem Unfall verletzt, sie hatte ihm etwas in den Tee gegeben und danach ins Essen. Nur darum war es ihr möglich gewesen, ihn zu dem hilflosen Objekt ihres Irrsinns zu machen, das er nun war. Doch was hatte sie mit ihm vor? Einmal mehr hatte er das Gefühl, Hauptdarsteller in einem Gruselkrimi geworden zu sein. Aber dies hier war kein Krimi, das war grausame Realität und Eisele fühlte, wie ihm die Angst wie eine züngelnde giftige Schlange über den Rücken kroch, um sich ganz oben, in seinem Nacken niederzulassen, ja, um ihm Stück für Stück den Hals zuzuschnüren, bis er schließlich erstickte. Die Alte griff in ihre Jackentasche, zog einen schweren Schlüssel hervor und steckte ihn in das Schloss der Haustür. Eisele war nicht überrascht, dass die Tür knarrte, als die Alte sie öffnete. Eiskalte Luft schlug ihm entgegen, Luft, die in seinen Lungen brannte, und er begann zu husten. Es musste später Nachmittag sein, denn die Dämmerung war bereits hereingebrochen.

»Auf geht's!«, forderte die Alte ihn herrisch auf, »wenn wir drüben noch was sehen wollen, müssen wir uns sputen«, sagte sie und lachte ein irres Lachen. Eisele fühlte ihre spitzen Finger in seinem Rücken, als er vor ihr her, über den hart gefrorenen Boden, hinüber zu der geheimnisvollen Scheune ging. Im Gegensatz zu ihrem war sein Tritt nicht sicher, er stolperte, wobei er seine Hände ruckartig nach oben riss. Dabei hatte er das Gefühl, als säße das Seil, das seine Handgelenke zusammenhielt, nicht mehr ganz so straff, wie noch vor ein paar Minuten. Im Weitergehen rieb er seine Handgelenke vorsichtig aneinander. Würde es ihm gelingen, das Seil zu lösen? Würde es ihm gelingen, sie zu überwältigen? Seine Gedanken begannen sich zu überschlagen. Hoffnung keimte in ihm auf. Die frische Luft schien seine Lungen zu reizen, doch seinem Gehirn tat der Sauerstoff gut. Er versuchte, die Schlange in seinem Nacken zu überlisten. Fast wäre es ihm gelungen, doch dann hatten sie die Hütte erreicht. Rasch hatte die Alte die Tür geöffnet und Eisele hineingeschoben. Dann wand sich die Schlange um seinen Hals und würgte ihn …

Das Erste, was Eisele im Halbdunkeln erkannte, war ein Stahltisch in der Mitte des Raumes. Er kniff die Augen zusammen, die sich nach kurzer Zeit an das Dämmerlicht gewöhnt hatten. An der Wand war ein Waschbecken, ebenfalls aus Edelstahl, angebracht. Er sah einen Wasserschlauch und darunter mehrere Eimer. An einem Haken hing ein langer weißer Schurz. Bei einem Einsatz in der Stuttgarter Markthalle vor ein paar Jahren hatten die Fleischer ebensolche Schürzen getragen. Die Schlange legte sich enger um seinen Hals. Eisele begann zu schwitzen. Seine Stirn brannte. Dieser Schmerz riss ihn zurück in die Gegenwart und er begann zu beten. Er betete, Theodora Klein möge begonnen haben, nach ihm zu suchen.

»Sehen Sie doch, was ich hier Schönes habe«, hörte er die Stimme der Alten neben sich. Sie sprach leise, beinahe verführerisch. Wie aus dem Nichts hatte sie einen Hocker herbeigezogen und ihm unter den Hintern geschoben. Ohne

Aufforderung ließ er sich darauf niederfallen. Fassungslos starrte er auf verschiedene Sägen, die der Größe nach angeordnet, ebenfalls an der Wand aufgehängt waren.

»Sind sie nicht schön?«, fragte sie und zeigte auf einen Besteckkasten. Eisele blinzelte. Ihm wurde übel. Dies hier war Besteck der besonderen Art. Er kannte es. Von den Besuchen bei Dr. Fleischhauer in der Rechtsmedizin. Was er hier sah, war Obduktionsbesteck.

»Und dies hier, ist mein ganz besonderer Schatz«, sagte sie und hielt ihm ein kleines handliches Gerät unter die Nase. »Sie liegt gut in der Hand«, flüsterte sie und lächelte selig. Wie ein Goldfisch im Wasserglas öffnete Eisele den Mund und verschloss ihn sofort. Die Alte war verrückt. Das konnte nicht anders sein.

»Wissen Sie, was das ist?«, fragte sie listig. Eisele wollte etwas sagen, doch seine Worte erstarben in seiner Kehle. »Das hier ist eine kleine, aber sehr feine Autopsiesäge. Dafür gibt es verschiedene Sägeblätter. Durch die stufenlose Drehzahlregelung kann die Schwingung des Sägeblatts ohne Weiteres ganz genau auf die jeweilige Anforderung, oder sagen wir, auch die Dichte des zu bearbeitenden Knochens oder Gewebes, eingestellt werden.« Wieder erklang ihr Lachen. Diesmal hoch und spitz, wie das einer Wahnsinnigen.

»Sie haben gesagt, hier habe alles angefangen. Weshalb zeigen Sie mir das alles?«, fragte Eisele mit tonloser Stimme.

»Nun, hier habe ich zum ersten Mal meinen Vater beobachtet«, ihr Blick rückte in weite Ferne. Offenbar hatten die Schatten der Vergangenheit sie eingeholt. »Ich habe draußen gestanden, auf dem Stapel frisch geschlagener Baumstämme. Immer in der Angst, ich könnte abrutschen, oder er könnte mich gar sehen. Ich habe den Geruch des frisch geschlagenen Holzes noch immer in der Nase. Das war aufregend.

Und schön. Mein Vater war der Herr über Leben und Tod. Wenn er aus dem Wald zurückkam, dann brachte er ein Tier mit. Groß und prächtig. Einen Hirsch, ein Reh oder ein Wildschwein. Die Tiere waren fast noch warm. Dann hat er sie hier oben an den Hinterläufen aufgehängt«, sie deutete auf einen Haken, der von der Decke hing.

»Dann hat er den Brustkorb geöffnet«, sie zog ein Messer aus dem Besteckkorb und betrachtete es lustvoll.

»Rechts und links des Brustbeins ist ein Knorpel, beim Menschen ist er da!«, blitzschnell stieß sie mit ihrem Finger gegen Eiseles Brust, »hier setzt man mit dem Messer an und kann dann ganz leicht die Brust öffnen …«

Eisele überlegte krampfhaft. Er hatte nicht die geringste Lust, zu erfahren, wie sie ihn auszunehmen gedachte.

»Und was hat das alles mit Ihnen gemacht?«, fragte er und klang wie ein Psychologe. Doch sie ging darauf ein. Mit fiebrigem Blick sagte sie: »Es hat mich fasziniert, wie er die Organe aus dem Tier nahm, sie untersuchte, sie danach in eine Schüssel legte«, sie sah ihn an. »Dann haben wir das Tier gegessen, und präpariert haben wir es auch.«

Plötzlich verfinsterte sich ihr Gesicht.

»Und dann kam die Zeit, in der ich mir gewünscht habe, er selbst würde hier oben an diesem Haken baumeln. Aber das ist eine lange Geschichte …«, sagte sie mit einer nun völlig anderen Stimme. »Auf jeden Fall zog es mich schon damals dorthin, wo ich am Ende auch gelandet bin, in die Pathologie nämlich.«

Eisele schluckte hart. Bei dem Gedanken, möglicherweise selbst bald dort auf dem Tisch zu landen, wurde ihm schlecht. Im Geiste sah er bereits Dr. Fleischhauer, der sich neugierig über ihn beugte. So weit durfte es nicht kommen. Er musste Zeit gewinnen. Irgendwie. Er musste mit der Alten reden, sie zum Sprechen bringen.

»Dann haben Sie die vielen toten Tiere in ihrem Haus also selbst präpariert?«, fragte er sie, doch sie antwortete nicht. In ihren Gedanken schien sie ganz woanders zu sein.

»Was haben Sie mit mir vor?«, kam es keuchend von Eisele.

Die Antwort der Alten war nur ein leises Lachen.

»Träumen Sie etwa davon, meinen Kopf auch an die Wand zu nageln? Haben Sie sonst niemanden, der Ihnen Gesellschaft leisten kann?«, Eisele stampfte mit den Beinen auf und ruderte mit den Armen in der Luft. Dabei fühlte er, wie sich das Seil um seine Handgelenke wieder etwas lockerte.

»Die Idee ist gar nicht so schlecht«, gab die Alte von sich. »Aber eine Präparation ist in Ihrem Fall nicht möglich. Sie sind zu schwer und zu groß. Ich müsste Sie natürlich vorher töten, dann müsste ich Ihnen das Fell über die Ohren ziehen. Und ...«, sie kicherte, »... sie so komplett auszuziehen, dazu hab ich ehrlich gesagt, keine Lust. Nein, aus Ihnen mach ich was anderes.« Sie schaute Eisele erwartungsvoll an, doch dieser stellte die Frage, auf die sie wartete, nicht.

»Töten muss ich Sie natürlich trotzdem, aber dann, dann mach ich aus Ihnen einen schönen, kleinen, liebenswerten Schrumpfkopf.« Sie drehte sich um und ging in die hinterste Ecke des Scheunenraumes, in der ein alter hoher Holzschrank stand. Sie öffnete eine Schublade und beugte sich hinab um etwas darin zu suchen. Wieder rieb Eisele die Hände aneinander. Diesmal hatte er das Gefühl, es bald geschafft zu haben. Er musste Zeit schinden. Die Alte richtete sich auf. Sie schien nicht gefunden zu haben, wonach sie gesucht hatte.

»Einen Schrumpfkopf also«, Eisele versuchte, ruhig zu klingen. Es war noch nicht allzu lange her, da hatte er im Stuttgarter Lindenmuseum eine Ausstellung besucht, bei der solche Schrumpfköpfe zu besichtigen gewesen waren. Und nun sollte er als *liebenswerter* Schrumpfkopf enden? War auch er nun verrückt geworden? Gleich würde er erwachen und dann feststellen, dass dies alles nur ein dummer Traum gewesen war. Schließlich hatte er schon öfter solche surrealen Träume gehabt, doch der Schmerz an seinen Handgelenken war genauso real, wie die Obduktionsbestecke, die Sägen und die Alte selbst.

»Haben Sie Erfahrung mit der Herstellung von Schrumpfköpfen?«, fragte er, um gleich darauf zu bemerken, dass er noch nie in seinem Leben eine blödere Frage gestellt hatte. Doch die Alte antwortete ganz ernsthaft:

»In der Tat habe ich mich schon länger mit der Idee befasst«, sie schwankte leicht. Offenbar hatte die Vorstellung, ihn gleich zu präparieren, eine berauschende Wirkung auf sie.

»Mit Ihnen starte ich ein ganz neues Experiment. Sie werden mein Erster werden. Ich hoffe, ich kann Sie so erhalten, dass noch genügend Ähnlichkeit mit Ihnen übrig bleibt. Sie gefallen mir nämlich …«, sie lachte anzüglich. »Wie ich bereits sagte, ich werde Sie zunächst natürlich töten müssen«, fuhr sie in ihrem schauerlichen Vortrag fort. Sie war hinter ihn getreten und machte sich am Kragen seines Hemdes zu schaffen, was ihm eisige Schauer über den Rücken jagte. »Danach werde ich Ihren Kopf so nah als möglich an Ihrem Oberkörper abtrennen, was schwierig werden wird, denn Sie haben ja fast keinen Hals«, das klang sehr verächtlich.

Eisele schluckte. »Und dann?«, krächzte er.

»Nun, dann werde ich hiermit …«, sie zog ein weiteres silbernes Messer aus dem Kasten mit dem Obduktionsbesteck hervor und hielt es Eisele direkt unter die Augen, »… dann werde ich hiermit ihre Kopfhaut auf der Rückseite unterhalb Ihres Halswirbelansatzes aufschneiden und versuchen, diese von Knochen und Muskelgewebe abzulösen. Ihre Augenlider werde ich von innen vernähen. Das wird der schwierigste Teil für mich werden. In Handarbeit war ich nie besonders gut.«

»Aha«, brachte Eisele hervor, und rieb sich ununterbrochen vorsichtig die Hände gegeneinander. Die Alte war jetzt so in ihrem Element, dass sie ihn gar nicht mehr wahrzunehmen schien. Wie in Ekstase beschrieb sie ihm weiter hingebungsvoll seine Verwandlung von Georg Eisele dem Polizisten zu Georg, dem Schrumpfkopf. Sie erklärte, wie sie seinen Mund vernähen würde und schloss mit den Ausführungen: »Hier, sehen Sie den Kübel? Darin befindet sich feinster Sand. Damit werde ich das Innere Ihrer Kopfhaut füllen und Ihren Kopf dann in einem Topf mit Wasser …«, sie wies auf das Waschbecken und den Wasserschlauch, »… vorsichtig erhitzen. Das Gute bei Ihnen ist, dass ich da nicht besonders vorsichtig sein muss«, wieder lachte sie und erneut schwankte sie, doch diesmal heftiger als vorhin. In Eisele keimte Hoffnung auf, denn just in dem Moment fühlte er, dass sich die Fesseln um seine Handgelenke gelöst hatten. Dennoch hielt er die Hände zusammen, er musste eine Gelegenheit abwarten, die Irre, und eine Irre war sie ohne Zweifel, zu überwältigen.

»Wieso müssen Sie vorsichtig sein, ich bin doch schon tot?«, fragte er sie, doch sie ließ sich nicht beirren und ihre Antwort klang plausibel.

»Nun, es ist so«, fuhr sie ernsthaft fort, »weil sich die Haare, wenn das Wasser kocht, aus der Kopfhaut lösen. Da Sie aber so gut wie keine Haare mehr haben …«, sie begann hysterisch zu lachen. Das Lachen ging über in einen Hustenanfall, der sie heftig schüttelte. Sie schwankte. Das war der Moment. Mit einer ruckartigen Bewegung befreite Eisele seine Hände von der Fessel. Er sprang vom Hocker auf, fasste die Alte von hinten um die Hüften und riss sie mit sich zu Boden …

Theodoras Augen brannten. Vermutlich ließ die Wirkung der Tablette nun endgültig nach. Sie brauchte dringend einen Kaffee, ein Glas Wasser und ein Grippo-Irgendwas, sonst würde sie die Fahrt bis Stuttgart kaum schaffen. Außerdem ging ihr der Name des *Ersten Polizeihauptkommissars* nicht mehr aus dem Sinn. Benedikt Lammers. Was für ein klangvoller Name. Um nicht einzuschlafen, schaltete sie das Radio an. *Hab keine Angst, ich bin da für dich…* erklang die unverkennbare Stimme des *Grafen. Ich bin stolz auf unsere Zeit…* sie kannte den Text des Liedes, wusste, wie es weitergeht, … *so, wie du warst, bleibst du hier…*

Sie schaltete das Radio aus und fuhr rechts an den Straßenrand. War sie von allen guten Geistern verlassen? Ja, bei diesem Song von *Unheilig* musste sie zwangsläufig an Amadeus denken, aber – und das war das Unglaubliche – eben auch an Eisele. Sie konnte nicht nach Stuttgart zurückfahren. Sie musste mit diesem Lammers sprechen, und zwar jetzt. Sofort. Sie griff in ihre Jackentasche und zog ihr Smartphone hervor. Nur wenige Augenblicke später hatte sie die Rufnummer des Polizeireviers gefunden. Ungeduldig wartete Theodora, bis sich endlich jemand meldete. Der Erste Polizeihauptkommissar sei in einer dienstlichen Angelegenheit unterwegs, erklärte ein unmotivierter Kollege gelangweilt. Erst nachdem ihm Theodora unmissverständlich klargemacht hatte, dass es sich um eine hochbrisante gemeinsame Ermittlung handelte, die über Leben und Tod entschied, wurde es dem Polizisten mulmig und er fragte Theodora nach ihrem Namen und ihrer Handynummer.

»Der Herr Hauptkommissar meldet sich dann bei Ihnen«, rang er sich noch ab, bevor er auflegte. Theodora starrte auf ihr Handy, das sie noch immer in der Hand hielt. Wahrscheinlich würden die Kollegen nun erst einmal überprüfen, ob es überhaupt eine Kommissarin Theodora Klein in

Stuttgart gab. Während sie überlegte, schrillte ihr Handy. Sie erschrak. Es wurde Zeit, dass sie einen anderen Klingelton einstellte! Diese Nummer kannte sie. Sie bekam Herzklopfen.

»Theodora«, kam Dr. Fleischhauer ohne Vorrede sofort zur Sache, »wir haben die Auswertung der DNA. Es ist eindeutig nicht die DNA von Eisele.« Theodoras Hand zitterte. »Theodora? Sind Sie noch dran?«

»Ja, danke Doc. Ich bin noch dran«, brachte sie gerade noch hervor, doch da vibrierte das Handy, ein anderes Gespräch kam herein und sie klickte den Doc weg.

»Klein«, meldete sie sich …

Zwanzig Minuten später saß Theodora in einem gemütlichen Antiquitäten Café in Gomadingen, und starrte auf die Butterbrezel, die sie vor sich auf einem Teller liegen hatte. Tatsächlich war sie vorhin schon hier vorbeigefahren, hatte aber das Café gar nicht wahrgenommen, lediglich die wunderschönen alten Möbel, die den Straßenrand säumten, waren ihr aufgefallen. Dies hier war ein ganz besonderer Ort, und sie nahm sich vor, wenn dies alles vorüber war, einmal einen Sonntag hier zu verbringen, um sich zwischen den antiken Schätzen umzusehen. Ein Bild in einem ovalen goldenen Rahmen war ihr sofort ins Auge gesprungen. Es zeigte ein kleines Mädchen, das auf einer Bank kniend zum Fenster hinausblickte, zu einem Vogel, der in den Ästen einer Birke saß. Dieses Gemälde eines Kindes berührte Theodora, Tränen stiegen in ihr auf, doch sie wusste nicht weshalb …

Soeben hatte sie gleich zwei der Grippetabletten eingenommen, von denen sie hoffte, dass sie ihr bald Linderung verschaffen würden. Sie nippte an ihrem Kaffee, der noch so heiß war, dass sie sich beinahe die Lippen daran verbrannte. Polizeihauptkommissar Lammers hatte ihr die Adresse dieses Lokals genannt, und nun saß sie hier und wartete auf den fremden Kollegen. Auf dem Tisch vor ihr brannte eine kleine rote Kerze, die weihnachtlich dekoriert auf einer bemoosten Wurzel angebracht war. Weihnachten war bisher noch nie Theodoras Ding gewesen, erst nachdem sie Amadeus kennengelernt hatte, war die Sehnsucht in ihr aufgekommen, dieses Fest der Liebe auch einmal so zu begehen, wie die meisten ihrer Bekannten und Kollegen dies taten. Sie seufzte. Sie musste sich der Tatsache stellen, dass dieser Traum ausgeträumt war.

»Hallo Benni«, hörte sie die junge Frau hinter dem Tresen sagen. Sie sah auf. Ein großer stattlicher Mann mittleren Alters war an ihren Tisch hingetreten.

»Theodora Klein nehme ich an? Lammers. Benedikt Lammers. Wir sind verabredet«, stellte er sich vor, zog einen Stuhl heran und nahm gegenüber Theodora Platz. Ein freundliches Lächeln umspielte braune Augen in einem wettergegerbten Gesicht. Tief in Theodoras Innerem erklang eine Saite. Benedikt Lammers hatte etwas zu langes Haar. Wie das ihre war auch seines wild gelockt. Haselnussbraun, durchzogen von kleinen silbrigen Fäden. Er trug Wanderschuhe und eine knallrote Outdoorjacke, die er auszog, und über die Lehne des Stuhls hängte. Darunter kam ein kariertes Oberhemd zum Vorschein, allerdings keines der Marke Eisele, dies hier war weitaus modischer in Schnitt und Farbe. Seine Hände waren kräftig, die Finger lang und gerade geformt. Er trug keinen Ring. Er roch angenehm würzig. Nach Wald? Nach Moschus? Theodora blinzelte. War das Fieber zurück? Er legte sein Handy neben sich auf den Tisch und bestellte sich einen naturtrüben Apfelsaft. »So, wir können, ich bin gespannt«, sagte er und sah Theodora fest in die Augen …

»Ist das alles, was Sie mir über die geheimnisvolle alte Frau sagen können? Und ja – Sieglinde hat recht, ich weiß, wer sie ist«, sagte Benedikt Lammers eine knappe halbe Stunde später. Inzwischen war er zum alkoholfreien

Weizenbier übergegangen, Theodora hatte sich einen weiteren Kaffee bestellt. Die Wirkung der Tabletten hatte zum Glück rasch eingesetzt. Ihr Kopf war freier geworden, doch dafür schwitzte sie nun furchtbar. Auch das ließ die Erinnerung an Eisele noch greifbarer für sie werden. Der arme Kerl schwitzte auch – besonders im Sommer – ununterbrochen.

»Also, von mir aus kann ich Ihnen den Weg zum Haus der alten Dame beschreiben. Allerdings bin ich überzeugt davon, dass Sie da nichts finden werden. Frau Balthasar ist eine gut situierte Frau. Sie hat die meiste Zeit ihres Lebens in Berlin verbracht und ist erst vor ein paar Jahren, nach dem Tod ihres Vaters, hierher zurückgekehrt. Soweit ich weiß, lebt sie alleine. Bis vor Kurzem ist sie noch auf die Jagd gegangen, doch in letzter Zeit schienen sie die Kräfte etwas verlassen zu haben. Im Dorf erzählt man sich auch, sie sei etwas sonderbar geworden. Was ist mit Ihnen, Frau Klein? Sie sind ja ganz weiß im Gesicht?«

»Sagten Sie, Frau Balthasar habe in Berlin gelebt?«

»Ja, aber was ist daran so spektakulär?«

»Ich muss sofort los«, Theodora rann der Schweiß über die Stirn. Sie legte einen Zwanzigeuroschein auf den Tisch.

»Ich hoffe, das wird reichen«, sagte sie und stand so schnell auf, dass der Stuhl hinter ihr umfiel.

»Danke«, japste sie und verließ so rasch sie konnte, das Lokal. Benedikt Lammers sah ihr noch lange entgeistert nach.

Wie eine Getriebene fuhr Theodora durch das Dorf hinaus, in die Richtung, die ihr Benedikt Lammers genannt hatte. Kurz vor dem Ortsausgang blitzte es und brachte sie zur Besinnung. Verdammt, das würde teuer werden, sie möglicherweise sogar den Führerschein kosten. Doch eines fühlte sie jetzt ganz genau. Eisele befand sich in tödlicher Gefahr …

Mit einem dumpfen Schlag kam Eisele hart auf dem Boden auf. Er hörte es knacken, im selben Moment durchfuhr ein stechender Schmerz seinen Brustkorb. Er hatte sich eine Rippe gebrochen. Mindestens eine. Auch ein blechernes Scheppern hatte er nach seinem Sturz wahrgenommen. Ein scharfer Geruch stieg in seine Nase. Er blinzelte. Vor ihm hatte sich eine Pfütze ausgebreitet. Eine Pfütze aus Benzin! Er setzte sich auf. Ihm gegenüber saß – ebenfalls auf dem Fußboden – die Alte. Mit entrücktem Gesichtsausdruck starrte sie in seine Richtung und doch durch ihn hindurch. Eisele schien, als schaue sie ihr Leben rückwärts. Sie zitterte. Ihre dünnen Haare waren völlig zerzaust, ihr Gesicht weiß, wie das eines Gespenstes. Die rechte Hand hatte sie zur Faust geballt. Ihre Lippen formten sich tonlos. Nun erst sah er, dass ein umgefallener Blechkanister neben ihr lag, aus dem noch immer langsam aber stetig, mit einem leisen gluckernden Geräusch Benzin auf den Boden floss. Die Pfütze wurde größer, wie ein Feind auf Samtpfoten kam sie ihm näher. Er versuchte zu atmen, doch der Schmerz war kaum auszuhalten.

»Wer war der Tote in meinem Auto?«, brachte er angestrengt hervor. Sie richtete den Blick auf ihn: »Das war Arno Frommelt. Ein Freund des alten Wichrowsky. Er hat sich genauso stümperhaft angestellt wie Sie und Ihre rothaarige Kollegin.«

Wieder ging ihr Blick in die Ferne. »Mein Leben ist gelebt«, sagte sie mit brüchiger Stimme. Dann sah sie Eisele ins Gesicht.

»Für mich gibts kein zurück, und für Sie auch nicht.« Dann öffnete sie ihre Faust, in der sie ein Feuerzeug hielt. Sie klickte die Flamme an und warf das Feuerzeug auf den Fußboden.

Bereits von Weitem sah Theodora den Feuerschein, der sich gegen den dunklen Abendhimmel abhob. Verdammt, sie fuhr bereits das Höchsttempo, mehr gab das Dienstfahrzeug nicht her. Auch musste sie vorsichtig sein, nicht von der Straße abzukommen. Niemand außer diesem Benedikt Lammers wusste, dass sie hierher unterwegs war, und er hatte die ganze Sache sowieso nicht ernst genommen. Endlich. Sie hatte das Haus erreicht. Der Feuerschein kam allerdings von woanders. Sie riss die Autotür auf und rannte hinaus. Hinter dem Haus stand eine Scheune in Flammen. Das Knistern und Knacken war bereits von Weitem zu hören. Hitze schlug ihr entgegen. Der Qualm legte sich auf ihre Lungen, sie hustete, ihre Augen brannten, Tränen rollten über ihre Wangen. Verdammt, sie war zu spät. Sie rief Eiseles Namen, wohl wissend, dass aus dieser Flammenhölle niemand entkommen konnte. Plötzlich hörte sie ihren Namen. Leise nur, doch jemand rief nach ihr. Sie drehte sich um, ging ein paar wenige Meter auf einen Busch zu, der den Wiesenrand säumte. Da sah sie ihn. Er war voller Ruß, schwarz wie die Nacht, nur die Augäpfel leuchteten weiß hervor. Von seiner Stirn floss Blut und er atmete schwer, doch er lebte. Eisele lebte. Und er war nicht allein. Eine alte Frau lag bewusstlos neben ihm im Gras. Theodora kannte sie aus Himmelruh. In dem Moment erklangen Martinshörner. Die Feuerwehr und ein Notarztwagen fuhren in den Hof, gefolgt von einem Polizeifahrzeug, dem ein Mann entstieg. Er trug Wanderstiefel und eine knallrote Outdoorjacke.

# ZWEI WOCHEN SPÄTER

Theodora schaute sich im großen Saal des Präsidiums um. Alles war genauso wie jedes Jahr, war wie immer und doch ganz anders. So viel war geschehen in diesen letzten Wochen. Vor drei Tagen war sie abends nach Hause gekommen und hatte einen Brief ohne Absender vorgefunden. Die Handschrift war ihr unbekannt. Sie hatte den Brief lange unschlüssig in ihrer Hand gehalten, ein ungutes Gefühl hatte sie davor gewarnt, ihn zu öffnen. Schließlich hatte sie es dennoch getan, worauf sie sich sofort setzen musste. Bereits beim Lesen der ersten Worte verschwamm die Schrift vor ihren Augen und es dauerte einen Moment, bis sie begriff. Sie hielt einen Brief von Amadeus in der Hand. Einen Abschiedsbrief. Zunächst hatte sie einen Fluch ausgestoßen und den Brief von sich geworfen, als hätte sie sich die Finger daran verbrannt. Langsam war er zu Boden gesegelt und unter dem Tisch liegen geblieben. Nein, sie wollte nicht wissen, was darin stand. Stattdessen war sie ins Badezimmer gerannt und hatte sich die Klamotten vom Leib gerissen. Sie hatte gefroren bis auf den Grund ihrer Seele. Gerade war sie dabei gewesen, den Schmerz, den Amadeus ihr zugefügt hatte, in die Kiste ihrer traurigen Erinnerungen zu packen. Nun war das nicht mehr möglich. Sie hatte das heiße Wasser aufgedreht, sich daran verbrannt und schließlich so lange geduscht, bis der Dampf ihr Badezimmer vollkommen vernebelte und sie nichts mehr sehen konnte. Dann hatte sie sich zitternd in ihrem Bademantel verkrochen, ihre Gedanken sortiert und sich entschieden, Amadeus' Brief doch zu lesen. Sie war hinüber gegangen ins Wohnzimmer, war unter den Tisch gekrochen und hatte das von Hand beschriebene

Blatt aufgehoben. Sie hatte sich an den Tisch gesetzt und zu lesen begonnen:

*Liebste Theodora,*
*bitte entschuldige, dass ich dir erst heute schreibe. Ich weiß, ich bin ein entsetzlicher Feigling und ich weiß auch, dass es eigentlich keine Entschuldigung gibt, für das, was ich dir angetan habe. Aber du sollst wissen, dass ich die Zeit mit dir sehr genossen habe. Du bist eine wunderbare Frau und ich habe mich wirklich in dich verliebt. Alles hat sich mit dir so gut und richtig angefühlt, als du bei mir warst. Aber das genau ist es. Es hat sich gut und richtig angefühlt, als du da warst, verstehst du, hier oben, bei mir, am Meer. Als du gegangen bist, da habe ich dich vermisst. Ich vermisse dich noch immer, aber mir ist auch klar geworden, dass es für uns beide keine gemeinsame Zukunft geben kann. Nicht auf die Entfernung. Ich bin hier oben zu Hause, habe hier mein Leben, meine Praxis, meine Freunde. Ich brauche das Rauschen des Meeres, den Wind und die Wellen, die salzige Luft. Und du hast deinen Beruf, dein Schwabenland, deine Familie. Oder? Hast du überhaupt noch Familie? Darüber haben wir nie gesprochen.*
*Theodora, du warst so besessen davon, dass ich dich schnell besuchen komme, und dann war da noch dieser Brief, der mir, so schön er auch war, Angst gemacht hat. Angst, dass du zu viel von mir erwartest, dass ich nicht erfüllen kann, was du dir wünschst. Am Anfang hatte ich auch tatsächlich vor, zu dir zu kommen, doch dann ging mir das alles viel zu schnell und ich habe von Nachricht zu Nachricht noch mehr Angst bekommen und mich in dumme Ausreden verstrickt. Weißt du, ich habe so lange alleine gelebt, ich kann mich einfach nicht so schnell*

*umstellen und – vielleicht will ich das auch gar nicht. Das alles ist mir plötzlich klar geworden, als ich auf dem Bahnhof die vielen Züge gesehen habe. Da bin ich umgekehrt. Ich sagte ja bereits, ich bin ein furchtbarer Feigling. Du hast was Besseres verdient als mich. Verzeih mir und vergiss mich, bitte!*
*Amadeus*

Zunächst hatte sie erstarrt dagesessen. Dann hatte sie geweint. Sie, Theodora Klein hatte geweint, bis sie keine Tränen mehr hatte. Und während sie weinte, hatte sie das Gefühl, als löse sich in ihrem Inneren ein harter, schwerer Stein. Mit jeder Träne wurde dieser Stein kleiner, die Last leichter. Theodora weinte um Amadeus, sie weinte all die angestauten Tränen der vergangenen Jahre. Irgendwann war sie ruhig geworden. Sie hatte geliebt, sie hatte gelebt und sie hatte schon lange nicht mehr so intensiv gefühlt. Sie seufzte. Du bist eine wunderbare Frau, hatte Amadeus geschrieben. Sie wollte ihm glauben, dass er sie so sah. Sie hatte einen Fehler gemacht, war zu forsch vorgegangen, hatte ihn erschreckt. Aber sie war eine Frau, endlich wieder. Er hatte etwas in ihr aufgebrochen. Beim nächsten Mal würde sie vorsichtiger sein, falls es überhaupt ein nächstes Mal für sie geben würde. Sie schaute sich um. Alles war wie immer, wie in all den Jahren zuvor und doch war alles ganz anders. Sie befand sich im großen Saal des Präsidiums. Das Catering war gerade dabei, fürs Abendessen aufzubauen, die Torten und Gebäckstücke der Kaffeetafel waren verschwunden. Vor zwei Stunden hatten sie mit der diesjährigen Weihnachtsfeier begonnen und das Gelächter der zum Teil schon jetzt angetrunkenen Kolleginnen und Kollegen schmerzte in Theodoras Ohren. Hummel hatte um 16 Uhr seinen Auftritt als Nikolaus gehabt. Bereits im Vorfeld hatte er ein hummeltypisches Trara daraus gemacht.

In diesem Jahr würde es eine Überraschung geben. Niemand würde erraten, wer der Nikolaus sei, hatte er überall verkündet. Doch spätestens, als er den Saal betrat, hatten es selbst diejenigen gewusst, zu denen es noch nicht durchgedrungen war. Eisele lag noch im Krankenhaus, der konnte es schon mal nicht sein und Hummel verriet sich an seinem Duft.

Ein Nikolaus, der zehn Meter gegen den Wind nach Parfum und Aftershave duftete, konnte niemand anderes sein als der Kriminaloberrat höchstpersönlich. Soeben nun hatte er sich verabschiedet, da er am Abend noch eine andere Veranstaltung besuchen musste. Gerda, die vor zwei Stunden neben Theodora Platz genommen hatte, war dabei, über alle sieben Schwangerschaften ihrer Tochter zu berichten, und die junge schwangere Kollegin, die ihr gegenübersaß, wechselte die Gesichtsfarbe wie ein Chamäleon, denn Gerda ließ auch die Schwangerschaftskomplikationen nicht aus. Als der Wagen mit den Weinflaschen zum wiederholten Mal an ihrem Tisch vorbeigeschoben wurde, ergriff Theodora endgültig die Flucht. Sie hatte sich selbst ein Alkoholverbot auferlegt, und um nicht in Versuchung zu geraten, stand sie auf um sich zu verabschieden. Gerda war gerade dabei über den Blasensprung auf dem Parkplatz des Supermarktes zu berichten, da legte sie der Kollegin die Hand auf die Schulter, beugte sich zu ihr hinab und sagte:

»Ich wünsch dir ein schönes Weihnachtsfest, Gerda. Dir, deiner Tochter und allen Kindern.« Zu den übrigen Kollegen gewandt rief sie: »Das gilt für euch andere natürlich auch.«

Gerda blieb der Mund offenstehen.

»Was habt ihr denn der Klein in den Tee gegeben?«, fragte eine der jungen Praktikantinnen. Niemand wusste eine Antwort.

Theodora hatte den Saal bereits verlassen, um noch einmal kurz ihr Büro im vierten Stock aufzusuchen. Hier war es ruhig und die Wahrscheinlichkeit gestört zu werden, lag bei null. Sie verzichtete darauf, das Licht anzumachen, der Lichtschein der Straßenbeleuchtung von draußen genügte ihr. Sie setzte sich an ihren Schreibtisch und vergrub den Kopf in ihre Hände. Erst vor zwei Tagen war sie wieder zur Arbeit erschienen. Nach ihrer Fahrt auf die Schwäbische Alb hatte sie eine schwere Bronchitis bekommen, war nur knapp an einer Lungenentzündung vorbeigeschrammt. Die Tatsache, dass sie Eisele gefunden hatte, hatte Hummel nach ihren verheerenden Ermittlungen im Seniorenstift Himmelruh etwas milder gestimmt, dennoch war er ihr gegenüber mehr als reserviert, was sie verstand. Auch war ihr bewusst, dass sie es der Eingebung von Benedikt Lammers zu verdanken hatte, dass die Rettung durch Feuerwehr und Notarzt noch rechtzeitig erfolgt war. Und nun zweifelte sie wieder einmal mehr an sich selbst, und dachte darüber nach, ihr Leben, ihren Beruf, ja, schlicht und ergreifend, alles zu verändern. Erst recht nach Amadeus' Brief. Eisele lag verletzt im Krankenhaus. Wie er das alles überhaupt überleben hatte können, glich einem Wunder. Bei dem Autounfall hatte er sich ein schweres Schädel-Hirn-Trauma zugezogen, was erklärte, wie es einer alten Frau hatte gelingen können, ihn Schachmatt zu setzen. Zudem hatte er eine gebrochene und eine angebrochene Rippe durch den Sturz auf den Boden. Wie er es geschafft hatte, Astrid Balthasar zu retten, erklärte er sich selbst durch eine hohe Ausschüttung von Adrenalin. Dies war wohl auch nach seinem Unfall seine Rettung gewesen, meinte er gestern am Telefon, denn sonst hätte er den Weg vom Unfallort bis zum Haus des Grauens ebenfalls nicht zurücklegen können. Theodoras Blick wanderte hinüber zu Eiseles Platz. Obwohl es dunkel war im Raum, wusste sie genau, wie sein Schreibtisch aussah. Noch immer akkurat aufgeräumt, und ein leeres braunes Notizbuch wartete darauf, von ihm mit

Worten und Erkenntnissen gefüllt zu werden. Hummel hatte sie dahingehend informiert, dass Frau Balthasar, die sich ebenfalls weiterhin im Krankenhaus befand, ein vollumfängliches Geständnis abgelegt hatte. Sie hatte sowohl den Mord an ihrem Geliebten und Vorgesetzten in Berlin vor mehr als vierzig Jahren gestanden, als auch über den Tathergang berichtet, der zum Tod von Rudolf Wichrowsky geführt hatte. Auch den Mord an Arno Frommelt hatte sie zu verantworten. Niemand leuchtete ein, weshalb Rudolf Wichrowsky seinen Freund auf Astrid Balthasar angesetzt hatte, nachdem er sie erkannt hatte. Diese Erklärung hatte der alte Mann mit in sein Grab genommen. Theodora stand auf. Es wurde Zeit zu gehen. Sie musste sich eingestehen, dass sie sich auf den Besuch bei Aylin heute Abend freute. Viel zu lang hatte sie diese liebenswerte Frau immer wieder vor den Kopf gestoßen, das sollte ab nun anders werden. Leise schloss sie die Tür hinter sich und machte sich auf den Weg nach Hause.

Aylin strahlte, als sie Theodora die Tür öffnete und sie auf ihre herzliche Art hereinbat.

»Endlich haben wir es mal geschafft«, sagte sie nur, als sie vor Theodora herging ins Zimmer, aus dem ein herrlicher Duft bereits hinaus in den Flur und durchs ganze Treppenhaus gedrungen war.

»Was für ein Augenschmaus«, konnte Theodora nur erstaunt antworten, denn der Anblick der verschiedenen Speisen war umwerfend.

»Ein kleines türkisches Büfett«, Aylin lächelte verlegen und reichte Theodora einen Teller. »Greif zu und genieß den Abend. Es wird Zeit, dass du mal zur Ruhe kommst!«

Ein Poltern im Flur wurde laut und Elvis rannte bellend unter dem Tisch hervor. Murat war nach Hause gekommen. Er trat ins Wohnzimmer, grüßte und verschwand im Bad.

»Mag er nicht mit uns essen?«, fragte Theodora, denn neuerdings hatte sie Murat auf eine Art ins Herz geschlossen.

»Nein«, flüsterte Aylin aufgeregt. »Stell dir vor, Murat hat jetzt eine Freundin. Aber psst, sag jetzt nichts! Sie heißt Aleyna und ist ein wunderbares Mädchen. Hach, die als Schwiegertochter, das wäre wunderbar.« Aylin rollte die Augen nach oben und lächelte versonnen.

»Na, soweit wirds ja wohl noch nicht sein«, Theodora lachte und legte sich noch einmal nach. Das eingelegte Gemüse war ein Gedicht.

»Sie ist die Schwester seines Freundes Ünal. Ünal ist Rettungssanitäter und stell dir vor, Murat will das jetzt auch werden. Weißt du, jetzt wo das mit Himmelruh abgeschlossen ist …«

»Sandra ist nisch mehr da«, kam es von Murat, der überraschend ins Zimmer getreten war. »War sowieso kein Job für Sandra. Sie hat die alten Leute nischt gern gehabt. Und man muss die Menschen gern haben, wenn man so einen Job macht. Und eine neue Putzhilfe haben sie jetzt auch. Samira hat einen Job in der Stadtbibliothek bekommen, Bücher sortieren oder so …«, er blickte die beiden Frauen freundlich an. »Also, noch einen schönen Abend, und – Theodora –, danke, dass du mir Kröte geschenkt hast. Sie hats gut bei mir. Wird sischer hundert Jahre alt.« Lachend warf er seiner Mutter einen liebevollen Blick zu, drehte sich um und ging hinaus.

Eisele hatte soeben den sonntäglichen Fernsehgottesdienst beendet, als auch schon das Mittagessen gebracht wurde. Er hob kurz den schmutzig grauen Deckel, schnupperte und betrachtete das Undefinierbare, das er im Teller schwimmen sah. Er erinnerte sich an das Ragout von Astrid Balthasar und seine Folgen und entschloss sich dann, besser nichts zu essen. Er schob den Beistelltisch von sich und schloss die Augen. Bereits um neun Uhr am Morgen waren seine Mutter und Rosemarie Klämmerle bei ihm aufgetaucht. Nachdem in dieser Klinik der Tag bereits kurz nach sechs anbrach, war er schon gewaschen und rasiert gewesen, dennoch hatte er es als leichte Zumutung empfunden. Andererseits war er nicht unglücklich über die neu entstandene Freundschaft zwischen seiner Mutter und dieser Nachbarin. Seit er hier lag und sehr viel Zeit zum Nachdenken hatte, ging ihm immer öfter durch den Sinn, sich vielleicht aus dem Polizeidienst zu verabschieden und sich irgendwo als Privatdetektiv selbstständig zu machen. Er schaute auf das kleine Döschen mit Pillen, das ihm seine Mutter mitgebracht hatte. *Haar Vital* stand darauf und sie hatte ihm freudestrahlend erklärt, dass Bockshornklee, Selen, Kupfer und Biotin das Haarwachstum anregen und er somit fortan auf seine Tinktur verzichten könne. Er seufzte. Sie hatte es ja nur gut gemeint. Wenn er sich also selbstständig machen würde, könnte er vielleicht aus Stuttgart fortgehen, würde er vielleicht … Es klopfte.

»Herein«, rief er erstaunt und sah zur Tür.

»Hallo Eisele«, sagte Theodora Klein, die einen kleinen Weihnachtsstern in der Hand hielt …

Theodora ging langsam. Der Besuch bei Eisele war der richtige Entschluss gewesen, auch hatte sie ihn psychisch in einer guten Verfassung vorgefunden, was angesichts dessen, was er durchgemacht hatte, erstaunlich war. Vielleicht war der Gute ja doch viel stärker, als sie es ihm bislang zugetraut hatte. Stärke war etwas, was auch sie nun dringend brauchte, denn sie hatte sich noch einen weiteren Besuch für diesen Sonntag vorgenommen. Der Wunsch in ihrem Leben aufzuräumen, schien plötzlich übermächtig geworden zu sein. Ihr Vater habe bereits vor einer Woche seine Kurzzeitpflege beendet und sei wieder nach Hause zurückgekehrt, hatte man ihr am Telefon gesagt. Und nun war sie auf dem Weg zu ihm. Nur selten setzte sie ihre Schritte mit so viel Bedacht. Die Straße war leer. Die Menschen waren zu Hause um diese Zeit. Sie saßen an ihren Kaffeetischen, aßen Zimtsterne, Ausstecherle und Stollen, die Kerzen auf den Adventskränzen leuchteten. Sie betrachtete die Häuser, sah auf die Fenster, hinter so manchem brannte bereits Licht. Ihr Herz wurde schwer. Als Kind hatte ihr einmal jemand Hans Christian Andersens Märchen vom *Kleinen Mädchen mit den Schwefelhölzern* vorgelesen. Wer das gewesen war, daran konnte sie sich nicht mehr erinnern, wohl aber, dass sie geweint hatte, weil sie zum ersten Mal eine tiefe Traurigkeit in sich gefühlt hatte. Eine Traurigkeit, die sie damals noch nicht benennen konnte. Heute wusste sie, dass sie diese Traurigkeit und Leere ihr ganzes Leben lang in sich getragen hatte. Von Weitem tauchte das Haus ihres Vaters auf. Noch langsamer wurden ihre Schritte. Was, wenn er sie auch heute nicht hereinlassen würde? So hart und kalt, wie er war, fürchtete sie, dass nicht einmal das bevorstehende Weihnachtsfest ihn veranlassen könnte, ihr die Tür zu öffnen. Und wenn er sie hereinlassen würde? Mit welchen Beschimpfungen und Vorwürfen müsste sie dann rechnen?

Sie war angekommen. Stand vor dem Haus. Es hatte sich nichts verändert. Die zu Matsch gewordenen herabgefallenen Blätter der Rosenbüsche, das wild gewachsene Gras im Vorgarten, zwei üppige Büsche aus dichtem Farn. Dies war und blieb ein Ort des Schreckens. Die Schatten der Vergangenheit legten sich über Theodora. Hinter dem Fenster tauchten in der Dunkelheit die Umrisse eines Menschen auf. Es war ihr Vater. Er trat näher ans Fenster heran. Für einen langen Moment sahen sie sich an. Dann wandte er sich ab und verschwand im Inneren des Hauses. Theodoras Gesicht war nass. Es regnete nicht. Sie weinte. Sie drehte sich um und ging zurück. Die Straße war lang. Und menschenleer. Plötzlich klingelte ihr Handy. Sie zog es aus der Manteltasche und warf einen Blick auf das Display. Sie wusste, wem diese Nummer gehörte. Ihr Herz begann zu stolpern. Sollte sie den Anruf entgegennehmen? Noch immer klingelte es. Sie gab sich einen Ruck:

»Klein, Theodora Klein …«

# MEIN DANKESCHÖN GEHT AN …

… meinen Mann, Werner Amrhein, der während der Entstehung des Buches öfter auf eine warme Mahlzeit verzichten musste und dies geduldig ertragen und mich dennoch unterstützt hat

… meinen Lektor Bernd Weiler für die vertrauensvolle Zusammenarbeit. Auch diesmal haben seine interessanten Anregungen dem Manuskript zum letzten Schliff verholfen

… Ulrike Weiler, die Seele des Verlags (sie möge mir diese Bezeichnung verzeihen), für ihre immer freundliche, tatkräftige und zuverlässige Unterstützung in allen Verlagsfragen

… alle Buchhändlerinnen und Buchhändler, sowie alle anderen Veranstalterinnen und Veranstalter, die mir eine Lesung zum ersten Buch der Theodora-Reihe, »Theodora und der Engel des Todes« ermöglicht haben

… an Sie liebe Leserin, lieber Leser, die Sie Theodora kennengelernt haben und nun daran interessiert sind, wie es mit Theodora, Eisele und all den anderen weitergeht.

Ruth Edelmann-Amrhein
Februar 2023

**Autorin**

Nachdem sie schon immer viel gelesen hatte, fand die gelernte Bankkauffrau erst in ihrer zweiten Lebenshälfte Zeit und Muße, selbst zu schreiben. Im Jahr 2017 schloss sie sich den *Mörderischen Schwestern e. V.* an. Nach der Publikation diverser Kurzkrimis wurde im Jahr 2021 ihr erster Roman mit dem ungleichen Ermittlerteam Theodora Klein und Georg Eisele veröffentlicht. Es erfüllt sie, mit ihren Geschichten Menschen zu unterhalten und zu berühren, ganz besonders bei Lesungen, im direkten Kontakt mit dem Publikum.

Zusammen mit ihrem Mann lebt die Mutter zweier erwachsener Söhne in Württembergs Mitte, im schönen Aichtal.

Dieser Kriminalroman spielt an realen Schauplätzen.
Alle Personen und Handlungen sind frei erfunden.
Sollten sich dennoch Ähnlichkeiten mit lebenden oder verstorbenen Personen ergeben, so sind diese rein zufällig und nicht beabsichtigt.




Postfach 16 42 · 72706 Reutlingen


Titelbild: © dreamstime
Gestaltung: PMP Agentur für Kommunikation, Reutlingen
Lektorat: Bernd Weiler
Korrektorat: Sabine Tochtermann
Satz: Uhl + Massopust, Aalen
Druck und Bindung: CPI books GmbH, Leck
Printed in Germany
ISBN 978-3-96555-134-3

Kriminalkommissarin Theodora Klein ist in einer Sinnkrise. Schon lange ist in der Landeshauptstadt nichts Aufregendes mehr geschehen, auch ihr Privatleben bietet wenig Anlass zur Freude. Theodoras einzige Freuden sind die Ratte Mephisto, ihre Tarotkarten sowie der Genuss einer Flasche Rotwein und eines Joints am Abend. Ihr lethargisches Dasein findet ein jähes Ende, als innerhalb weniger Tage zwei alte Damen in ihren Wohnungen erschlagen aufgefunden werden. Zusammen mit ihrem seltsamen, neuen Assistenten Georg Eisele, macht sie sich an die Ermittlungen im Fall »Tote Omas«, wie er im Präsidium bald genannt wird.

ISBN 978-3-96555-081-0 | 11,95 Euro